Francesco Gungui

Ich mag dich immer noch, wie du bist

Weitere Titel des Autors:
Ich mag dich, wie du bist

FRANCESCO GUNGUI

Ich mag dich immer noch, wie du bist

Liebe ist nicht die Antwort, sondern die Frage.

Übersetzung aus dem Italienischen von Barbara Neeb und Katharina Schmidt

BAUMHAUS

Dieser Titel ist auch als E-Book erschienen

MIX
Papier aus verantwortungsvollen Quellen
FSC® C006701

Baumhaus Verlag in der Bastei Lübbe
GmbH & Co. KG

Titel der italienischen Originalausgabe:
»Mi piaci ancora così«

Lektorat: Christina Neiske, München
Umschlagdesign: © Eleonora Bassi
Satz: Dörlemann Satz, Lemförde
Gesetzt aus der Weiss Antiqua
Druck und Einband: CPI books, Ebner & Spiegel, Ulm

Printed in Germany
ISBN 978-3-8339-0056-3

5 4 3 2 1

Sie finden uns im Internet unter
www.baumhaus-verlag.de
Bitte beachten Sie auch www.luebbe.de

Für Silvia

1 Luca

Was wäre, wenn die Welt jetzt unterginge? Wenn wir am Beginn einer neuen Eiszeit stünden? Ein Film darüber könnte mit folgender Szene beginnen: Ein junger Mann und eine junge Frau spazieren ganz friedlich Händchen haltend durch einen Park, sprechen über sich, über ihre gemeinsame Zukunft, ohne zu wissen, dass ihre Zeit abläuft. Obwohl in diesen Katastrophenfilmen die Personen ja meist noch rechtzeitig erkennen, dass das Ende der Welt gekommen ist, damit sie in den verbleibenden vierundzwanzig oder achtundvierzig Stunden noch schnell all das ausleben können, was sie sich bis dahin nie getraut haben.

»Luca, sagst du mir jetzt endlich, worüber du gerade nachdenkst?«, fragt mich Alice. »Und warum du mit mir hier in den Park wolltest?«

»Du weißt doch, ich rede nicht gerne im Sitzen.«

»Dann schieß endlich los, ich höre.«

»Was würdest du tun, wenn du erfahren würdest, dass die Welt untergeht?«

Alice verdreht die Augen und lächelt. Dann sieht sie mich kopfschüttelnd an. Sie weiß, dass ich nicht eher Ruhe geben werde, bis ich eine Antwort bekomme.

»Na ja ... Ich denke, ich würde versuchen, die mir verbleibende Zeit mit den Menschen zu verbringen, die ich liebe, das sagt doch jeder, oder? Aber was hat das mit dem zu tun, was du mir sagen willst?«

»Ach nichts, das war nur so ein Gedanke.«

»Na gut ... Also, was gibt es Neues?«

»Ali, ich habe mich entschieden. Ich versuch's.«

Wir schlendern um den kleinen See im Sempione-Park, einer meiner Lieblingsplätze in Mailand. Die Bäume verlieren schon ihre Blätter und ich frage mich gerade, warum zum Teufel die Enten nicht frieren, wenn sie den ganzen Tag auf dem kalten Wasser treiben.

Alice sagt nichts, sie schaut mir nicht in die Augen, sondern läuft einfach weiter. Doch ihr Händedruck lockert sich.

»Tut mir leid, aber das ist nun mal das, was ich machen will ...«

Alice schweigt weiter und starrt auf den See, wo ein Kind ein paar Enten füttert.

»Du hast dich also entschieden?«, fragt sie mich, aber man sieht, dass sie tausend andere Gedanken im Kopf hat.

»Ja, ich denke schon. Ich habe es noch niemandem erzählt. Du bist die Erste.«

»Und wann erfährst du, ob du angenommen wirst?«

»Vielleicht im Februar ... Und falls die mich wirklich nehmen, muss ich im Sommer wieder rüberfliegen.«

»Wie ist das denn mit den Unterlagen, mit dem Visum und all dem Kram? Und wo willst du wohnen?«, löchert sie mich weiter, aber man hört deutlich heraus, dass sie mir lieber andere Fragen stellen würde.

»Ich werde mir eine Wohnung mieten, ich habe schon eine Webseite mit einem Haufen Anzeigen gefunden. Und was das Visum angeht, da lass ich mir erst einmal ein Touristenvisum ausstellen. Das ist drei Monate gültig, und wenn ich an der Uni genommen werde, bekomme ich ein Studentenvisum.«

Alice lächelt bitter und schüttelt den Kopf, so wie immer, wenn sich ein trauriger Gedanke in ihrem Kopf breitmacht.

»Was ist?«, frage ich sie.

»Und wenn man dich nicht nimmt?«

»Wenn man mich nicht nimmt, komme ich zurück und schreib mich hier an der Uni für irgendwas ein. Aber ich will es zumindest versuchen. Ali, ich weiß, dass es nicht so einfach sein wird, aber du bist ja auch bald mit der Schule fertig und dann wird alles viel leichter, du kannst mich besuchen oder vielleicht auch dort studieren. Also, ich meine, du musst dich ja auch demnächst entscheiden, was du machen willst.«

»Ja, schon, aber ich habe nicht vor wegzugehen, außerdem hab ich noch keine Ahnung, was ich später mal machen will.«

»Genau deswegen sollten wir uns alle Möglichkeiten offenlassen. Besser, jeder geht seinen eigenen Weg und dann ... dann wird uns schon was einfallen.«

»Luca, *ich* bin jetzt nicht das Problem, nicht einmal *wir* sind das Problem. Ich verstehe einfach nicht, warum du auf einmal deine Meinung so grundlegend geändert hast. Warum willst du so weit weggehen? Was bringt dir das? Du könntest doch genauso gut hier in Mailand studieren, oder?«

»Ich will aber nicht hier in Mailand bleiben, ich will nicht mal in Italien bleiben ... Hier kotzt mich alles nur noch an, die Politiker, die Leute, einfach alles.«

»Was soll das denn jetzt? Was meinst du damit?«, fragt Alice, und ihre immer schriller werdende Stimme verrät mir, wie aufgeregt sie ist.

»All die bauernschlauen Bonzen, die sich immer irgendwie aus der Affäre ziehen können, die verkappten Nazis und Faschisten, dieses ganze leere Gewäsch ... Ali, ich fange an, die Leute zu hassen ... Ich weiß ja, dass es falsch ist, aber so ist es nun mal.«

Mir ist schleierhaft, warum sie bei meinen Worten lächeln muss, das beweist mir wieder einmal, dass ich wohl nie aus ihr schlau werde.

»Luca, vieles sehe ich ja genauso wie du, und außerdem ... außerdem mag ich es, wie du die Dinge beim Namen nennst ... Aber warum läufst du dann weg? Warum bleibst du nicht hier und versuchst, etwas zu verändern?«

»Ich laufe nicht weg, ich möchte nur etwas aus meinem Leben machen, etwas Schönes und Großes, und um damit anzufangen, möchte ich erst einmal fort von hier.«

»Und dazu musst du bis nach Amerika gehen? Und dort ausgerechnet Wirtschaft studieren? Das ist die Lösung? Ich begreif das nicht. Du hast doch immer gesagt, du wolltest ... Du hast mit mir übers Filmen gesprochen, über Literatur, du hast dich für so viele Dinge begeistert. Warum hast du das jetzt alles über den Haufen geworfen? Das passt doch gar nicht zu dir.«

Alice bleibt stehen, und diesmal lässt sie meine Hand wirklich los. Sie starrt auf den See, als ob dort ein endloser Horizont wäre. Ein weiterer Entenschwarm schwimmt auf das Kind zu, das vom Ufer aus trockene Brotstückchen zu ihnen herüberwirft. Aber eine der Enten scheint sich überhaupt nicht für das Futter zu interessieren.

»Sieh mal, das da bist du«, meint Alice und deutet mit dem Kopf in Richtung der einzeln schwimmenden Ente. »Du hältst dich immer abseits. Du hast die Welt immer von außen betrachtet, und genau deswegen mochte ich dich, deswegen habe ich mich in dich verliebt. Ich war mir sicher, wenn du dich entscheidest, was du später mal werden willst, dann ... Ach, ich weiß auch nicht, ich war mir sicher, du würdest dir etwas ganz Besonderes einfallen lassen, etwas, bei dem mir die Spucke wegbleibt. Stattdessen verhältst du dich wie die Enten, du bemerkst auf einmal, dass da ein Kind altes Brot ins Wasser wirft, schmeißt alles hin und versuchst krampfhaft, auch noch einen Brocken abzubekommen ...«

»Ali, gerade weil ich nicht so werden möchte, will ich ja weg. Wenn ich hierbleiben würde, hieße das ... Ach, schon gut, es ist sinnlos, nicht mal du verstehst mich.«

»Luca, ich versuche es ja, ich bemühe mich wirklich, aber das, was du vorhast, kommt mir so absurd vor. Du willst weg, du sagst, dass du fortmusst, und dann schreibst du dich für ein Wirtschaftsstudium in Amerika ein. Was bedeutet das? Willst du etwa Manager werden? Seit wann das denn?«

Alice verstummt und lässt den Kopf hängen. Das Handy in ihrer Tasche klingelt, aber sie ignoriert es. »Das Verrückteste ist ja, dass deine Eltern dich sogar in allem unterstützen würden, dass sie dir sagen, du sollst tun, was dir wirklich am Herzen liegt, und trotzdem willst du jetzt ...«

»Verstehst du wirklich nicht, dass genau darin das Problem liegt? Begreifst du nicht, dass ich kein Leben will wie sie? Meine Eltern haben ihre Wahl getroffen, aber ich möchte selbst für mich entscheiden.«

»Du meinst also, davonlaufen wäre eine Entscheidung?«

»Ali, du willst es einfach nicht kapieren. Wenn du nur meine beste Freundin wärst wie früher, dann würdest du jetzt auf meiner Seite stehen.«

»Luca, ich bin immer noch deine beste Freundin ... Aber wir sind auch zusammen, und wenn du jetzt beschließt, dass du fortgehen und in einem anderen Land leben möchtest, dann muss ich zumindest verstehen, warum. Wie stellst du dir eigentlich unsere Zukunft vor?«

2 Alice

»Also, machst du jetzt den ganzen Stress bloß wegen einer Fernbeziehung? Süße, wach auf, wir leben im einundzwanzigsten Jahrhundert!«

»Ich weiß doch, aber das Beamen ist noch nicht erfunden!«

»Ali, es gibt Skype, es gibt Facebook, sogar Auslandsflatrates fürs Handy ...«

»Na prima, dann ist ja alles bestens, damit hast du mich überzeugt. Meine Güte, wie blöd ich doch war, es gibt ja Facebook, wow, also wirklich, Mary ...«

Der Cappuccino mit Mary in der Bar vor der Schule ist eines meiner Lieblingsrituale. Jeden Mittwoch, wenn ich in der ersten Stunde Religion habe, treffen wir uns um halb neun dort, um zusammen zu frühstücken. Sie bringt mich auf den neuesten Stand bei ihren Lovern und ich erzähle ihr meinen ganzen Ärger.

»Und außerdem gibt es auch noch die Billigflieger, es ist ja nicht so, dass ihr euch nie mehr sehen würdet.«

»Bloß dass ich noch zur Schule gehe und mich nicht einfach ins Flugzeug setzen kann, wenn mir danach ist.«

»Also hat er sich wirklich entschieden?«, fragt sie mich und gibt vorübergehend auf, mich davon überzeugen zu wollen, dass »Fernbeziehungen das Schönste auf der Welt sind«.

»Ja, heute will er mit seinem Vater darüber reden. Ich kapier einfach nicht, warum er seine Meinung so grundlegend geändert hat. Da muss doch was passiert sein.«

»Aber man kann doch auch seine Meinung ändern, ohne dass groß was passiert sein muss, oder nicht?«

»Ja, klar kann man das, aber wenn jemand von einem Tag auf den anderen beschließt, genau das Gegenteil von dem zu tun, was er bis dahin vorgehabt hat, dann darf man doch wohl ein wenig misstrauisch werden, oder?«

»Süße, ihr zwei seid aber auch schwierig.«

Wir schweigen ein wenig vor uns hin, während zwei Männer in Anzug und Krawatte die Bar betreten und zur Theke eilen. Sie gleichen sich wie ein Ei dem anderen, dunkelgrauer Einreiher, braune Schuhe, beide leicht übergewichtig. Als sie beide gleichzeitig ihre schwarzen Miniknirpse schließen, komme ich mir vor wie beim Synchronschwimmen. Ich versuche mir Luca, meinen Luca, vorzustellen, mit ein paar Kilos mehr auf den Rippen und ein paar Haaren weniger auf dem Kopf, und natürlich in Anzug und Krawatte. Nein, das geht gar nicht.

»Was hast du?«, fragt mich Mary. Ich muss wohl das Gesicht verzogen haben.

»Ich will nicht, dass Luca so wird«, sage ich und deute mit dem Kopf in Richtung der beiden Geschäftsmänner.

Mary dreht sich zu ihnen um, aber sie starren bereits in unsere Richtung. So aus dem Augenwinkel, während sie sich weiter unterhalten, als ob nichts wäre ... Nun ja, man muss zugeben, dass Mary eigentlich immer auffällt. Heute trägt sie ein weißes T-Shirt mit einem tiefen Ausschnitt, der auch noch durch eine Perlenkette betont wird, während ihre schlanken Beine unter dem Tisch in schwarzglänzenden Seidenstrümpfen stecken. Theoretisch wäre dazwischen noch ein Minirock, aber der ist praktisch nicht vorhanden. Wenn sie nur ein Mal mit den Wimpern klimpert, drehen sich zehn Jungs um. Wenn ich möchte, dass sich zehn Jungs nach mir umdrehen, dann muss ich mich schon kopfüber vom Tresen stürzen.

»Und außerdem bin ich nicht der Typ für Fernbeziehungen!«, sage ich laut, um die Situation zu verdeutlichen.

»Ich schon ...«, meint Mary mit einem anzüglichen Grinsen. »Hmm, eine Beziehung über die Webcam ... Weißt du, was sich damit so alles anstellen lässt?«

»Was denn zum Beispiel?«

Mary antwortet nicht, sie zwinkert mir nur vielsagend zu.

»Du denkst doch nicht etwa, was ich denke, dass du denkst ...«, wage ich einzuwenden, obwohl ich weiß, dass es haargenau so ist.

»Oh Mann, Alice, du bist wirklich eine prüde Betschwester«, zieht sie mich auf.

»Also, deiner Meinung nach soll ich vor der Webcam strippen?«

»Warum denn nicht?«

»Warum nicht? Ich bin doch nicht du! Wenn ich du wäre, würde ich so was tun, aber da ich nun mal ich bin ...«

»... wirst du ihm einfach immer wieder sagen, wie sehr er dir fehlt und wie sehr du ihn liebst ...«

»Oh ja, super, und ab und zu breche ich schluchzend vor dem Bildschirm zusammen oder lege gelegentlich eine Eifersuchtsszene hin.«

Mary trinkt den letzten Schluck Cappuccino. Dann schaut sie mich ganz ruhig an, und das ist bei ihr immer sehr besorgniserregend.

»Wovor hast du eigentlich Angst?«, fragt sie mich.

Richtig, wovor eigentlich?

Ich habe Angst, dass Luca eine wunderschöne fremde Frau trifft und mit ihr ins Bett steigt, ich habe Angst, dass er ein anderes Leben entdeckt, das ihm wesentlich amüsanter und aufregender erscheint, sodass er sein altes Leben in Mailand bloß noch als langweilig und lästig empfindet. Ich habe Angst, dass er mich vergisst, dass die Vertrautheit zwischen uns verfliegt, dass unsere Wege sich trennen. Ich habe Angst, dass wir uns durch diesen Schritt für immer voneinander entfremden.

»Ich habe Angst, ihn zu verlieren«, gebe ich zu.

»Ali, Luca ist in dich verliebt, wie lange seid ihr jetzt schon zusammen?«

»Zwei Jahre.«

»Zwei Jahre?«, wiederholt sie fast ungläubig.

»Wir sind vorletzten Sommer zusammengekommen, also ja, etwas mehr als zwei Jahre.«

»Und da hast du noch Zweifel?«

»Ich zweifele nicht an uns, aber ich habe Angst, dass irgendetwas passiert, dass das Ganze so nicht funktioniert. Und außerdem weißt du doch, dass unsere Beziehung immer reichlich chaotisch war ...«

»Weil ihr beide chaotisch seid! Genau deswegen liebt ihr euch ja ...«

3 Luca

Als ich am Restaurant ankomme, ist der Vordereingang noch verschlossen. Deshalb gehe ich auf die Rückseite des Gebäudes, um den Weg durch die Küche zu nehmen. Im Hinterhof treffe ich Ahmed, den marokkanischen Hilfskoch, der gerade eine Zigarettenpause macht. Neugierig schaut er mich an.

»Ist mein Vater da drinnen?«, frage ich, obwohl mir das klar ist.

Er nickt bestätigend und deutet dann wortlos mit dem Kopf Richtung Küche.

Als ich den Hintereingang öffne, schlägt mir sofort der Geruch von angebratenem Fleisch entgegen. Wie zu Hause, wenn mein Vater für die ganze Familie kocht.

Er steht am Herd und hat alle Hände voll zu tun. Erfreut lächelt er mir entgegen, während er die Griffe von zwei großen Aluminiumpfannen hält, in denen verschiedene Fleischstücke vor sich hin brutzeln. Im Hintergrund krächzt das Radio.

»Ah, mein Sohn!«, ruft er, als er mich in der Tür sieht. »Was verschafft mir die Ehre?«

»Ich muss mit dir reden«, verkünde ich und ermahne mich innerlich, ganz ruhig zu bleiben und mich darauf zu beschränken, ihm meine Entscheidung mitzuteilen.

Er lässt die Pfannen los, trocknet sich die Hände an einem Lappen ab, kneift die Augen zusammen und sieht mich besorgt an.

»Was ist passiert?«

»Gar nichts«, antworte ich, obwohl ich weiß, dass das nicht stimmt. »Ich hab mich entschlossen, es jetzt doch zu versuchen.«

In dem Moment lodert eine Stichflamme am Herd auf, die die ganze Aufmerksamkeit meines Vaters für sich beansprucht. Er schiebt mit einer knappen Bewegung eine Pfanne fort und dreht das Gas niedriger. Als er sich wieder zu mir umdreht, steht ihm die Enttäuschung deutlich ins Gesicht geschrieben. Leider erinnert mich das sehr an Alices Reaktion, als ich ihr von meinen Absichten erzählt habe.

»Ich dachte, du würdest es dir noch mal überlegen«, sagt er. »Wir hatten doch lange darüber geredet ... und du hattest dich doch mit meinem Freund unterhalten, der in diesem Verlag arbeitet ...«

»*Du* hattest darüber geredet«, falle ich ihm heftig ins Wort. »Und was hat dein Freund damit zu tun?«

»Nein, ist schon gut, entschuldige, du weißt doch, dass ich dich nicht beeinflussen möchte. Ich meine ja bloß, ich an deiner Stelle hätte es mir noch mal überlegt.«

»Ich habe es mir überlegt. Und eine Entscheidung getroffen.«

»Vielleicht hast du das alles noch nicht richtig durchdacht«, fährt er fort, während er die Fleischstücke heraushebt und sie alle in einen großen Topf gibt. In den Pfannen bleiben kleine Inselchen aus dunklem Bratensatz zurück.

»Pa, ich weiß, dass du dich anders entschieden hättest, aber es ist das, was ich machen will.«

»Ich will gar nichts, Luca, außer, dass du das tust, was du für richtig hältst.«

Und damit wären wir wieder beim Thema: Ist es richtig, das zu tun, was man will, ohne Rücksicht auf die Folgen? Oder sollte man lieber zuerst an die Folgen denken, auch wenn das bedeutet, dass man seine Träume opfern muss?

»Ich möchte bloß nicht, dass du es hinterher bereust«, fährt er fort und gießt reichlich Rotwein auf den angesetzten Bratenfond. Mit einem Holzlöffel löst er die Reste. Ich habe ihn das schon Tausend Mal machen sehen und weiß trotzdem nie, wozu zum Teufel das gut sein soll.

»Du bist wie immer eine große Hilfe«, sage ich in einem Tonfall, den er so nicht von mir kennt. Und tatsächlich starrt er mich bestürzt an.

»Was meinst du damit?«, fragt er mich und hört sogar zu rühren auf.

»Ich meine, dass mir deine Worte bis hierhin stehen, dass ich die Schnauze voll habe von all dem Gelaber und den sogenannten vernünftigen Argumenten, die du anführst, und die alle falsch sind.«

»Luca, ich begreife nicht, warum du jetzt einen solchen Ton anschlägst und warum du mir das alles erzählst.«

»Ach, hier geht es doch nicht um den Ton. Du kapierst einfach nicht, dass ich eine Entscheidung getroffen habe. Und du hast nichts Besseres zu tun, als mir zu sagen, dass ich einen Fehler mache.«

»Das habe ich nicht gesagt.«

»Aber das denkst du!«

»Ach, verdammt, Luca, was soll ich denn tun, wenn ich deine Entscheidung nicht nachvollziehen kann? Wenn ich den Eindruck habe, dass du all deine Träume aufgibst ...«

»Meine Träume sind mir scheißegal!«, erwidere ich laut und mache damit meine guten Vorsätze zunichte. »Ich hab die Schnauze voll von diesem Gelaber ...«

»Luca, du kannst reden, wie du willst, und ich habe *meine* Art, dir etwas mitzuteilen. Lass uns doch versuchen, ruhig zu bleiben.«

Mit diesen Worten dreht er das Gas unter den Pfannen aus. »Luca«, setzt er von Neuem an, »ich denke bloß, dass ich ein paar Jahre älter bin als du und deswegen auch ein wenig mehr Erfahrung habe. Ich habe vor vielen Jahren dasselbe durchgemacht wie du. Ich habe damals genauso meine Entscheidungen getroffen, und deshalb meine ich, dass ich dir einen guten Rat geben kann.«

»Und was für Entscheidungen hast du getroffen? Du hast Philosophie studiert, bist um die Welt gereist, hast getan, was du wolltest und mit dreißig zwei Bücher geschrieben. Und dann? Dann kam nichts mehr. Jetzt arbeitest du als Hilfskoch und das Geld reicht hinten und vorne nicht. Du hast deine Träume verfolgt? Toll, aber wenn so etwas dabei herauskommt, dann möchte ich das nicht. Ich hab keine Lust auf so ein Leben. Ich will nicht so leben wie du!«

Ein paar Sekunden lang sagt mein Vater kein Wort. Er starrt nach unten und presst die Lippen fest aufeinander. Ich werde nicht schlau aus seiner Miene und kann nicht sagen, ob darin Wut oder nur Enttäuschung liegt, aber mit einem Mal bereue ich meine Worte. Ich bin zu weit gegangen.

»Also, Pa, warte, was ich eigentlich sagen wollte ...«

»Mach doch, was du willst«, fährt er mir mit rauer Stimme über den Mund. »Aber frag mich nie mehr um Rat. Triff deine Entscheidungen selbst. Ich will nichts mehr davon hören.«

4 Alice

»Luca, hast du deine Wollmütze eingepackt? Weißt du, in San Francisco ist es ganz schön kalt.«

»Hab ich, hab ich.«

»Wenn du da bist, schick mir unbedingt eine SMS, um mir Bescheid zu geben, dass du gut angekommen bist, bitte vergiss es nicht.«

»Sobald ich aus dem Flugzeug steige, schick ich dir eine.«

»Und was wirst du dort drüben essen? Du kannst doch nicht jeden Tag zu McDonald's gehen.«

»Warum nicht?«

»Komm schon, Luca, jetzt sei ein Mal ernst, was wirst du essen?«

»Eigentlich habe ich gedacht, ich faste, bis ich zu Weihnachten wieder nach Italien komme, da stopfen wir uns doch ohnehin voll.«

Der große Tag ist da. In einer guten Stunde geht sein Flugzeug und um allen Missverständnissen vorzubeugen, sollte ich besser gleich sagen, dass ihm seine Mutter diese letzten guten Ratschläge vor der Abreise erteilt, nicht etwa ich. Sie hat Luca ebenfalls zum Flughafen begleitet, zusammen mit Lucas kleiner Schwester, die allerdings nicht so recht begriffen hat, was hier gerade vor sich geht. Sein Vater musste arbeiten, aber ich fürchte, dass das nicht der einzige Grund für seine Abwesenheit ist.

»Mama, lässt du uns bitte mal zwei Minuten allein?«

Seine Mutter schaut ihn mit tränenfeuchten Augen an, auf ihrem Gesicht zeichnet sich tiefe Trauer ab.

»Mama, ich zieh doch nicht in den Krieg! Dafür hatte ich

mich zwar auch beworben, aber da war nichts zu machen, von daher ...«

Sie lässt ihn den Satz nicht beenden, sondern umarmt ihn heftig, während seine kleine Schwester die Szene gleichgültig verfolgt.

Endlich verschwinden die beiden und wir sind allein.

»Dann tschüs, du Idiot.«

»Warum Idiot?«

»Weil du bis zum letzten Moment den Clown spielst.«

»Du weißt doch, dass ich dieses ganze Getue nicht mag.«

»Oh Mann, du nervst.«

»Willst du mich jetzt etwa beleidigen?«

»Na klar, ich will schon mal vorlegen.«

»Wofür?«

»Für all die Male, wo du mich nicht anrufen wirst, wo du nicht sofort auf meine SMS antwortest oder mich zur Weißglut treibst, weil du mich sturzbetrunken von einer Party anrufst und mir sagst, dass du einen Riesenspaß hast ...«

»Ach so, das weißt du jetzt schon?«

»Schwör mir, dass du keinen Spaß haben wirst. Schwör mir, dass dich alles anöden wird und dass du abends zu Hause sitzen und laut heulend meinen Namen rufen wirst.«

»Wirklich, das ist unglaublich, genau das wollte ich gerade sagen.«

»Wir beide können wohl niemals ernst bleiben, hm?«

Schweigend schauen wir einander in die Augen.

Wir haben uns wieder versöhnt. Wir haben nicht mehr über die Gründe für seine Entscheidung gesprochen. Ich wollte nicht, dass wir uns im Zorn voneinander verabschieden. Daher habe ich alles beiseitegeschoben und mich nur auf die Tatsache konzentriert, dass wir uns lieben, dass wir glücklich und ein Paar sind. Außerdem wird er Weihnachten wiederkommen, vielleicht hat er es sich ja bis dahin anders überlegt oder er wird gar nicht genommen ... Es ist also völlig sinnlos, sich jetzt schon Sorgen zu machen.

»Ciao, mein Schatz«, sagt er schließlich. Dann umarmt er mich, küsst mich. Eine Weile bleiben wir so stehen, die Münder aufeinandergepresst, und bewegen uns nicht. Ich möchte diesen Druck seiner Lippen auf meinen mit nach Hause nehmen, diesen Geschmack. Jetzt komme ich mir wirklich wie eine von den Frauen vor, deren Verlobter an die Front zieht.

»Schick mir eine SMS, sobald du angekommen bist«, sage ich und unterdrücke meine Rührung. »Und denk an die Wollmütze.«

Nach einem letzten Blick entfernt sich Luca Richtung Gate. Ich sehe, wie er in das Labyrinth der Absperrungsbänder einbiegt, die zur Sicherheitskontrolle führen. Und in dem Moment höre ich einen Schrei.

»Lucaaa!«, quiekt ein schrilles Stimmchen hinter mir. Seine kleine Schwester.

»Lucaaa!«, brüllt sie erneut. Dann reißt sie sich von der Hand ihrer Mutter los und läuft zu ihm. Sie schlüpft unter den Bändern hindurch und stürzt sich heulend auf ihn. Er beugt sich hinunter und nimmt sie mit einem beruhigenden Lächeln in seine Arme. Ich schaue erst zu ihm, dann zu seiner Mutter, die die ganze Szene stumm aus der Entfernung beobachtet. Okay, er zieht nicht in den Krieg, schon gut, aber was macht das für einen Unterschied? Ich werfe meine Selbstachtung über Bord und laufe zu Luca, oder besser gesagt, zuerst gehe ich und dann falle ich plötzlich in einen merkwürdigen Trott, da mir zum Rennen doch der Mut fehlt. Ich schlinge ebenfalls meine Arme um ihn und so bleiben wir zu dritt stehen.

»Schwör mir, dass du dich nicht veränderst«, flüstere ich ihm ins Ohr. »Ich will nicht, dass du dich änderst.«

»Alice, ich werde immer ich selbst bleiben, ganz egal, was ich tue.«

5 Luca

Die Räder des Flugzeugs berühren den Boden, als ich das letzte Wort in meinem Buch lese. Ich liebe solche Zufälle. Sie lassen alles so perfekt und schön geordnet erscheinen. Wenn ich jetzt aus dem Flugzeug steige, wird sich eine zufällig vorbeikommende Möwe in meinem Anorak verfangen, sich schwerfällig flatternd mit mir über die Stadt erheben und mich dann in meiner neuen Wohnung absetzen, wo das Pfeifen des Wasserkessels mir ankündigt, dass der Tee fertig ist.

»*Goodbye*«, sagt die Stewardess, als ich beim Aussteigen an ihr vorbeikomme, und lächelt mir zu.

Als ich die Haupthalle des Flughafens betrete, schlägt mir sofort ein Mix aus Gerüchen, Geräuschen, Stimmen und Lichtern entgegen, der mich anfangs ganz benommen macht. Aus den Lautsprechern sagt eine metallische Stimme schnarrend die Flüge an und gibt noch andere Informationen, die ich besser als erwartet verstehen kann, obwohl sich die Aussprache doch deutlich von der britischen unterscheidet, die ich bei meinen Sprachaufenthalten während der Sommerferien gelernt habe.

Suchend sehe ich mich um, bis ich ein Hinweisschild zur U-Bahn entdecke und beschließe, erst einmal in die Richtung zu gehen.

Ich steige in einen halbleeren Waggon. Eigentlich kein Wunder, da die Linie im Flughafen beginnt, doch an der ersten Station füllt sich der Zug bereits. Auf der Fahrt zum Union Square schreibe ich die beiden SMS an meine Mutter und an Alice und beobachte gleichzeitig staunend die ethnische Vielfalt der Passagiere um mich herum. Doch am meisten wundere ich mich darüber, wie jung die meisten von ihnen sind, das Durchschnittsalter scheint bei knapp dreißig Jahren zu liegen.

Das Erste, worüber ich beim Verlassen der U-Bahn stolpere, ist ein Penner, der mich um Geld anschnorrt. Es ist ein junger Kerl, etwa in meinem Alter, und er scheint mir, wie soll ich sagen, kein Verzweifelter zu sein, sondern eher ein Ausreißer. Ich sage bloß: »*No, I'm sorry*«, und er hakt nicht weiter nach. Doch kaum zwei Schritte weiter wiederholt sich die Szene mit zwei Punkmädchen, die einen riesigen Hund dabeihaben. Wieder sage ich: »*No, I'm sorry*«, und die zwei gehen weiter, eine lächelt sogar, als hätten sie mich nach der Uhrzeit gefragt und ich hätte ihr freundlich geantwortet: »Aber gern, es ist Viertel nach zwölf.«

Ich schaue hoch.

Und sehe mich um.

San Francisco entspricht genau den Bildern, die ich bei Google gefunden habe. Da sind die furchtbar steilen Straßen zwischen den Häuserschluchten, die Wolkenkratzer, die die Skyline der Stadt bilden, und irgendwo, auch wenn ich sie im Moment nicht sehen kann, wird bestimmt auch die Golden Gate Bridge sein.

Verfluchtes Internet ... Wenn ich morgen in die Sahara aufbrechen müsste, würde ich bei der Ankunft bestimmt das Gleiche denken: »Ach ja, der Sand, die Kamele, alles so, wie ich es kenne.«

Im Internet stand allerdings nichts davon, dass die Stadt vollständig im Nebel versinkt, was mich zunächst etwas verblüfft. Nicht wegen des Nebels an sich (den kenne ich aus Mailand nur zu gut), aber ich war davon überzeugt, dass in Kalifornien ständig die Sonne scheint und alle in Badeklamotten und mit einem Surfbrett unterm Arm herumlaufen.

Als ich gerade auf dem Fahrplan nachsehe, welcher Bus wohin fährt, hält direkt vor mir eine orangefarbene Straßenbahn, die genauso aussieht wie unsere in Mailand. Ich wundere mich noch über den Zufall, da fällt mir das Logo meiner Heimatstadt ins Auge und ich lese zu meiner völligen Verblüffung, dass auf einer der Türen »Einstieg« und auf der anderen »Ausstieg« steht.

Auf Italienisch.

Okay, ich habe anscheinend das falsche Flugzeug genommen.

Und ich bin nicht nur nicht in San Francisco angekommen, sondern offensichtlich immer noch in Mailand. Gut, in einem etwas anderen Mailand mit ein wenig mehr Sonnenschein und mehr Obdachlosen, als ich das in Erinnerung habe (zugegebenermaßen sehr freundlichen und besonders jungen Obdachlosen), aber ich sage mir, das kann ja wohl nicht das legendäre San Francisco sein. Und falls doch, muss ich feststellen, dass es hier nicht viel anders aussieht als in einem tristen Vorstadtviertel meiner Heimatstadt.

Ich beschließe, diese merkwürdigen ersten Eindrücke zu ignorieren und besteige mit meinem großen Koffer einen Bus nach Castro. Auch hier scheint keiner älter als dreißig zu sein.

Ein paar Haltestellen lang folgt der Bus der Market Street, dann biegt er in eine kurvenreiche, steil ansteigende Straße ein (obwohl die Steigung nicht ganz so steil ist wie auf den Fotos im Internet). Sofort ändert sich die Umgebung komplett. Die hohen Gebäude der Stadtmitte (inzwischen habe ich bemerkt, dass ich tatsächlich im Zentrum war) weichen niedrigeren, heruntergekommenen Häusern mit höchstens zwei oder drei Etagen, in deren Erdgeschoss meist merkwürdige Läden untergebracht sind und deren Fenster mit bunten Plakaten zugepflastert sind.

Endlich erreiche ich mein Ziel: Clayton Street 1421, ein ramponiertes Wohnhaus, dessen einziger »Schmuck« mehrere Satellitenschüsseln und Aufputzleitungen sind. Die Haustür steht offen, daher gehe ich hinein und hoch in den dritten Stock. Dort gibt es nur eine Tür, ich kann mich also nicht irren. Ich klingele. Die Tür öffnet sich sofort, als hätte dahinter schon jemand mit der Hand auf der Klinke gewartet.

»*Hi guy!*«, ruft ein Typ um die dreißig mit einem fetten Joint zwischen den Lippen. »Luca?«, meint er fragend und deutet mit dem Zeigefinger auf mich.

»Freut mich«, sage ich und strecke die Hand aus, die er entsetzt anstarrt, als wäre es eine Schlange, die mir zufällig aus der Schulter gekrochen ist.

»*Okay, fly in, I'll show you your nest*«, sagt er, wobei er die Worte so zusammenzieht, als wäre es ein einziges.

Flieg rein, ich zeige dir dein ... Nest? Heißt »nest« wirklich Nest?

Während ich versuche, seine Geheimsprache zu enträtseln, fängt er an, mit seinen Händen einen fliegenden Vogel nachzuahmen und laut lachend vor mir durch die Wohnung zu flattern. Ich hatte also doch richtig verstanden, und darüber bin ich richtig erleichtert. Wie schon am Flughafen brauche ich immer ein wenig, um das Gehörte zu verarbeiten, aber dann verstehe ich es doch richtig.

Die Wohnung besteht aus einer stinkenden Miniküche mit kaputten Fliesen und einem verrosteten Kochfeld, einem Bad, das kaum größer ist als eine Duschkabine, und einem Zimmer mit auffälligen Stockflecken an den Wänden. Außerdem befinden sich darin ein Bett, ein Kleiderschrank und eine Fenstertür, die auf einen Balkon führt, wo mehrere Töpfe voll Erde stehen, doch Pflanzen sind keine zu sehen.

Die Fotos im Internet waren deutlich einladender.

Plötzlich springt eine Katze aufs Bett und starrt uns an.

»Das hier ist Luca«, sagt der Typ zu der Katze. »Er wird sich um dich kümmern.«

Die Katze macht »Miau«, was aber wie ein »Geht klar« klingt.

»Außerdem musst du die Pflanzen gießen«, fügt er hinzu. »Zweimal die Woche.«

»Okay, aber ... welche Pflanzen?«

Der Kerl starrt mich an und nickt mehrmals, während er Rauch ausstößt.

»Die Pflanzen«, meint er und wird plötzlich leiser, »werden schon wachsen.«

Die Miete für die erste Woche lässt der Typ sich gleich in bar geben, dann sagt er »Bis bald« und verschwindet, wobei er wieder mit den Händen durch die Wohnung flattert.

Ich setze mich aufs Bett neben die Katze, schaue mich um und versuche mir vorzustellen, wie man das Zimmer verschönern könnte. Also, wenn man vielleicht die Wände neu streicht ... oder die Möbel verbrennt ...

Aber was soll's, ich bin in San Francisco, sage ich mir. Wen schert es da schon, dass die Wohnung ein mieses Loch ist.

Noch während ich diesen tröstlichen Gedanken formuliere, spüre ich, wie unter mir der Fußboden erzittert. Ein langes Beben, gefolgt von ein paar Trommelschlägen und zwei Pfiffen. Ich lausche dem Ganzen mehrere Sekunden lang, bis es wieder still wird. Dann stehe ich vom Bett auf und gehe ans Fenster, aber ich sehe nichts Auffälliges, nur den Typen, der mir die Wohnung vermietet hat und jetzt in einen quietschbunten Lieferwagen steigt und unter grauen Rauchwolken davonbraust.

Plötzlich bebt der Boden wieder, gefolgt von Trommelschlägen und dem Klingen eines Beckens, in das sich schließlich ein Akkord von einer verstimmten Gitarre mischt.

6 Alice

Ich werde immer ich selbst bleiben, ganz egal, was ich tue. Diese Worte, die Luca mir zum Abschied mitgegeben hat, gehen mir nicht mehr aus dem Sinn. Stimmt das? Stimmt das wirklich?

Ein Klempner, der einen Roman schreibt, bleibt immer noch ein Klempner, ein Bäcker, der mit seinem Enkel in den Park geht, wird nicht auf einmal zum Babysitter und ein Journalist, der eine Wand streicht, wird kein Malermeister. Obwohl ... Okay, jetzt ist es amtlich, Luca ist nicht mal einen Tag weg und schon fange ich an durchzudrehen.

Er hat mir eine SMS geschickt, als er angekommen ist.

Darin schreibt er, dass alles in Ordnung ist und er heute Abend versuchen wird, mich über Skype anzurufen. Ich muss gestehen, dass ich es kaum erwarten kann, seine Bleibe zu sehen. Ich habe sie mir schon bis ins kleinste Detail ausgemalt: ein großes Loft mit freiliegenden roten Ziegelmauern, eine Säule in der Mitte des Raums, eine breite Fensterfront, die auf eine abschüssige Straße geht und durch die man im Hintergrund den Strand sieht. Eine offene Kochnische, gedämpftes Licht und nebenan natürlich ein schwuler Nachbar.

Ich bin noch ganz in diese Gedanken versunken, als ich kurz vor acht heimkomme, wie jeden Tag, denn bei mir zu Hause herrschen eiserne Regeln, was die Essenszeiten betrifft. Doch als ich die Tür öffne, merke ich sofort, dass etwas nicht stimmt. In der Wohnung herrscht vollkommene Stille, und vor allem riecht es nicht so, als käme hier gleich eine leckere Mahlzeit auf den Tisch.

Alle Türen zum Flur sind geschlossen, und man hört bloß

eine erregte Stimme aus dem Schlafzimmer meiner Eltern. Mitten im Flur steht meine Mutter, sie hat die Augen geschlossen.

Ich lasse meine Tasche fallen und laufe schnell zu ihr.

»Was ist denn hier los?«, frage ich.

Ich habe den Satz noch nicht beendet, da wird die Stimme im Schlafzimmer plötzlich lauter. Das ist mein Vater, er brüllt, aber ich kann nicht verstehen, worüber er spricht.

»Mama, jetzt sag schon, was ist passiert? Ist etwas mit Federico?«

Sie schüttelt den Kopf, und genau in dem Moment öffnet sich die Tür von Federicos Zimmer und er erscheint mit diesem erstarrten Gesichtsausdruck, den er immer aufsetzt, wenn er keine Gefühle zeigen will.

»Papa hat keine Arbeit mehr«, sagt meine Mutter mit zusammengepressten Lippen.

»Was? Wie das denn? Einfach so, Knall auf Fall?«

»So Knall auf Fall war das nicht, wir haben bloß nicht mit euch darüber gesprochen. Jetzt ist es offiziell.«

»Was heißt das, ihr habt nicht darüber gesprochen? Aber man kann ihn doch nicht einfach so fortschicken, das können die doch nicht ...«

»Die können alles, Alice. Die Fabrik steht kurz vor dem Konkurs und im Moment weiß niemand, wie es weitergeht.«

Im Schlafzimmer brüllt mein Vater weiter herum und diesmal kann ich einige Worte verstehen: Entlassung, Arbeitsamt, Produktionsverlagerung, »alle nach Hause geschickt« und unendlich viele »die können mich mal«.

»Ich kann doch mit anpacken«, sagt Federico. »Ich such mir einen Job ...«

Meine Mutter schüttelt den Kopf. Für einen Moment erinnert mich diese Bewegung an Lucas Mutter und ich muss darüber nachdenken, wie Schmerz ein Gesicht doch immer auf die gleiche Weise verzerrt, auch wenn die Ursachen unterschiedlich sind. Ich frage mich, wo der Schmerz endet, den man jemandem nicht ansieht.

»Du musst zur Schule«, sagt meine Mutter.

»Ich bin vierzehn, ich kann arbeiten gehen.«

»Nein, das kannst du nicht!«, antwortet meine Mutter scharf. »Papa wird eine andere Stelle finden, und zwar bald, das ist noch nicht das Ende der Welt.«

Ich kann ihr nicht glauben, denn sie strahlt etwas ganz anderes aus, als ihre beruhigenden Worte vermitteln sollen.

»Mama, er findet doch eine neue Stelle ... oder?«

Meine Mutter sagt darauf nichts und ich fürchte, genau das ist die passende Antwort.

In dem Augenblick kommt mein Vater aus dem Schlafzimmer. Sein Gesicht ist angespannt und gerötet.

»Kinder«, sagt er mit brüchiger Stimme, »ab heute wird sich einiges ändern.«

»Was haben sie dir gesagt?«, fragt meine Mutter.

»Einen Scheißdreck haben sie mir gesagt«, erwidert er und wird wieder laut. Das passiert sonst nie, und normalerweise benutzt er auch keine Kraftausdrücke. Federico weicht ein paar Schritte in Richtung Zimmertür zurück, während ich das Ganze bestürzt beobachte.

»Schatz, weißt du, du wirst schon sehen ...«, stammelt meine Mutter, aber er hört ihr nicht mehr zu. Er läuft an mir vorbei, schnappt sich seinen Mantel von der Garderobe und geht Richtung Wohnungstür.

»Ich gehe in die Fabrik«, sagt er kopfschüttelnd eher zu sich selbst als zu jemand anderem. »Himmelherrgott ...«

»Jetzt warte mal, erklär es mir doch«, beharrt meine Mutter und versucht erfolglos, ihn zurückzuhalten.

So bleiben wir stumm und starr zu dritt zurück. Federico wirkt geschockt, während mir tausend Gedanken durch den Kopf wirbeln. Mein Vater ist nicht der Erste und bestimmt nicht der Letzte, der seine Arbeit verliert. In letzter Zeit ist das vielen Leuten passiert, die ich kenne: Freunden meiner Eltern, Verwandten, den Eltern unserer Mitschüler. Im Fernsehen geht es doch nur noch um die Wirtschaftskrise und man hört von Tausenden solcher Schicksale. Ich weiß, das ist idiotisch, aber ich habe immer geglaubt, diese Geschichten würden mich nie betreffen.

Ich werde mir einen Job besorgen, denke ich. Federico kann nicht arbeiten, ich schon. Dann bin ich eben eine Schülerin mit Nebenjob, was ist schon dabei? Das tun doch viele. Man kann wunderbar weiter lernen, auch wenn man nebenbei arbeitet. Das ist zwar anstrengend, stimmt, aber es geht. So wie man gleichzeitig Schriftsteller und Klempner, Journalist und Anstreicher sein kann oder wie Luca, mein Luca, der gesagt hat, dass er mal auf einem Bauernhof leben und einen Film drehen und eine Trattoria aufmachen wird und dann beschließt, vernünftig zu werden und Wirtschaft zu studieren. Oder nicht?

Während mir das alles durch den Kopf geht, spüre ich zum ersten Mal einen heftigen Anfall von Sehnsucht. Ich gehe in mein Zimmer, schalte den Computer ein und öffne Skype. Jetzt muss ich ganz dringend mit Luca reden.

7 Luca

»Los, du Blödmann, jetzt zeig dich endlich!«

»Einen Moment, ich muss noch die Webcam einrichten!«

»Du bist viel zu nah dran! Stell sie weiter weg. Aber ... du siehst irgendwie anders aus.«

»Ich habe mir ein Zungenpiercing stechen lassen.«

»Du hast dir *was* ...? Ach Quatsch, du nimmst mich bloß auf den Arm.«

»Und ich habe mir einen Drachen auf den Rücken tätowieren lassen, bin jetzt Buddhist und habe eine neue Freundin.«

»Gut so, dann hast du wenigstens Gesellschaft, wenn ich nicht da bin. Ich bin nämlich lesbisch geworden und bin jetzt mit Martina zusammen, ich hoffe, du hast nichts dagegen.«

»Nein, ganz im Gegenteil, du weißt doch, dass ich auf Dreiecksbeziehungen stehe.«

»Los, mach schon, zeig mir endlich dein neues Zuhause!«

Ich hatte mir schon gedacht, dass Alice mich danach fragen würde, deshalb habe ich mich gleich am ersten Tag meines Amerikaaufenthalts, trotz der Auswirkungen des Jetlags (inzwischen bin ich mir fast sicher, dass ich nie mehr schlafen werde) kleinen Verschönerungsarbeiten an den Räumen gewidmet, obwohl das ein wenig dem Versuch gleicht, eine Müllkippe so herzurichten, dass sie nach *Schöner wohnen* aussieht. Ich habe überall gefegt und gewischt und mein Bestes gegeben, um Flecken zu entfernen, die höchstwahrscheinlich noch aus der Steinzeit stammen. Ich habe sämtliche Küchenschränke ausgeräumt und dabei Dutzende Konserven mit abgelaufenem Verfallsdatum weggeschmissen und sogar den Eisberg zum Schmelzen gebracht, den ich im Gefrierschrank vorgefunden habe. Danach habe ich mir die Wände im Schlafzimmer vorgenommen und mit den Fotos, die mir Alice mitgegeben hat, »damit ich sie nicht vergesse«, die diversen Risse und Stockflecken überdeckt. Schließlich habe ich noch unser Bild über das Kopfende des Betts gehängt.

Ich beuge mich zur Seite, damit die Webcam die Wand hinter mir aufnehmen kann.

»Du hast unser Bild aufgehängt!«

»Unser Bild« ist in Wirklichkeit ein Poster von einem Gemälde des Impressionisten Paul Signac mit dem Titel *Au temps de l'harmonie* und zeigt eine Wiese am Ufer eines Sees, mit Männern, Frauen und Kindern darauf. Einige essen, andere tanzen, jemand arbeitet auf den Feldern und ein paar Leute baden im See. Im Hintergrund sieht man noch einen Bauernkarren und ein großes Boot mit geblähten Segeln.

»So denke ich immer an dich.«

»Gut so, los, lass mich den Rest der Wohnung sehen.«

Genau in dem Augenblick spüre ich unter mir das mittlerweile unverwechselbare Beben des Fußbodens, das den Beginn des Konzerts ankündigt.

»Luca, was ist das für ein Lärm?«

»Ach, das ... nun ja ... das ... ist Musik.«

»Dann stell sie leiser.«

»Nein, nein, das geht nicht so einfach«, sage ich, um Zeit zu gewinnen, »vergiss es doch einfach.«

»Luca, ich versteh nichts!«

»Das liegt am WLAN, ich habe mich bei dem Typen unter mir eingehackt.«

Alice starrt mich durch die Webcam an, mit diesem Blick, den sie immer draufhat, wenn sie merkt, dass ich ihr etwas verschweige.

»Na schön, unter meiner Wohnung ist der Probenraum einer Band.«

Resigniert erzähle ich ihr die ganze Wahrheit. Die Wohnung

ist ein Saustall. Die Küche habe ich noch nicht vom verkrusteten Schmutz befreien können. Aus dem Abfluss der Dusche strömen die Kakerlaken wie Fahrgäste aus einer U-Bahn zur Rushhour. Die Gemeinschaftsanlagen des Wohnblocks (Treppenhäuser und Gänge) sind eine Parallelwelt: überall Menschen, die quatschen, rauchen, essen, der reinste Wahnsinn. Und dann zu guter Letzt noch der Probenraum unter meiner Wohnung.

Jetzt fehlt nur noch ein Nachbar, der so wild vögelt, dass das Kopfende seines Bettes rhythmisch gegen die Wand meines Schlafzimmers knallt, aber ich bin mir sicher, das ist bloß eine Frage der Zeit.

»Da kannst du nicht bleiben!«, ruft Alice, sie ist lauter geworden, um die Musik zu übertönen. »Du musst dir eine andere Unterkunft suchen!«

»Ja, ja, das werde ich auch, ich hab schließlich nur für die erste Woche bezahlt. Aber gut, Ali, ich bin doch nicht wichtig, sagst du mir jetzt endlich, was bei dir los ist?«

»Mein Vater hat seine Arbeit verloren, wir stecken in Schwierigkeiten.«

»Was? So ein Mist ... Und was nun?«

Zum Glück verstummt die Musik.

»Und nun – ich weiß nicht ...«, seufzt Alice. »Keine Ahnung, was wird.«

»Das tut mir leid, Ali ... Ausgerechnet jetzt. Ich komme zurück, wenn du willst, dann komm ich!«

»Aber nein, das würde nichts ändern ... Außerdem habe ich beschlossen ... Ich such mir einen Job.«

»Meinst du das ernst?«

»Na ja, gut, wir stehen noch nicht auf der Straße, aber ich möchte meiner Familie nicht zur Last fallen.«

»Und wie willst du das mit der Schule hinkriegen?«

»Ich suche mir doch keine Ganztagsstelle, sondern irgendwas am Wochenende.«

»Okay, hast du schon eine Idee?«

Alice antwortet nicht sofort. Sie lässt ein paar Sekunden verstreichen.

»Eigentlich schon. Aber, ich weiß nicht ...«

»Was soll das jetzt heißen?«

»Luca, du hast doch einen Sommer lang bei deinem Vater gearbeitet. Daher hab ich gedacht ...«

»Nein, Ali, bitte nicht bei meinem Vater.«

Die Worte entschlüpfen mir, ohne dass ich etwas dagegen tun kann. Eigentlich hat sie ja recht, das wäre eine vernünftige Lösung. Einen Wochenendjob als Kellnerin könnte mein Vater ihr beschaffen ... Aber mir schwirren immer noch seine Worte durch den Kopf: »Mach doch, was du willst, ich will nichts mehr davon hören.«

Seit dem Tag haben wir nicht mehr miteinander gesprochen.

Ich bin so in diese Gedanken versunken, dass ich gar nicht mitbekomme, dass Alice nur stumm in den Monitor starrt. Sie wirkt bestürzt. Wie sollte sie das auch nicht sein?

»Ali, ich weiß nicht, aber wenn du willst ...«, sage ich, doch ich kann den Satz nicht zu Ende bringen.

»Ist schon gut, Luca. Ich dachte nur ... Entschuldige, du hast ja recht.«

In dem Augenblick übertönt ein Schlagzeugwirbel Alices Stimme. Jetzt höre ich gar nichts mehr. Ich nehme das Notebook und halte es etwas weiter weg.

»Ali, ich versteh dich nicht, was hast du gesagt?«

»Ach, nichts ... Kein Problem ... Aber ...«

»Ich versteh gar nichts ...«

Alice sieht mich verzagt durch die Webcam an, dann winkt sie mir zum Abschied zu. Ich setze den Computer ab, gehe ans Fenster und sehe einen dunklen Kopf, der sich aus dem Fenster unter mir beugt.

»Hey!«, schreie ich. »*The music! Please, the music!*«

Der Kopf dreht sich zu mir. Ich sehe das Profil des Gesichts aus der Vogelperspektive, helle Haut und eine schmale Nase mit einem kleinen Silberpiercing. Das Mädchen führt eine Hand an den Mund und sieht genau in diesem Augenblick zu mir hoch.

Ich starre sie verblüfft an, als wollte ich sagen: »Und, was ist jetzt?«, aber sie reagiert überhaupt nicht.

Sie lächelt bloß und stößt eine dichte weiße Rauchwolke aus.

8 Alice

»Ich sage, entweder wir halten uns an die BSG-Regel oder wir brauchen gar nicht mehr weiterzumachen.«

»Und ich sage, du kannst mich mal.«

Die erste Redaktionsbesprechung für die Schülerzeitung hat kaum begonnen und schon bereue ich, gekommen zu sein. Aber ich habe es Herrn Partis versprochen. Oder besser gesagt: Er hat es mir aufgedrückt und mich gezwungen, eine Verpflichtung zu unterschreiben, hundert Euro Strafe zu bezahlen, falls ich nicht hinginge.

Ich weiß, dass es nicht ganz normal ist, sich von seinem Italienischlehrer erpressen zu lassen, an einer freiwilligen AG teilzunehmen, aber mit dem Partis läuft es nun mal so.

Punkt drei Uhr sitze ich also in dem vorgesehenen Raum, zusammen mit ein paar ebenfalls pünktlichen Zwölftklässlern und der unbestrittenen Chefin der Schülerzeitung, Roberta Prosperi.

Die anderen engen Mitarbeiter treffen kurz danach ein und sofort entbrennt ein kurzer Streit über das Thema Verspätungen. »Jeder sollte pünktlich kommen.« – »Wir sind hier doch nicht in der Schule.« – »Was hat das denn damit zu tun ...« und so weiter.

Der erste Punkt auf der Tagesordnung ist die Analyse der Ergebnisse des Vorjahres und die Erstellung eines neuen Konzepts. Mit anderen Worten: Wir versuchen herauszufinden, warum zum Teufel keiner die Schülerzeitung liest, und überlegen uns, was wir dagegen unternehmen können.

Jedes Mitglied der Redaktion hat dazu seine eigene Meinung. Carlo, der coole Typ aus dem Abi-Jahrgang, hält es mit der BSG-Theorie: Blut, Sex und Geld. »Wenn wir wollen, dass irgendjemand uns liest, müssen wir über solche Dinge berichten!«, erklärt er kategorisch.

»Sex und Blut, pah!«, setzt Roberta dagegen. »Das hier ist eine Schülerzeitung, kein Wochenmagazin!«

»Aber an diesem Modell sollten wir uns orientieren.«

Jetzt verliert ein anderer Junge die Geduld. Guido, aus der Zwölften, Typ intellektueller Alternativer: Kaschmirpulli, abgetragene Jeans, eine Brille mit kleinen Gläsern, die einem zu verstehen geben soll: »He, ich lese mindestens ein Buch pro Tag«, und Lederschuhe, die direkt aus den Sechzigern zu stammen scheinen.

»Du willst also für ein Wochenmagazin schreiben?«, fragt er ihn herausfordernd. »Dann bewirb dich doch da und schau mal, ob sie dich nehmen.«

Seine Worte provozieren jede Menge Kommentare. Die aus der Dreizehnten unterhalten sich laut untereinander.

»So kommen wir doch nicht weiter«, meint Roberta. »Und außerdem sind da die Neuen aus der Zwölften, die hier mal reinschnuppern wollen, und wir ziehen gleich eine solche Show ab ... Also, versuchen wir das Ganze mal logisch anzugehen. Schön, vielleicht haben wir uns im letzten Jahr zu sehr auf politische Probleme konzentriert, und vielleicht waren die Artikel auch etwas zu lang ...«

Carlo nickt, als wollte er sagen: »Ganz genau«, der Intellektuelle schnaubt empört und dann sind endlich alle wieder still.

»Das Problem ist doch, dass die Zeitung stinklangweilig ist«, sagt ein Mädchen mit langen roten Haaren, das direkt aus einem japanischen Manga stammen könnte. Neben ihr sitzen zwei andere Mädchen, die völlig synchron dazu nicken.

»Wenn wenigstens ein paar Spiele drin wären«, meint die Erste, »ein Schönheitswettbewerb oder vielleicht eine Kolumne über Sex ...«

»Wenn ihr einen Schönheitswettbewerb veranstaltet, bin ich

weg«, sagt Carlo, und dieses Mal ist der Intellektuelle, der nur unterdrückt vor sich hin flucht, einer Meinung mit ihm.

»Aber hast du nicht gerade mit diesem BSG angefangen?«, stichelt Roberta.

»Das ist doch nicht das Gleiche! Ich möchte lediglich eine attraktive Zeitung machen, die drei Winx hier wollen sie in eine Frauenzeitschrift verwandeln.«

Jetzt bricht die Hölle los. Die Zwölftklässler fangen an zu lachen, daraufhin sind die Winx beleidigt, der Intellektuelle steht auf und geht zu Roberta, um mit ihr zu reden, jemand zündet sich eine Zigarette an, und zwar genau in dem Moment, als Nicola, der Hausmeister, hereinstürmt und natürlich gleich ruft: »Wer raucht hier?«

Erst nach einigen Minuten kehrt wieder Ruhe ein. Und da schaut der Intellektuelle zu mir und meint: »Los, sag schon.«

»Was?«, frage ich überrascht.

»Du wolltest doch was sagen, oder?«, erklärt er und deutet mit dem Kopf auf meinen Arm, den ich so auf dem Tisch aufgestützt habe, dass es aussieht, als hätte ich die Hand gehoben.

Als ich zögere, verbreitet sich im Raum eine Grabesstille. Alle Augen sind plötzlich auf mich gerichtet. Ich muss etwas sagen, denke ich. Und zwar nicht bloß: »Nein, eigentlich wollte ich gar nichts sagen, ich habe nur aus Versehen die Hand gehoben.« Schließlich ist das meine erste Gelegenheit, mich bemerkbar zu machen und herauszufinden, ob ich in die Gruppe passe.

»Also, ich dachte ...«, stammele ich und fühle mich wie eine verlegene Anfängerin.

Der intellektuelle Typ sieht mich an, als wolle er mich ermutigen: »Los, nur zu, red einfach«, während Roberta immer noch mit verschränkten Armen und säuerlicher Miene am Fenster lehnt.

»Ich dachte, dass ihr eigentlich ... Also, ich meine, ihr liegt gar nicht so weit auseinander.«

Danach sehe ich von einem zum anderen, um herauszufinden, welchen Eindruck meine Worte hinterlassen haben.

»Was meinst du damit?«, fragt Carlo, der Coole, und erwischt mich damit voll auf dem falschen Fuß.

»Jetzt lass sie doch ausreden, komm!«, ruft der intellektuelle Typ und schiebt sich die Brille mit dem Zeigefinger auf der Nase hoch.

»Also, ich habe den Eindruck, dass ihr alle eine etwas ansprechendere Zeitung wollt, aber trotzdem kein banales Teenagerblatt. Ich würde auch keinen Schönheitswettbewerb reinnehmen, aber Sex ist doch wirklich ein wichtiges Thema, oder? Und was die politischen Artikel betrifft, na ja, ihr schreibt immer über Themen, die meilenweit von unserem Alltag entfernt sind, aber über das, was in Mailand passiert, steht nie eine Zeile darin. Jetzt werden zum Beispiel die Abendschulen besetzt, weil sie geschlossen werden sollen, und ich glaube, ein Artikel darüber wäre doch nicht schlecht, oder? Also, ich meine, man muss nur eine ausgewogene Mischung finden, also ...«

Keiner rührt sich. Ich weiß nicht, was da über mich gekommen ist. Ich spüre, dass mein Gesicht ganz heiß ist und ich bin mir sicher, dass meine Backen puterrot geworden sind.

»Also, na ja, also«, wiederholt Carlo, der sich offensichtlich über mich lustig machen will. Und wirklich prusten alle los. Und wieder bricht die Hölle los.

Das Treffen endet ergebnislos. Um halb fünf bin ich endlich raus aus der Schule und völlig überzeugt, dass ich nie wieder einen Fuß in diesen Affenkäfig setzen werde. Zum Teufel mit Herrn Partis, zum Teufel mit der Schülerzeitung. Ich gehe Richtung U-Bahn, aber ich bin kaum um die Ecke, als jemand meinen Namen ruft.

»Alice!«

Luca!, denke ich. Nur einen Augenblick lang, aber lange genug, um erst zu hoffen und dann eine tiefe Traurigkeit zu empfinden. Natürlich kann er das nicht sein.

Ich drehe mich um. Es ist der intellektuelle Typ. Wie vorherzusehen trägt er eine Schultertasche aus Leder und hat sich einen Stapel Papier unter den Arm geklemmt.

»Hallo«, sage ich.

»Hör mal, tut mir leid, was da drinnen passiert ist. Carlo ist ein Idiot, das hast du sicher schon bemerkt. Aber er ist intelligent, wenn er sich grad mal nicht zum Affen macht. Wie auch immer, mir hat gefallen, was du gesagt hast. Ich bin ganz deiner Meinung. Wenn du willst, können wir beim nächsten Mal weiter darüber reden.«

»Ich weiß nicht, ich glaube nicht, dass ich der AG beitreten werde.«

»Nein? Ach, komm schon ... Gut, Carlo hat sich über dich lustig gemacht, aber alle anderen haben dir zugehört. Ich würde den Artikel über die besetzten Abendschulen gern schreiben, wenn du Lust hast, können wir das ja gemeinsam machen.«

»Es ist nicht wegen Carlo, es ist ... Ich weiß nicht recht, ob ich mich dort engagieren möchte.«

Guido wirkt etwas enttäuscht über meine Erklärung, aber anstatt sich zu verabschieden und zu verschwinden, bleibt er stehen und betrachtet mich aufmerksam.

»Ist noch was?«, frage ich ihn.

»Hör mal, ich weiß, was man sich so über dich erzählt.«

»Oh, mein Gott! Was denn?«, frage ich etwas beunruhigt und denke an den alten Spruch, den man mal über mich gesagt und der mich geprägt hat: Schön gerade nicht, aber auch nicht potthässlich ...

»Dass du was auf dem Kasten hast und gut schreiben kannst. Der Partis lobt dich immer in den höchsten Tönen.«

»Du hast auch den Partis?«

»Na klar, der ist in Ordnung. Ohne ihn wäre ich niemals der Schülerzeitungs-AG beigetreten. Er hat mich praktisch dazu gezwungen, sonst hätte ich ihm hundert Euro zahlen müssen.«

Ich schüttele den Kopf und muss lächeln.

»Ja, ich weiß, das klingt ganz schön verrückt.«

»Nein, überhaupt nicht. Ich bin aus demselben Grund gekommen.«

9 Luca

San Francisco ist wirklich fantastisch. Innerhalb eines Vormittags habe ich Folgendes herausgefunden: Ja, so unglaublich das auch klingen mag, die Straßenbahnen stammen wirklich aus Mailand (Quelle dieser Information: ein redseliger Autofahrer, ich hatte ihn nach dem Weg gefragt und dann hat er gar nicht mehr aufgehört zu quatschen). Außerdem ist San Francisco bestimmt die Stadt der Obdachlosen (Quelle dieser Information: ich selbst. Man muss sich nur ein wenig umsehen, um das zu bemerken. Über die Ursachen muss ich in den nächsten Tagen noch etwas nachforschen). Und schließlich ist San Francisco eine Halbinsel, an deren Küsten, ob man's glaubt oder nicht, Drachen leben (hier ist die Quelle der Information ein an sich ganz sympathischer Typ, der allerdings völlig stoned war. Ich hatte ihm ein bisschen Kleingeld gegeben und er wollte sich mit ein paar Informationen über die Stadt revanchieren).

Alice hat mir eine lange Mail geschrieben. Anscheinend ist die Schülerzeitung das reinste Irrenhaus. Sie meint, sie war schon drauf und dran, nie mehr da hinzugehen, aber schließlich hat sie es sich doch anders überlegt. Warum, habe ich allerdings nicht so ganz begriffen. Und sie scheint einen Job gefunden zu haben, auch wenn ich nicht richtig verstanden habe, wo genau. Eigentlich war es eine reichlich wirre Mail.

Außerdem findet man im ganzen Stadtzentrum kein Zimmer, wenn man nicht unbedingt ein Vermögen für die Monatsmiete ausgeben möchte.

Es ist zwei Uhr nachts und ich steige nach einem langen Tag, an dem ich kreuz und quer durch die Stadt geschlendert bin, aus dem Bus. Nach wenigen Schritten wird mir klar, dass ich mich wohl in der Haltestelle geirrt habe. Ich überprüfe die Hausnummer an einer Tür und stelle fest, dass ich ein ganz schönes Stück zu weit gefahren bin. Zähneknirschend mache ich mich auf den Rückweg.

Kaum habe ich mich wieder in Bewegung gesetzt, da höre ich den Schrei einer Frau. Er kommt aus einer kleinen, schlecht beleuchteten Seitenstraße. Etwas weiter die Straße runter sehe ich drei Obdachlose, die sich die Hände an einem Feuer wärmen, das klassische Feuer in einer Mülltonne, wie man es aus allen Filmen kennt. Aber sie scheint das Ganze kaltzulassen.

Ich will schon weiterlaufen, da höre ich wieder einen Schrei, gefolgt von ein paar lauten Worten.

Vorsichtig nähere ich mich der Seitenstraße und bereite mich innerlich darauf vor, gleich zusammengeschlagen und ausgeraubt zu werden. Ich gehe ein paar Schritte hinein, dann sehe ich im schwachen Licht einer Straßenlaterne eine Frau im Minirock, die mit ihrer Handtasche auf einen Mann einschlägt, der sie am T-Shirt gepackt hat. Etwas weiter erkenne ich eine Leuchtreklame mit der Aufschrift LILLY RESTAURANT, aber die Eingangstür des Lokals ist geschlossen. Suchend sehe ich mich um nach der obligatorischen Polizeistreife-die-zufällig-genau-im-richtigen-Moment-vorbeikommt, doch offensichtlich bin ich im falschen Film gelandet.

»Hey!«, rufe ich, nicht gerade laut, aber immerhin doch deutlich vernehmbar.

»*Fuck you, bastard!*«, schreit die junge Frau.

Der Mann nuschelt etwas, beugt sich über sie und versucht, sie zu küssen. Er wird so um die fünfzig sein, und bei näherem Hinsehen wirkt er auf mich vollkommen betrunken.

Vorsichtig nähere ich mich den beiden, der Mann bemerkt meine Anwesenheit und brüllt etwas, das bestimmt nicht sehr freundlich gemeint ist.

»*Fuck you!*«, schreit das Mädchen noch einmal.

Ich merke, wie mein Herz schneller schlägt, und plötzlich habe ich zittrige Knie.

Jetzt bin ich nur noch einen Meter von ihnen entfernt.

»Hey!«, rufe ich wieder.

Der Mann würdigt mich keines Blickes und presst die junge Frau an sich. Sie schreit auf und ich frage mich, warum denn bloß niemand kommt. Doch dabei wird mir klar, dass ja jemand gekommen ist, nämlich ich. Also muss ich jetzt etwas unternehmen.

Ich schreie: »*Go away!*«

»*Go home, sweety*«, krächzt er.

So funktioniert das nicht. Plötzlich lässt der Mann sich auf die Frau fallen und sie landen beide auf dem Boden. Er versucht, sie zu küssen und mir wird klar, dass es mit ein paar lauten Rufen nicht getan ist. Ich hole tief Luft, dann stürze ich mich auf ihn und versuche, ihn von ihr wegzuzerren. Er versetzt mir einen Ellenbogenstoß, ohne sich überhaupt nach mir umzudrehen, und auch ich versuche, ihn zu schlagen und ziele mit der Faust in seinen Nacken. Da dreht er sich um und sieht mich so finster an, dass einem davon angst und bange werden könnte. Er wischt sich die Hände an der Jacke ab und baut sich vor mir auf. Inzwischen ist die Frau aufgestanden und streicht sich ihre Kleidung glatt, so gut es geht.

Der Mann zischt unverständliches Zeug, auf einmal wirkt er gar nicht mehr betrunken, sondern nur noch stinksauer. Er hebt eine Flasche vom Boden auf und schlägt ihr an einer Mauer den Hals ab, während er mich herausfordernd ansieht. Ich spüre, wie mich eine nie gekannte Angst durchströmt. Am liebsten würde ich davonlaufen, aber ich kann mich keinen Zentimeter bewegen, meine Augen hängen wie gebannt an diesem purpurroten Gesicht. Ein paar Meter entfernt von uns schreit die junge Frau etwas, das ich nicht verstehe. Ich sehe nur, wie sie die Lippen bewegt und mit den Armen herumfuchtelt, aber es ist, als wäre ich plötzlich taub.

Der Mann kommt taumelnd näher, in der Hand die zerbrochene Flasche. Ich weiche einen Schritt zurück und lande mit dem Rücken an einer Wand. Jetzt fühle ich mich wirklich wie eine Maus in einer Falle.

Der Mann nähert sich drohend. Dann stürzt er sich auf mich und versucht, mich mit der Flasche zu erwischen. Ich will noch weiter zurückweichen, aber hinter mir ist diese Mauer. Ich stolpere, falle beinahe der Länge nach hin und schlage mit dem Kopf auf, als das kalte Glas der Flasche in meine Schulter eindringt. Ich spüre, wie mein warmes Blut das T-Shirt verklebt, während eine leichte Benommenheit mir die Sicht vernebelt. Einen Moment denke ich an den Film über das Ende der Welt und daran, wie blöd es doch ist, dabei bloß an apokalyptische Katastrophen zu denken, wo die Welt doch Tag für Tag zu Ende geht, jedes Mal, wenn jemand stirbt.

10 Alice

Ab und zu stelle ich mir die Frage, was Liebe ist. Ja, ich weiß, das ist eine schrecklich dramatische Frage, aber ich frage mich, ob man Liebe wirklich genau definieren kann. Gestern habe ich bei Wikipedia nachgesehen und zu meiner großen Enttäuschung herausgefunden, dass der User, der sich damit befasst hat, dieses Gefühl zu definieren, höchstwahrscheinlich Besseres zu tun hatte als seine Zeit im Internet zu verschwenden.

Das hat er geschrieben: »Die Liebe ist im engeren Sinne die Bezeichnung für die stärkste Zuneigung, die ein Mensch für einen anderen Menschen (...) zu empfinden fähig ist ...«

Herrgott, wie armselig! Die stärkste Zuneigung? Und was soll das sein? Gibt's dafür Sammelpunkte? Ja, okay, die Wikipedia-Artikel werden ehrenamtlich verfasst und sind kostenlos, aber wenn man keinen Bock darauf hat, kann man es auch lassen.

Da mich das nicht zufriedengestellt hat, habe ich nach der Bedeutung des Wortes in anderen Kulturen gesucht und bin dann an der buddhistischen Definition hängen geblieben: »Liebe ist der Wunsch, andere glücklich zu machen ...«

Und wegen dieser Internetrecherche stehe ich jetzt hier, in der Küche des Restaurants, in dem Lucas Vater arbeitet, wild entschlossen, mit ihm zu reden.

»Alice, wie schön, dich zu sehen, aber müsstest du nicht in der Schule sein?«, fragt er mich erfreut.

Er steht direkt vor mir. In der Hand hält er ein großes Stück Fleisch, das einem gehäuteten Dackel erschreckend ähnlich sieht. In der Küche wird schon eifrig gearbeitet, obwohl es noch nicht einmal zwölf ist.

»Ich hab schon frei und ... ich muss mit Ihnen reden.«

»Du kannst dich immer noch nicht daran gewöhnen, mich zu duzen, oder?«

»Stimmt«, gebe ich lächelnd zu. »Das kommt bei mir nicht spontan.«

»In Ordnung, was gibt's?«

»Es geht um Luca.«

Er sieht mich an und scheint alles andere als froh über den Grund meines Besuchs. Dann dreht er mir den Rücken zu und schaltet die Gasflamme unter einem großen Aluminiumtopf an.

»Ich weiß nicht, ob wir beide darüber reden sollten«, wendet er ein.

»Das weiß ich auch nicht, aber jetzt bin ich nun mal hier«, fahre ich fort, obwohl diese Argumentation reichlich hinkt: Wo ich schon mal hier bin, können wir ja auch nur einen Teller Nudeln essen ...

»Ich weiß nicht, was er dir gesagt hat, aber er hat seine Entscheidung getroffen und ich stelle sie nicht infrage. Wir müssen sehen, was wird.«

»Er läuft vor dir weg ...«

Lucas Vater seufzt und zuckt offensichtlich verblüfft mit den Schultern.

»Warum redet ihr nicht miteinander und versucht zu verstehen, ob ...«

»Das haben wir ja. Und er hat mir ganz klar gesagt, was er denkt und was er von mir hält. Aber vielleicht weißt du das nicht.«

»Was denn?«

»Alice, ich weiß wirklich nicht, ob wir darüber sprechen sollten. Ich verstehe ja, was dich antreibt, aber ich würde es gerne dabei belassen.«

Schweigend stehen wir einander gegenüber. Er hat recht. Aber ich auch. Es ist mir noch nie so sinnlos vorgekommen, recht zu haben.

»Wie geht es Martina?«, fragt er mit der deutlichen Absicht, das Thema zu wechseln. »Ich habe ihr Video auf Myspace gesehen, das ist gar nicht schlecht.«

»Stimmt, so langsam hat sie Erfolg, sie hat jede Menge Downloads.«

»Na ja, sie hat eine gute Stimme, und außerdem ist sie ein hübsches Mädchen, das spielt natürlich auch eine Rolle. Und wie geht es deinem Vater?«

»So lala, er ist immer noch zu Hause und keiner weiß, ob die Fabrik wieder aufmacht oder nicht.«

»Das ist eine schlimme Geschichte, tut mir leid für dich.«

»Na ja, das geht auch vorbei, zumindest hoffen wir das. Und bis es so weit ist, habe ich beschlossen, mir einen Job zu suchen.«

»Ach ja, wirklich? Also, wenn du willst, du weißt ja, dass wir hier immer jemanden brauchen können, zumindest am Wochenende.«

»Ja, nein, also, vielen Dank, aber ...«

»Du suchst also etwas anderes, vielleicht am Nachmittag ...«

»Nein, also, eigentlich suche ich einen Wochenendjob, aber nein ... Vielen Dank, ich hab da schon eine Idee.«

»Okay, aber wenn das nicht klappen sollte, dann denk nicht lange darüber nach. Ich meine es ernst. Du würdest uns sogar einen Gefallen tun. Überleg es dir.«

»Ja, danke ... Aber ich habe praktisch schon eine Zusage.«

»Ach, wie schade. Hat Luca dir denn nichts gesagt? Er wusste, dass hier im Laden Personal gesucht wird. Ich hatte ihm vorgeschlagen, neben dem Studium hier zu arbeiten, aber dann ... Na ja, den Rest kennst du ja.«

In diesem Augenblick scheint Lucas Vater zu begreifen, was wirklich hinter meiner etwas unbeholfenen Absage steckt, denn plötzlich schweigt er und verzieht den Mund zu einem bitteren Lächeln. »Ach so, klar, ich habe verstanden.«

»Es tut mir leid ...«

»Nein, lass mal gut sein«, sagt er und hebt entschuldigend die Hände. »Du hast ja recht, aber jetzt muss ich mich wieder an die Arbeit machen.«

Am Abend, als ich wieder zu Hause bin, lese ich noch einmal die Definition von buddhistischer Liebe nach, die mich dazu gebracht hat, zu Lucas Vater zu gehen, um mit ihm zu reden. Ich frage mich, ob es wirklich möglich ist, vollkommen uneigennützig das Glück eines anderen Menschen zu wollen. Als ich mich dann schlafen lege, habe ich keine Antwort gefunden, sondern eine neue Frage, die mich beschäftigt.

11 Luca

Was ist Ihr Hauptcharakterzug?

Ihr Traum von Glück?

Wer oder was hätten Sie sein mögen?

Was verabscheuen Sie am meisten?

Ihr Lieblingsschriftsteller?

Welche natürliche Gabe möchten Sie besitzen?

Ende des neunzehnten Jahrhunderts, noch als Jugendlicher, hat Marcel Proust einen persönlichen Fragebogen ausgefüllt, der später weltberühmt wurde. Ich habe ihn irgendwann zu Hause in einer Zeitschrift entdeckt und versuche ab und zu, mir diese Fragen zu beantworten. Im Internet habe ich herausgefunden, dass diese Art Test bei englischen Familien sehr angesagt war, auch ein beliebtes Gesellschaftsspiel unter Freunden, um sich besser kennenzulernen.

Die Frage, die mir im Moment im Kopf herumschwirrt, ist eine der letzten und der schwierigsten: Wie möchten Sie sterben?

Die habe ich immer übersprungen, oder besser gesagt, bis jetzt bin ich nach dem Ausschlussprinzip verfahren: nicht dement, nicht im Schlaf, nicht ertrinken ... Jetzt ist der Moment gekommen, eine weitere Möglichkeit auszuschließen: nicht durch jemanden, der nachts in einer dunklen Seitengasse von San Francisco mit einer abgeschlagenen Flasche auf mich losgeht.

»Wie fühlst du dich?«, fragt die junge Frau, sie klingt immer noch erschrocken. »Du bist Italiener, richtig?«

Ich sehe ihr Gesicht ein wenig verschwommen vor mir, als

hätte ich unter Wasser die Augen geöffnet. Ich mache den Mund auf, um etwas zu sagen, aber ich bringe kein Wort heraus, kann nur nach Luft schnappen.

Als ich eine Hand an mein Auge führe, fühle ich, dass es geschwollen und blutverschmiert ist, obwohl es nicht besonders schmerzt. Danach taste ich meine Schulter ab, das Glas der Flasche ist durch das Sweatshirt gedrungen. Mein T-Shirt ist nass und nach einer kurzen Überprüfung ist mir klar, dass es sich dabei um mein Blut handelt.

»He, sag was, kannst du mir antworten?«, fragt sie mich wieder.

»Ja ... Keine Ahnung ...«, erwidere ich kaum hörbar.

»Bist du Italiener?«, fragt sie mich noch einmal, und aus der Tatsache, dass sie meine Sprache vollkommen akzentfrei spricht, schließe ich, dass sie ebenfalls aus Italien kommen muss.

»Wo ist der Typ hin?«, frage ich sie und kann mich endlich so weit konzentrieren, dass ich ihr Gesicht klar vor mir sehe. Heller Teint, feine Gesichtszüge, schwarze glatte Haare, die im Nacken zusammengenommen sind. Und ein kleines Nasenpiercing.

»Der ist weg. Als du hingefallen bist, ist er abgehauen. Wie fühlst du dich?«

»Weiß nicht. Irgendwie betäubt ...«

»Na, auf jeden Fall danke ich dir, du warst mein rettender Engel. Kannst du laufen?«

Ich stehe mit ihrer Hilfe auf und spüre, dass meine Beine einigermaßen standfest sind. Mir ist ein bisschen schwindelig, aber im Großen und Ganzen bin ich wohl nicht schwer verletzt. Ich fahre mit einer Hand unter mein T-Shirt und stelle fest, dass die Wunde nicht tief geht.

»Wer war das denn?«, frage ich, als ich mich ein wenig besser fühle.

»Ein Gast, der etwas zu viel getrunken hat«, antwortet sie und mustert mich weiter kritisch, um herauszufinden, wie es mir geht.

Plötzlich erhellt ein greller Schein die Straße. Der nasse Asphalt spiegelt die unverwechselbaren rotblauen Lichter der Polizei wider.

»Komm, lass uns abhauen«, sagt das Mädchen knapp.

»Was heißt das, lass uns abhauen? Dort ist die Polizei!«

»Genau, nichts wie weg!«

Sie packt mich am Handgelenk und zerrt mich hinter sich her. Wir entfernen uns von den Lichtern, anstatt auf sie zuzugehen. Die Scheinwerfer des Streifenwagens werfen unsere Schatten vor uns auf die Straße. Ich begreife zwar nicht, warum wir vor der Polizei weglaufen, aber im Augenblick fehlt mir die Kraft, um Fragen zu stellen oder ihr zu widersprechen.

An der ersten Kreuzung biegen wir nach links ab. Hinter uns, in der Gasse, die wir gerade verlassen haben, kommt das Licht des Streifenwagens immer näher.

»Scheiße, wir müssen rennen«, ruft sie aus und sieht mich besorgt an. »Schaffst du das?«

»Was? Warum?«, protestiere ich, trotzdem laufe ich ein wenig schneller. Da nimmt sie meine Hand und rennt los.

Wir biegen in eine noch schmalere Gasse ein und laufen unter einer Brücke durch, die mir bekannt vorkommt. Und tatsächlich erkenne ich jetzt die Umrisse des heruntergekommenen Hauses, in dem ich wohne.

»Da wohne ich«, sage ich plötzlich wie ein kleines Kind.

»Hast du Alkohol oder was Vergleichbares da?«, fragt sie mich außer Atem.

»Alkohol ... Nein, ich weiß nicht, ich bin gerade erst eingezogen.«

Kurz darauf sitze ich auf einem Sofa in einem kleinen Raum, der nur von dem schummrigen, orangefarbenen Licht einer Stehlampe erhellt wird. Auf einem niedrigen Tischchen entdecke ich zwei Stapel Bücher und eine Holzschale, die mit Ketten, Armreifen und Ohrringen gefüllt ist. Ich halte mir einen Eisbeutel aufs Auge, während dieses Mädchen, das ich nicht einmal kenne, meine Wunde reinigt.

»So, das war's«, sagt sie und zieht die Binde über der Wunde an meiner Schulter fest. Ich nehme den Eisbeutel vom Gesicht und sehe sie an. Sie ist hübsch und wirkt sehr jung, was mich erstaunt, wenn ich bedenke, in welcher Lage ich sie angetroffen habe.

»Wie alt bist du?«, frage ich sie.

Ohne auf meine Frage einzugehen, steht sie auf und verschwindet kurz.

»Warum sind wir vor der Polizei weggerannt?«, frage ich sie, als sie wieder in der Zimmertür auftaucht. Weil das Licht aus der Küche hinter ihr hereinfällt, kann ich ihr Gesicht nicht sehen. Dafür bemerke ich, dass sie eine sportliche Figur hat, lange Beine, die in violetten Strümpfen stecken, und schmale Hüften.

Auch diesmal beantwortet sie meine Frage nicht, aber sie setzt sich wieder zu mir, öffnet eine Schublade unter dem Tischchen und zieht einen Plastikbeutel mit einem grünen Kraut heraus. Sofort verbreitet sich der unverwechselbare Geruch von Marihuana im Raum.

»Inzwischen machen sie sogar hier Stress ... San Francisco ist nicht mehr so wie früher.«

Im Fernsehen wird jetzt ein Quiz gesendet, anscheinend die amerikanische Version von »Wer wird Millionär?«. Ein fetter Kandidat rutscht nervös auf seinem Hocker hin und her und überlegt laut und stotternd, welche Antwort er geben soll. Die Frage lautet: Wann hat Mr McDonald sein erstes Fast-Food-Restaurant eröffnet?

»Woher soll ich das wissen?«, antwortet sie gedankenversunken.

»Also, ich heiße Luca«, werfe ich ein.

»Dalila.«

»Ein schöner Name.«

Sie lächelt leicht.

»Du arbeitest also als Kellnerin in dem Lokal?«, frage ich.

Sie steht wieder auf und holt von einem Wandregal eine Flasche. Dann schenkt sie zwei Gläser ein und hält mir eines hin.

Während ich das Glas an die Lippen führe, legt sich vor meinem inneren Auge ein Bild über die Situation, in der ich mich jetzt befinde: Ich sehe einen Bergsteiger vor mir, der in eine Lawine geraten ist und gerade von Helfern herausgeholt wurde, neben ihm ein Bernhardiner, der weiter im Schnee gräbt, und ein Typ mit Bart reicht ihm ein Glas und sagt: »Trink das, es wird dir guttun.«

»Trink das, es wird dir guttun«, sagt Dalila.

Das Bild löst sich auf wie eine kurze Fata Morgana. Dalila sitzt mir jetzt gegenüber. Sie hat ihr Glas schon ausgetrunken und das tue ich jetzt auch. In meiner Brust breitet sich Wärme aus. Ich hole tief Luft und als ich ausatme, bemerke ich den Alkoholgeruch aus meinem Mund.

»Woher kommst du?«, frage ich sie.

Auch diesmal antwortet Dalila nicht. Sie steht auf, öffnet einen Schrank, holt ein Sweatshirt heraus und hält es mir hin.

»Nimm, das ist sauber«, sagt sie zu mir.

Ich ziehe es über. Das Shirt ist mir etwas zu groß, also gehört es wahrscheinlich nicht ihr. Jetzt weiß ich nicht, was ich tun soll. Vielleicht sollte ich einfach aufstehen und gehen.

»Warum bist du hierhergekommen?«, fragt sie mich.

»Das ist eine lange Geschichte.«

In dem Augenblick merke ich, dass das Handy in meiner Hosentasche vibriert. Ich kontrolliere es, vier entgangene Anrufe, alle von Alice, und sogar eine SMS: *Wo bist du??? Wir wollten gestern Abend telefonieren ... Ich hab dich tausendmal angerufen!*

12 Alice

»Fabio kommt gleich, er wird dir alles zeigen«, sagt Lucas Vater zu mir. »Na, heute probierst du es einmal in aller Ruhe, dann wird man weitersehen. Wie geht es übrigens deinem Vater?«

»Die Fabrik ist immer noch geschlossen und man hat erst mal alle nach Hause geschickt. Er macht sich Sorgen.«

»Bei so einer Tochter braucht er sich doch überhaupt keine Sorgen zu machen. Du legst dich ja richtig ins Zeug, um zu Hause zu helfen.«

»Na ja, nur am Wochenende.«

»Alice, du tust etwas sehr Schönes, und dabei geht es nicht nur um das Geld. Deine Eltern werden bestimmt froh darüber sein ...«

Lucas Vater verstummt und senkt kaum merklich den Kopf.

»Sag mal ...«, fügt er dann unsicher hinzu und ich kann mir schon vorstellen, worüber er reden will. »Hast du was von Luca gehört?«, fragt er, aber dann gibt er sich die Antwort selbst. »Ach, natürlich hast du von ihm gehört. Was hält er davon, dass du jetzt hier arbeitest?«

»Das habe ich ihm noch gar nicht erzählt, ich wollte mir erst sicher sein. Eigentlich arbeite ich ja heute Mittag nur probehalber, oder?«

Er betrachtet mich misstrauisch, als würde ich ihm nicht die ganze Wahrheit erzählen, aber in dem Moment kommt Fabio, der Chefkellner, ein ungefähr dreißigjähriger Sonnenbankanbeter mit einem kräftigen Händedruck, und sagt mir, ich soll mitkommen.

Fünf Minuten später stehe ich im Gastraum, bereit für meinen ersten Versuch. Fabio erklärt mir, wie man den Bestellcomputer benutzt.

»Du tippst auf dem Bildschirm ein, was die Gäste wollen, dann drückst du auf ›Enter‹ und die Bestellung geht sofort mit deinem Namen an die Küche. Das ist alles, toll, was?«

»Hört sich einfach an.«

»Zuerst bringt man die Getränke und dann alles Übrige. Ach ja, du kannst auch zwischen Vorspeise und Hauptgang unterscheiden, das heißt, wenn jemand Tiramisu als Vorspeise will, brauchst du es nur auf Vorspeise zu buchen und es wird gleich zubereitet.«

»Wer will denn schon Tiramisu als Vorspeise?«

»Wart's ab, du wirst schon sehen«, sagt er und wiegt den Kopf wie jemand, der im Leben schon viel gesehen hat.

Das Restaurant liegt an den Navigli, den alten Kanälen von Mailand. In dem Viertel gibt es viele Lokale und an den Wochenenden ist hier ziemlich viel los. Das Lokal erstreckt sich über zwei Etagen und ist mit großen Holztischen eingerichtet, wie eine alte Werkskantine, nur dass hier das Steak fünfundzwanzig Euro kostet und man die Bestellungen mit diesen komischen Kleincomputern aufnimmt.

Plötzlich öffnet sich die Tür zum Restaurant und Fabio gibt mir einen leichten Klaps auf die Schulter.

»Was ist?«, frage ich ihn.

»Los, die da gehören dir.«

Ich bin ein bisschen aufgeregt. Zum ersten Mal in meinem Leben arbeite ich, und ich bin mir sicher, dass ich mich an diese Premiere noch lange erinnern werde.

Es ist eine Familie: Mutter, Vater, ein mürrisches Mädchen und ein Junge, so um die zehn, der auf seinem Gameboy spielt. Also der absolute Klassiker, oder?

Nachdem ich sie zum Tisch gebracht und ihnen genug Zeit gelassen habe, die Speisekarte zu studieren, nähere ich mich vorsichtig.

»Hier bin ich wieder, also, was kann ich Ihnen bringen?«

Schweigen.

»Los, Kinder«, übernimmt die Mutter die Führung. »Sagt der jungen Frau, was ihr möchtet.«

Der Junge spielt weiter auf seinem Gameboy und das Mädchen verzieht nur das Gesicht, als wollte es sagen: »Du kannst mir bringen, was du willst, ich werde doch darauf kotzen und es dir ins Gesicht schmeißen.«

»Ich nehme, mal sehen ... die Tagliolini mit Fischsoße«, entscheidet sich der Vater.

Im gleichen Augenblick jubelt der Junge laut auf, anscheinend ist er in seinem blöden Videospiel einen Level weiter. Die Mutter sieht ihn vorwurfsvoll an.

»Und wir trinken, eine Flasche ...«, fährt er fort und zeigt seiner Frau etwas auf der Weinkarte.

»Aber Schatz, hast du gesehen, wie viel der kostet?«, wendet sie ein.

»Das ist doch egal! Heute müssen wir feiern. Wenn alles gut geht, werden wir eine Weile keine Geldprobleme mehr haben.«

Seine Frau lächelt ihn selig an und ich versuche, in diesem Lächeln und dem zufriedenen Blick des Mannes etwas von der harmonischen Stimmung zu entdecken, die bei uns zu Hause herrschte, bevor mein Vater seine Arbeit verloren hat.

Die Kinder nehmen weiterhin überhaupt keine Notiz von mir.

»Kommt schon, Kinder, bestellt etwas«, sagt die Mutter. »Möchtet ihr Pizza?«

»Ich hab keinen Hunger«, meint das Mädchen zickig.

»Wir machen keine Pizza«, mische ich mich vorsichtig ein, aber niemand hört mir zu.

»Na gut, aber nimm irgendetwas«, beharrt die Mutter. »Wenigstens einen Salat.«

»Nein, ich nehme eine Pizza.«

»Was für eine willst du?«, fragt sie jetzt ihr Vater.

»Es tut mir leid, aber wir haben keine Pizza«, wiederhole ich und schlage vor: »Vielleicht einfach einen Teller Nudeln?«

Das Mädchen sieht mich genauso angewidert an wie eben. Und mir wird immer klarer, dass diese Familie keine Bedienung braucht, sondern einen Exorzisten.

Erst nach langem Hin und Her kann ich ihnen endlich eine komplette Bestellung aus der Nase ziehen. Ich drücke auf »Enter« und auf dem Bildschirm erscheint ein großes grünes »Ok«. Dann gehe ich zum Tresen zurück. Der Chefkellner wartet dort schon mit verschränkten Armen auf mich und nickt anerkennend.

»Sehr gut, wenn du die geschafft hast, schaffst du alle.«

»Warum?«

»Das sind Stammgäste, sie kommen jeden Samstag, absolute Nervensägen.«

»Sie haben mich ständig nach Pizza gefragt ...«, erkläre ich verwundert und verstehe immer weniger.

Fabio zuckt mit den Schultern, als wollte er mir zu verstehen geben, dass dies nun mal die unergründlichen Rätsel im Restaurantbetrieb sind.

In kurzer Zeit füllt sich das Lokal: Familien, Freunde, ein paar Englisch sprechende Touristen und eine Gruppe Japaner, die zu ihren Nudeln Tiramisu und Cappuccino bestellen. Jetzt geht es Schlag auf Schlag, es bleibt keine Zeit zum Nachdenken oder für eine kurze Pause, ein ewiges Gerenne, vor und zurück, hin und her. Die Gespräche der Gäste, klappernde Teller, das Klirren von Gläsern und Besteck bilden eine beständige laute Geräuschkulisse. Schon um kurz nach eins möchte ich mich am liebsten erschießen.

Aber die letzten Gäste gehen erst um halb vier. Ich habe Kopfschmerzen, und der Rücken und die Arme tun mir weh. Meine Füße fühlen sich so aufgedunsen an wie zwei Pizza Calzone mit Schinken, und mein T-Shirt stinkt nach Frittiertem.

Kurz danach teilt der Chefkellner das Trinkgeld unter uns auf, fünfzehn Euro pro Kopf.

»Und lästert beim nächsten Mal ja nicht über Japaner, denn

wenn die nicht gewesen wären, hätte es überhaupt kein Trinkgeld gegeben.«

Dann nimmt er mich kurz beiseite.

»Ich habe mit dem Chef gesprochen, er meint, es ist gut gelaufen«, berichtet er lächelnd. »Freust du dich?«

»Oh ja, total. Super, das freut mich wirklich.«

Er sieht mich skeptisch an, meine Reaktion hat ihn nicht gerade überzeugt.

Ehrlich gesagt habe ich so meine Zweifel. Also, natürlich bin ich froh darüber, dass ich jetzt einen Job habe, aber ich fürchte mich davor, was Luca dazu sagen wird, wenn ich es ihm erzähle ...

Als ich das Restaurant verlasse, knistert das Trinkgeld in meiner Tasche und eine angenehme Müdigkeit erfüllt meinen ganzen Körper. So fühlt sich also Arbeit an ... Viel besser als Schule. Du musst dir den Arsch aufreißen, aber wenigstens wirst du dafür bezahlt. Wenn Luca jetzt hier wäre, würde er bestimmt meine Überlegungen teilen. Nein, mindestens würde er ein Posting auf seinem Blog darüber schreiben, sich dann eine Woche damit beschäftigen und seine verrückten Theorien entwickeln. Doch bevor ich ihn an meinen Überlegungen teilhaben lassen kann, muss ich ihm erst mal erklären, dass ich im gleichen Lokal wie sein Vater arbeite.

Sobald ich zu Hause bin, gehe ich für unser tägliches Date ins Internet, aber Luca ist offline. Ich muss mit ihm reden, deshalb schicke ich ihm eine SMS, aber er antwortet nicht.

13 Luca

Ein Schlagzeugwirbel, gefolgt von einem Basssolo, weckt mich auch heute Morgen. Während ich langsam aufstehe, verfluche ich innerlich diese Wohnung, die Vermietung übers Internet, San Francisco, ganz Kalifornien und die Universität. Mein Arm tut weh, etwa auf Höhe der Wunde, und mein Auge pocht.

Der Moment des Erwachens ist der einzige am Tag, an dem ich es mir gönne, mich geradezu leidenschaftlich zu ärgern. Quasi noch mit geschlossenen Augen ziehe ich meine Jeans an, schlüpfe in die Flip-Flops, schnappe mir ein T-Shirt und ein Sweatshirt und gehe in die Küche. Ich öffne den Kühlschrank, aber darin sieht es nicht viel besser aus als bei meiner Ankunft. Angewidert betrachte ich das halb verrostete Kochfeld und die Espressomaschine, die ich mir aus Italien mitgebracht habe, während ein zweiter Schlagzeugwirbel meine Trommelfelle zerfetzt. Deshalb beschließe ich, das Frühstück noch ein wenig aufzuschieben und verlasse eilig mein Miniapartment, fest entschlossen, dieses Problem zu lösen.

Ich gehe die Treppe hinunter und klingele an der Tür des Probenraums. Natürlich bekomme ich keine Antwort. Ich warte ab, bis das Musikstück, das sie gerade spielen, zu Ende ist, und diesmal lasse ich den Finger auf der Klingel. Kurz darauf öffnet mir ein fettes Mädchen im Gothic-Look.

»Das ist mein Sweatshirt«, sagt sie sofort.

Ich schaue das Shirt an, das ich anhabe, und da fällt mir ein, dass Dalila es mir gegeben hat.

»Ich wohne hier oben drüber. Mir platzt gleich der Schädel von eurer Musik.«

»Warum hast du mein Sweatshirt an?«, beharrt das Mädchen.

»He, wer ist denn da?«, ruft jemand von drinnen.

»Ein Typ, der mein Sweatshirt anhat«, antwortet das Gothic-Girl. »Er sagt, er wohnt über uns. Hey, warum hast du mein Sweatshirt an?«

Ich höre Schritte auf dem Flur und gleich darauf erscheint hinter dem Mädchen Dalila.

»Ach, du bist es«, sagt sie. »Was machst du denn hier?«

»Ich wohne hier.«

Erst jetzt erkenne ich das kleine Piercing an der Nase des Mädchens wieder und begreife, dass es die gleiche Person ist, die ich am ersten Tag gesehen habe, als ich mich aus dem Fenster gelehnt habe, um herauszufinden, wer da unter meiner Wohnung ein Konzert gibt.

»Kennst du den etwa?«, fragt das Gothic-Girl.

»Das ist der, der mich gestern Abend gerettet hat. Ich habe ihm dein Sweatshirt geliehen ...«

»Ach, dann ist das ja unser Superheld!«, ruft das Mädchen mit einem augenzwinkernden Lächeln, und ich verstehe nur Bahnhof.

»Los, komm schon rein«, fordert Dalila mich auf. »Wir machen dir wenigstens einen Kaffee. Wohnst du wirklich über uns?«

»Ja, leider, also für mich.«

Als ich den Probenraum betrete, schlägt mir sofort ein penetranter Geruch nach Räucherkerzen entgegen. Die Wände des Flurs sind mit Bandpostern zugepflastert und das Zimmer, in dem die Instrumente stehen, ist ein rechteckiger Raum, der sich über den Daumen gepeilt ziemlich genau unter meinem Bett befinden muss.

Dalila gießt mir aus einer Glaskanne eine Tasse Filterkaffee ein. Dann winkt sie den anderen Mädchen, insgesamt sind es drei.

»Das ist Luca, mein Retter!«, ruft sie, woraufhin die Mädels begeistert Beifall klatschen und damit meinen Eindruck bestätigen, dass in diesem Haus alle durchgeknallt sind.

»Und das sind meine Schwestern«, erklärt Dalila und zeigt auf die anderen.

»Was? Ihr seid alle Schwestern?«

»Nein«, antwortet sie belustigt. »Wir sind die Nirvana's Sisters, so heißt unsere Band. Komm, setz dich her, dann bist du heute mal unser Publikum.«

Während sie das sagt, deutet Dalila auf einen Sessel, von dem aus man die Bühne gut sehen kann.

»Hier, nimm«, sagt sie und reicht mir einen Zettel, »das ist das Programm, hinterher sagst du uns, wie wir waren.«

Ich gieße mir noch eine Tasse Kaffee ein, wie ich es in so vielen Fernsehserien gesehen habe, und beschließe, höchstens fünf Minuten zu bleiben. Aber nach dem ersten Stück haben sie mich gepackt. Sie spielen Songs, die mir bekannt vorkommen, obwohl ich nicht sagen könnte, wie sie heißen. Schnelle Rhythmen wechseln sich mit ruhigeren Melodien ab. Ich versuche den Zettel zu lesen, den mir Dalila gegeben hat, um zu sehen, ob ich einen Song davon kenne: *About a girl, Smells like Teen Spirit ...*

Irgendwann hören die Mädchen auf zu spielen. Als ich auf dem Handy nachsehe, wie spät es ist, stelle ich fest, dass ich drei Anrufe verpasst habe. Alle von Alice. Seltsam, dass sie mich auf dem Handy anruft. Ob etwas passiert ist? Ich versuche sofort, sie zurückzurufen, aber eine Bandansage erklärt mir, dass mein Guthaben erschöpft ist. Ich werde später versuchen, mich über Skype einzuwählen.

»Kaffeepause«, sagt Dalila und gießt sich aus der Glaskanne ein, die anderen machen es ihr nach. Zwei Mädchen setzen sich auf die Stufen zu der kleinen Bühne, wo die Instrumente stehen, das fette Gothic-Girl setzt sich auf den anderen Sessel und Dalila auf die Lehne des Sessels, in dem ich sitze.

»Also, was meinst du?«, fragt mich Dalila, während eines der beiden Mädchen auf den Stufen sich einen Joint dreht.

»Na ja, ich hasse euch immer noch, weil ihr direkt unter meinem Schlafzimmer spielt, aber ... Ich mag eure Musik, ich mag sie wirklich. Sind das eure Songs?«

»Machst du Witze?«, knurrt das Gothic-Girl.

»Nein, ich hab mich halt gefragt ... Keine Ahnung, sind das Coverversionen?«

»Wir spielen die Songs von Nirvana«, sagt eine von den anderen, völlig baff über mein Unwissen, während sie sich ihren Joint anzündet. »Nur die. Was meinst du wohl, warum wir uns so nennen?«

»Ach ja, okay, okay, die kenne ich nicht so gut. Ist ja, glaub ich, schon eine Weile her ...«

Das Eingeständnis meiner Unkenntnis sorgt für einigen Unmut, den ich mit dem Versprechen besänftige, dass ich mich schlau machen werde: Ich werde mir alle Songs von Nirvana anhören und so meine Bildungslücke schließen. Wir reden weiter über Musik und die Konzerte, die sie geben, obwohl nie jemand kommt, bis Dalila sich schließlich von der Lehne des Sessels gleiten lässt und in meinen Armen landet. Die drei Mädchen platzen fast vor Lachen, während sie mich mit glänzenden Augen ansieht.

»Jetzt bist du dran«, sagt Dalila und sieht mich durchdringend an. Sie hat einen Arm um meinen Hals gelegt, der andere liegt auf der Lehne.

»Was wollt ihr wissen?«, frage ich.

Dalila dreht sich zu den anderen Mädchen um, als erwarte sie von ihnen ein paar Vorschläge für Fragen.

Schließlich ergreift das Gothic-Girl das Wort: »Was spielst du?«, fragt sie mich.

»Ich? Nichts. Ich spiele kein Instrument.«

»Schön, was machst du dann?«, fährt sie fort, als ob jemand, der kein Instrument spielt, keiner glaubhaften Tätigkeit nachgehen könnte.

»Ich bin mit der Schule fertig und jetzt versuche ich nach Berkeley zu kommen, um dort Wirtschaft zu studieren.«

»Wieso das denn?«, fragt sie mich, als hätte ich gesagt: »Ich habe ein Schaumbad gekauft und breche jetzt nach Nebraska auf.«

»Weil ... Na ja, einfach so«, sage ich schulterzuckend.

Dalila sieht mich an und nickt mit ernstem Gesicht, dann wendet sie sich an ihre Freundinnen. »Er kann unser Manager werden!«, ruft sie aus und die drei kichern laut.

»Mit ihm kann uns nichts mehr passieren«, ergänzt das Gothic-Girl und lacht noch einmal.

»Ich glaub, da komm ich nicht mit«, gebe ich zu.

»Wir hatten einen Manager«, erklärt mir eines der Mädchen. »Aber der ist weggeflogen.«

Dazu flattert sie mit den Händen und wieder prusten die anderen los.

»Der hatte echt einen Vogel«, sagt Dalila.

»Warte mal, dann weiß ich jetzt, wen du meinst«, erwidere ich, als mir der Typ einfällt, der mir die Wohnung vermietet hat. »Ist das etwa der Typ, der über euch gewohnt hat?«

Die Mädchen sehen mich verblüfft an: »Ja, warum, kennst du ihn?«

»Er hat mir seine Wohnung vermietet«, erkläre ich, und darauf erstickt das Gothic-Girl beinahe an seinem unterdrückten Lachen. »Ach, du hast das ernst gemeint. Du wohnst wirklich oben ...«

Ich sage nichts, sondern nicke nur resigniert.

»Okay, dann ist es also abgemacht«, sagt Dalila und steht von meinen Knien auf. »Er wird unser Manager. Wie war noch mal dein Name?«

»Luca.«

»Also dann, Luca und die Nirvana's Sisters«, erklärt Dalila und präsentiert mit der Hand den Titel auf einem imaginären Plakat. »Das klingt doch super.«

14 Alice

»Aber warum ausgerechnet Kellnerin?«, fragt mich Mary.

»Du weißt doch, wie das ist, die Jobs als Bankdirektorin waren schon alle weg.«

Martina sitzt auf dem Sofa. Vor ihr auf dem Stativ steht die Videokamera. Heute hat sich die kleine Dachwohnung in ein Aufnahmestudio verwandelt.

»Sag mal, du hast doch sicher was von Luca gehört?«

»Frag lieber nicht, ich habe ihn tausendmal angerufen, aber dieser Idiot hat sich nicht gemeldet. Auf Facebook war er nicht und auch nicht auf Skype.«

»Süße, entspann dich, so kriegst du bloß einen Nervenzusammenbruch.«

Mary hat recht. Ich kann doch kein Drama daraus machen, dass Luca nicht ans Handy gegangen ist. Eigentlich ist er ja gerade erst weg. Da braucht man viel Fantasie und eine äußerst pessimistische Lebenseinstellung, um sich vorzustellen, dass er sich schon in ein anderes Mädchen verliebt und/oder sich in irgendwelche Schwierigkeiten gebracht hat. Er hat einfach das Handy zu Hause gelassen, natürlich, so wird es sein.

»Also, wann beginnt jetzt das Konzert?«, fragt Mary und klatscht auf ihre übliche theatralische Art in die Hände.

»Ich warte noch auf das richtige Licht«, antwortet Martina. »Um halb sieben, wenn die Sonne untergeht und das ganze Zimmer in orangefarbenes Licht getaucht ist.«

»Wow, Martina, seit wann bist du so romantisch?«, frage ich und schaue verstohlen aus dem Fenster nach der Sonne.

»Von wegen Romantik«, erwidert sie. »Dadurch erhöhen

sich die Downloads. Gestern haben mich vierhundert runtergeladen.«

»Du wirst ein Star!«, ruft Mary aus.

»Na ja, offenbar komme ich ganz gut an«, erklärt sie und öffnet ein paar Knöpfe ihrer Bluse. »Außerdem macht das diesen Idioten Daniele eifersüchtig.«

»Ach Mann, hattet ihr euch nicht wieder vertragen?«, frage ich sie.

»Diesmal ist es wirklich aus.«

»Das sagst du doch jedes Mal, Süße«, wirft Mary ein.

Martina antwortet nicht. Sie drückt die Zigarette in dem Aschenbecher aus, der auf dem Tischchen vor dem Sofa steht, und steht auf.

»Okay, ich zieh mich jetzt mal ein bisschen aus.«

»Marti, was redest du da?«, rufe ich entsetzt.

»Macht euch bereit für eine Verwandlung.«

Mary und ich bleiben allein. Auf dem Tisch läuft Martinas Notebook und darauf sieht man ihre Seite auf Myspace. Ich klicke auf »Play« und lasse das letzte Video laufen, das sie hochgeladen hat. Da liegt sie in der Badewanne, aber man sieht nur ihren Kopf, denn der Rest des Körpers ist von Schaum bedeckt. Sie nimmt den Duschkopf als Mikrofon und beginnt zu singen.

»Martina sieht wirklich verboten gut aus«, sagt Mary. »Jetzt, wo Luca weg ist, könntest du es ja mal mit ihr probieren.«

Mary lacht amüsiert über ihre eigene Bemerkung und ich schüttele resigniert den Kopf.

»Du bist echt albern, Mary.«

»Süße, tu nicht so prüde, das nimmt dir keiner ab. Du hast sie schließlich geküsst, nicht ich!«

»Mary, das ist zwei Jahre her und außerdem war das eine besondere Situation.«

»Oh ja, und zwar eine ganz besondere«, meint Mary und klappert anzüglich mit den Lidern. »Du und sie, beide nackt im Meer.«

Mary lacht laut und ich muss ebenfalls grinsen.

»Ja, stimmt, einen Augenblick habe ich daran gedacht ... Ich habe mich gefragt, wie es wohl mit einem Mädchen ist.«

An dieser Stelle hört Mary zu lachen auf, sie schaut mich nur an und lächelt hinterlistig mit zusammengepressten Lippen.

»Aber dann sind Luca und ich ja zusammengekommen«, füge ich hinzu, bevor Mary auf merkwürdige Ideen kommt.

Im gleichen Moment kommt Martina ins Zimmer zurück und, Mary hat recht, sie ist traumhaft schön. Sie trägt ein Paar hautenge Jeans und eine vorn ziemlich weit aufgeknöpfte weiße Bluse. Ein Look à la Countrysängerin, dazu fehlt ihr nur noch die Gitarre. Die langen Haare hat sie hochgesteckt, sodass der Nacken frei bleibt.

»Was meint ihr?«, fragt sie uns und dreht sich einmal um sich selbst.

»Du siehst einfach toll aus«, gebe ich zu.

»Und was singst du diesmal?«, fragt Mary.

»*Please, Please, Please, Let Me Get What I Want* von den Smiths.«

»Und wer sind die Smiths?«, fragt Mary weiter.

»Ach, vergiss es, wenn ich die Titelmelodie von *Gossip Girl* singe, ruf ich dich an.«

»Blöde Kuh!«

Martina will gerade auf »Play« drücken, als wir die Türklingel hören, danach ein schnelles, unverwechselbares Kratzen am Holz. Sie tut, als hätte sie nichts gehört.

»Komm schon, machst du nicht auf?«, frage ich.

»Mach du ihm doch auf.«

Inzwischen nehme ich Martinas und Danieles kleine Beziehungsscharmützel gelassen und gehe zur Tür. Danieles Frettchen schlüpft sofort in die Wohnung und rennt wie verrückt hin und her. Daniele trottet bedrückt herein, wie jemand, der genau weiß, dass er Riesenmist gebaut hat, und keine Ahnung hat, wie er das wiedergutmachen kann.

»Hallo, Daniele!«, zwitschert Mary hinter mir.

Ich küsse ihn zur Begrüßung auf die Wangen, seine Bartstoppeln kratzen mich, und das erinnert mich kurz daran, was die paar Zentimeter zwischen den Wangen und den Lippen für einen Unterschied machen. Eigentlich habe ich mich mit Daniele ganz wohl gefühlt, überlege ich, obwohl er jetzt ganz klar Martinas Freund ist, der einzige, der mit ihrem chaotischen Leben mithalten kann, aber ich spüre kurz einen Stich Eifersucht.

Als ich nach Hause komme, sitzen meine Mutter und mein Vater am Küchentisch, vor sich Papier, Kugelschreiber und Taschenrechner. Das kommt mir vor wie eine Szene aus den *Simpsons*, in der Marge und Homer sparen müssen oder aus irgendeinem Grund nachrechnen, was die Haltung eines Elefanten kostet. Ja genau, es kommt mir wie ein Film vor, so unwirklich und absurd, aber jetzt, wo ich die Tochter der *Simpsons* bin, kann ich nicht darüber lachen.

»Was macht ihr da?«

Mein Vater setzt die Brille ab und sieht von den Blättern auf.

»Setz dich, Alice«, sagt er ernst.

Ich hänge die Tasche an den Stuhl und nehme ihnen gegenüber Platz. Mein Vater setzt die Brille wieder auf und schaut auf seine Notizen.

»Leider haben wir eben jetzt nicht mehr Geld, als wir haben«, fährt er fort und wägt jedes Wort einzeln ab. »Und so wie es aussieht, können wir nicht optimistisch in die Zukunft schauen.«

»Das bedeutet?«, frage ich.

»Das bedeutet, dass wir von jetzt an alle unnötigen Ausgaben abbauen müssen«, ergreift meine Mutter das Wort. »Wir nagen zwar nicht am Hungertuch, aber ... neue Kleidung, Ausgehen am Wochenende, Restaurantbesuche, Taschengeld sind nicht drin ... Tut mir leid, Schatz, aber im Moment geht es nicht anders.«

Mein Vater hält die Augen gesenkt. Man sieht ihm an, wie sehr es ihn belastet, nicht für seine Familie sorgen zu können.

Merkwürdig. Einerseits stelle ich mir vor, wie meine Familie in ein paar Jahren fröhlich gemeinsam am Tisch sitzt und sagt:

»Ach ja, das Jahr war wirklich schlimm.« Andererseits habe ich eine düstere Vision, in der wir aus unserer Wohnung ausziehen müssen, mein Vater im Winter Schnee schippen geht, wenn die Arbeitslosen dazu herangezogen werden, und meine Mutter bei anderen Leuten putzen geht. Und das Seltsamste daran ist, dass beide Vorstellungen in meinem Kopf mir gleich absurd und unvollkommen erscheinen. Die Zukunft versucht, sich meinen Überlegungen zu entziehen.

Und aus irgendeinem Grund hat Luca immer noch nicht angerufen.

15 Luca

Heute Nachmittag war ich einkaufen und habe es geschafft, mit leeren Händen zurückzukommen. Amerikanische Supermärkte sind das genaue Gegenteil von italienischen. Während es in Italien ein Überangebot an Einzelportionen, Minipackungen und all diesen »Singlehaushalt«-Produkten gibt, braucht man in Amerika gar nicht erst loszuziehen, wenn man nicht mit mindestens tausend Leuten zusammenwohnt. Alles ist hier größer, die Packungen, die Dosen, die Konserven, die Flaschen ... Größen, die es in Italien gar nicht gibt. Die Steaks sind riesig, die Shampooflaschen der gleichen Marke wie bei uns enthalten hier die doppelte Menge. Auch die Einkaufswagen sind viel größer, was den absurden Effekt hat, dass Männer und Frauen deutlich kleiner wirken.

In einem Anflug von pathetischer Sehnsucht nach mediterraner Kost koche ich mir zum Abendessen eine einfache Pasta mit Tomatensoße, wobei ich statt Olivenöl Keimöl nehme, statt Parmesan einen milden holländischen Gouda und statt italienischer Markennudeln irgendwelche von einer Marke, von der ich noch nie gehört habe. Wie vorherzusehen war, kommt dabei bloß ein Schweinefraß heraus, den ich in den Mülleimer kippe.

Ich beschließe, mir irgendwo einen Burger zu holen, man hatte mir ja vorhergesagt, dass ich häufiger zu dieser Lösung greifen würde. Ich gehe durch das gewohnte Grüppchen Obdachloser, die nur ein paar Meter von meiner Wohnung entfernt ihr Lager aufgeschlagen haben, und mache mich auf zu einem Fast-Food-Lokal, das ich gestern vom Bus aus gesehen habe. Es ist kalt heute Abend, obwohl kein Nebel herrscht und der Himmel mit kleinen Sternen übersät ist.

Nachdem ich ein paar Minuten gelaufen bin, stoße ich auf eine Leuchtreklame, die mir bekannt vorkommt. Als ich genauer hinschaue, stelle ich fest, dass es sich um das Lilly Restaurant handelt. Mein Kopf kehrt automatisch zum Abend meiner heldenhaften Rettungstat zurück. Hier arbeitet Dalila also, sage ich mir.

Und ich beschließe, einen Blick dort hineinzuwerfen.

Ich gehe auf den Eingang zu, aber dort stoße ich auf einen kräftigen farbigen Türsteher, der mich völlig grundlos misstrauisch mustert. Ich halte seinem Blick stand und sehe ihn fragend an. Er neigt kaum merklich den Kopf, um mir zu verstehen zu geben, dass ich eintreten darf, allerdings tritt er keinen Millimeter zur Seite. Ich gehe also um ihn herum, und als ich eintrete, finde ich mich in einem kleinen, mit rotem Teppichboden ausgelegten Eingangsbereich wieder, vor mir eine weitere Tür mit einem glänzenden Schild mit der Aufschrift: LILLY RESTAURANT.

Kaum habe ich die Tür geöffnet, wummert mir Musik in Höchstlautstärke entgegen. Ich zögere kurz und lasse den Anblick erst einmal auf mich wirken. Ein Raum, dessen Größe ich nicht schätzen kann, schummriges Dämmerlicht, bunte Scheinwerfer, die sich ihren Weg durch den Rauch bahnen, und ein langer Stahltresen, der sich an der Wand entlangschlängelt. Einige Männer sitzen auf Hockern davor mit Gläsern in der Hand. Ich entdecke ein paar Barkeeper, die Cocktails mixen.

Am Eingang begrüßt mich eine junge Frau und gibt mir eine Magnetkarte. Ich werfe einen flüchtigen Blick darauf und stecke sie in die Tasche.

Dann sehe ich auf dem Handy nach, wie spät es ist. Sieben Uhr. Heute Abend ist es wieder zu spät, um mich bei Alice zu melden. Nachdem ich gestern Nacht ihre Anrufe nicht entgegengenommen habe, hat sie sich heute nicht gemeldet und nicht auf meine SMS geantwortet. Aber ich weiß ja, wie bockig sie sein kann, deshalb nehme ich das nicht so ernst. Ich werde sie morgen anrufen.

Einer der Barkeeper fragt mich lächelnd, was ich trinken möchte. Ich bestelle ein Glas Wein, aber als ich mein Portemonnaie zücken will, sagt er mir, er will kein Geld, sondern er braucht die »Card«. Ich reiche ihm die Magnetkarte, die man mir am Eingang gegeben hat, und er steckt sie in ein elektronisches Lesegerät, das wie das SB-Terminal eines Geldautomaten in klein aussieht.

Mit dem Glas Wein in der Hand, der etwas nach Lakritz schmeckt, setze ich mich an den Tresen. Während ich ihn trinke, bemerke ich, dass an den Wänden des Lokals einige kleine Sofas und Tische stehen, die fast alle besetzt sind, und alles in allem stelle ich fest, dass dies sicher nicht mein Stammlokal werden wird.

Plötzlich verstummt die Musik. Ein Scheinwerfer beleuchtet eine Wendeltreppe, die von der Decke herabführt, während eine durch ein Mikrofon verstärkte Stimme den Auftritt von jemandem ankündigt, das erkenne ich an diesem Meine-sehr-geehrten-Damen-und-Herren-Ton.

Für kurze Zeit wird es still im Raum, hier und da hört man einen Gast lachen. Dann setzt wieder laute Musik ein und ein paar Mädchen in Sexy-Krankenschwester-Kostümen mit quasi nicht vorhandenen Röckchen kommen die Wendeltreppe herunter.

Die Mädchen, sie sind zu sechst, betreten den Tresen, der, wie ich jetzt merke, direkt mit der Wendeltreppe verbunden ist. Sie verteilen sich auf der Theke, jede in der Nähe einer Stange, die bis zur Decke reicht. Eine davon ist direkt vor mir. Und als ich jetzt den Kopf hebe, begreife ich langsam, wo ich bin, was hier abgeht und was Dalilas Job ist ...

16 Alice

Marco? Guido? Matteo?

Wie zum Teufel heißt der intellektuelle Typ aus der Redaktion der Schulzeitschrift noch mal?

Warum höre ich immer nur meinen Namen, wenn ich mich mit jemandem bekannt mache?

Ich habe mich oft gefragt, warum das so ist und bin zu dem Schluss gekommen, dass mein Hirn die Eigennamen von Menschen als vollkommen unerheblich erachtet. Ich kann mich genau daran erinnern, was er anhatte, was er gesagt hat und vielleicht sogar noch an zwei oder drei seiner Gesichtsausdrücke. Ganz offensichtlich ist mein Kopf in dem heiklen Moment des Kennenlernens zu sehr damit beschäftigt, den Menschen einzuscannen, den ich vor mir habe, um sich auch noch damit zu belasten, den Namen abzuspeichern.

Auf dem Treppenaufgang zur Abendschule wimmelt es von Schülern. Hinter einem Stand verteilen zwei Mädchen Flugblätter und Informationsmaterial. Aus den Fenstern des Gebäudes hängen einige Spruchbänder: NEIN ZUR SCHLIESSUNG DER STÄDTISCHEN ABENDSCHULEN – DIE GANDHI-SCHULE IST BESETZT! – BERUFSTÄTIGE ABENDSCHÜLER KÖNNEN SICH KEINE PRIVATSCHULEN LEISTEN!

Ich komme mir ein bisschen verloren vor, aber dann beschließe ich, dass ich mir schon mal ein paar Notizen machen kann, während ich auf Marcomatteoguido, oder wie immer er heißt, warte. Das tun doch echte Journalisten, oder? Ich ziehe also das Notizbuch aus der Tasche, das ich mir extra mitgenommen habe, und schreibe mir die Slogans von den Spruchbändern auf. Dabei fühle ich mich allerdings eher wie ein kleines Mädchen beim Schulausflug als wie eine rasende Reporterin.

»Fängst du etwa schon ohne mich an?«

Ich drehe mich um. Er ist es natürlich.

»Hallo«, sage ich, und wir küssen uns zur Begrüßung auf die Wangen. »Ich war gerade dabei, mir die Slogans zu notieren.«

Er schaut hoch zu den Spruchbändern. Dann holt er eine Digitalkamera aus seinem Rucksack und schießt ein paar Bilder, die er sofort danach auf dem Display überprüft.

»In der Schülerzeitung können wir nur ein Foto bringen, aber die anderen laden wir dann auf die Webseite hoch.«

»Ach so, okay.«

»Ich würde damit anfangen, Stimmen von einigen Leuten hier vor dem Gebäude zu sammeln. Vielleicht stellen wir ihnen ein paar Fragen und schreiben ihre Geschichten auf.«

»Müssen wir das nicht aufnehmen?«

»Nein, das ist nicht notwendig, lass dir einfach erzählen, warum sie zur Abendschule gehen, und wähle möglichst unterschiedliche Leute aus, also Männer und Frauen unterschiedlicher Altersgruppen.«

»Ja, geht in Ordnung, aber was ist mit dir ...? Also, soll ich allein losziehen?«

Marcomatteoguido schaut mich an und lächelt. Er wirkt gerührt und ich weiß nicht, ob ich mich deshalb geschmeichelt fühlen oder beleidigt sein soll.

»Geh ruhig«, sagt er. »Ich weiß, dass du meinen Rat nicht brauchst.«

Ich habe keine Ahnung, was ihm da durch den Kopf gegangen ist, aber letzten Endes beschließe ich, mich geschmeichelt zu fühlen und nähere mich meinen ersten Opfern. Bang frage ich mich, ob sie mir antworten oder mich zum Teufel schicken werden, als ich auf die beiden Mädchen am Informationsstand zugehe.

»Entschuldigung, ich komme von der Schülerzeitung des Parini-Gymnasiums, wir schreiben einen Artikel über eure Besetzung der Schule. Darf ich euch ein paar Fragen ...«

Die Mädels lassen mich nicht einmal ausreden. Sie schauen einander an, dann wenden sie sich ihren Mitschülern zu.

»Leute, Journalisten!«

In weniger als fünf Sekunden bin ich buchstäblich umringt von den Schulbesetzern. Jeder versucht, mir seine Geschichte zu erzählen, während ich ständig wiederhole: »Entschuldigung, aber ich schreibe nur für eine Schülerzeitung.«

»Das ist egal«, erklärt mir ein Mann um die dreißig. »Die Tageszeitungen interessieren sich nicht mehr für uns, inzwischen ist die Nachricht nicht mehr aktuell, und wir müssen irgendwie auf anderem Wege auf uns aufmerksam machen.«

Innerhalb von einer halben Stunde nehme ich die Geschichten von dreißig Personen auf. Ich schreibe alles in mein Notizbuch, kritzele hektisch etwas in einer Schrift, die ich mit Sicherheit erst nach Stunden mühevoller Kleinarbeit entziffern können werde. Aber das ist mir jetzt egal. Ich spüre, wie ein seltsamer Adrenalinstoß durch meinen Körper geht, all diese Leute, die mit mir reden wollen, lösen unbekannte Gefühle in mir aus.

»Na, wie läuft's?«, fragt mich der intellektuelle Typ.

»Alles in Ordnung, aber musst du dir denn gar nichts notieren?«

»Nein. Den Artikel schreibst ja du, ich mache nur die Bilder.«

Nun werde ich nervös. Ich habe angenommen, wir würden den Artikel gemeinsam verfassen. Um ehrlich zu sein, ich habe sogar geglaubt, dass er ihn schreibt.

»Ach so, na gut, aber ... Dann musst du mir ein paar Tipps geben, also, ich meine ... Ich habe noch nie einen Artikel geschrieben, also, ich habe noch nie so ein Interview geführt.«

Der Intellektuelle sieht mich an und lacht dann laut los.

»Tut mir leid, du bist so komisch, wenn du nervös bist. Dann sagst du ständig ›also‹.«

»Ja, das stimmt, also ... Okay, ich bin schon ruhig. Gibst du mir jetzt ein paar Tipps?«

Er sieht mich lächelnd an. Dann bedeutet er mir, ihm in die Schule zu folgen. Wir schieben uns durch die Schülermassen, die sich vor dem Eingang versammelt haben, und einen Moment lang sind die unbekannten Gefühle von vorhin wieder da. Ich fühle mich, nein, nicht wichtig, aber erfüllt, glaube ich. Zum ersten Mal kommt es mir vor, als wäre die Gegenwart nicht nur ein Wartesaal, sondern ein Haus, in dem ich selbst etwas verändern kann.

Als wir gerade hineingehen wollen, höre ich mein Handy klingeln. Ich sehe nach. Es ist Luca. Also ist er doch nicht tot. Aber das kann er vergessen, dass ich jetzt drangehe, nachdem ich ihn die ganze Nacht lang vergeblich angerufen habe.

17 Luca

»Was zum Teufel tust du hier?«, fragt Dalila, während sie mit einer Hand nach der Eisenstange greift.

Ich bin so überrascht von ihrer Reaktion, dass ich den erstbesten Vorwand benutze, der mir einfällt: »Ich muss dir doch das Sweatshirt zurückgeben.«

»Wie bist du hier reingekommen? Weißt du, wie teuer dieser Laden ist?«

»Ich hab nichts bezahlt.«

»Natürlich hast du nichts bezahlt, man zahlt erst beim Rausgehen.«

»Ach ja, und ist es sehr teuer?«

Dalila schnaubt kurz, doch dann lächelt sie wieder, sie kann jetzt nicht reden. Ein wenig später als ihre Kolleginnen beginnt sie mit ihrer Darbietung und tanzt mit gleitenden Bewegungen an ihrer Stange, wobei sie mir ihren Hintern beinahe ins Gesicht streckt. Als ich mit dem Kopf ein wenig zurückweiche, begegne ich dem lüsternen Blick eines Gastes, der mich komplizenhaft ansieht.

Zu meiner großen Enttäuschung merke ich, dass das hier kein Striptease wird, wie ich anfangs gehofft hatte. Die Mädchen tanzen ein paar Minuten, angefeuert vom Beifall und den Pfiffen der Gäste, bis die Musik langsam verstummt und sie vom Tresen steigen. Einige unterhalten sich mit den Gästen, die mit ihnen lachen und sich amüsieren. Andere holen etwas zu trinken und setzen sich zu einem Typ in Anzug und Krawatte, so um die vierzig mit rasiertem Kopf, der sich wie der Besitzer des Lokals aufspielt und es höchstwahrscheinlich auch ist.

Dalila hingegen …

»Komm mit, ich bring dich hier raus«, sagt sie zu mir, in einem Ton, der keinen Widerspruch duldet.

»Warum muss ich denn gehen?«, frage ich und folge ihr durch die Menschenmenge.

»Jetzt frag nicht und tu, was ich dir sage.«

Sie bringt mich bis zum Eingang, wo sich jetzt zwei kräftige Türsteher vor einer Schlange auf Einlass wartender Gäste aufgebaut haben.

»Ein Restaurant der besonderen Art«, bemerke ich, aber sie beachtet mich überhaupt nicht. Stattdessen redet sie mit einem der beiden Gorillas, ich glaube, sie will ihn überreden, mich hinauszulassen. Das vermute ich nur, weil sie ständig auf mich deutet, während der Türsteher den Kopf schüttelt und auf die Kasse zeigt.

»Du musst bezahlen«, sagt Dalila dann zu mir. »Zahl und geh.«

»Na, dann kann ich genauso gut bleiben.«

»Hast du fünfzig Dollar?«

»Fünfzig Dollar für ein Glas Wein?«

»Komm, stell dich nicht so dumm, du hast doch begriffen, wo wir hier sind, oder?«

Im gleichen Augenblick kommt der Typ hinzu, den ich für den Besitzer des Lokals halte, und sieht Dalila fragend an, immer noch mit einem breiten Lächeln im Gesicht. Sie redet auf ihn ein. Ich verstehe kein Wort, weil sie sehr schnell sprechen. Der Mann hört auf zu lächeln und nickt, aber er wirkt nicht verärgert, falls es denn einen Grund dafür geben sollte.

»Du hast dich also im Lokal geirrt«, sagt der Mann und lächelt jetzt eher belustigt. »Beim ersten Mal irren sich viele.«

»Ich hatte nicht begriffen, dass …«, stammele ich. »Ich wollte doch bloß dieses Sweatshirt zurückgeben.«

Während ich das sage, halte ich Dalila die Plastiktüte mit dem Shirt hin. Sie nimmt es und schnaubt gereizt durch die Nase. Der Mann lacht kurz auf. »Was machst du hier in San

Francisco?«, fragt er mich, während Dalila ihn halb besorgt, halb überrascht beobachtet.

»Ich bin wegen der Uni hier«, erkläre ich, ohne das näher zu erklären.

»Welche Uni?«, fragt er, und jetzt ist Dalila ganz eindeutig verblüfft.

»Wirtschaft, in Berkeley.«

»Und wo wohnst du?«

»Hier in der Nähe, in der Nähe von ... Dalilas Wohnung.«

Diesmal platzt der Mann wirklich laut heraus vor Lachen. Dann sieht er Dalila an.

»Dann kennt ihr euch also schon?«, fragt er augenzwinkernd.

Dalila ist offensichtlich nicht sehr glücklich über meine Erklärung. Deshalb schildert sie ihm flüchtig die Umstände unserer ersten Begegnung. Der Mann hört ihr aufmerksam zu. Sein Gesichtsausdruck wird ernst und er streift mit seinen Fingern leicht über mein Auge, das immer noch gerötet ist, bevor er die Hand auf meine verbundene Schulter legt.

»Bravo!«, sagt er und nickt gedankenverloren. »Gut gemacht!«

»Vielen Dank, aber ... Ich hab nur ein wenig geholfen.«

»Du hast mehr getan, als ein wenig zu helfen. Wie heißt du noch mal?«

»Luca.«

»Genau, Luca, ich sage dir jetzt mal was: Meiner Meinung nach kann man die Menschen in zwei Gruppen einteilen: die, die weitergehen und die, die stehen bleiben.«

Ich sehe ihn fragend an, denn ich bin mir nicht sicher, ob ich verstanden habe, was er damit meint.

»Wenn du nachts in einer Gasse ein Mädchen schreien hörst ... Das habe ich gemeint. Wenn du weitergehst, bist du ein Feind. Wenn du stehen bleibst, ein Freund. Verstanden?«

»Ich glaube schon.«

»Willst du einen Job?«

»Ich glaube schon.«

18 Alice

Heute Morgen ist eine meiner absurdesten Ängste Wirklichkeit geworden.

Alle starren mich an und tuscheln miteinander. Sie geben Kommentare ab, flüstern, jemand lacht. Der Weg vom Schultor bis in meine Klasse ist geradezu ein Spießrutenlaufen. Kurz bevor ich im Klassenraum verschwinde, ruft mir Nicola, unser Hausmeister, sogar hinterher: »Super, Alice!«

Ich setze mich an meinen Tisch und starre aus dem Fenster, während ich sehnlichst auf das Läuten der Glocke zu Stundenbeginn warte. Im dunklen Hof sieht man die gelben Rechtecke der beleuchteten Fenster. Plötzlich sehe ich etwas vom Himmel fallen, einen weißen Punkt, der leicht durch die Luft schwebt, bis er gegen die Fensterscheibe prallt. Ein kleines Schneekristall. Perfekt in seiner geometrischen Harmonie. Bewundernd betrachte ich es, kaum eine Sekunde lang, genau die Zeit, in der es sich in einen Wassertropfen auflöst.

Heute Morgen ist der Partis schlecht drauf. Kaum hat er die Klasse betreten, setzt er sich an sein Pult und schaut uns schweigend an. Er lässt die Arme am Körper herabsinken, um sie dann, offenkundig wegen der theatralischen Wirkung, langsam wieder auszubreiten.

»Ich lese euch jetzt ein Gedicht von Montale vor«, erklärt er knapp.

Roberto Panfili hebt prompt die Hand. Partis sieht ihn resigniert an.

»Ja, du kannst nach Hause gehen, Roberto«, sagt der Lehrer.

»Nein, ich wollte eigentlich ...«, widerspricht mein Mitschüler, doch Partis hört ihm nicht mehr zu. Er beginnt zu lesen.

Seine tiefe Stimme zittert leicht. Von der zweiten Zeile an versinkt die Klasse in tiefes Schweigen, man hört nicht einmal mehr ein Flüstern, Rascheln oder die anderen typischen Geräusche, die jede Stunde begleiten.

In dem Gedicht wendet sich ein Mann an eine Frau. Sie ist ein ganz besonderer Mensch, der wirklich sehen kann, über den äußeren Anschein hinaus. Es ist ein Liebesgedicht, obwohl der geliebte Mensch nicht mehr da ist. Das lyrische Subjekt sucht nicht mehr nach der Wirklichkeit, nicht mehr nach Antworten, seit er die Augen seiner Geliebten verloren hat.

Partis hat das Gedicht zu Ende gelesen, doch er steht weiter mit gesenkten Lidern da, den Kopf über das Buch in seinen Händen gebeugt. Dann klappt er es zu und sieht uns mit einem geradezu sarkastischen Grinsen an. Ich habe den Eindruck, dass er uns alle für Idioten hält und am liebsten ganz woanders wäre.

»Herr Partis, soll ich Ihnen einen Kaffee holen?«, fragt Roberto Panfili.

Da wird Partis Blick weicher. Er wirkt beinahe gerührt.

»Danke, Roberto«, sagt er und gibt ihm Geld.

Ich frage mich, mit welchen Gespenstern er wohl zu kämpfen hat. Ob sie wohl meinen eigenen ähneln? Ich überlege einen Moment, ob unsere Ängste in uns selbst entstehen und mit uns wachsen und ob vielleicht doch all jene recht haben, die darauf beharren, dass diese Zeit jetzt die schönste unseres Lebens ist. Doch dann besinne ich mich schnell, weil mir einfällt, dass ich seit einer Woche nichts von Luca gehört habe, mein Vater immer noch arbeitslos zu Hause sitzt, meine Mutter deswegen ziemlich fertig ist und dass ... dass ich, wenn dies wirklich die schönste Zeit meines Lebens ist, nicht gerade scharf darauf bin, den Rest kennenzulernen.

»Roberto, welche Botschaft will uns dieses Gedicht übermitteln?«, fragt Partis, nachdem ihm mein Mitschüler den Kaffee neben das Klassenbuch gestellt hat.

»Dass man eigentlich mit der Seele sieht und dass wir lernen sollen, unter die Oberfläche zu schauen.«

»Genau«, sagt Partis. »Pater Panfili hat uns hiermit die offizielle Meinung der Kirche mitgeteilt. Mal sehen, was der Teufel dazu zu sagen hat.«

Schweigen.

»Komm schon, Alice!«, ermuntert Partis mich laut. Anscheinend bin ich heute der Teufel.

Die Klasse lacht laut, und ich merke langsam, dass sich die Gespenster im Kopf meines Lehrers wohl verflüchtigt haben.

»Also, ich glaube«, beginne ich schüchtern, »dass es um die Unmöglichkeit geht, die Wirklichkeit zu sehen. Der Mann in dem Gedicht hat nach ihr gesucht und jetzt, da der Mensch, den er liebt, nicht mehr bei ihm ist, sucht er sie auch nicht mehr ...«

Kaum habe ich in der Pause das Klassenzimmer verlassen, entdecke ich den Grund dafür, dass mich alle mit Blicken verfolgen. Jeder hat die Schülerzeitung bei sich. Während ich den Flur entlanglaufe, starren die anderen mich an und deuten auf mich. Ehrlich gesagt wird mir die Sache trotzdem immer rätselhafter, weil ein Artikel, so gut er auch geschrieben sein mag (super, Alice, sehr gut), unmöglich solche Reaktionen auslösen kann.

In der Bar bahne ich mir meinen Weg bis zum Tresen, vollkommen sicher, dass sich jeden Moment eine von meinen berühmt-berüchtigten Ängsten als berechtigt herausstellen wird, weil mir jemand etwas enthüllen wird, das ich ganz tief in meinem Innern immer gewusst habe: Jeder auf der Welt kennt mich und alle Menschen spielen mir aus irgendeinem unerfindlichen Grund etwas vor.

Plötzlich berührt mich eine Hand an der Schulter. Ich drehe mich so ruckartig um, als hätte jemand mit einer kaputten Flasche auf mich eingeschlagen.

»Alice! Endlich habe ich dich gefunden!«, ruft Guido (so heißt er nämlich, das habe ich inzwischen herausgefunden).

»Dein Artikel hat einen ziemlichen Wirbel ausgelöst, hast du gemerkt?«

»Hm, scheint so«, erwidere ich bescheiden. »Obwohl ich nicht ganz begreife, warum.«

»Was heißt das, du begreifst nicht, warum?«, fragt Guido mich ehrlich verblüfft. Dann holt er eine Ausgabe der Schülerzeitung hervor, schlägt sie auf und liest vor: »Mit der Schließung der Abendschulen sendet Mailand seinen Einwohnern eine unmissverständliche Botschaft: Bildung ist ein gesellschaftlicher Faktor, wer arbeiten muss, kann nicht zur Schule gehen. Mein Vater hat vor zwei Wochen seinen Job verloren und ich habe zu arbeiten begonnen, im Moment glücklicherweise nur am Wochenende. Aber mein Vater ist nicht der Einzige, der seine Stelle verloren hat und ich bin nicht das einzige Mädchen, das neben der Schule arbeiten gehen muss. Man muss dieser Logik entgegentreten, man muss deutlich machen, dass ... ein anderes Mailand möglich ist.«

Mir verschlägt es die Sprache. Ganz benommen habe ich dem Artikel gelauscht, den ich selbst geschrieben habe. Es kommt mir nicht einmal vor, als wären es wirklich meine Worte.

»Ein bisschen rhetorisch«, fährt Guido fort, »aber wirksam, jetzt wollen alle an der Demo teilnehmen.«

»Demo?! Was für eine Demo?«

»Das Kollektiv der Besetzer hat sie wegen deines Artikels angesetzt.«

»Aber ich habe doch überhaupt nichts von einer Demo gesagt! Ich wollte doch so was gar nicht, ich hab doch nur gemeint, dass ...«

»... dass ein anderes Mailand möglich ist und dass man das auch zeigen muss ... oder?«

»Keine Ahnung ...«

»Na gut, jedenfalls ist es jetzt so und alle sind aus dem Häuschen. Das wird ein Erfolg!«

19 Luca

Im Lilly Restaurant hat man mich genommen. Sehr gut, ich brauchte dringend einen Job. Schwarz natürlich, da ich mit meinem Touristenvisum nicht arbeiten darf, aber der Besitzer des Lokals hat gemeint, da gäbe es keine Probleme. So wie es aussieht, mag er mich. Er hat mir gesagt, wenn er einen Sohn hätte – wozu es allerdings nie kommen wird, hat er gleich klargestellt –, würde er wollen, dass er wie ich wäre.

Auch die Tatsache, dass ich Italiener bin, hat bei unserem kurzen Gespräch eine Rolle gespielt. Als ich erklärt habe, ich könne kochen, da mein Vater Koch sei (ich wusste nicht, wie Hilfskoch auf Englisch heißt), breitete sich auf dem Gesicht des Typen ein Lächeln aus. Er hat den Koch aus der Küche holen lassen und gesagt, ich würde am nächsten Morgen dort Probe arbeiten.

Und hier bin ich nun. Ich habe schon eine Kiste Zucchini kleingeschnitten, den Spinat kurz angedünstet, eine rote Soße in einem Topf umgerührt, einen riesigen Kürbis geschält, und das alles unter den kritischen Augen des Kochs, der stumm vor sich hin nickte.

»Wann soll ich anfangen?«, frage ich den Koch.

Er starrt mich an, man könnte glauben, er hätte mich nicht verstanden.

»Das heißt, soll ich heute Abend schon anfangen?«

»Aber klar, natürlich«, antwortet er mir lächelnd und mit einem unerklärlich sadistischen Blick.

Um acht bin ich vom totalen Wahnsinn umgeben. Ich hatte ja keine Ahnung, dass in der Küche eines Restaurants so viele

Leute arbeiten, und ich hab mir auch nicht im Mindesten vorgestellt, dass ich es fast ausschließlich mit Kleinkriminellen zu tun haben würde: Meine zukünftigen Kollegen scheinen allesamt drogensüchtige, lebensmüde Rabauken zu sein, und noch dazu ziemlich feuerfest (ich habe genau gesehen, wie ein Brasilianer tatsächlich mit bloßen Händen ein flambiertes Filet aus den Flammen geholt hat).

»Luca!«, brüllt der Koch. Dann schiebt er mich an den Herd, zeigt mir mit den Fingern, wie viele Minuten noch fehlen und fügt hinzu: »*Six, six.*« Dann deutet er auf ein Mädchen, das die Teller vorbereitet. Die Kommunikation in der Küche findet beinahe nur mit Gesten statt. So schaffe ich es sogar mit meinem bescheidenen Englisch, alle Befehle zu befolgen, die man mir gibt.

Meine Aufgabe ist, alles zu tun, was man mir sagt.

Als ich die sechs kleinen Portionen gefüllten Braten aus dem Ofen geholt habe, habe ich sie auf die Teller getan und diese dem Mädchen gegeben, das sie wieder weitergereicht hat an jemanden, ich glaube, das war der Souschef. Danach werde ich zu dem Mann geschickt, der das Geschirr spült und buchstäblich unter Töpfen begraben ist. Ich helfe ihm zwanzig Minuten lang. Bis der Koch mich wieder schnappt und mich neben einen Schwarzen stellt, dem er etwas sagt, das ich als »er gehört ganz dir« verstehe.

Auf dem Metalltisch ein paar Meter von mir entfernt bereitet ein junger Mann etwas vor, das nichts mit Kochen zu tun hat. Mit einer Plastikkarte zerteilt er ein kleines weißes Kügelchen und erhält so ein feines weißes Pulver, das er in vier Linien aufteilt. Dann rollt er einen Geldschein zusammen und pfeift den Koch heran, der sofort in Begleitung von zwei Männern bei ihm ist. Einer nach dem anderen ziehen sie sich das Kokain rein, bevor sie an ihre Arbeit zurückkehren.

»*Do you like it?*«, fragt mich der Schwarze, der bemerkt hat, dass ich das Ganze beobachtet habe.

»*Oh, no, no, thank you.*«

»*Good guy*«, sagt er kichernd. »*That's shit.*«

»*Ah, okay.*«

In diesem Augenblick öffnet sich die Tür zur Küche und man hört die Mikrofonstimme, die gestern Abend die Tabledance-Show angekündigt hat. Jetzt ist es wieder so weit, wie ich leicht den Pfiffen und dem Händeklatschen entnehmen kann, die auf die Ansage folgen.

Ich muss an Dalila denken, die ein Teil dieser Welt ist, die jeden Abend diese Show macht. Und ich denke auch, dass dieser Job sich sehr schlecht mit dem verträgt, was wohl ihre eigentlichen Lebensziele sind, nämlich die Musik und ihre Band, die Nirvana's Sisters.

Um zwei Uhr nachts haben wir alle das Lokal verlassen. Die letzten Gäste entfernen sich schwankend und ich muss an meine erste Begegnung mit Dalila denken. Gleicher Ort, gleiche Zeit, nur dass sie diesmal allein ist. Auch heute verschwinden die Kellner und das übrige Personal ziemlich schnell. Es ist kalt, eine seltsam feuchte Kälte, die nach Meer riecht, dichter Nebel ist über der Stadt aufgezogen.

»Wie ist es gelaufen?«, fragt Dalila. »Hast du es überlebt?«

»Ich glaube schon. Es ist ganz gut gelaufen, ich bin zufrieden.«

Ich sehe mich um. Alle außer uns sind verschwunden.

»Gehst du eigentlich nachts immer allein nach Hause?«, frage ich sie und klinge geradezu väterlich besorgt.

Sie sieht mich gerührt an, keine Ahnung, warum. Ihre Wangen sind gerötet und ich bemerke ein paar Schweißperlen auf ihrer Stirn.

»Na ja, kommt darauf an«, antwortet sie. Dann hakt sie sich bei mir unter und wir machen uns auf den Weg. Sie zieht ihren Mantel fester um sich und lächelt. Ihr Lächeln ist schön, es hat etwas, das ich nicht einordnen kann. Ihre Augen blicken traurig, aber ihre Lippen versuchen alles, um fröhlich zu wirken.

»Gehen wir zu dir?«, fragt sie mich.

20 Alice

»Wir beide müssen alleine essen, Mama und Papa gehen weg.«

»Okay«, sagt Federico, dabei schaut er weiter auf den Bildschirm seines Computers. Es ist sieben Uhr abends und draußen ist es dunkel. In der Wohnung herrscht diese trübe, einschläfernde Herbststimmung, die einem das Gefühl gibt, der Nachmittag würde nie enden, und trotzdem habe ich die Hausaufgaben für morgen nicht geschafft. Ich werde sie nach dem Abendessen machen, habe ich mir gesagt, vielleicht vor dem Fernseher, oder ich stehe einfach morgen ein bisschen früher auf. Ja klar, dann kann ich auch gleich vor der Schule eine Runde durch den Park joggen, um meine Ausdauer zu verbessern.

Manchmal erwische ich mich dabei, wie gut ich mich selbst veräppeln kann.

»Wir essen um halb neun«, erkläre ich meinem Bruder, der mir immer noch nicht zuhört.

»Okay«, antwortet er zerstreut.

»Und morgen muss ich früh raus, ich reise für eine Weile nach Jamaika. Der Mailänder Herbst macht mich fertig.«

Federico nickt vor seinem Computer, bevor er zum dritten Mal »Okay« sagt. Doch dann wird ihm klar, was ich gesagt habe.

»Was ist mit Jamaika?«

»Du hast mir nicht zugehört.«

»Stimmt.«

»Was machst du da am Computer?«

»Geht dich nichts an.«

»Pass bloß auf, dass ich ihn dir nicht wegnehme«, drohe ich aus Spaß.

Das ist unser Spiel. Ich tue so, als wäre ich die Mutter und er ist der böse Sohn.

»Dann haue ich von zu Hause ab.«

»Und ich sperre dich in deinem Zimmer ein, bis du volljährig bist.«

Mein Bruder kichert und schüttelt den Kopf. »Hast du heute nichts zu tun?«

»Ich wollte dich ein bisschen nerven.«

»Ach, Clara kommt übrigens.«

»Dann soll ich wohl auch für sie kochen.«

»Ja, gut erkannt, also beweg dich.«

Federico prustet los und ich packe seinen Kopf, um ihn mit den Fingerknöcheln zu bearbeiten. In diesem Moment kommt meine Mutter herein.

»Was ist hier los?«, fragt sie.

»Federico sieht sich Pornoseiten an«, beschuldige ich ihn.

»Alice ist schwanger!«, schreit Federico, den ich immer noch gepackt halte.

Meine Mutter stützt die Hände in die Hüften. »Warum kann ich nicht zwei ganz normale Kinder haben?«

Das sagt sie, aber eigentlich mag sie es, wenn wir ein bisschen ausflippen.

»Hör mal, Fede«, sage ich, als wir wieder allein sind. »Hast du mal daran gedacht, für ein Jahr wegzugehen?«

»Ein Jahr weg, wann denn?«

»Du weißt doch, dass es diese Austauschprojekte gibt, wo man ein Jahr in der Oberstufe im Ausland verbringen kann.«

»Und warum sollte ich das tun?«

»Weil es eine schöne Erfahrung ist, du würdest Englisch lernen und ...«

Fede sieht mich verblüfft an. »Ali, bist du scharf auf mein Zimmer?«

»Ach, Quatsch, das hab ich doch nur so gesagt ... Aber du hast ja eine Freundin, na ja, und wenn du weggehst ...«

»Was hat das damit zu tun? Wenn ich mich dafür entscheide

wegzugehen, würde ich das nicht aufgeben, weil ich eine Freundin habe.«

»Ach, nicht?«

»Nein.«

»Na ja, vielleicht überlegst du es dir noch. Vielleicht ist das für sie nicht in Ordnung und sie verlässt dich.«

»Oh Mann, musst du unbedingt den Teufel an die Wand malen?«

»Komm schon Fede, so hab ich das doch nicht gemeint, sieh es doch mal von der anderen Seite. Nimm mal an, Clara würde dir sagen, dass sie für ein Jahr weggeht. Würdest du mit ihr zusammenbleiben, wenn ihr ein Jahr so weit voneinander entfernt sein würdet?«

»Was redest du da eigentlich?«, fragt mich mein Bruder leicht beunruhigt. »Weißt du etwa mehr als ich?«

»Ach wo, Fede, glaubst du etwa, dass Clara ausgerechnet mir erzählen würde, dass sie ein Jahr ins Ausland geht?«

Fede schweigt, er ist offensichtlich verwirrt. Doch dann hellt sein Gesicht sich plötzlich auf. »Ach so, okay.«

»Was meinst du mit ›okay‹?«

»Luca.«

Erwischt!

»Er kommt wieder«, erklärt Fede ganz ernst.

»Warum bist du dir da so sicher?«

»Männliche Intuition.«

»Es heißt weibliche Intuition, Blödmann.«

Er zuckt zur Antwort nur mit den Schultern, und obwohl ich weiß, dass es lächerlich ist, fühle ich mich irgendwie beruhigt von dieser männlichen Intuition.

Plötzlich hören wir einen Schrei. Das ist meine Mutter. Beide stürzen wir ins Wohnzimmer, wo sie wie erstarrt vor dem Fernseher sitzt. In einer Hand hält sie die Fernbedienung, mit der anderen das Handy ans Ohr.

»Mama, was ist los?«, frage ich beunruhigt.

Sie antwortet nicht, sondern starrt weiter auf den Bildschirm. Dort sieht man eine Menschengruppe mit Schildern und Spruchbändern vor einem großen Tor. Vier Männer sitzen auf dem Boden und haben sich mit den Händen daran festgekettet!

Vor ihnen steht ein Journalist, der ein Mikrofon in der Hand hält und erklärt, was dort passiert. Aber ich muss nicht erst hören, was er sagt, denn ich erkenne sofort, dass einer dieser Männer mein Vater ist.

21 Luca

»Komm schon, so übel ist es doch gar nicht«, sagt Dalila, sobald sie die Wohnung betreten hat.

»Na ja, wenn darunter nicht euer Probenraum wäre, wäre es ganz okay.«

Sie lächelt mich an.

»Kann ich mal die Toilette benutzen?«

Während Dalila im Bad ist, betrachte ich noch einmal meine kleine Bleibe und versuche mich mit dem Gedanken anzufreunden, dass sie im Grunde gar nicht so übel ist. Ich habe neue Laken und Kopfkissenbezüge gekauft. Dann habe ich, so gut es ging, die Böden geschrubbt und die Spinnweben von den Wänden entfernt. In einem Schrank habe ich eine kleine Nachttischlampe gefunden, die ein mildes rötliches Licht verströmt.

»Wenn du wirklich umziehen willst, kann ich mich gern mal umhören«, meint Dalila, als sie aus dem Bad kommt.

»Ach, ich weiß nicht, ich hab nicht viel Geld.«

»Na ja, jetzt verdienst du ja etwas. Und wenn du gut bist, kann Michael durchaus großzügig sein.«

»Wie meinst du das?«

»Er ist nicht gerade der typische Arbeitgeber. Manchmal fahren wir zusammen raus, er hat ein schönes Haus am Meer, draußen vor der Stadt ...«

»Meinst du, er schenkt es mir?«, witzele ich, doch gleichzeitig stelle ich klar, wie ich das sehe: Wenn man mich zu einem Ausflug ans Meer einlädt, löst das noch lange nicht meine finanziellen Probleme ...

Dalila lächelt und schüttelt den Kopf, dann kommt sie näher und schaut mir tief in die Augen. Also, ehrlich gesagt kommt sie mir etwas zu nahe.

»Du bist echt nett«, sagt sie. »Du bringst mich zum Lachen.«

»Ich hab gar nichts da, was ich dir anbieten könnte. Höchstens ein Glas Wasser, wenn du möchtest.«

Sie starrt mich immer noch an, als wollte sie in meinen Kopf hineinschauen. Dalila ist wirklich hübsch, sage ich mir, während mir zugleich bewusst wird, wie schrecklich zweideutig diese Situation doch ist, und ich fürchte, Alice wäre nicht gerade begeistert, wenn sie wüsste, dass ich um diese Uhrzeit mit einer Tabledance-Tänzerin zusammen bin ...

»Also, muss ich denn wirklich alles selber machen?«, fragt sie leise.

Und dann küsst sie mich.

Einfach so.

Ich weiche verlegen zurück. Eigentlich würde ich jetzt am liebsten lachen, aber ich unterdrücke diesen nervösen Reflex.

»Was ist los?«, fragt sie mich.

»Nichts.«

Sie sieht mich verärgert an.

»Ja und?«

Inzwischen habe ich einen Sicherheitsabstand zwischen uns gebracht. Ich betrachte sie, sie ist wirklich ausnehmend attraktiv. Die bunten Strümpfe bringen ihre wohlgeformten Beine zur Geltung, dazu der Minirock und ein dünnes T-Shirt mit einem kleinen Ausschnitt.

»Also, eigentlich bin ich in festen Händen.«

»Eigentlich?«

»Äh, also ich bin.«

»Und warum hast du mich mit nach oben genommen?«

»Ich weiß es nicht«, sage ich und werde immer unsicherer. »Vielleicht auf einen Drink.«

»Ich dachte, du hast nichts zu trinken da?«, erwidert Dalila und schaut sich um.

»Nein, eigentlich nicht«, gebe ich zu und komme mir auf einmal selbst ziemlich lächerlich vor. »Oder um zu reden.«

Da lacht sie laut und lässt sich aufs Bett fallen.

»Oh Mann, ich dachte, solche Typen wie dich gibt es nicht mehr«, sagt sie kopfschüttelnd.

»Ich betrüge meine Freundin eben nicht, was ist denn so schlimm daran?«, frage ich. Jetzt liegen die Karten auf dem Tisch. Dann kann man es auch offen ansprechen.

»Stell dir vor, ich habe mir schon gedacht, dass du eine Freundin hast.«

»Ach ja? Und warum?«

»Weil du so aussiehst wie der typische brave Junge mit Freundin. Ich habe nur immer noch nicht begriffen, was du hier in San Francisco willst, hier in Castro, und was dich bewogen hat, in einem Restaurant unter Kokainsüchtigen den Hilfskoch zu spielen.«

»Ich hab eigentlich ganz andere Pläne. Die Arbeit brauche ich, weil ich kein Geld habe, und morgen schreib ich mich an der Uni ein.«

»Ich glaube, du machst dir was vor«, erklärt sie mir mit einem Gesichtsausdruck, der schwer zu deuten ist.

»Da irrst du dich«, erwidere ich leicht gereizt, womit ich nur erreiche, dass sie erneut losprustet. Sie räkelt sich auf dem Bett, hebt die Hände und betrachtet die Ringe an ihren Fingern. Drei davon sind sehr auffällig, mit einer schmalen Fassung und einem großen viereckigen Stein. Ich gehe ans Fenster und schaue hinaus. Das tue ich oft. Alice meint, das sei meine Art, eine Diskussion zu beenden. Ich glaube, das gilt jetzt auch für diese Situation.

»Ich war auch mal so«, sagt Dalila nach einer Weile.

»Wie?«

»Vertrauensselig, naiv, brav, eben so wie du.«

»Und was ist dann passiert?«

»Dann hab ich festgestellt, dass brave Mädchen immer den Kürzeren ziehen, ich hab gemerkt, dass es nicht die braven

Mädchen sind, die es im Leben zu was bringen, und dann ... Schon gut, ich erzähle dir jetzt nicht meine Lebensgeschichte.«

In diesem Moment passiert etwas in meinem Kopf. Einen Moment lang verschwindet das Zimmer. Ich sehe ein Motel vor mir, ein Zimmer, ein schwangeres Mädchen, das auf der Bettkante sitzt. Sie weint, hält sich den Bauch mit den Händen. Draußen vor dem Zimmer steht ein Junge, der an die Tür klopft. Aber ganz leise, als ob er gar nicht hereinkommen möchte, oder als hätte er die ganze Nacht dort schon vergebens geklopft.

»Warum eigentlich nicht?«, sagt mein Mund, aber ich weiß gar nicht genau, was ich damit meine. Mit einem Lächeln, das fast Verwunderung auszudrücken scheint, sieht sie mich an. Dann fährt sie sich leicht mit der Zunge über die Lippen und seufzt.

»Ich habe einen Teil von mir in Italien gelassen, einen Teil meiner Vergangenheit.«

22 Alice

Luca ist nicht online. Na toll. Ich wusste es ja, ich wusste, dass ich mit solchen Schwierigkeiten fertig werden müsste, aber ich hatte nicht erwartet, dass das so schnell passieren würde. Jetzt verpasst er schon zum dritten Mal unsere Verabredung via Skype, aber ich habe beschlossen, mich nicht aufzuregen. Ich nehme mein Handy und schreibe eine SMS: *Wo bist du? Bist du wach? Dann geh online!!!*

Ich drücke auf »Senden« und warte, während ich die Rubrik »Die schönste Zeit meines Lebens« mit zwei wichtigen Beiträgen update:

Papa hat sich am Fabriktor angekettet.

Mein Freund ist in San Francisco und vernachlässigt mich allmählich immer mehr.

Endlich wird Lucas Icon grün. Er ist online. Ich rufe ihn an.

»Ali, hallo«, sagt er, und seine Stimme klingt so, als wäre er gerade erst aufgewacht.

»Hast du noch geschlafen? Wie spät ist es denn bei dir?«

»Weiß nicht ...«, antwortet er mir und bestätigt damit meinen Verdacht.

Den endgültigen Beleg dafür erhalte ich, als sein Gesicht auf dem Bildschirm erscheint. Seine Haare stehen nach allen Seiten ab und ihm fallen beinahe die Augen zu.

»Entschuldige, Ali, aber das war eine echt harte Nacht«, sagt er und reibt sich das Gesicht. »Aber jetzt bin ich ja da, okay Alice, also hallo.«

Endlich scheint er einen klaren Kopf zu bekommen. Ich sehe ihn an und kann nur denken, wie sehr er mir fehlt. Wie gern wäre ich jetzt bei ihm. Was gäbe ich darum, wenn ich eine Hand in den Bildschirm schieben und seine berühren könnte.

»Luca, ich muss dir so viel erzählen ... Oh Mann, warum bist du nicht hier?«

Er lächelt und einen Moment lang habe ich das Gefühl, als wären wir tatsächlich zusammen, als hingen wir irgendwo im Äther, wo unsere Bilder sich treffen.

»Dann leg los«, sagt er und ringt sich ein verschlafenes Lächeln ab.

»In der Schülerzeitung ist mein erster Artikel erschienen! Ein Riesenerfolg, jeder hat mir dazu gratuliert, und dabei wollte ich ihn eigentlich nicht mal schreiben, aber jetzt bin ich doch irgendwie froh, dass ich es gemacht habe, und nun wird es eine Demo geben, nur wegen meines Artikels! Also, das ist so abgefahren ...«

»Halt mal, was denn für eine Demo?«

»Der Artikel war über die Abendschulen, du weißt doch, dass man die hier geschlossen hat. Und deshalb habe ich einen Artikel geschrieben, dass das ein Fehler ist und so, aber na ja, ich hätte nie geglaubt, dass der gleich so einen Erfolg haben könnte. Also, ich weiß auch nicht, aber ich glaube, ich find das toll.«

Ich rede, ohne Atem zu holen, und mir wird klar, dass ich ihn gerade zutexte.

»Warte mal, Ali, ich hör dich im Moment nicht so gut, da ist irgendwo eine Störung, probier's noch mal.«

»Luca, Luca, bist du da?«

»Na also, jetzt höre ich dich klar und deutlich, was hast du gesagt?«

»Ach nichts, nur dass ich mich freue und mir diese Situation gefällt. Da ist aber noch etwas, mein Vater ... Die haben die Fabrik besetzt. Wir haben ihn im Fernsehen gesehen, er hat sich am Fabriktor angekettet. So ungefähr zwanzig Leute blockieren das Tor, mit Zelten und so, und sie wollen nicht eher gehen, bis ... Ach, keine Ahnung. Meine Mutter ist jedenfalls völlig fertig.«

»Oh verdammt, das kann ich mir gut vorstellen ...«, sagt er

und versucht ein Gähnen zu unterdrücken. Ich schweige und warte darauf, dass er etwas sagt, aber er starrt bloß in den Monitor.

»Luca, hörst du mir überhaupt zu?«, frage ich ihn, und ich merke, wie plötzlich Wut in mir hochsteigt.

»Ja, ja, entschuldige, es war nur eine sehr harte Nacht, gestern Abend habe ich gearbeitet und ... Ich bin todmüde.«

Mein erster Impuls ist, ihm jetzt an den Kopf zu werfen: »Es tut mir ja wirklich leid für dich, dass du so müde bist, aber ich habe dir gerade erzählt, dass mein Vater sich an ein Fabriktor angekettet hat«, doch ich beschließe, mich erst mal in Geduld zu üben.

»Du hast also einen Job gefunden?«, frage ich ihn. »Und als was? Davon hast du mir gar nichts erzählt.«

»So was Ähnliches wie Hilfskoch, also, nicht wirklich.«

»Hilfskoch?«, frage ich und kann meine Verblüffung nicht unterdrücken, während ich gleichzeitig daran denke, dass ich ihm ja noch eine weitere »heikle« Neuigkeit mitteilen muss, nämlich: Hör mal, ich habe auch einen Job gefunden, und zwar in dem Restaurant, in dem dein Vater arbeitet, jetzt-reg-dich-bitte-nicht-auf.

»Ja, in einem Restaurant«, sagt er, als ob man als Hilfskoch auch bei der Post arbeiten könnte.

»Das hab ich schon kapiert, ich hab mich bloß gewundert ... Nein, ich wundere mich immer noch ... Das ist doch genau das, was dein Vater macht?«

»Ja, okay, Ali«, antwortet er barsch und genervt.

Ein paar Sekunden lang sage ich gar nichts. Was geht da vor? Warum benimmt er sich so komisch? Wie kann es sein, dass er sich schon so weit von mir, von meinem Leben entfernt hat?

»Ich hab auch einen Job gefunden«, sage ich und versuche, seinen unfreundlichen Tonfall zu ignorieren.

»Ach ja, wirklich?«, fragt er unkonzentriert, dann wendet er sich ab. »Ali, hör mal, kann ich dich später anrufen? Ich mach mir einen Kaffee, und dann meld ich mich bei dir.«

»Ja ... Okay.«

Ich habe nicht einmal mehr die Kraft, mich von ihm zu verabschieden. Plötzlich habe ich einen dicken Kloß im Hals. Was ist hier los? Denn ich spüre genau, dass hier irgendetwas los ist.

Ich will gerade die Verbindung beenden, als ich eine Stimme aus Lucas Schlafzimmer höre. Und dann geht alles ganz schnell. Luca dreht sich zur Seite und dann taucht im Blickfeld der Webcam ein Knie auf, ein Oberschenkel und ein Stück Handtuch.

»Entschuldige, ich hab mir ein Handtuch von dir ausgeliehen«, sagt eine Frauenstimme.

Luca greift sich sofort das Notebook und dreht es weg, aber dadurch bringt er für einen Moment noch einmal etwas ins Bild, das ganz eindeutig eine Frau ist, die gerade aus der Dusche kommt, und zwar in seiner Wohnung. Ich bin sprachlos.

»Luca!«, schreie ich.

23 Luca

Alice geht nicht ans Telefon.

Ich könnte Martina anrufen.

Oder vielleicht Mary.

Ich könnte versuchen, einer von ihren Freundinnen das Ganze zu erklären, die würden mir bestimmt zuhören. Nein, das geht nicht. Außerdem ist sie höchstwahrscheinlich gerade bei ihnen und erzählt ihnen, was sie gesehen hat. Um mich irgendwie zu beschäftigen, räume ich mein Zimmer auf, beziehe das Bett frisch, putze mir die Zähne und wasche mein Gesicht. Dabei merke ich, wie ich eigentlich immer nervöser werde und mich gleichzeitig völlig ohnmächtig fühle, weil ich nichts tun kann, weil ich nicht erklären kann, was da passiert ist.

Ich sehe noch einmal auf Facebook nach, ob Alice online ist, aber das ist sie nicht. Dann schreibe ich ihr eine SMS, aber ich schicke sie nicht ab. Später kontrolliere ich meine E-Mails, vielleicht hat sie mir ja geschrieben, aber warum hätte sie das tun sollen? Natürlich hat sie mir nicht geschrieben. Stattdessen ist da eine Mail der Universität von Berkeley. Ich mache sie auf, dort wird eine Veranstaltung angekündigt, die nächste Woche stattfindet, die mich im Moment allerdings herzlich wenig interessiert. Doch ich muss mir ja irgendwie die Zeit vertreiben, bis Alice wieder ans Telefon geht. Daher klicke ich auf den Link der Mail und gelange auf die Homepage der Universität, wo ich gleich auf der ersten Seite lese: Heute Ende der Einschreibungsfrist.

Das kann doch nicht sein, sage ich mir. Das war doch nicht heute. Ich gehe zu meinem Rucksack mit meinen Unterlagen und wühle nervös darin herum, bis ich das Blatt finde, nach dem ich gesucht habe: Einschreibungstermine. Ich überfliege es hastig, bis zu der fettgedruckten Zeile, in der der letzte Tag zur Vorlage des Aufnahmeantrags steht: Heute!

Ich renne aus dem Haus.

Ich kann doch nicht an einem einzigen Tag mein Liebesleben und meine berufliche Zukunft vermasseln. Das ist wirklich zu viel des Guten, selbst für eine ausgeprägte Ironie des Schicksals.

Ich nehme den Bus zum Bahnhof, wo die Züge nach Berkeley abfahren. Ich springe aus dem Bus und renne los. Es sind nur noch wenige Minuten bis zur Abfahrt, mir bleibt keine Zeit, eine Fahrkarte zu lösen, deshalb sprinte ich gleich zum Bahnsteig.

Direkt vor meiner Nase schließen sich die Zugtüren, dabei ist das Sekretariat nur noch eine Stunde geöffnet und nur so lange kann ich meine Bewerbung abgeben. In dem Moment geht mir nur ein Gedanke durch den Kopf, nämlich dass ich einen Riesenbockmist gebaut und null Ahnung habe, wie ich da wieder rauskommen soll.

Zum x-ten Mal versuche ich, Alice auf dem Handy anzurufen, aber sie meldet sich nicht. Ich weiß nicht, wie spät es gerade in Italien ist, ich kann jetzt nicht einmal darüber nachdenken. Hastig schaue ich auf dem Fahrplan nach dem nächsten Zug. Er geht erst in einer Stunde, zu spät. Daher renne ich nach draußen, denn mir bleibt nur eins, ich muss jetzt ein Taxi nehmen.

»Berkeley University«, sage ich zu dem Fahrer.

Er dreht sich um und schaut mich an.

»*It's a long way, it will cost you …*«

»*No problem*«, sage ich nur, während ich denke, dass das sehr wohl ein Problem darstellt, und was für eins. Ich zähle das Geld nach, das ich noch im Portemonnaie habe. Fünfunddreißig Dollar, das Trinkgeld von gestern im Restaurant.

Das Taxi fährt durch die Stadt und dann auf die Autobahn oder die Schnellstraße oder was auch immer. Ich schreibe Alice eine SMS, in der ich versuche, so überzeugend wie möglich zu klingen. *Alice, ich schwöre dir, es ist nicht, wie du denkst, glaub mir, lass es mich bitte erklären.*

Aber noch während ich sie abschicke, weiß ich bereits, dass sie mir nicht glauben wird. Und wer könnte es ihr verübeln? Sie hat mich am Vormittag in meiner Wohnung mit einer anderen Frau überrascht, die gerade aus meiner Dusche kam. Bei all den Problemen, die ich mir für unsere Fernbeziehung ausgemalt hatte, ist das wirklich das Letzte, woran ich gedacht hätte.

Das Taxi hält vor dem Eingang der Universität. Das Taxameter zeigt vierunddreißig Dollar an. Aber als ich zahlen will, wird mir klar, dass man ja auch noch das Trinkgeld dazurechnen muss. Man kann geben, so viel man will. Aber mindestens fünfzehn Prozent. Und hier muss man auf jeden Fall ein Trinkgeld geben! Und so werden aus den vierunddreißig Dollar neununddreißig Dollar und zehn Cent.

»Ich habe nicht genug Geld«, stammele ich, während mir die Zeit davonläuft.

Nur noch zwanzig Minuten, bis das Sekretariat zumacht.

Der Taxifahrer, ein Sikh mit einem riesigen Turban, dreht sich um und sieht mich wütend an.

»Ich habe ... Ich habe nur fünfunddreißig Dollar«, erkläre ich.

»Das ist ein Problem, mein Freund.«

»Was kann ich machen? Ich, ich weiß nicht ...«

»Hast du keine Kreditkarte?«

»Ja, schon, aber ich weiß nicht, wo ich hier Geld abheben kann ... Außerdem bin ich schrecklich spät dran ...«

Der Mann schaut mich an und seufzt. Jetzt wirkt er auf einmal nicht mehr zornig. Er zeigt auf den kleinen Monitor auf der Rückseite des Beifahrersitzes. Dort wird der Fahrpreis angegeben.

»Du kannst hier bezahlen, mein Freund.«

»Wie denn?«

»Mit der Kreditkarte. Alles klar? Du steckst sie hier rein und bezahlst. Wo kommst du denn her?«

Sobald ich den Zahlvorgang erledigt habe, springe ich aus dem Wagen und empfinde plötzlich eine tiefe Zuneigung zu amerikanischen Taxis, wo man mit Kreditkarte bezahlen kann. Ich fange an zu rennen. Als ich das Haupttor durchquere, erwartet mich die erste Überraschung. Berkeley ist so groß wie ein kleines Dorf. Die Umzäunung begrenzt ein großflächiges Gebiet voller Gebäude und englischem Rasen. Ich laufe den Weg entlang, der mitten durch das Gelände führt und komme an ein Rondell, wo es Hinweisschilder gibt: *library*, *shop*, *office* und so weiter.

Als ich zwei Studenten anhalte, um sie nach dem Weg zu fragen, sind es nur noch fünf Minuten, bis das Sekretariat schließt.

»Entschuldigung, ich suche das Sekretariat«, frage ich sie außer Atem.

»Welches?«, fragt mich einer von ihnen, während der andere mich mit einem Lächeln auf den Lippen mustert.

»Na ja ... Keine Ahnung, wie viele gibt es denn?«, frage ich, sehe mich um und habe plötzlich das Gefühl, in einem Labyrinth gefangen zu sein.

»Das hängt davon ab, was du vorhast.«

»Ich muss mich einschreiben, ich muss meine Unterlagen einreichen, wie viele Sekretariate gibt es denn?!«

Die Jungs, die sich zu meinem Ärger über meine Nervosität köstlich amüsieren, zeigen auf die Marmorfassade eines großen Gebäudes, dessen Dach auf mächtigen Säulen ruht und das wie ein griechischer Tempel aussieht. Ich renne hinein. Dort gibt es sogar einen Pförtner, dem ich mein Problem erkläre und ihn frage, wo ich hinmuss.

Zweiter Stock, die Treppen hoch, die letzte Tür am Ende des Korridors rechts.

Oder so ähnlich.

Ich folge der Beschreibung. Zwei Minuten vor fünf Uhr stehe ich vor der Tür des Sekretariats.

Augenblicklich schießt mir ein Gedanke durch den Kopf: »Ich hab's geschafft!« Als hätte man mich schon angenommen, als würde mein neues Leben genau hier vor dieser Tür beginnen. Alice und ihre Wut sind meilenweit weg. Meilenweit weg sind allerdings auch unsere Liebe, ihre Art zu argumentieren, ihr kompliziertes Wesen. Ich habe Lust auf etwas Neues, ich möchte diese ganzen Verstrickungen hinter mir lassen. Ich will ein Leben, das nur mir gehört und weder von meiner Familie noch von Alice oder sonst jemandem abhängt.

Ich klopfe an, und als meine Knöchel auf das blank polierte Holz der Tür treffen, bemerke ich das Schild mit den Öffnungszeiten des Sekretariats. Das heute schon um halb fünf schließt.

Das Handy vibriert in meiner Tasche. Eine SMS.

Du bist echt ein Arschloch. Du kannst mich mal.

24 Alice

»Das glaub ich einfach nicht!«, ruft Mary aus, als ich ihr alles erzählt habe. »So was tut Luca nicht.«

»Ich hab's mit eigenen Augen gesehen.«

»Und was hat er gesagt? Was hat er zu seiner Verteidigung hervorgebracht?«

»Was soll er schon sagen? Da gibt es nichts zu sagen! Die Tatsachen sprechen für sich. Ich ... Also, ich kann es einfach nicht glauben. Ich erkenne ihn nicht wieder.«

»So ein Arschloch, so ein Arsch. Ich bring ihn um.«

In Anbetracht der Lage sind Marys Mordgedanken nur ein magerer Trost. Luca hat versucht, mich zu erreichen, aber ich bin nicht ans Telefon gegangen. Er hat mir auch noch die klassischste aller SMS geschickt, dieses Es-ist-nicht-so-wie-du-denkst-lass-es-mich-erklären.

Ich glaube gar nichts mehr.

»Oh, es geht gleich los, setzt die Kopfhörer auf«, sagt Martina zu uns. Heute nimmt sie zum ersten Mal ihre Songs in einem Studio auf. Das Gebäude von Mira Music liegt am Corso Sempione, nur ein paar Hundert Meter vom Park entfernt. Als Martina uns anrief, um uns zu sagen, dass jemand sie kontaktiert hätte, um ein Album aufzunehmen, haben sowohl Mary als auch ich erst einmal gelacht. Dann hat sich herausgestellt, dass der Typ wirklich Produzent ist, mit einer echten Firma, und wirklich ernsthaft an ihr interessiert ist.

»Das da sind deine Freundinnen?«, fragt ein Mann um die vierzig, der plötzlich hinter Martina auftaucht.

»Ja, und sie haben beide einen festen Freund, also pfeif bitte deine sabbernden Assistenten zurück, die anscheinend noch nie Titten gesehen haben.«

»Alle Augen hier sind nur auf dich gerichtet, Martina«, sagt der Mann grinsend, anscheinend ist er das exzentrische Benehmen unserer Freundin gewohnt. »Ich werde aber meinen Jungs Bescheid stoßen, dass sie ihre Hände schön bei sich behalten.«

Der Mann reicht uns die Kopfhörer. So können wir die Aufnahme hinter der Scheibe des schallgedämmten Raums mitverfolgen.

»Ich kann es immer noch nicht glauben«, sage ich, als Mary und ich erneut unter uns sind. Martina hat gerade das Studio betreten und zwei Frauen legen noch letzte Hand an ihr Make-up, da sie später noch ein Fernsehinterview geben soll.

»Daran ist überhaupt nichts unglaublich. Selbst dein Luca ist eben auch nur ein Mann.«

»Eigentlich habe ich jetzt Martina gemeint.«

»Ach so. Na ja, Süße, das ist nicht unglaublich, jetzt werden auch wir endlich eine berühmte Freundin haben.«

»Ja, du hast recht, das haben wir uns eigentlich verdient. Jetzt fehlt uns bloß noch der schwule Freund. Du weißt doch, dass es gerade in ist, einen schwulen besten Freund zu haben?«

»Alice, Alice«, seufzt Mary wie eine verständnisvolle Großmutter.

Martina macht uns aus dem Aufnahmeraum ein Zeichen, dass wir uns die Kopfhörer aufsetzen sollen.

»Du weißt schon, was du jetzt tun musst, Süße, oder?«, fragt mich Mary.

»Was denn?«

In dem Augenblick kommen zwei Typen an uns vorbei. Einer schaut zu Mary hinüber, die den Blick sofort auffängt.

»Dich rächen.«

»Ach, komm schon, Mary, was redest du da?«

»Na, was wohl! Ich meine, dass du ihm klarmachen musst, was Sache ist, du musst ihn ein bisschen schmoren lassen.«

»Mary, er hat mit einer anderen geschlafen! Ich will ihn nicht schmoren lassen. Ich will ihn verlassen! Für mich ist das Ganze gegessen!«

»Nein, halt mal, Alice. Du kannst doch nicht sagen, dass es vorbei ist, wenn du noch nicht mal weißt, was da passiert ist. Also, wer ist die Schlampe denn eigentlich? Wo kommt die auf einmal her?«

»Woher soll ich das wissen? Wir sind uns nicht vorgestellt worden!«

»Ali, ich sage doch bloß, dass du ein wenig herumschnüffeln musst.«

»Ach ja, und wie soll ich das anstellen? Soll ich einen Privatdetektiv anheuern und nach San Francisco schicken?«

»Ach, Süße, es gibt doch Facebook, da findest du alles, was du wissen willst.«

»Du schon wieder mit deinem Facebook.«

»Los, jetzt stell dich nicht so an, du musst nur seine letzten Aktivitäten kontrollieren, die Freunde seiner Freunde, die Foren, bei denen er sich eingeschrieben hat. Ali, mach dir keine Sorgen, ich werde deine persönliche Privatschnüfflerin.«

»Nein, Mary, lass gut sein«, widerspreche ich und bin entschlossen, sie von dieser verrückten Idee abzubringen.

In dem Moment höre ich jedoch Musik in meinen Kopfhörern. Martina beginnt zu singen.

Der erste Titel ist *Please, Please, Please, Let Me Get What I Want* von den Smiths. Martina hat ihn selbst ausgewählt. Sie meinte, der und kein anderer müsste der erste sein, ich weiß auch nicht, warum.

Martina wiegt beim Singen leicht den Kopf hin und her und legt ab und zu die Hände um den Mikrofonständer. Als würde sie das schon seit tausend Jahren machen, wie eine Profisängerin.

Ich lausche ihr aufgeregt, und als der Refrain beginnt, spüre ich, dass ich eine Gänsehaut bekomme.

Martina, meine beste Freundin, ist eine Sängerin, geht mir durch den Kopf. Und nicht nur, weil sie jetzt hier in einem Aufnahmestudio singt und ein Mikrofon in der Hand hält. Doch da ist noch etwas, das mit ihrer Stimme rüberkommt, etwas, das man nicht erklären kann, aber das es einem unmöglich macht, sich ihr zu entziehen. Ihr Gesang klingt wie ein Gebet, wie ein Flehen, die Intensität, die sie in jedes Wort legt, raubt einem den Atem. Ich kann der Versuchung nicht widerstehen und schaue mich um, ob es nur mir so geht, aber alle, einschließlich Mary, lauschen mit offenem Mund und ziehen überrascht die Augenbrauen hoch.

Als Martina verstummt, senkt sie den Kopf und bleibt einen Moment lang so stehen. Dann brandet der Beifall auf. Der Typ von vorhin rennt ins Studio und umarmt sie glücklich. Ich recke hinter der Scheibe den Daumen hoch und sie lächelt. Einen Moment lang meine ich, es stünden Tränen in ihren Augen.

Dann folgt eine kurze Pause. Ich möchte am liebsten zu ihr gehen und ihr gratulieren, sie umarmen. Ich bin so stolz auf meine Freundin, so glücklich. Ich setze die Kopfhörer ab und nähere mich der Scheibe, doch da bemerke ich, dass sie im Moment beschäftigt ist. Zwei Leute mit einer Kamera sind bei ihr und stellen ihr ein paar Fragen. Ich drehe mich zu Mary um, die den Kopf schüttelt. »Na ja, jetzt ist sie ein Star. Für uns hat sie dann wohl keine Zeit mehr«, meint sie ironisch. Und irgendwie glaube ich, dass diese Sorge in unseren Köpfen tatsächlich aufkommt.

»Aber jetzt wieder zu uns«, sagt Mary und mustert mich aufmerksam. »Wir waren gerade beim Thema Rache.«

»Mary, ich will mich nicht rächen. Das ist nicht meine Art.«

»Und es ist auch nicht Lucas Art, so etwas zu tun. Süße, das ist keine Rache, so funktioniert nun mal die Liebe, und für dich und deinen Luca gelten dieselben Regeln wie für alle anderen.«

»Kann schon sein ... Ich möchte nur im Moment nicht darüber nachdenken, ich will auf andere Gedanken kommen. Im Moment ist echt alles beschissen ...«

Ich fühle wieder einen Kloß im Hals, aber es gelingt mir, die Tränen zu unterdrücken. Mary legt mir eine Hand auf die Schulter.

»Alles ist beschissen ...«, sage ich noch einmal.

»Ach, Süße, das stimmt doch gar nicht. Du musst eben die positiven Seiten sehen.«

»Und welche sollen das sein?«

»Das kann ich dir auch nicht sagen. Aber du weißt selbst, dass es welche gibt.«

Ihre Worte klingen im Moment völlig hohl für mich, aber sie beruhigen mich trotzdem. Eine dieser banalen Weisheiten, wie von einem Facebookforum: »Für all die, die auch in den schwierigsten Momenten noch versuchen, das Positive zu sehen.« Doch manchmal können Banalitäten tatsächlich guttun ... Heute Abend werde ich ein neues Forum ins Leben rufen: »Für alle, die auf Banalitäten stehen.«

»Mary, wie schaffst du es bloß, so zu sein?«

»Was meinst du mit ›so‹?«

»So heiter, unbekümmert, man hat den Eindruck, als ob es für dich keine Probleme gäbe.«

In dem Augenblick meldet sich mein Handy. Mary schaut mich an und nickt, als wollte sie sagen: »Geh dran.«

»Ach nein, Mary, das pack ich nicht.«

»Geh dran«, drängt sie mich.

Okay, dann geh ich eben dran. Aber noch während ich diese Entscheidung treffe, kocht in mir wieder diese Wut hoch. Ich habe keine Lust, ans Handy zu gehen. Am liebsten würde ich es ihm an den Kopf werfen. Ich drücke die grüne Taste und führe das Mobiltelefon zum Mund.

»Du bist einfach ein Arschloch!«

Die Worte sind einfach so aus mir herausgesprudelt. Mary schaut mich besorgt an und zwei Mädels, die gerade vorbeikommen, kichern.

»Alice, bist du das? Hier ist Guido, wo bist du?«

»Ach so, du bist gar nicht ... Okay.«

»Alice, hörst du mich?«

»Ja, ja, entschuldige, ich dachte, du wärst ...«

»Hör mal, morgen ist die Demo, ich wollte bloß Bescheid

sagen ... Also, wenn du willst, können wir auch zusammen hingehen.«

»Ach so, okay, und die anderen von der Zeitung?«

»Jeder geht für sich hin. Ich fahr mit dem Moped, wenn du willst, hol ich dich ab.«

»Okay, in Ordnung.«

»Dann sehen wir uns morgen.«

Ich beende das Gespräch, immer noch etwas verwirrt wegen des Missverständnisses. Mary schaut mich an, selbstverständlich ist sie superneugierig.

»Wer war das denn?«, fragt sie mich anzüglich.

»Guido, der Typ von der Schülerzeitung.«

»Ach so, perfekt.«

»Was heißt hier ›perfekt‹?«

»Ach nichts, ich sage nur: perfekt«, wiederholt sie und lächelt. »Du wirst schon sehen, dass diese Zeit doch noch ihre positive Seite hat.«

»Oh Mary, ich könnte dich umbringen«, sage ich, aber einen Moment später muss auch ich losprusten.

25 Luca

Betreff: lies das bitte zu Ende

Liebe Alice, der Schein trügt ...

Okay, nein, neuer Versuch ...

Liebe Alice, das Mädchen, das du gesehen hast, heißt Dalila ...

Und wen interessiert das? Nein, ich brauche schon einen wirksameren Anfang.

Alice, bestimmt denkst du, dass jetzt bloß die üblichen Sprüche kommen, aber: Es ist wirklich nicht so, wie du denkst. Zwischen mir und dem Mädchen ist nichts passiert, auch wenn die Situation zugegebenermaßen ziemlich zweideutig war.

Tatsache ist, wenn ich so eine Mail bekäme, würde ich kein Wort glauben. Außerdem, was kann ich ihr denn erzählen? Dass Dalila und ich die ganze Nacht geredet haben und dass sie dann eingeschlafen ist und ich sie einfach hab schlafen lassen? Das wäre die klassische Ausrede in so einer Situation. Nur dass es in meinem Fall genau so war. Was soll ich also tun? Mir eine glaubwürdigere Rechtfertigung ausdenken, weil die Wahrheit sich nach einer Ausrede anhört? Ich bin zu Hause, und während ich überlege, was ich Alice schreiben kann, ziehe ich mich zu Ende an. Der Chef des Lokals hat mir gesagt, dass ich heute Abend nicht in der Küche, sondern im Service arbeiten soll. Als ich ihm erklärt habe, dass ich dafür nichts Passendes zum Anziehen habe, hat er mir gesagt, ich solle mir deswegen keine Gedanken machen, er würde sich schon darum kümmern. Heute Morgen hat dann jemand geklingelt und mir eine Tüte mit einem funkelnagelneuen Smoking ausgehändigt. Also eigentlich ist es gar kein Smoking, denn das Hemd hat keine Ärmel und Hosenträger sind auch dabei. Die Hose spannt am Po und alles in allem komme ich mir darin reichlich lächerlich vor.

Als ich mich gerade in dem ramponierten Spiegel des Kleiderschranks betrachte, klingelt es an der Tür.

Ich gehe öffnen.

Es ist Dalila.

Man sieht ihr deutlich an, dass sie ein schlechtes Gewissen hat.

»Es tut mir leid.«

»Das ist doch nicht deine Schuld.«

»Erklär ihr doch, wie alles war.«

»Sie geht nicht ans Telefon, ich schreibe ihr gerade eine E-Mail.«

»Warst du an der Uni?«

»Ich habe es nicht rechtzeitig geschafft.«

»Kannst du irgendwann noch mal hin?«

»Gestern war das Ende der Anmeldefrist.«

»Scheiße.«

Wir bleiben in der Tür stehen und schauen uns an. Ich weiß ja, dass es nicht ihre Schuld ist, aber ich muss zugeben, dass ich sauer auf sie bin. Doch dann denke ich an gestern Abend, an das, was sie mir erzählt hat, und fühle mich schlecht.

»Ich muss jetzt ins Restaurant«, sagt sie.

»Ja, ja, ich komme auch gleich.«

»Hat der Chef dir gesagt, was da heute Abend abläuft?«

»Ja. Also, zumindest glaube ich das ... Er hat mir diese Klamotten hier geschickt, in denen ich wie ein Vollidiot aussehe.«

Sie sieht mich an und lächelt. Dann winkt sie mir zu und geht. Ich schließe die Tür und verfluche sie in Gedanken, weil sie, wenn auch unfreiwillig, der Grund für das ganze Chaos ist. Dann beschließe ich, die wenigen verbleibenden Minuten zu nutzen, bevor ich aus dem Haus muss, um noch einmal zu versuchen, eine Mail an Alice zu schreiben.

Liebe Alice,

das Mädchen, das du gesehen hast, arbeitet in dem gleichen Restaurant wie ich. Ich habe sie kennengelernt, als ich sie einmal nachts auf dem Nachhauseweg vor einem Betrunkenen gerettet habe, der handgreiflich geworden ist. An dem Tag, als wir miteinander gesprochen haben, hatte sie in meiner Wohnung übernachtet. Warum? Weil sie mich gefragt hat, ob sie mit hochkommen könnte. Zuerst habe ich gar nichts kapiert, das war wohl ziemlich naiv, ich weiß auch nicht. Jedenfalls hat sie versucht, mich zu küssen und ich habe nicht mitgemacht. Ich habe ihr gesagt, dass ich in festen Händen bin und dass ich meine Freundin liebe. Und so sind wir ins Reden gekommen und sie hat mir ihre Lebensgeschichte erzählt. Eine ziemlich abgedrehte Geschichte. Sie ist vierundzwanzig. Sie hat in Italien gelebt, und als sie mit ihrem Freund zusammenziehen wollte, hat der sie sitzen gelassen und sich stattdessen mit ihrer besten Freundin zusammengetan. Sie war schwanger und hat abgetrieben, und dann wollte sie Schauspielerin werden, hat jemandem vorgesprochen und ein Typ hat gemeint, dass sie bessere Chancen hätte, wenn sie ein wenig nett zu ihm wäre. Zuerst hat sie sich geweigert, aber dann hat sie doch mitgemacht und der Kerl hat sie trotzdem nicht genommen. Da hat sie sich mit jedem angelegt und alle haben ihr gesagt, sie wäre eine blöde Kuh. Daraufhin ist sie ganz allein nach San Francisco gegangen. Und hier hat sie Bekannte gefunden und wieder zu leben begonnen. Und sie spielt Bass in einer kleinen Band, weißt du, die, die den Probenraum unter meiner Wohnung haben. Und all das hat sie mir an dem Abend erzählt. Dann ist sie eingeschlafen und ich habe sie schlafen lassen. Warum sie dann unbedingt bei mir duschen musste, weiß ich nicht, glaub mir bitte.

Ich lese mir die E-Mail noch einmal durch, das, was ich bis jetzt geschrieben habe. Ich lese sie ein, zwei, drei Mal und versuche, mich in Alice hineinzuversetzen. Ich versuche mir vorzustellen, was sie denken könnte, wenn sie diese Zeilen liest. Und schließlich klicke ich nicht auf »Senden«, sondern zunächst auf »Entwurf speichern«.

Als ich kurz danach mit Verspätung ins Lilly Restaurant komme, bemerke ich sofort, dass es ein ganz besonderer Abend sein muss. Obwohl es erst sechs Uhr ist, laufen hier schon ziemlich viele Leute herum. Zwei Männer um die vierzig unterhalten sich angeregt mit meinem Chef. Insgesamt habe ich stark den Eindruck, dass hier die Vorbereitungen zu einer Party laufen.

Als mein Chef mich sieht, winkt er mich zu sich. Ein wenig wackelig auf den Beinen nähere ich mich ihm, zum Teil, weil ich mich so abgehetzt habe, aber auch wegen all der Gedanken, die mir im Kopf herumschwirren: Alice, die Uni, Alice, die Uni, und überhaupt habe ich keine Ahnung, was ich hier eigentlich tue.

»Das ist einer meiner Jungs«, sagt der Chef und betrachtet mich misstrauisch. Ich frage mich, wie sehr man mir ansieht, was in mir vorgeht.

Die beiden Männer mustern mich von Kopf bis Fuß und nicken zufrieden, während ich versuche, ruhig und entspannt zu lächeln. Dann reden sie weiter mit meinem Chef, der mir ein Zeichen macht, ich solle nach oben gehen.

»Nach oben?«, frage ich nach, weil ich mir nicht sicher bin, ob ich ihn richtig verstanden habe.

»Ja, nach oben, los, mach schon«, sagt er knapp.

Ich war noch nie im oberen Stockwerk. Ich habe immer nur die Tänzerinnen die Wendeltreppe heruntersteigen sehen, die auf der Theke endet, aber ich habe mich nie gefragt, wo sie wohl herkommen.

Oben angekommen, erkenne ich, dass es nur eine Art Wohnzimmer ist, das man als Garderobe eingerichtet hat. Es gibt ein paar Kleiderständer, Spiegel und Sessel, außerdem ein langes Bord vor einer Spiegelwand, vor der sich einige junge Männer und Frauen schminken. Dalila ist ebenfalls dort. Als sie mich sieht, kommt sie mir entgegen.

»Was geht denn hier ab?«, frage ich sie.

»Hast du jetzt endlich kapiert, was für eine Party das heute Abend ist?«

26 Alice

Als wir vor dem Gandhi-Abendgymnasium ankommen, haben sich da schon eine Menge Leute versammelt. Auf der Schultreppe wimmelt es von Menschen, und viele andere stehen auf der Straße davor.

Ich steige vom Moped und nehme den Helm ab, während Guido mit dem Schloss hantiert.

»Ich schau mal kurz rein, ich bin mit jemandem verabredet«, sagt er, während er ein paar Leuten hinter mir zuwinkt. »Wir treffen uns gleich wieder hier draußen.«

Guido verschwindet in der Menge, ich beobachte die Situation von außen. Die Polizei hat eine Straßenseite abgesperrt, aber alles wirkt ruhig. Aus den Fenstern der umliegenden Gebäude beobachten einige Leute neugierig das Geschehen. Ein Mädchen mit Megafon schreit einer alten Frau im zweiten Stock zu, sie möge doch bitte herunterkommen und mitdemonstrieren. Die Frau lächelt und schwenkt einen Spüllappen zum Zeichen der Solidarität, was ihr spontanen Applaus und übertriebene Beifallsrufe einbringt.

Mitten in der Menge sehe ich Roberta, die Chefredakteurin der Schülerzeitung, die mir entgegenkommt, als sie mich entdeckt.

»Wir beide müssen reden«, sagt sie ernst.

Ich starre sie verständnislos an.

»Hör mal«, meint sie, »ich weiß nicht, worum es dir geht oder warum du das alles machst ...«

»Roberta, ich hab keine Ahnung, wovon du redest.«

»Ach, komm schon, also bitte, ich reiß mir seit zwei Jahren

den Arsch auf für diese Schülerzeitung. Und dann kommst du daher, schreibst einen Artikel und alle schreien ›Oh, wie toll, die ist ja so super‹. Schön, du hast einen guten Artikel geschrieben, aber das heißt noch lange nichts. Eine Zeitung am Leben zu erhalten ist etwas ganz anderes.«

»Oh mein Gott, darum geht es also?«, frage ich sie ungläubig. »Da liegst du völlig falsch. Ich habe überhaupt kein Interesse daran ...«

»Na toll, nicht einmal du hast daran Interesse ...«

»Nein, eigentlich wollte ich sagen, das ist einfach so passiert, ich wollte diesen Artikel ja nicht einmal schreiben.«

»Und warum hast du es dann getan?«

In dem Moment taucht Guido hinter ihr auf.

»Hallo, Mädels!«, begrüßt er uns fröhlich. »Ein Riesenerfolg, oder?«

Roberta antwortet ihm nicht und ich lächle nur traurig. Ich kann mich über diesen »Riesenerfolg« nicht freuen. Ich kann nur an Luca denken, wie er mit einer anderen schläft. Und jetzt legt sich diese verrückte Kuh mit mir an, weil sie glaubt, ich wolle ihr den Posten streitig machen.

»He, alles in Ordnung?«, fragt Guido.

»Jaja, wir haben uns nur unterhalten«, antworte ich ausweichend.

»Ach so, okay, hört mal, da ist ein Journalist, der noch einige Informationen bräuchte. Ich hab ihm schon ein paar Exemplare der Schülerzeitung gegeben, aber er hat gesagt, er möchte mit dem Mädchen sprechen, das den Artikel geschrieben hat. Alice, traust du dir das zu?«

Roberta wirft mir einen vernichtenden Blick zu und ich verdrehe die Augen.

»Also, was ist?« Guido lässt nicht locker.

»Vielleicht ist es ja besser, wenn Roberta geht«, sage ich. »Also, ich meine, schließlich weiß sie mehr darüber als ich, auch über die Schülerzeitung im Allgemeinen.«

»Was redest du denn da? Den Artikel hast du geschrieben.

Wenn du nicht willst, ist das okay, aber wo du schon mal hier bist ...«

»Geh nur, geh«, sagt Roberta mit saurer Miene. Dann macht sie kehrt und verschwindet wortlos.

»Ist etwas passiert?«, fragt Guido und sieht mich forschend an.

»Sie denkt, dass ich ihren Platz einnehmen will.«

Er schaut mich verblüfft an. Dann dreht er sich zu Roberta um, die wenige Meter von uns entfernt mit einem Jungen von der Schülerzeitung spricht und dabei wild gestikuliert. Es sieht so aus, als ob sie ihren Zorn bei ihm ablässt und beschreibt, was passiert ist.

»Ach komm, sie wird bloß ein wenig neidisch sein«, meint Guido nicht gerade überzeugend.

»Nein, nein, das hat sie wirklich gesagt.«

»Okay«, meint er, »das tut mir leid, aber irgendwie ... Los, komm mit, damit ich dich dem Journalisten vorstellen kann.«

Wir bahnen uns einen Weg durch die Menge und die Spruchbänder. Guido geht voran. Ich beobachte ihn und denke, dass ich aus ihm immer noch nicht schlau werde. Man merkt zwar, dass er intelligent und vielseitig interessiert ist, und er wirkt auch ziemlich reif für sein Alter. Doch manchmal hat er diesen unergründlichen Gesichtsausdruck, als ob er etwas zu verbergen hätte.

Plötzlich bleibt er mitten in der Menge stehen.

»Hör mal, Alice, ehe ich dir den Journalisten vorstelle, wollte ich dir noch sagen ... Morgen gehe ich mit ein paar Freunden in einer Kneipe hier in der Nähe was trinken. Und ... ich wollte dich fragen, ob du mitkommen möchtest.«

»Meinst du mit denen von der Schülerzeitung?«

»Nein, eigentlich nicht, es sind einfach ein paar Freunde von mir, also, wenn du Lust hast ...«

»Geht es um den Artikel?«, frage ich, und jetzt muss er endgültig grinsen.

»Nein, es geht nur darum, etwas zusammen zu trinken und sonst gar nichts«, antwortet er lächelnd.

»Ach so, ja, in Ordnung, ich hatte das falsch verstanden, ich dachte, es geht ...«

Nach diesem völlig bescheuerten Hin und Her (von dem ich mir vornehme, dass ich es später mit Mary eingehend analysieren werde), stellt Guido mich endlich diesem legendären Journalisten vor. Er ist so um die dreißig, groß, mit kleinen Geheimratsecken und einer Brille.

»Das hier ist Alice, sie hat den Artikel geschrieben«, stellt Guido mich vor.

»Ah, sehr gut, meinen Glückwunsch. Freut mich, deine Bekanntschaft zu machen«, sagt er und reicht mir die Hand. »Giovanni.«

»Angenehm, Alice.«

Während wir uns die Hände schütteln, sehen wir einander an. Und wie immer vergesse ich gleich wieder den Namen der Person, die mir gerade vorgestellt wurde. Schon in den zwei oder drei Sekunden nach dem Händedruck, in denen ich herauszufinden versuche, wen ich vor mir habe.

Zehn Minuten später sitzen der Wie-hieß-er-doch-gleich-Journalist und ich an einem Tisch in der Bar neben der Schule. Vor uns liegt die Schülerzeitung, die Seite mit meinem Artikel ist aufgeschlagen.

»Der Artikel ist gut«, beginnt er. »Gut geschrieben, mit den richtigen Infos, sehr gut.«

»Danke.«

»Du musst dich nicht bei mir bedanken, ich sage bloß, wie es ist. Hey, ich bin doch noch keine sechzig, und ein alter Hase im Journalismus bin ich auch nicht. Doch ein bisschen Erfahrung habe ich schon, und daher weiß ich, wovon ich rede. Aber es geht noch um etwas anderes.«

Der Wie-hieß-er-doch-gleich-Journalist lässt den letzten Satz so im Raum stehen, als müsste ich erkennen, was er damit gemeint hat.

»Es geht noch um etwas anderes«, sagt er dann noch einmal.

»Worum denn?«

»Weißt du, einen guten Artikel schreiben kann jeder. Doch deiner hat noch mehr, das gewisse Etwas, da springt der Funke über.«

Er sieht mich an, um zu beobachten, wie ich reagiere.

»Der Funke?«

»Das, was einen gut geschriebenen Artikel von anderen unterscheidet; der die Zeitung groß rausbringt, der einen nicht mehr loslässt. Und die Wirkung siehst du ja selbst.«

Er schaut nach draußen. Die Menge ist noch größer geworden. Ein junger Mann mit einem Megafon skandiert Slogans gegen die Stadtverwaltung und den Bürgermeister.

»Okay, jetzt reicht es mit den Komplimenten«, fährt er fort. »Ich muss einen Artikel über die Ausbildungssituation in Mailand schreiben, und ich möchte deinen Artikel zitieren. Natürlich würde ich auch deinen Namen nennen. Wenn ich darf ... Darf ich?«

Ich brauche ein paar Sekunden, ehe ich antworten kann. Ich schaue ihn an und dann richte ich meinen Blick auf die Straße, auf all die Menschen, die dort demonstrieren. Ich frage mich, ob er recht hat, ob in meinen Worten wirklich dieser Funke lag. In dem Moment wird mir klar, dass er mich immer noch anstarrt und auf eine Antwort wartet.

»Ja, sicher«, beeile ich mich zu sagen, »das ist toll, danke.«

Er lächelt und nickt zufrieden. Dann klappt er die Schülerzeitung zu und steckt sie in die Tasche.

»Sag mal«, meint er weiter. »Willst du das später einmal beruflich machen? Ich meine, willst du Journalistin werden?«

»Also, ehrlich gesagt habe ich noch nie darüber nachgedacht. Aber jetzt tue ich das schon.«

»Wie gesagt, ich bin keine große Nummer, aber ein paar Tipps kann ich dir geben, wie man zu einer richtigen Zeitung kommt, bei allem Respekt für eure Schülerzeitung. Ich geb dir mal meine Visitenkarte und dann, du weißt ja wie das funktioniert, eins ergibt sich aus dem anderen ...«

Dann steht er auf und geht zahlen.

»Sag mir doch noch mal, wie du heißt«, meint er, als er wieder an den Tisch zurückkommt. »Ich kann mir einfach keine Namen merken.«

»Alice ... Und du?«

Er lächelt und reicht mir seine Visitenkarte. »Giovanni.«

Draußen vor der Bar küsst er mich zum Abschied auf die Wangen, dann entfernt er sich auf dem Bürgersteig, an der Polizeiabsperrung vorbei.

27 Luca

»Eine Schwulenparty? Was soll das heißen, eine Schwulenparty?«

»He, du weißt doch, wo du hier bist? The Castro ... Hast du noch nie den Namen dieses Viertels gehört? Der Kampf um gleiche Rechte für Schwule? Den Film *Milk* hast du doch wohl gesehen, oder?«

»Nein, warum?«

Dalila bricht in Lachen aus, und langsam fühle ich mich wie eine Maus in den verworrenen Gängen irgendeines perversen Videospiels. Wohin ich mich auch wende, welchen Weg ich auch wähle, irgendwann lande ich immer in einer Sackgasse oder in einem Raum mit einer Falle, der ich nicht entkommen kann.

Ich schaue mich um. Da sind zwei Jungs mit nacktem Oberkörper und einer Blumenkrone auf dem Kopf. Auf der anderen Seite schminken sich drei weitere vor dem Spiegel. Und dann sind da natürlich auch noch Dalila und die anderen Mädchen, die sich auf die Show vorbereiten.

»Und was macht ihr dann hier?«, frage ich sie.

»Na ja, die Party ist offen für alle, außerdem ist es ja keine Orgie!«

»Okay, aber ich werde auf keinen Fall tanzen!«, rufe ich an der Stelle aus, da mich eine plötzliche Sorge befallen hat. »Oh Gott, muss ich etwa tanzen?«

»Aber nein, der Chef wollte nur, dass sich alle Kellner gleich anziehen, damit die Optik stimmt. Heute Abend kommen Leute mit Kohle, und wenn der Boss was anfängt, dann gleich im großen Stil.«

Wenig später beginnt die Party, und es ist einerseits besser und andererseits schlimmer, als ich gedacht habe. Besser, weil ich eigentlich bloß mit Tabletts herummarschieren muss und die Gäste sich dann selbst bedienen. Schlimmer, weil mir gleich der Schädel platzt. Ich habe mich nicht eingeschrieben, und Alice hat eine halbnackte Frau bei mir in der Wohnung gesehen. Was wird sie jetzt tun? Was denkt sie? Ich habe ihr eine Mail geschrieben, aber ich habe sie nicht abgeschickt, weil sie mir ja doch nicht glauben würde. Außerdem bin ich nicht an der Uni eingeschrieben. Was zum Henker ist denn bloß mit mir los?

»Hey, darf man mal erfahren, was zum Henker mit dir los ist?«

Eine Stimme aus der Menge unterbricht meine Gedanken. Vor mir recken sich im blitzenden Schein der Stroboskoplampen Dutzende Arme nach oben. Ein weißhaariger Mann tanzt begeistert mit zwei molligen Frauen, und irgendwo weiter hinten küssen sich zwei Typen.

»Hey, ich rede mit dir!«

Ich drehe mich um. Es ist der Chef.

»Was zum Teufel ist mit dir los? Man hat mir erzählt, du träumst vor dich hin!«

»Nein, nein, entschuldige, heute ist einfach ein Scheißtag ...«

»Ich bezahl dir hundert Dollar für diesen Abend, und da ist mir ganz egal, ob du einen Scheißtag hattest, ob dein Hund gestorben ist oder ob es bei dir zu Hause eine Überschwemmung gab ...«

Nach diesen Worten schiebt er mir mit Daumen und Zeigefinger die Mundwinkel hoch und zwingt mich so zum Lächeln.

»Komm mit!«

Er geht schnell und entschieden auf die Küche zu, und diese Bewegung zeigt deutlicher als sein Vortrag, dass er keinen Widerspruch duldet. Mit einer Hand reißt er die Stahltür auf, die prompt gegen einen Kellner knallt, der ihn ohne mit der Wimper zu zucken vorbeilässt und danach mit seinem Tablett nach draußen geht. In der Küche sind alle damit beschäftigt, Kanapees, Törtchen und Minisandwiches vorzubereiten. Wir durchqueren die Küche und betreten einen kleinen Raum, der als Abstellkammer dient. Dort macht der Chef mit einem Arm einen Tisch frei und zieht ein weißes Kügelchen aus der Tasche, das in ein Stück Klarsichtfolie eingewickelt ist. Er packt es aus und zerhackt es auf dem Tisch. Es folgt die gleiche Szene, die ich vor ein paar Tagen in der Küche beobachtet habe.

»Was hast du für ein Problem?«, fragt er mich dann, aber jetzt klingt er ruhiger, beinahe verständnisvoll.

»Ich habe jede Menge Probleme.«

»Gut, ich hör dir zu, du hast fünf Minuten.«

Ich verstehe nicht, was dieses ganze Theater soll. Ich weiß nicht, warum er mich hierhergebracht hat und warum er »meine Probleme« erfahren will. Aber ich fürchte, mir bleibt kaum etwas anderes übrig.

»Meine Freundin hat mich mit einer anderen Frau gesehen und jetzt will sie mich verlassen, oder vielleicht hat sie es schon getan, ich bin nach San Francisco gekommen, um mich an der Uni einzuschreiben, aber ich habe den letzten Tag der Einschreibefrist verpasst und ... und das ist es.«

»So, das sind also deine Probleme?«

»Hm, ja, also momentan schon«, antworte ich, aber ich bin mir überhaupt nicht sicher, ob er mir zuhört.

»Hör mal«, meint er und legt mir eine Hand auf die Schulter, »ich mag dich. Ich brauche Leute wie dich. Aber du darfst mich nicht verarschen. Pass auf: Es gibt immer irgendeine Frau, die dich nervt, die dich in den Wahnsinn treibt, irgendein Problem, weshalb du dir eine Kugel in den Kopf jagen willst, aber du darfst nicht stehen bleiben. *The show must go on.* Schon mal gehört? So ist das nun mal. Die Show muss weitergehen, das ist mein Motto. Merk dir das, dann kommst du super durchs Leben. Deshalb entscheide dich: Entweder ist die Show jetzt für dich vorbei, dann bin ich dir deswegen nicht böse, aber du brauchst hier nie wieder aufzukreuzen. Oder die Show beginnt jetzt, du gehst da raus, setzt ein freundliches Lächeln auf und kümmerst dich darum, dass meine Gäste ihren Spaß haben, okay?«

Mit geht viel zu viel durch den Kopf, viel zu viele Gedanken. Widersprüchliche Wünsche, die miteinander ringen. Der Gedanke an Flucht, wieder einmal wegzulaufen, auch hier. Der Wunsch, dass alles wieder so wird wie vorher, dass alles in Ordnung kommt. Die Illusion, ich könnte die Zeit zurückdrehen und meinem Vater sagen, ja, ich habe es mir anders überlegt, ich gehe nicht weg, ich studiere in Mailand. Und schließlich der Gedanke, wenn ich die Zeit zurückdrehen könnte und Dalila noch mal in der Seitenstraße sähe, würde ich einfach weitergehen, als ob nichts wäre, während eine andere innere Stimme mir sagt, dass das nicht stimmt: Wenn ich die Zeit zurückdrehen könnte, würde ich mit Dalila schlafen, einmal, hundert, tausend Mal, und Alice gar nicht mehr antworten, und auf die Uni würde ich pfeifen, zum Teufel, wer interessiert sich schon für Berkeley. Ich werde jetzt einfach tun, was mir gefällt, nur noch an mich selbst denken und nicht an das, was die anderen von mir erwarten. Mein Chef hat recht: *The show must go on.*

28 Alice

»Also, was hast du herausgefunden?«, frage ich Mary, die sich seit zwei Stunden auf Facebook tummelt.

»Nicht viel, aber ich bin auf dem richtigen Weg, wenn du mir nur etwas dabei helfen würdest.«

»Nein, Mary, wenn ich jetzt ein Foto von ihm sehe, schlag ich deinen Computer kurz und klein.«

»Hmm, also ... Er hat vor Kurzem neue Freunde und Freundinnen geaddet, zwei von denen haben einen Account, der für alle sichtbar ist, und überall taucht immer wieder der Name eines Lokals auf, dieses Lilly Restaurant.«

»Lilly Restaurant?«

»Ja, ich weiß noch nicht genau, was das für ein Laden ist, aber jetzt hake ich da mal nach. Ich bin auf einer heißen Spur.«

In dem Moment meldet sich mein Handy. Nur ein kurzes Klingeln, das Zeichen, dass Guido da ist und ich jetzt runtergehen muss. Ich sehe mich um wie eine Maus in der Falle, aber es gibt keinen Ausweg. Martinas Mansardenwohnung ist mir noch nie so klein vorgekommen, und leider gibt es hier keine Rutschen, auf denen man direkt in ein Paralleluniversum gleiten kann, in denen es keine Jungs gibt, die einen abholen kommen, wenn man eigentlich schon vergeben ist, obwohl einen der eigene Freund gerade betrogen hat.

»Nein, ich gehe nicht«, sage ich zu Mary.

»Du musst aber gehen«, erwidert sie entschieden. »Stimmt doch, Martina?«

»Warum muss sie gehen, wenn sie nicht will? Wie ist dieser Typ denn so?«

»Das ist doch völlig egal, wie der Typ so ist!«, stöhnt Mary laut. »Sie muss ausgehen, um Luca eifersüchtig zu machen.«

»Na sicher, weil ja jede Menge Paparazzi in der Kneipe auf Alice warten.«

Ich trete ans Fenster, aber ich kann niemanden entdecken. Von Guido oder seinem Moped keine Spur.

»Problem gelöst, da ist niemand«, verkünde ich.

»Ach Quatsch, lass mich mal sehen!«, grummelt Mary. Sie steht auf und geht zum Fenster, während ich mich wieder setze. Dann schaut auch sie etwas skeptisch, doch schließlich stößt sie einen ihrer spitzen Begeisterungsschreie aus. Sie dreht sich um, kommt wieder in die Mitte des Zimmers, dabei hüpft sie auf und ab und hält sich die Hände vor den Mund vor Lachen. Ausgerechnet Mary, die einmal gesagt hat: »Warum kann ich bloß keine normalen Freundinnen haben?«

»Verrätst du mir mal, was du gesehen hast?«

»Er ist mit dem Auto da! Er ist mit dem Auto da!«

»Du bist wirklich bescheuert«, kommentiert Martina.

»Dann schaut doch selbst!«

Martina erhebt sich seufzend, und ich folge ihr ans Fenster. Unten sehe ich einen Typen, der auch sonst wer sein könnte, in einem Auto sitzen. Nur dass das Auto ein Armeejeep ist.

»Wenigstens hat er keine Idiotenkarre«, sagt Martina und nickt anerkennend.

Eine halbe Stunde später sitze ich in der Kneipe mit Guido, Aisha, Matt, Mary, Martina und noch zwei von Guidos Freunden zusammen, die etwas älter sind als wir. Aisha ist Marokkanerin und Tochter eines Botschafters. Sie lebt seit zwei Jahren in Mailand und spricht überwiegend Englisch, aber wir verständigen uns schon irgendwie. Matt ist Amerikaner und ihr Freund. Er ist neunzehn und reist allein durch Europa. Die beiden anderen, die später dazustoßen, sind zwei hippe Mailänder mit grünen Kaschmirpullis, schlanken Händen und langen lockigen Haaren, die auf die angesehene Wirtschaftsuniversität Bocconi gehen.

Guido stellt mich scherzhaft als seine neue Kollegin bei der Schülerzeitung vor, sagt, ich hätte einen unglaublichen Artikel geschrieben, den sie unbedingt lesen müssten, und erwähnt dann noch, dass wir denselben Italienischlehrer haben, der nur Gutes über mich erzählt. Das ist eine etwas übertriebene Vorstellung, aber daraus ergeben sich zumindest ein paar gute Anknüpfungspunkte für Gespräche über Journalismus, die Schule und so weiter.

Der Abend verläuft entspannt. Guido lässt mich nicht aus den Augen und übersetzt für mich, als Matt von seiner Reise erzählt und Aisha die Lebensbedingungen der Frauen in Marokko schildert. So erfahre ich, dass Guido nicht nur ausgezeichnet Englisch spricht, sondern auch auf den unglaublichsten Gebieten bewandert zu sein scheint. Wir reden eine gute halbe Stunde über Wettervorhersagen und Stormchaser, bis wir schließlich herausfinden, dass er eine kleine Wetterstation besitzt.

Er ist nicht gerade ein brillanter Unterhalter, ganz selten bringt er die Leute zum Lachen, ja, er versucht es nicht einmal. Aber das, was er sagt, steckt voller Informationen und außergewöhnlichen Überlegungen über bekannte historische Persönlichkeiten oder Politiker, und niemals hört man bei ihm die beiden Worte »ich« und »denke« hintereinander. Außerdem stellt er eine Menge Fragen, er fragt jeden etwas, und so entdecke ich Dinge über meine beiden Freundinnen, die nicht einmal ich wusste. Martina schreibt an einem eigenen Song, und Mary ... Mary liest ein Buch!

Am Ende des Abends bin ich glücklich und seltsam zufrieden. Ich habe einen schönen, mal ganz anderen Abend verbracht als sonst, und ich habe den perfekten Typen gefunden. Also, ich will damit überhaupt nichts sagen, aber es ist einfach so: Guido wäre der perfekte Freund. Einer von denen, die nie danebengreifen, der sich um einen kümmert und höflich ist, aber trotzdem verlässlich und seinen eigenen Kopf hat.

»Soll ich dich nach Hause fahren?«, fragt er, als Aisha, Matt und die beiden Yuppies schon gegangen sind. Ich weiß, was es bedeuten würde, wenn ich mich von ihm nach Hause bringen ließe und ich möchte nicht, dass der Abend so endet. Aber gerade, als ich Guidos Angebot ablehnen will, packt mich Mary am Handgelenk, zieht mich beiseite und zeigt mir ein Foto auf ihrem Smartphone, mit dem sie sich bei Facebook eingeloggt hat. Es zeigt Luca auf dem Tresen einer Bar in einem weißen ärmellosen Hemd neben zwei Tänzerinnen und einem Kerl mit nacktem Oberkörper.

29 Luca

Ein Basstrommelwirbel schmeißt mich aus dem Bett. Mein Kopf droht zu platzen. Ich habe immer noch die Klamotten von gestern an und Dalila liegt neben mir.

Nein, denke ich. Das kann nicht sein. Also bin ich doch ein kompletter Vollidiot ...

Einige Bruchstücke des gestrigen Abends tauchen in meinem Hirn auf. Ich gehe mit einem Tablett zwischen den Leuten umher. Tanzende Menschen. Dann die Tänzer, wie sie die Wendeltreppe herunterkommen. Jemand zerrt mich auf den Tresen. Ich tanze. Dalilas Gesicht, die mir lachend zusieht. Und von da an: absolute Leere.

Ich stehe auf und gehe ins Bad. Als ich in den Spiegel sehe, erschrecke ich vor mir selbst. Jetzt ziehe ich mich erst einmal aus und dusche. Ich fühle mich benommen und in meinen Ohren pfeift es.

Fünf Minuten später bin ich mit noch feuchten Haaren unterwegs. Ich muss unbedingt noch mal zur Uni und das mit der Einschreibung geregelt bekommen, aber ich fühle mich hundeelend. Ich steige in den Bus, der zum Bahnhof fährt, und setze mich ganz nach hinten. Durch das Fenster betrachte ich die Stadt, die wieder im Nebel liegt. Der Bus schlängelt sich durch eine kurvenreiche Straße, ehe er in eine große vierspurige Straße einbiegt. Ein paar Frauen, die etwas weiter vorn sitzen, beobachten mich und tuscheln miteinander. Mir ist klar, dass sie über mich reden. Ich bin müde und fühle mich wie betäubt.

Als ich die Augen schließe, formt sich in meinem Kopf ein Bild von einem Penner, der im Bus schläft, sein Kopf ist auf die Lehne des Vordersitzes gesackt. Draußen ist es noch dunkel, aber allmählich wird es heller, der Morgen dämmert. Der Bus hält an und der Fahrer rüttelt den Penner an der Schulter und sagt ihm, dass er aussteigen muss. Der öffnet die Augen und weiß nicht, wo er ist. Er muss an seine Tochter denken, die nichts mehr mit ihm zu tun haben möchte. Der Penner fragt: »Wo bin ich?«

Ich öffne die Augen: Vor mir steht der Busfahrer. Er rüttelt an meiner Schulter.

»Wo sind wir?«, frage ich.

»Sie müssen aussteigen«, sagt der Fahrer bloß.

»Wie, ich muss aussteigen? Wo sind wir?«, frage ich aufgeregt, während der Fahrer mich nicht gerade höflich am Arm packt, um mich zum Verlassen des Busses aufzufordern.

Ich bin am Meer. Beziehungsweise in einem kleinen Städtchen am Meer, mit einer Holzmole und ein paar alten Läden, die aus dem letzten Jahrhundert zu stammen scheinen. Einen kurzen Moment lang denke ich, ich habe eine Halluzination, aber dann erkenne ich, dass alles real ist. Ich bin immer noch in San Francisco. Ein paar Kilometer entfernt ragen die Wolkenkratzer der Skyline aus dem Nebel auf.

Zwei Möwen zanken sich im Flug über mir und sausen wenige Zentimeter über meinem Kopf vorbei.

Okay, ich bin eingeschlafen. Und bis zur Endstation gefahren. Jetzt muss ich bloß bis zum Bahnhof zurückfahren, sage ich mir, und dann den Zug nach Berkeley nehmen und ... Das pack ich nicht. Nicht jetzt.

Ich gehe an der Mole entlang, durch den Ort, der nichts anderes ist als die plumpe Kopie eines alten Fischerdorfes. Statt Werkstätten sind in den Häusern Souvenirshops und ein paar Fast-Food-Lokale untergebracht.

Auf einmal steigt eine seltsame Beklemmung in mir hoch. Diese Angst, die jeder kennt, der sich schon mal in einer Stadt, einem Wald oder einfach auf seinem Weg verirrt hat. Ich weiß nicht mehr, wo ich bin und was ich gerade tue, mich erfüllt nur noch die Angst, in ein Labyrinth geraten zu sein, aus dem ich nie mehr herausfinde.

In einer Art Café hole ich mir einen *coffee-to-go*. Als ich mit dem Pappbecher in der Hand den Laden verlasse, höre ich den Klingelton meines Handys, was in mir spontan Heimweh auslöst. Ich lasse es dreimal klingeln, ehe ich drangehe, als könnte allein dieser Klingelton mich aus dieser Trägheit aufrütteln.

»Was zum Henker treibst du eigentlich?«, fragt mich eine Frauenstimme am anderen Ende der Leitung.

»Hallo, wer spricht da?«, frage ich, weil ich die Stimme des Anrufers nicht erkenne.

»Ich bin's, Martina, du Vollidiot. Weißt du nicht mal mehr, wer ich bin?«

»Martina, oh mein Gott, wie schön.«

»Bist du jetzt völlig verblödet? Nimmst du Drogen?«

»Nein, nein, entschuldige. Ich bin nur so froh, dich zu hören. Wie geht es dir?«

»Mir geht's gut, aber du bist ein Vollidiot! Was baust du für einen Mist? Wer ist die Schlampe, mit der du in die Kiste steigst?«

»Aber ich steig doch mit keiner Schlampe in die Kiste!«

»Ja klar, jetzt komm schon, red doch keinen Scheiß. Alice hat mir erzählt, dass sie euch erwischt hat.«

»Ja, schon, aber sie hat doch bloß bei mir übernachtet, das ist eine lange Geschichte, und außerdem war das bloß ein Mal, also ...«

»Ach so, ein One-Night-Stand und das war's?«

»Blödsinn, ich schwör dir, da ist überhaupt nichts passiert!«

»Hör zu, ich fliege gleich nach Los Angeles, dort soll ich ein Video drehen ... Ich hab auch einen Flug nach San Francisco gebucht und bleibe zwei Tage bei dir, also sieh zu, dass du da bist, sonst bring ich dich um.«

Als ich die Verbindung beende, fühle ich mich mit einem Mal viel besser, als hätte eine eisige Windbö urplötzlich mein Gehirn von diesem Nebel befreit. Auf einmal komme ich mir dumm vor, weil ich solche Angst hatte und mich von diesem Verlassenheitsgefühl so habe überwältigen lassen.

Jedes Problem ist lösbar, sage ich mir. Eins nach dem anderen.

Als ich in den Bus steigen will, fällt mir das Schild eines Chinarestaurants auf, das einen großen roten Drachen zeigt. Ich muss kurz an den Junkie denken, den ich in meinen ersten Tagen hier getroffen habe und der mir erzählt hat, an den Küsten von San Francisco würden Drachen leben.

30 Alice

»Du hast mir gar nicht erzählt, wie es mit diesem Journalisten gelaufen ist«, sagt Guido auf dem Nachhauseweg zu mir. Der Jeep fährt langsam die Via Solferino entlang, wo wir Mary und Martina abgesetzt haben.

»Er hat gesagt, dass er einen Artikel schreiben und mich darin zitieren wird«, antworte ich zerstreut. Ich bin nicht ganz bei der Sache, weil ich mich mit allen Kräften bemühe, das Bild von Luca, wie er auf der Theke einer Bar tanzt, irgendwo in den hintersten Winkel meines Kopfes zu verbannen.

»Hm, komm, das ist doch toll. Hör mal, hast du gehört, was Aisha über die Frauen in Marokko erzählt hat? Dabei ist mir eingefallen, wir könnten doch mal einen Artikel über die Situation der muslimischen Mädchen in Mailand schreiben.«

»Super Idee«, sage ich, mehr bringe ich nicht heraus.

»Stimmt etwas nicht?«, fragt er mich jetzt.

»Nein, nein, entschuldige. Im Gegenteil, es war ein netter Abend, ganz im Ernst, ich hab nur am Ende etwas Unangenehmes erfahren.«

»Verdammt, hoffentlich nichts Schlimmes.«

»Nein, nein, nichts Schlimmes ... Also, ich meine, es gibt jedenfalls keine Toten oder Verletzten.«

»Aber es geht um einen Unfall?«

»Irgendwie schon, aber es hat nichts mit Autos zu tun.«

Guido lächelt knapp, ohne den Blick von der Straße abzuwenden. Schweigend fahren wir weiter, bis er in meine Straße einbiegt.

»Du weißt ja noch, wo ich wohne«, sage ich überrascht.

»Ich habe eben ein gutes Gedächtnis«, gibt er zurück. Seit meiner Bemerkung über den »Unfall ohne Autos« ist er schweigsam geworden.

»Also, dann danke. Es war ein schöner Abend. Du hast echt krasse Freunde, also, na ja, entschuldige, also nicht krass im Sinne von durchgeknallt, aber das sind schon besondere Leute, Botschafter, Amerikaner, hippe Elitestudenten von der Bocconi. Also, na ja, nicht dass Studenten von der Bocconi an sich seltsam sind, aber ...«

»Also, na ja, also ...«, zieht er mich lächelnd auf. Verlegen erwidere ich sein Lächeln.

»Ich muss an meinem ›also‹ und ›na ja‹ noch etwas arbeiten.«

»Nein, ich mag das. Und dann sagst du es ja bloß in bestimmten Momenten.«

»Ach ja? Wann denn?«

»Wenn dir zu viel durch den Kopf geht, glaube ich, wenn sich zu viele Gedanken in deinem Kopf streiten. Wie beim ersten Mal, als du zum Schülerzeitungstreffen gekommen bist. Da wolltest du gleichzeitig etwas sagen und den Mund halten, als wärst du zwar neugierig auf das Ganze, würdest uns aber eigentlich alle für Idioten halten.«

»Ach Quatsch, nein ...«, widerspreche ich, aber ich muss zugeben, dass er den Nagel auf den Kopf getroffen hat. »Außerdem war das alles deine Schuld. Du hast mir das Wort erteilt. Ich hatte mich ja nicht einmal gemeldet!«

»Ja, ich weiß ...«, sagt er und muss plötzlich loslachen.

»Wie bitte, das weißt du?«

»Ich wusste, dass dein Arm nicht oben war, ich habe nur so getan, als würde ich das glauben ... weil ich deine Stimme hören wollte.«

Ich lächle, senke verlegen den Blick und bin mir fast sicher, dass ich rot geworden bin. Er hält immer noch das Lenkrad umklammert und starrt vor sich hin.

»Und jetzt?«, fragt er und seine Stimme wird auf einmal leiser.

Und jetzt? Jetzt denke ich, dass ich einen schönen Abend mit einem tollen Menschen verbracht habe, und dass mein Freund vielleicht gar nicht mehr mein Freund ist und dass sich gerade viele Dinge ändern und ...

Er dreht sich zu mir.

»Also gut, ich muss jetzt gehen«, sage ich und beuge mich zu ihm rüber, um ihn zum Abschied auf die Wangen zu küssen.

Ich küsse ihn erst auf die eine Wange, dann auf die andere, und schließlich verharre ich in der Nähe der Lippen, nicht nah genug, dass es der Beginn eines echten Kusses sein könnte, aber auch nicht weit genug weg, als dass es nichts weiter zu bedeuten hätte.

»Ich mag dich, Alice«, sagt er leise.

Ich lächle.

»Aber dein Herz scheint nicht mehr frei zu sein«, fährt er fort.

»Das stimmt«, gebe ich zu. »Also, ich meine ...«

Er schaut mir weiter in die Augen und lächelt belustigt.

»Vielleicht sollte ich dich jetzt lieber nach Hause gehen lassen«, sagt er und senkt den Blick von meinen Augen auf meine Lippen. »Und wenn du willst, erzählst du mir eines Tages davon.«

»Danke«, sage ich und fühle in mir eine merkwürdige Dankbarkeit diesem Jungen gegenüber, den ich kaum kenne. In dem, was er sagt, liegt etwas Gutes, etwas, wobei ich mich entspannen kann, während Luca mich anregt, mich aufregt und in mir diese Leidenschaft weckt, die jeden Moment von uns bestimmt. In Guidos Gesellschaft fühle ich mich wohl, und das ist gar nicht so schlecht.

»Wie schaffst du das nur, so zu sein, wie du bist?«, frage ich ihn.

»Wie denn?«

»Du machst nie einen Fehler, du bist sensibel, aufmerksam, sagst im richtigen Moment das Passende ...«

Er sagt nichts, aber seine Lippen verziehen sich zu einem Lächeln. »Und das gefällt dir nicht?«

»Doch, und ob mir das gefällt. Genau das meine ich ... Du hast schon wieder die richtige Frage gestellt ...«

»Ich bin früher ein richtiger Egoist gewesen. Dann habe ich jemandem, den ich sehr mochte, sehr wehgetan ...«

Ich schweige, betroffen von seinen Worten, die sich so gar nicht wie die Beichte eines neunzehnjährigen Jungen anhören. Außerdem würde ich zu gern wissen, womit er jemandem wehgetan hat.

»Du, ein Egoist? Das kann ich mir gar nicht vorstellen.«

»Ich habe mich sehr verändert. Ich denke, ich habe bemerkt, dass alles, was ich tue, Konsequenzen nach sich zieht, aber ... Ich bin nicht sehr gut darin, meine Gedanken zu beschreiben. Abstrakte Themen machen mir Angst.«

»Ach, zum Glück hast sogar du einen Schwachpunkt. Zufälligerweise bin ich Expertin für abstrakte Themen, da kann ich dir helfen.«

Er sieht mich an und lächelt. Ich beuge mich zu ihm hinüber. Noch ein Kuss auf die Wange, dann steige ich aus.

Als ich die Wohnung betrete, ist meine Mutter noch wach. Sie sitzt in der Küche mit einem Glas Wein vor sich.

»Mama, was tust du da?«, frage ich sie besorgt.

»Ich trinke ein Glas Wein, ich kann nicht schlafen.«

Das kalte Licht aus der Neonlampe in der Küche malt ihr dunkle Schatten auf die Stirn und unter die Augen.

»Mama, dieses Licht ist ja furchtbar«, sage ich, während ich den Schalter neben der Tür drücke und stattdessen die kleine Lampe über dem Herd anknipse.

»Sehr gut, Alice, du bist immer so praktisch.«

»Oh mein Gott, Mama, bist du wirklich betrunken?«

»Papa ist immer noch in der Fabrik. Er sagt, sie bleiben so lange dort, bis man ihre Forderungen erfüllt, aber, darf ich dir mal eine Frage von Mutter zu Tochter stellen?«

»Hmm, versuch's einfach ...«

»Warum kommt er nicht nach Hause?«

»Ist das eine Frage, die eine Mutter einer Tochter stellt?«

»Können nicht die anderen die Fabrik besetzen? Oder warum können sie sich nicht ablösen?«

Ich habe meine Mutter noch nie in einem solchen Zustand gesehen, und obwohl das irgendwie erheiternd ist, beunruhigt es mich auch ein wenig. Jetzt muss ich in meinem persönlichen Katastrophenfilm (mit dem vorläufigen Titel *Die schönste Zeit meines Lebens*) zu dem arbeitslosen Vater auch eine trinkende Mutter ins Drehbuch aufnehmen.

»Er fehlt mir so sehr«, sagt sie in einem etwas kindlichen Tonfall, so wie Verliebte manchmal miteinander reden.

Den Rest der Nacht verbringe ich damit, mir Fotos von Luca auf Facebook anzusehen, Bilder aus diesem berüchtigten Lilly Restaurant und von Orten oder Menschen, die ich nicht kenne. Ich denke darüber nach, wie sehr wir uns voneinander entfernt haben, und ich würde diese Entfernung gerne messen können, wie die Hypotenuse von einem rechtwinkligen Dreieck. Ich möchte alles, was mir passiert ist, zu den Personen addieren, die er kennengelernt hat, dann diese Summe durch die Kilometer teilen, die zwischen uns liegen und auf diese Weise verstehen, was aus unserer Liebe geworden ist.

Wie kann man »Ich liebe dich« zu seiner Freundin sagen, bevor man losfliegt, und dann auf dem Tresen eines Nachtklubs zwischen lauter schwulen Tänzern herumhampeln? Meine einzige Hoffnung ist jetzt, dass Martina herausfindet, was da wirklich passiert ist.

31 Luca

Das Flugzeug landet pünktlich um Viertel nach fünf, und ich erwarte sie in der Ankunftshalle. Die automatischen Türen öffnen und schließen sich in unregelmäßigen Abständen. Und jedes Mal halten die Leute von den Hotels ihre Schilder hoch.

Für ihren Besuch habe ich extra die Wohnung geputzt und eingekauft. Ich habe sogar eine bunte Fußmatte gekauft, was mir zunächst ziemlich blöd vorkam (ich war mir sicher, so was würde ich erst kaufen, wenn ich vierzig oder fünfzig bin), aber tatsächlich strahlt mein Flur dadurch jetzt so was von »Home, sweet home« aus.

Endlich sehe ich Martina unter den Passagieren auftauchen. Ich winke zu ihr rüber, sie bemerkt mich und kommt auf mich zu. Ich schaue sie an und bin wieder einmal überwältigt von ihrer Schönheit. Martina ist unvergleichlich, zumal sie so gar nicht dieser Typ »magersüchtiges Model« ist. Sie ist einzigartig. Unsere Blicke begegnen sich und einen Augenblick lang blitzt etwas Vertrautes zwischen uns auf, aber dann ist es wieder verschwunden.

»Hi, Luca«, sagt sie, als hätten wir uns zuletzt gestern Abend gesehen. »Lass uns lieber ein Taxi nehmen, ich hab eine Menge Gepäck.«

»Hi, Martina«, erwidere ich und beuge mich zu ihr, um sie auf die Wangen zu küssen.

»Nein, halt, ich stinke ganz grauenhaft, es war schrecklich heiß im Flugzeug. Ich brauche erst mal eine Dusche ...«

Wir verlassen das Flughafengebäude und nehmen ein Taxi. Martina nennt dem Fahrer in mehr als fließendem Englisch eine

Adresse und unterhält sich kurz mit ihm. Dann lässt sie sich gegen die Rückenlehne sinken und seufzt laut.

»Weiß Alice eigentlich, dass du hier bist?«, frage ich sie.

»Natürlich weiß sie das. Und du wirst mir jetzt einiges erklären müssen.«

»Marti, ich erklär dir alles, und dann wirst du es verstehen. Es ist ... lächerlich, wie ein Albtraum, aber ich hab nichts getan. Das hat alles gar nichts mit Alice zu tun.«

»Mein Gott, Luca, Alice ist am Boden zerstört und sauwütend auf dich. Und ... Nein, okay, ich will dir alles in Ruhe erzählen.«

Das Taxi hält vor einem Vier-Sterne-Hotel im Zentrum, mit einem riesigen roten Teppich davor, einem Türsteher in Uniform, der uns den Wagenverschlag aufreißt, und einem Pagen, der sich um das Gepäck kümmert. Martina steigt aus und geht zielstrebig auf die Drehtüren zu.

»Was machen wir, sehen wir uns später?«, frage ich sie.

»Wie, später? Wir sehen uns jetzt. Du wartest kurz auf mich, ich dusche schnell und dann gehen wir etwas essen. Du kennst doch bestimmt irgendeinen Laden, wo wir hingehen können, oder?«

Martinas Zimmer ist natürlich eine hammermäßige Suite im obersten Stockwerk. Daran hatte ich nicht gezweifelt.

Man betritt einen Raum mit drei Sofas, Kamin und einem Riesenflachbildschirm. Dann geht es in den Ruhebereich mit Schlafzimmer und Megabad mit Sauna.

»Warte hier auf mich«, sagt sie, während sie das Schlafzimmer ansteuert. »Ich mach mich kurz frisch und bin gleich wieder da. Du hast doch nichts vor, oder?«

»Eigentlich müsste ich jetzt arbeiten, aber ... Ich hab mir einen Abend frei genommen.«

Während Martina duscht, denke ich an den Abend mit der Schwulenparty zurück. An die letzten Worte des Chefs über seine *The-show-must-go-on*-Philosophie, kurz bevor ich zwei Cocktails auf leeren Magen heruntergeschüttet und dadurch vollkommen die Kontrolle verloren habe.

Dalila sagt, zwischen uns sei nichts passiert. Oder vielmehr sagt sie, dass wir nach der Party mit ein paar Leuten in den Probenraum gegangen sind und uns dort lauter Unsinn erzählt haben. Und dass wir schließlich, weil es so spät war, in meine Wohnung gegangen sind. Dass ich mich an nichts davon erinnern kann, bereitet mir allerdings einiges Kopfzerbrechen. Ich habe nur ein paar bruchstückhafte Erinnerungen, sehe ein paar Bilder, aber alles ist so wirr und verschwommen.

Um mich abzulenken, trete ich ans Fenster der Suite. Aus dieser Höhe hat man einen Blick über die ganze Stadt, und zum ersten Mal begreife ich das merkwürdige Phänomen des Nebels hier. Er ist nicht so weitläufig und einförmig wie der Nebel in der Po-Ebene. Dieser hier wirkt mehr wie eine Hand mit Fingern, die sich biegen und ausstrecken, um einzelne Abschnitte der Stadt mitsamt Häusern, Bäumen, Autos und Menschen unter sich zu verbergen, während gleichzeitig ein paar Hundert Meter weiter an einem strahlend blauen Himmel die Sonne scheint.

San Francisco ist eine Hand aus Nebel, deren Finger sich in meinem Kopf öffnen und schließen.

Dort gibt es einige Dinge, die festzustehen scheinen und ganz deutlich zu sehen sind, während anderes im Schatten liegt und sich mir entzieht. Und dann verschwindet das Dunkel und alles ist viel klarer, während das, was vorher so klar war, plötzlich verworren ist.

»Ich bin fertig«, verkündet Martina, als sie zurückkommt, den Kopf zur Seite geneigt, weil sie sich noch einen Ohrring befestigt. Sie trägt lila Strumpfhosen in Stiefeln, einen schwarzen, dünnen Pullover, der so lang ist, dass er auch als Minikleid gelten kann, und darüber einen knöchellangen Mantel.

»Wow«, rufe ich begeistert.

»Da guckst du, was?«, sagt sie lächelnd und dreht sich einmal um sich selbst. »Ich versetze mich ein wenig in meine Rolle. Anscheinend klappt es. Und was sagt uns das: Es ist allen scheißegal, was ich singe.«

»Vielleicht solltest du ein bisschen an deiner Wortwahl arbeiten, für den Fall, dass du ins Fernsehen kommst. Ich hab übrigens noch gar nichts von dir gehört außer den Songs auf Myspace.«

»Mehr gibt es auch nicht«, sagt sie schulterzuckend.

»Aber war da nicht noch dein eigener Song? Hast du den noch nicht ins Internet gestellt?«

»Nein, den müssen wir erst aufnehmen. Das ist eine Überraschung für das Album ...«

»Und der Text ist von dir?«

»Na klar ist der von mir. Von wem sollte er sonst sein? Aber wir sollten nicht über mich reden, sondern über dich. Und darüber, dass du echt das Letzte bist. Aber jetzt gehen wir erst was essen, ich sterbe vor Hunger.«

32 Alice

»Ihr habt euch also geküsst?«, ruft Mary. Sie ist völlig aus dem Häuschen.

»Mary, ich hab dir gerade genau das Gegenteil erzählt, aber du hörst nur das, was du hören willst.«

»Dann erzähl mir doch endlich, was passiert ist, wenn's nicht zu viel verlangt ist.«

»Ich hab dir gesagt, dass ich ihn auf die Wangen geküsst habe, aber das zwei Mal, also insgesamt vier Mal.«

»Ali, Wangenküsse zählen nicht, es ist doch nicht so, dass vier Wangenküsse so viel zählen wie einer auf den Mund! Aber warum hast du ihn denn nicht geküsst?«

Es ist Viertel vor acht, als ich eilig das Haus verlasse. Ich weiß jetzt schon, dass ich zu spät kommen werde, sofern die U-Bahn nicht heute mal ausnahmsweise über die Station Cadorna hinausfährt, um geradewegs meinem Klassenzimmer entgegenzudonnern.

Doch darum mache ich mir überhaupt keinen Kopf. Viel wichtiger ist, dass heute der Artikel des Journalisten erscheint, in dem er mich zitiert! Okay, ich bin viel zu aufgeregt, das passt nicht zu mir, aber letztendlich bin ich zu dem Schluss gekommen, dass Mary recht hat. Auch in einer verdammt beschissenen Zeit gibt es erfreuliche Dinge, und die muss man pflegen und festhalten.

»Mary, jetzt muss ich wirklich los, ich bin schon viel zu spät! Heute Nachmittag erzähl ich dir alles!«

»Okay! Ciao, Ali, und küss ihn, du dumme Kuh!«

In Cadorna steige ich um in die grüne U-Bahn-Linie Richtung Cologno: zwei Stationen, erst Lanza und dann kommt meine. Ich renne die Rolltreppen hinauf und sprinte bis zum Zeitungskiosk, wo ich mich buchstäblich auf den Ständer mit den Tageszeitungen stürze.

Ich schnappe mir eine Ausgabe, zahle und lasse sogar das Wechselgeld liegen. Erst als ich gerade hektisch die Zeitung aufschlagen will, bremse ich mich plötzlich. Ganz ruhig, Alice, was machst du da für ein Theater, wie sieht das denn aus? Also gehe ich langsam in Richtung Schule und blättere unterwegs die Seiten bis zum Mailänder Lokalteil durch, als könnten sich noch andere Zitate von mir auf der Kulturseite oder zwischen den Verbrechensmeldungen verstecken. Auf der ersten Seite des Lokalteils finde ich einen Artikel mit der Überschrift *Mailand: Für Bildung muss man zahlen* und den Namen des Journalisten, den ich kennengelernt habe.

Ich lese die ersten fünf Zeilen des Aufmachers auf der ersten Seite. Dann springe ich zu Seite sechs, während ich mich weiter Richtung Schule bewege, allerdings ohne Rücksicht darauf, dass ich mich immer mehr verspäte.

Seite sechs. Da ist es. Ich beginne zu lesen. Dabei frage ich mich, wie er mich wohl zitiert hat, vielleicht hat er ja meinen Nachnamen falsch geschrieben, so was kann vorkommen, sage ich mir. Es wird mich nicht weiter stören, wenn er meinen Nachnamen falsch geschrieben hat. Außerdem, wer sollte sonst Alice von der Schülerzeitung des Parini-Gymnasiums sein? Für alle dort wird klar sein, dass es um mich geht.

Ich lese, ich lese den ganzen Artikel von Anfang bis Ende durch. Dann lese ich ihn noch einmal, während ich in der Bar vor der Schule warte, bis es neun Uhr wird, weil es jetzt ohnehin zu spät für die erste Stunde ist, und dann lese ich ihn noch mal, während der Partis uns Dantes *Paradies* erklärt. Als die Pausenglocke ertönt, ist mir klar, dass mein Name in diesem Artikel nicht vorkommt. Es gibt keinen Hinweis auf unsere Schülerzeitung, obwohl der Inhalt unseres Artikels offensichtlich verwendet wurde, er nennt sogar die Namen der Leute, die ich befragt habe.

Ich hole die Visitenkarte des Journalisten heraus und rufe ihn an, während ich wie vom Teufel gejagt die Treppe herunterlaufe.

Ein Klingeln, zwei, drei. Der Mistkerl geht natürlich nicht dran. Ich fasse es nicht, dass er mich so reingelegt hat. Und ich weiß nicht einmal, mit wem ich darüber reden soll, wo ich mich ausquatschen kann, wer mir helfen könnte, das Ganze zu begreifen ...

»Hallo, Alice.«

Ich drehe mich so ruckartig um, dass Guido beinahe mit einem Satz zurückweicht.

»He, alles in Ordnung?«

Alles in Ordnung? Diese Frage hallt durch meinen Kopf, springt dort mehrmals auf und ab wie ein Pingpongball, der seinen Schwung verloren hat und bald liegen bleiben wird. Nein, nichts ist in Ordnung. Ich denke an Lucas Fotos auf Facebook, an diese kleine Schlampe, die in seiner Wohnung übernachtet hat, an meinen arbeitslosen Vater, der in einem Igluzelt auf dem Dach der Fabrik schläft, an meine Mutter zu Hause, die um Mitternacht bei einem Glas Wein wirres Zeug redet, sie, die nie etwas trinkt, und sage mir, dass wirklich überhaupt nichts in Ordnung ist.

»Ali, was ist los? Komm schon, was hast du?«

Ich fühle, dass meine Wangen glühen und meine Augen feucht sind. Guido packt mich vorsichtig am Ellenbogen.

»Komm mit, ich bringe dich an einen Ort, der deine Traurigkeit vertreibt.«

»Ich muss zum Unterricht«, sage ich und klinge dabei ziemlich weinerlich.

»Keine Sorge, es ist nicht weit.«

Mit diesen Worten wendet sich Guido zur Treppe nach oben. Wir steigen hinauf bis in den dritten und letzten Stock, wo wir nach links abbiegen. Dort ist eine Tür, er blickt sich verstohlen um und öffnet sie. Wir laufen einen kurzen Flur entlang bis zu einem quadratischen Raum, von dem aus eine Wendeltreppe aus Eisen nach oben führt.

»Sind wir da?«, frage ich ihn.

»Zuerst müssen wir da hoch«, antwortet er und lässt mir den Vortritt.

Wir steigen die Wendeltreppe hinauf, bis wir den Boden eines kleinen runden Raumes erreichen, der höchstens zwei Meter im Durchmesser misst und von einer Glaskuppel überdacht ist.

»Warst du schon mal hier?«, fragt er mich.

»Nein, ich wusste nicht einmal, dass man das darf.«

»Eigentlich ist es verboten, aber ich komme trotzdem manchmal her. Früher konnte man von hier die Sterne sehen. Doch das ist ewig her, jetzt sieht man gar nichts mehr. Aber wenn ich hier bin, fühle ich mich ein wenig wie in eine andere Welt versetzt. Es kommt mir vor, als wäre ich durch die Zeit zurückgereist ...«

Während er das sagt, läuft Guido langsam den Umriss des Raumes ab und fährt mit dem Finger an dem Glasdach entlang.

Wir hören beide das Klingeln, das Zeichen zum Pausenende, doch Guido rührt sich nicht. Er sieht mich an und lächelt, und dabei muss ich an Marys Worte denken. Sie sagt, ich soll ihn küssen, um mich an Luca zu rächen. Und vielleicht müsste ich mich jetzt, nachdem ich gesehen habe, wie Luca auf das ganze Durcheinander zwischen uns reagiert hat (die Bilder auf Facebook haben sich unauslöschlich in meinen Kopf eingebrannt), wirklich an ihm rächen, müsste Guido küssen, mich dabei fotografieren und ihm das Bild per Mail schicken. Aber Tatsache ist, dass wir irgendwie quitt sind, auf eine merkwürdige Art und Weise, die ich noch nicht beschreiben kann. Und ich glaube, wenn ich Guido jetzt küssen würde, dann nicht, um Luca eins auszuwischen.

33 Luca

»Okay, du hast fünf Minuten Zeit, um mir deine Version zu erzählen.« Martina sitzt vor mir und sieht mich ruhig, aber ganz eindeutig misstrauisch an. Die brennende Kerze auf dem Tisch zwischen uns und die malerische Aussicht durch die Glasfront auf das Meer sorgen für eine romantische Atmosphäre, die nicht zu unserer eigentlichen Stimmung passt.

»Ich weiß nicht, ob mir fünf Minuten reichen, da müsste ich ein bisschen ausholen, damit man versteht ...«

»Sorg dafür, dass sie dir reichen. Das Wichtigste ist schnell erzählt. Hast du mit ihr geschlafen?«

»Kann ich dir die ganze Geschichte erzählen?«

»Also hast du mit ihr geschlafen«, sagt sie trocken. »Okay, dann erzähl. Aber dafür brauchen wir was zu trinken.«

Martina ruft den Kellner und bestellt eine Flasche kalifornischen Wein aus der Karte. Dazu nehmen wir Hummer mit Pommes frites, diese Kombination scheint die Spezialität des Hauses zu sein. Während Martina mit dem Kellner spricht, sehe ich hinaus in die Dunkelheit und auf das Mondlicht, das sich in dem weißen Schaum der Wellen widerspiegelt. Eine Möwe beobachtet mich von einem Holzpfahl aus, beinahe neugierig, ein bisschen wie jemand, der versucht, unbemerkt die Gespräche anderer Leute zu belauschen.

Und ich erzähle meine Geschichte. Die Ankunft in San Francisco, die Begegnung mit Dalila, die ungeschickte Rettungsaktion, die mir die Schulterverletzung eingebracht hat. Und was mir Dalila erzählt hat, von ihrer Flucht aus Italien. Wie wir uns in dem Lokal wieder begegnet sind und von dem Job. Bis zu der

Nacht, wo sie mit mir in meine Wohnung gegangen ist und mich verführen wollte.

»Warum hast du sie denn überhaupt mit hochgenommen?«, fragt mich Martina, die keineswegs von meiner Unschuld überzeugt zu sein scheint.

»Das hat sie mich auch gefragt, als ich sie zurückgewiesen habe«, gebe ich zu und beuge beschämt meinen Kopf über den Teller, wie ein Kind, das man gerade gescholten hat.

Martina schüttelt den Kopf und drückt damit ein gewisses allgemeines Misstrauen gegen die Männer aus. Sie gießt den Rest aus der Weinflasche in mein Glas.

»Erzähl weiter«, fordert sie mich auf, während sie mit einer Hand dem Kellner winkt.

»Dann haben wir uns unterhalten und sie hat mir ihre ganze Geschichte erzählt, die ziemlich scheußlich ist. Danach ist sie eingeschlafen und ich hab sie nicht geweckt, um ihr zu sagen: ›Geh nach Hause.‹ Ich hab sie einfach schlafen lassen. Aber dann hat Alice mich angerufen und ... Den Rest der Geschichte kennst du ja.«

»Ja, aber du bist trotzdem ein Idiot«, schnaubt Martina. »Und diese Bilder auf dem Tresen in diesem Nachtklub? Wie erklärst du die?«

»Oh Gott, welche Fotos?«, frage ich entsetzt, weil ich plötzlich Schlimmes ahne.

»Aha! Ach, herrje, du weißt also noch gar nicht, dass Alice die Fotos gesehen hat, wo du auf einem Tresen oder so was in der Art tanzt ... Und da gibt es noch jede Menge andere. Was heißt das, bist du jetzt plötzlich schwul? Hat San Francisco diese Wirkung auf dich?«

Diese Nachricht trifft mich aus heiterem Himmel und setzt eine Erinnerung in meinem Kopf frei, wie ein paar Typen lachend Fotos schießen. Verdammtes Facebook! Verdammtes Internet! Wieder fühle ich mich wie eine Maus in der Falle, eine Maus in einem Labyrinth, das ein Irrer gebaut hat.

»Nein, Martina, nicht auch noch Fotos ...«, seufze ich und

fühle mich immer niedergeschlagener. »Wie kann das sein? Es hat mich doch niemand markiert.«

»Die hat Mary gefunden. Was für ein Laden ist dieses Lilly Restaurant eigentlich?«

»Das ist dieses Lokal, in dem ich arbeite, und in dem es auch Tabledance gibt. Neulich wurde dort eine Schwulenparty veranstaltet, und ich war mies drauf wegen der ganzen Sache mit Alice und weil sie nicht ans Telefon ging. Der Chef von dem Laden, also der Typ, der mir den Job gegeben hat, sagt zu mir, ich soll mich gefälligst zusammenreißen, also geh ich hin und kipp zwei Cocktails runter, dabei hatte ich noch nichts gegessen, und so war ich dann halt ganz schnell blau ...«

»Und dann hast du mit dieser Schlampe rumgemacht«, beendet Martina den Satz.

»Ach was, das war der Auftakt zu einem seltsamen Abend, an den ich mich aber kaum erinnere. Irgendwann stand ich auf einem Tresen, wo ich mit nacktem Oberkörper getanzt habe, und dann bin ich erst wieder in meinem Bett zu mir gekommen, als ich völlig fertig neben Dalila lag ... Aber da ist nichts passiert, ich hatte ja auch noch alle meine Sachen an und ... Ach, keine Ahnung, Marti.«

Martina hört sich ganz aufmerksam meine Geschichte bis zu Ende an. Dann schaut sie aus dem Fenster. Die Möwe sitzt immer noch da und hört uns zu. Ich stelle mir vor, dass sie jeden Moment wegfliegen wird, aber sie bleibt unbeweglich dort sitzen.

Auf Martinas Lippen breitet sich ein Lächeln aus. Sie neigt den Kopf leicht zur Seite und schüttelt ihn.

»Du musst mir glauben, Martina«, sage ich fast schon flehentlich zu ihr.

»Nein, nicht ich muss dir glauben. Alice muss dir glauben. Ich bin nur mit dir befreundet und habe kein Recht, dich zu verurteilen. Im Gegenteil, als deine Freundin finde ich das ganze Chaos, das du angerichtet hast, ziemlich komisch. Aber als Alices Freundin macht es mich stinkwütend. Und das ist das Problem.«

Martina verstummt kurz und schaut ein paar Sekunden an die Decke. Man sieht ihr an, dass sie überlegt, ob sie etwas sagen oder es lieber lassen soll.

»Was ist das Problem?«, frage ich sie.

»Freundschaft«, sagt sie und wirkt auf einmal abgelenkt, als wäre ihr gerade etwas eingefallen. Tatsächlich schweigt sie kurz. Dann holt sie ihr Handy raus und fängt an etwas einzutippen.

»Marti, was ist los?«

»Nichts, gar nichts, ich muss mir etwas notieren, sonst vergesse ich es.«

Als wir mit unserem Essen fertig sind und die zweite Flasche Wein ausgetrunken haben, ist es gerade mal zehn Uhr. Deshalb beschließen wir, einen Strandspaziergang zu machen und später vielleicht noch in eine Kneipe zu gehen. Heute Abend ist es kalt und es bläst ein beständiger Wind. Die beleuchtete Skyline von San Francisco zeichnet sich auf der gegenüberliegenden Seite ab wie ein Bollwerk gegen die übrige Welt.

»Weißt du, das Problem ist, dass ich unzufrieden geworden bin, Martina. Keine Ahnung, warum, aber es ist so. Ich war immer ein ruhiger Typ, das weißt du, ich habe nie Mist gebaut. Aber jetzt ... ist es so, als würde ich die Scheiße geradezu magnetisch anzuziehen, ich weiß nicht, ob du verstehst, was ich meine.«

Sie sieht mich an und prustet los.

»Ich glaube schon, dass ich dich verstehe.«

Martina bleibt stehen, der Wind lässt ihre Haare in Richtung Stadt flattern. Mit einer Hand hält sie sich den Mantel oben am Kragen zusammen.

»Ist dir kalt?«, frage ich sie.

»Ja, ein wenig.«

»Wenn du willst, können wir zurückgehen. Ich bring dich zu deinem Hotel und nehme dann den Bus.«

»Du schläfst heute Nacht bei mir, ich muss dir ein Lied vorspielen. Und bild dir ja nichts ein, du Lustmolch!«

Mit diesen Worten hakt sie sich bei mir unter und hebt die andere Hand, um ein Taxi anzuhalten.

34 Alice

»Dann nehmen wir eben eine Pizza.«

»Tut mir leid, bei uns gibt es keine Pizza.«

»Liebling, nun sag der jungen Frau endlich, was du möchtest, damit sie gehen kann.«

Es ist Samstag, und jeden Samstag kommt Familie Nervensäge ins Restaurant, die postwendend an mich weitergereicht wird, weil ich die Neue hier bin.

»Ich will eine Pizza Calzone«, sagt die halbwüchsige Tochter zickig. Die aschblonden Haare fallen ihr seitlich am Gesicht herab wie Scheuklappen und ihr Rücken ist leicht gekrümmt, als würde sie etwas suchen, das unter der Tischplatte klebt.

»Prima, für sie eine Calzone und was möchtest du?«, fragt die Mutter den Jungen, der sich weiter mit seinem gottverdammten Videospiel beschäftigt.

»Auch Pizza.«

»Schatz, hier gibt es keine Pizza, warum hörst du nicht mal einen Moment auf und schaust in die Karte?«

»Weil ich keinen Bock habe.«

»Und eine Flasche Pinot Grigio«, bestellt der Vater, der anscheinend in einer Parallelwelt lebt und/oder Ohrstöpsel trägt.

Ich frage mich, ob ich mich je wie dieser zickige Teenager benommen habe oder mein Bruder wie dieses verwöhnte kleine Arschloch. Und anstatt mir die Frage mit einer banalen Allerweltsphrase zu beantworten (»Ja, jeder macht doch diese Phase durch und bla bla bla«), komme ich zu dem Schluss, dass ich mich niemals so benommen habe. Ich bin nie so unverschämt dreist gewesen. Wütend, gereizt, bitter ... Das schon, da bin ich mir sicher. Aber nie so unverschämt unausstehlich. Das würde ich gern diesem Mädchen sagen. Ich würde ihr gern sagen, dass sie sich keinen Gefallen damit tut, aber ... Mein Handy in der Hosentasche vibriert. Ich nehme es heraus und sehe nach, wer es ist. Eine Vorwahl aus Mailand und eine Nummer, die ich nicht kenne. Das könnte der Journalist sein. Ich muss unbedingt drangehen.

»Sehr gut«, sage ich zu der Tischrunde, »also, ich habe alles aufgenommen, wenn Sie etwas brauchen, rufen Sie mich.«

Eilig entferne ich mich und verkrümele mich in die Küche. Ich melde mich am Telefon: »Hallo?«

»Hallo, Alice?«

»Ja, ich bin's.«

»Hi, hier ist Giovanni, wir haben uns bei der Demo in der Bar gesehen.«

»Ja, ich erinnere mich«, erwidere ich kühl.

»Sag mal, warum kommst du nicht in der Redaktion vorbei? Ich hätte da ein Angebot für dich.«

Er geht überhaupt nicht darauf ein, dass ein Artikel erschienen ist, in dem er mich als Quelle hätte nennen müssen und in dem mein Name überhaupt nicht auftaucht, aber hier und jetzt kann ich nicht darüber reden.

»Okay«, antworte ich, obwohl ich jetzt eigentlich gern eine wirksamere und schlagfertigere Bemerkung auf Lager hätte, als kleiner Vorgeschmack auf meine Verbitterung wegen des Unrechts, das man mir angetan hat.

So beenden wir das Telefonat, nachdem wir ein Treffen vor der Redaktion der Zeitung ausgemacht haben, damit er mir von diesem fabelhaften Angebot erzählen kann. Dann eile ich in den Gastraum zurück, bevor meine Lieblingsfamilie noch einen Tobsuchtsanfall bekommt, und es gelingt mir gerade noch, die Mutter zu besänftigen, die sich in der Zwischenzeit von der verständnisvollsten Frau der Welt in eine Vorkämpferin der Verbraucherrechte verwandelt hat. Und während ich mir jede einzelne Beschwerde anhöre, wird mir klar, dass es jetzt passiert ist.

Es ist schneller gekommen, als man mir vorausgesagt hatte, aber es ist definitiv so weit: Nun habe auch ich angefangen, stumm über die Gäste zu fluchen. Der nächste Schritt wird wahrscheinlich sein, dass ich nervös vor mich hin flüstere. Na ja, und eigentlich ist es noch ein weiter Weg, ehe man den Gästen ins Essen spuckt, aber wenn das so weitergeht, bin ich bald so weit.

Mein Arbeitstag verläuft ruhig, und um halb vier, als die letzten Gäste gehen, bin ich nicht einmal sehr müde. Als ich in den Umkleideraum will, um meine Tasche zu holen, treffe ich auf Lucas Mutter, die gerade mit dessen kleiner Schwester aus der Küche kommt. Auf diese Begegnung bin ich überhaupt nicht gefasst.

»Hallo, Alice!«, begrüßt sie mich fröhlich. Mit anderen Worten: Sie weiß nichts von den Problemen zwischen mir und ihrem Sohn.

»Guten Tag«, begrüße ich sie und beuge mich ein bisschen zu Lucas kleiner Schwester herunter: »Hallo, Gloria.«

»Na, wie läuft es hier? Behandeln sie dich gut?«, fragt mich Lucas Mutter.

»Sehr gut, danke.«

»Und?«, seufzt sie und wirkt niedergeschlagen. »Was wird jetzt?«

Ich sehe sie an und versuche dabei, ihrem Blick etwas zu entnehmen, aber ich habe wirklich keine Ahnung, was sie meint. Deshalb bringe ich nur eine Art »Najawirdschonwerden« heraus.

»Er ist wirklich ein Idiot. Das habe ich ihm auch gesagt. Ich versteh das gar nicht, das passt doch überhaupt nicht zu ihm. Er sagt jetzt, er würde das Beste daraus machen und dann würde man weitersehen. Aber das scheint mir nicht gerade klug.«

Mein Gott, was soll das alles bedeuten?

»Reden Sie jetzt von dieser Sache mit der ...«, setze ich an und lasse den Satz unbeendet, als würde mir das Wort nicht einfallen.

»Ja, genau, wegen der Immatrikulierung ... Ausgerechnet am letzten Tag muss er ja verschlafen, und als er dann doch noch hinkommt, ist das Sekretariat schon geschlossen. Na ja, lassen wir das. Und dann diese entzündete Wunde an der Schulter, ich hab deswegen sogar unseren Hausarzt befragt, und anscheinend kommt ja jetzt auch alles in Ordnung, aber für mich ist das nicht normal. Ich würde wirklich gern wissen, was da passiert. Vielleicht verstehst du das besser als ich. Jedenfalls habe ich gerade mit ihm gesprochen, da war er bei Martina im Hotel, hoffen wir mal, dass sie ihn zur Vernunft bringt. Mir kommt es ja so vor, als wäre er ziemlich durch den Wind ... Sag mal, und diese Dalila, die scheint doch nicht ganz normal zu sein, was meinst du? Ach, entschuldige, Alice, ich überfahre dich hier, aber du weißt ja, mit seinem Vater kann man momentan darüber nicht reden ...«

»Aber nein, ich rede doch gern mit Ihnen ... Also, was haben Sie noch über Dalila gesagt?«

»Weißt du, sie mag ja ihre Gründe haben, aber in meinen Augen ist man entweder Kellnerin oder man macht Tabledance. Du, Alice, bist Kellnerin und basta, aber er sagt, dort läuft das eben so ...«

Hat sich nicht immatrikuliert. Eine Infektion. Dalila. Tabledance. Wenn ich jetzt nicht sofort in meinem Hirn die Tasten STRG, ALT und ENTF drücke, fange ich an zu schreien.

35 Luca

»Und, wie läuft es mit Daniele?«

»Geht so.«

Wir sind wieder im Hotel. Martina hat darauf bestanden, ein Taxi zu nehmen. Sie hat es auch bezahlt, woraufhin mich der Fahrer entrüstet angesehen und mir klar zu verstehen gegeben hat, dass er mich für einen Waschlappen hält.

Martina legt die Füße auf den Couchtisch, sucht nach ihren Zigaretten und angelt sich eine heraus, aber dann hält sie inne und steckt sie wieder zurück.

»Mit Daniele läuft es gut«, sagt sie, weil sie das vorherige »geht so« bereut. »Aber ich weiß, dass es früher oder später vorbei sein wird.«

»Und das sagst du einfach so?«

»Aber ja, komm, er ist nicht der Mann meines Lebens, so was merkt man doch. Ich sehe mich einfach nicht in zehn oder fünfzehn Jahren mit ihm zusammen.«

»Okay, ich kann mir auch nicht vorstellen, dass ich in zehn Jahren noch mit Alice zusammen bin.«

»Na, kein Wunder, du hast dich ja auch gerade so richtig in die Scheiße geritten!«, ruft Martina impulsiv, aber dann beherrscht sie sich. »Entschuldige ...«

»Ach was, du hast ja recht. Es fällt eben schwer, sich die Zukunft vorzustellen, wenn die Gegenwart gerade den Bach runtergeht.«

»Was redest du da für Zeug, Luca? Fang du nicht auch noch mit diesem Quatsch an. Ich hab heute Abend keine Lust, mich runterziehen zu lassen.«

»Und worauf hast du Lust?«

Martina sieht mich nachdenklich an.

»Komm, lass uns die Sauna ausprobieren«, ruft sie ganz begeistert über ihre Idee.

Doch in dem Moment klingelt mein Handy. Ich kann zwar nicht erkennen, wer anruft, gehe aber trotzdem dran.

»Hallo«, sage ich, während Martina aufsteht und ins Bad geht, wo die Sauna ist.

»Luca, mein Schatz, hallo, hier ist deine Mutter, wie geht es dir? Störe ich?«

»Nein, nein, hallo, Mama. Aber es ist schon spät, hier ist es zwei Uhr nachts.«

»Oh Gott, ich habe mich schon wieder mit der Zeit verrechnet! Habe ich dich geweckt?«

»Nein, ich bin noch wach. Martina ist hier und wir bringen uns ein wenig auf den neuesten Stand.«

»Auf dem würde ich auch gern sein. Hast du es noch geschafft, an der Uni deine Unterlagen vorzulegen? Und was macht die Verletzung an der Schulter? Hast du wenigstens einen Vorleger ins Bad gelegt? Sonst fällst du wieder hin und schlägst dir noch den Schädel ein.«

»Vielen Dank, Mama.«

»Komm, bleib einmal ernst. Also?«

Ich erzähle ihr ein bisschen was über die Wunde, wie das mit der Uni schiefgelaufen ist und über meine »Nachbarin«, die im gleichen Lokal arbeitet wie ich. Als wir uns endlich verabschieden, scheint sie beruhigt zu sein. Wenn ich schon mir selbst nichts vormachen kann, scheint mir das wenigstens bei meinen Verwandten zu gelingen.

Aus Martinas Schlafzimmer war die ganze Zeit nichts zu hören. Ich stehe vom Sofa auf, gehe zur Tür und klopfe. »Martina, bist du da drin? Kann ich reinkommen?«

Keine Antwort.

Ich öffne die Tür einen Spalt und stecke den Kopf hinein. Martina ist nicht im Raum, aber die Tür zum Bad steht offen.

Plötzlich quillt dort eine Dampfwolke heraus und gleich darauf erscheint Martina, die sich ein weißes Handtuch über dem Busen zusammengeknotet hat.

»Los, komm, das ist super!«

Kurz danach sitzen wir im Halbdunkel der Sauna. Ein kleines orangefarbenes Lämpchen verbreitet ein schwaches Licht. Das Thermometer zeigt sechzig Grad an. Martina sitzt neben mir, hat die Beine an die Brust gezogen und stützt sich mit den Ellenbogen auf die Knie.

Plötzlich singt sie leise etwas vor sich hin.

»Was ist das, dein Song?«, frage ich sie.

»Genau.«

»Wirklich? Sing mir was daraus vor.«

»Nein, hier drinnen bekomme ich nicht genug Luft.«

»Dann will ich wenigstens den Text hören.«

Martina lächelt und verbirgt den Kopf in den Armen. Dann hebt sie ihn wieder und sieht mich an.

»Das geht nicht«, sagt sie kurz.

»Warum nicht?«

»Weil er zu viele Geheimnisse enthält«, antwortet sie leise und sieht mir dabei unverwandt in die Augen.

»Was für Geheimnisse?«

»Dinge, die man nicht aussprechen kann.«

»Na, ich hab dir doch auch ganz viele Geheimnisse erzählt. Außerdem werden bald alle deinen Song kennen.«

»Ja, du hast recht«, erwidert sie mit einem rätselhaften Ausdruck in den Augen und seufzt dazu tief. Automatisch atme ich auch tief ein und spüre, wie die heiße Luft durch meine Nase in meine Lungen dringt.

»Hast du jemals an den Sommer zurückgedacht, in dem wir uns kennengelernt haben?«, fährt sie fort.

»Äh, ja, klar, manchmal schon.«

»Ich denke oft daran«, sagt sie, dann schweigt sie wieder.

Ich betrachte ihr Profil im orangen Schimmer. Ihre roten verschwitzten Wangen. Die Haare, die an ihrer Stirn kleben.

Sie ist wunderschön, denke ich und dann habe ich deswegen ein verflucht schlechtes Gewissen. Sie ist meinetwegen hergekommen, um über Alice zu reden, um zu versuchen, die Situation zu klären, und ich habe nichts Besseres zu tun, als mir irgendwelche Dinge mit ihr vorzustellen ...

Martina schüttelt plötzlich den Kopf und lacht. Und einen Augenblick lang fürchte ich, dass sie meine Gedanken gelesen hat.

»Was ist los, Marti?«, frage ich sie ein wenig erstaunt über dieses hysterische Lachen.

»Nichts, gar nichts, ich spinne bloß«, antwortet sie, dann steht sie auf und zieht sich das Handtuch über dem Busen fester zu. »Gehen wir lieber raus, das ist besser.«

»Und der Songtext?«, frage ich, aber sie hat die Sauna schon verlassen und hört mich nicht mehr.

36 Alice

Als ich vor der Zeitungsredaktion ankomme, rufe ich mir zum letzten Mal die Standpauke ins Gedächtnis, die ich Giovanni halten will.

Hör mal, du hattest mir doch gesagt, dass du meinen Artikel zitieren willst, stattdessen hast du einfach alle Informationen benutzt, die ich zusammengetragen habe, und dann hast du noch nicht mal meinen Namen erwähnt oder den der Schülerzeitung. Ich wüsste wirklich gern warum und so weiter.

In dem Moment kommt Giovanni durch die Glastür des Gebäudes heraus. Er hat eine dicke Schultertasche umgehängt und telefoniert. Als er mich sieht, nickt er mir zu und macht mir ein Zeichen, ihm zu folgen. Wir entfernen uns von der Redaktion, gehen an zwei Bars vorbei, bis wir in einem kleinen Schokoladencafé mit einem schmiedeeisernen Ladenschild ankommen.

Erst dort beendet Giovanni sein Gespräch.

»Das ist ein sehr nettes Lokal, hier können wir in Ruhe reden«, erklärt er mir freundlich. Ich frage mich, ob er sich einfach nur dumm stellt oder ob er wirklich nicht merkt, dass ich sauwütend bin.

Als wir hinten in einem kleinen Raum am Tisch sitzen, eine Tasse heiße Schokolade vor uns, beschließe ich, es anzusprechen: »Also, entschuldige mal, aber warum hast du meinen Namen nicht erwähnt?«

Diplomatischer ging es nicht.

»Ach so, natürlich, schau mal, das tut mir leid, aber man hat mir das rausgekürzt. Nein, es tut mir wirklich leid, entschuldige, ich hätte es dir vorher sagen müssen, du hast es wohl selbst in der Zeitung gelesen?«

»Hm, ja«, sage ich und warte auf Erklärungen.

»Das sind echt Schweine. Nein, ich meine das ernst, ich weiß, dass du jetzt denkst: ›Aha, der übernimmt einfach meinen Artikel, spart sich die Arbeit und erwähnt mich nicht einmal‹. Ich sage dir, Alice, das hier ist ein Haufen Irrer.«

Nach diesen Worten nimmt er einen Schluck von seiner Schokolade. In mir kämpfen zwei widersprüchliche Eindrücke miteinander. Einerseits denke ich wirklich, dass er mich reingelegt hat. Aber andererseits frage ich mich, aus welchem Grund er das hätte tun sollen. Wenn er meinen Artikel und die Schülerzeitung erwähnt hätte, wäre sein Bericht vielleicht eher noch interessanter, authentischer geworden. Er hatte also keinen Grund, mich über den Tisch zu ziehen.

»Hör mal«, fährt er fort, »ich wollte dir schon länger einen Vorschlag machen. Diesmal geht es aber nicht nur um die Lokalseite. Also, ich erklär's dir. Ich schreibe an einem Artikel über die Jugend, was die jungen Leute heute so machen und wie sie drauf sind, Musik, Mode, Drogen, so etwas in der Richtung. Genauer gesagt über Mädchen. Ein aktuelles Stimmungsbild, aber auch mit statistischen Informationen. Dazu bräuchte ich etwas wie beim letzten Mal, ein paar Interviews, Meinungen ...«

Danach verstummt er, trinkt einen Schluck heiße Schokolade und sieht mich an, als erwarte er eine Antwort von mir. Ich starre in meine Tasse, von der ich noch nicht getrunken habe. Die Sahne hat sich mit der Schokolade vermischt, sodass das Ganze jetzt die Farbe von Milchkaffee hat.

»Also, bist du dabei?«, fragt er mich.

Ich weiß nicht, was ich ihm antworten soll. Eine Stimme in meinem Inneren sagt mir, ich sollte den Vorschlag annehmen, mir diese Gelegenheit nicht entgehen lassen, da ich ja eigentlich nichts zu verlieren habe. Aber da gibt es noch eine andere Stimme, die mir einredet, dass der Typ hier mir nur etwas vorspielt und mich bloß ausnutzen möchte.

»Was soll ich denn dabei tun?«, frage ich, und diese Worte hören sich bereits nach einem Einverständnis an. Er lächelt auch schon zufrieden.

»Du müsstest Interviews führen über Themen und Probleme, die ich dir noch genauer erklären werde. Tatsache ist, dass du besser als ich an junge Leute herankommst. Und wenn du willst, kannst du die Interviews auch für die Schülerzeitung verwenden, damit habe ich kein Problem. Wenn du einverstanden bist, sprechen wir das genauer durch, du kommst in die Redaktion oder wir treffen uns irgendwo. Was meinst du?«

Als wir uns vor dem Café verabschieden, ist es schon nach drei Uhr. Die Sitzung unserer Schülerzeitung hat sicher schon angefangen. Deshalb lege ich einen Zahn zu, während ich versuche, die Gedanken in meinem Kopf auf die Reihe zu bekommen. Ich muss zwar zugeben, dass ich den Typ für einen aufgeblasenen Schwätzer halte, aber dann denke ich auch wieder, dass ich mich irren könnte, denn Fakt ist, dass er überhaupt keinen Grund hat, mich reinzulegen.

Im Laufschritt erreiche ich die Schule und winke Nicola, dem Hausmeister, zu, der mich spaßeshalber anfeuert, als wäre ich ein Marathonläufer kurz vor dem Ziel. Als ich die Tür des Raums öffne, verstummt Roberta kurz und wirft mir einen vernichtenden Blick zu. Wahrscheinlich glaubt sie immer noch, dass ich auf ihren Posten scharf bin.

»Also, in der Dezemberausgabe«, fährt Roberta fort, »wird es keine Artikel über Weihnachten oder solchen Mist geben. Es gibt Wichtigeres, worüber man berichten muss.«

Die drei vom Winx-Club in der ersten Reihe schnauben enttäuscht, während Guido die Szene nicht sehr aufmerksam verfolgt. Ich setze mich neben ihn.

»Hallo«, sage ich leise. »Ich habe den Journalisten getroffen, ich muss nachher unbedingt mit dir reden.«

Er nickt lächelnd.

»Also, diese Ideen sind bis jetzt herausgekommen«, fährt Roberta fort und zeigt auf die Tafel.

Dort steht eine Liste mit ungefähr zehn Punkten, unter denen ich schnell einige Schlüsselwörter erkenne: Krieg, Protestdemonstrationen in Teheran, Attentat, Reformen, Politskandal, Reality Show. Das Ganze ist nicht gerade prickelnd, da bin ich mit den Winx einer Meinung. Andererseits gebe ich Roberta recht: Man kann kein »Weihnachtsspecial« machen.

»Entschuldigt, was wäre, wenn wir eine Mischung aus beidem machen?«

Die Worte sind mir entschlüpft, ehe ich es gemerkt habe. Eigentlich habe ich laut gedacht. Was Roberta überhaupt nicht mag.

»Eine Mischung woraus?«, fragt sie mich mit offenkundiger Feindseligkeit. Schweigen legt sich über den Raum. Irgendjemand im Hintergrund kichert. Guido sieht mich neugierig an.

»Ich dachte, dass man ja all diese Themen behandeln könnte, aber eben unter dem großen Aspekt Weihnachten. Also, das ist jetzt nicht besonders originell, ich weiß, aber eben so was wie Weihnachten in Kriegsgebieten, vielleicht ein Interview mit den Leuten von einer Hilfsorganisation, oder Weihnachten im Fernsehen oder so etwas.«

Niemand sagt ein Wort, alle warten auf Robertas Antwort, während Guido mich lächelnd ansieht.

Ihm gefällt der Vorschlag.

»Hmm«, meint Roberta, und sofort erhebt sich ein Raunen im Raum, das langsam lauter wird, bis schließlich alle gleichzeitig reden.

»Ja, gut«, schreit Roberta über den Lärm hinweg. »Alices Vorschlag ist angenommen. Jetzt legen wir fest, wer welchen Artikel schreibt.«

37 Luca

Ein Sonnenstrahl fällt mir direkt ins Gesicht. Ich brauche eine Weile, um zu begreifen, wo ich bin. Ich drehe mich im Bett um und mir wird klar, dass das Bett ein Sofa ist. Das Licht dringt durch einen Spalt zwischen zwei dicken Vorhängen direkt vor meiner Nase.

Martina steht kurz nach mir auf. Sie wirkt ziemlich benommen. Wir haben gestern bis spät in die Nacht geredet, über mich, über Alice, über Daniele, über den Song, dessen Text sie mir nicht verraten wollte.

»Was wirst du Alice erzählen, wenn du wieder in Mailand bist?«, frage ich sie, während wir das Hotel verlassen.

»Dass du ein Idiot bist, aber nichts getan hast, bis jetzt jedenfalls nicht.«

»Komm, du musst versuchen, sie zur Vernunft zu bringen.«

»Ich versuch's, aber ... Den Rest musst du selbst hinbekommen.«

»Wann spielst du mir diesen Song vor?«

»Mal sehen«, antwortet sie und lächelt geheimnisvoll.

Wir beschließen, uns einen Tag Sightseeing zu genehmigen. Deshalb kehren wir zum Hafen zurück, wo wir gestern Abend gegessen haben, und leihen uns zwei Fahrräder. Man hat uns gesagt, das sei die beste Art, um die Golden Gate Bridge zu entdecken.

Während wir hintereinander in die Pedale treten, denke ich an unser seltsames Gespräch von gestern Abend. Ein Teil meines Hirns ist mit anderen Sorgen beschäftigt. Die Uni, meine Zukunft, der immer stärkere Verdacht, dass ich eine Dummheit gemacht habe. Morgen werde ich noch einmal zur Fakultät zurückkehren, um zu sehen, ob es nicht doch eine Möglichkeit gibt, mich trotz der abgelaufenen Frist zu bewerben.

Nachdem wir den ganzen Fahrradweg am Meer entlang zurückgelegt haben, radeln wir eine ziemlich steile Straße hoch, die uns nach mehreren Kurven an die Auffahrt zur Golden Gate Bridge bringt. Hinter einem Dutzend anderer strampelnder Touristen überqueren wir die Brücke, bis es dann bergab geht. Nach der Brücke erreichen wir etwa zehn Minuten später einen kleinen Ort: Sausalito. Ein altes Fischerdorf, das zum Teil direkt über dem Wasser errichtet ist und jetzt in eine Touristenattraktion verwandelt wurde, mit Restaurants, Geschäften und so weiter.

Unter den wenigen Restaurants, die Tische draußen stehen haben, suchen wir eine Art Bistro aus und stellen dann fest, dass es von einer italienischen Familie betrieben wird, die nach Amerika ausgewandert ist. Deshalb essen wir Pizza und trinken dazu Coca Cola. Martina ist heute ziemlich wortkarg und mich beschäftigen viele Gedanken. Deswegen reden wir nur wenig und genießen einfach den unverhofften Sonnentag. Als es vier Uhr ist und Zeit, zurückzufahren, entscheiden wir uns für den Vorschlag aus der Broschüre, die uns der Mann vom Fahrradverleih gegeben hat: Wir besteigen die Fähre, auf der man Fahrräder mitnehmen kann und die uns genau zum Ausgangspunkt unseres Ausflugs zurückbringen müsste.

»Das da ist Alcatraz«, sagt Martina und deutet mit dem Finger auf eine kleine Insel, die ein paar Kilometer von der Küste entfernt liegt.

»Wirklich, die da?«, frage ich zerstreut.

»Stell dir vor, du würdest für, sagen wir mal, zwei Jahre im Gefängnis landen. Zwei Jahre sind eine lange Zeit.«

»Also, im Moment glaube ich nicht, dass die Gefahr besteht.«

»Nur mal angenommen. Ich denke ab und zu darüber nach. Zwei Jahre Gefängnis, immer mit denselben Leuten, immer dasselbe tun ...«

»Wie kommst du darauf?«, frage ich ein wenig verblüfft.

»Keine Ahnung ...«, antwortet sie, aber man sieht ihr an, dass ihr etwas im Kopf herumgeht.

Sie verhält sich seltsam und rätselhaft. Als würde sie etwas vor mir verbergen. Und plötzlich wird mir klar, dass es eine ziemlich logische Erklärung für so ein Verhalten gibt und dass ich darauf schon sehr viel früher hätte kommen können.

»Was hat Alice getan?«, frage ich sie geradeheraus.

»Wie ... Was hat sie getan?«

»Ach komm, du bist heute schon den ganzen Tag so komisch und dann das, was du gestern gesagt hast. Hör mal, wenn sie etwas getan hat, sag es mir. Die Situation ist so schon schlimm genug, ohne dass ...«

»Luca, du spinnst dir da was zusammen. Alice hat gar nichts getan.«

Ich sehe ihr direkt in die Augen und versuche herauszufinden, ob sie die Wahrheit sagt, aber jetzt sind sie noch undurchdringlicher geworden. Schließlich seufzt sie laut und sagt dann: »Luca, hör mal ...« Ihre Stimme klingt unsicher.

»Hat sie mit jemandem geschlafen?«

»Nein, nein ... Zumindest noch nicht.«

»Was heißt hier ›noch nicht‹? Was meinst du damit?«

»Ich meine, wenn ihr so weitermacht, wird sie zwangsläufig mit jemandem schlafen, dann wirst du sie verlieren, verdammt noch mal! Ihr seid echt zu blöd, und ich kümmere mich auch noch um euch und höre euch zu, während ...«

»Während was? Marti, ich komm nicht mehr mit, sagst du mir jetzt bitte, was du mir sagen musst?«

Da sieht sie mich an mit einem Blick, der ein wenig Unentschlossenheit verrät. Sie holt ihren iPod aus der Tasche, schaltet ihn ein, drückt auf »Play« und reicht mir einen Ohrstöpsel.

38 Alice

»Und wie lange wollt ihr die Fabrik besetzen?«, frage ich.

Mein Vater antwortet nicht, sondern kichert bloß. Er ist nicht daran gewöhnt, interviewt zu werden.

»Also, Papa?«, dränge ich ihn. Die Situation ist wirklich abgefahren. In der kalten Eingangshalle haben sich ungefähr dreißig Leute versammelt. Über der Glasscheibe der Pförtnerloge hat jemand eine Lichterkette um ein Spruchband mit der Aufschrift SCHICKT UNS BITTE NICHT IN URLAUB gehängt. Der Spruch bezieht sich auf den unglücklichen Vergleich, den ein Abgeordneter zwischen Arbeitslosen und urlaubenden Arbeitern gezogen hat.

Guido hat schon einige Fotos von den Spruchbändern, den Arbeitern und dem provisorischen Nachtlager der Arbeiter geschossen. Und jetzt steht er neben mir.

»Wir werden so lange bleiben, bis jemand beschließt, die Sache in die Hand zu nehmen«, antwortet mein Vater entschieden. »Die Fabrik darf nicht geschlossen werden.«

So revolutionär angehauchte Töne bin ich von meinem Vater nicht gewöhnt. Aber es gefällt mir.

»Und was sind eure wichtigsten Forderungen?«

Bei dieser Frage mischen sich einige seiner Kollegen ins Gespräch und reden wild durcheinander, was Guido eifrig im Bild festhält.

»Bravo, bravo!«, wendet sich ein alter Mann laut an ihn. »Und sag deiner Freundin, sie soll alles ganz genau aufschreiben, denn die Journalisten schreiben doch sonst immer bloß, was ihnen passt.«

Guido grinst und zwinkert mir zu, während mein Vater mir einen vernichtenden Blick zuwirft.

»Stimmt das etwa?«, fragt er mich leise, nachdem er sich ganz nah zu mir gebeugt hat.

»Nein, Papa.«

»Wie geht es Luca?«, fragt er mich in einem seltsam verschwörerischen Ton.

»Dem geht's gut.«

»Seid ihr immer noch zusammen?«

»Sicher sind wir zusammen, warum fragst du?«

»Ach, nur so.«

»He, ihr beiden, wollen wir jetzt das Interview machen oder nicht?«, schreit jemand, der hinter meinem Vater steht.

In der folgenden halben Stunde trage ich die Meinungen von allen anwesenden Arbeitern zusammen, und dazu noch einiges Material, das mir einer der Gewerkschaftler in die Hand drückt. Inzwischen ist es sieben Uhr abends und draußen ist es schon stockdunkel.

»Jetzt solltet ihr besser gehen«, sagt mein Vater zu mir.

Es kommt mir seltsam vor, ihn dort zurückzulassen. Ich fühle mich ein bisschen wie in dem Film *Billy Elliot*, wo der Vater Bergarbeiter ist und streikt und der Sohn unbedingt zum Ballett will.

Als wir gehen wollen, wir sind schon an der Tür, passiert plötzlich etwas Unvorhergesehenes. Ein blauroter Lichtschein fällt plötzlich auf die dunkle Scheibe der Eingangshalle. Und sofort kommen andere Lichter hinzu, man hört Bremsen quietschen und Motorengeräusch.

Vor dem Tor stehen vier Streifenwagen der Polizei.

Sofort sind ein Dutzend Arbeiter draußen und bauen sich hinter dem Tor auf. Guido und ich folgen ihnen. Er fotografiert weiter.

»Das wird ein Superknüller!«, ruft er aus, und angesichts der Umstände klingt er ein wenig zu begeistert. »Und dieser blöde Journalist kann vergessen, dass wir ihm den geben!«

Der ranghöchste Polizist erklärt ganz ruhig, dass die neuen Eigentümer der Fabrik aus Deutschland alle Forderungen akzeptiert haben und die Fabrik nicht schließen werden.

Diese Nachricht wird sofort mit heftigem Beifall aufgenommen. Mein Vater, der neben mir steht, wirkt nicht so begeistert.

»Die Verhandlungen«, erklärt der Inspektor, »werden an einem anderen Ort geführt. Aber jetzt müssen alle das Fabrikgelände verlassen.«

»Mit anderen Worten: Es wird geräumt«, sagt mein Vater leise.

»Was willst du damit sagen?«, frage ich ihn.

»Das riecht nach Beschiss«, flüstert er, und dann ruft er laut: »Und welche Garantien haben wir, dass unsere Forderungen auch wirklich angenommen wurden?«

Der Inspektor mustert die Menge, bis er den Augen meines Vaters begegnet.

»Meine Herrschaften, machen wir das Ganze nicht komplizierter, als es ist. Ich bin als Botschafter hier, mit guten Nachrichten. Ich sage euch gerade, ihr könnt alle nach Hause gehen zu euren Familien. Bald ist Weihnachten und sie werden froh sein, euch wieder bei sich zu haben, oder?«

»Wo sind denn diese Deutschen?«, fragt ein anderer Arbeiter.

»Zu Hause, aber nächste Woche wird eine Generalversammlung einberufen, in der jeder seine Meinung äußern kann. Also?«

Nach diesen Worten erhebt sich unter den Arbeitern eine erregte Auseinandersetzung. Manche sagen, man sollte jetzt besser gehen, es wäre sinnlos, länger zu bleiben. Andere meinen, das sei ein Trick, darunter auch mein Vater.

Guido hat sich die ganze Zeit nicht von der Stelle gerührt und hält die Digitalkamera auf die Szene gerichtet.

»Was machst du da?«, frage ich ihn.

»Ich filme, so haben wir für alles Beweise.«

Die Diskussion mit dem Inspektor dauert eine Weile, bis

der plötzlich verstummt und weggeht. Inzwischen ist auch das Fernsehen gekommen. Die Reporter drängen sich sofort um den Inspektor.

Kurz darauf versammelt sich eine Menschenmenge vor dem Tor, darunter auch viele Verwandte.

»Ali!«, schreit jemand aus der Menge. »Alice!«

Ich gehe zum Tor, um festzustellen, wer das ist, und sehe den Kopf meines Bruders zwischen zwei Polizisten auftauchen.

»Was machst du hier, Fede?«

»Was machst *du* denn hier?«

Hinter ihm steht meine Mutter. »Alice, was machst du noch hier?«, fragt sie mich besorgt. »Los, komm mit uns.«

Ich will ihr gerade antworten, als ein Blitzlicht kurz das Gesicht meines Bruders und meiner Mutter beleuchtet. Ich drehe mich um: Es ist Guido.

»Hast du das etwa fotografiert?«, frage ich ihn und versuche, nicht zu zeigen, wie wütend ich darüber bin.

»Tut mir leid, aber das ist ein Eins-a-Foto für die Titelseite!«

Meine Mutter und Federico werden vom Polizeikordon zurückgeschickt, während die Auseinandersetzung zwischen den Arbeitern immer heftiger wird.

»Es lohnt sich nicht, dass ihr so einen Aufstand macht«, sagt der Polizeiinspektor. »Wenn wir jetzt alle zusammenarbeiten, seid ihr in einer Stunde zu Hause ... Und das ohne rechtliche Folgen.«

»Ziel erreicht«, sagt mein Vater niedergeschlagen. »Sie wollten uns spalten, und das ist ihnen gelungen.«

In kürzester Zeit holen fast alle Arbeiter ihre Sachen und verlassen die Fabrik. Bis auf meinen Vater und zwei Kollegen.

»Das ist ein Trick«, höre ich ihn sagen. »Ich bleibe.«

»Wir auch«, sagt einer der beiden.

Guido sieht mich an, er will wissen, was wir tun sollen.

»Wir bleiben hier.«

39 Luca

Das Videospiel der Maus funktioniert so: Du bist eine Maus und befindest dich in einem Labyrinth. Als Maus hast du nur wenige Bedürfnisse. Wie alle Mäuse willst du guten Käse fressen, dich im Abfall wälzen, dir ein hübsches Nest in einem Abwasserkanal oder auf einem Dachboden bauen und ein Mäuseweibchen oder -männchen finden, um eine nette Familie zu gründen. Schade nur, dass du aus irgendeinem unerfindlichen Grund in einem Labyrinth bist (wie viele unterirdische Labyrinthe wird es in der Realität schon geben? Keines, oder?). Jedenfalls gibt es in diesem Labyrinth einen Haufen Hindernisse: Katzen, die mit abgeschlagenen Flaschen auf dich losgehen, Mäuse, die dir Drogen anbieten, damit du idiotische Sachen anstellst, und falsche Mäusehelfer, die dir sagen, dass sie den Weg aus dem Labyrinth kennen und dann stehen bleiben, wenn es grad am schönsten ist, und dir ein Lied vorspielen, das alles wieder über den Haufen wirft.

»Luca, was zum Teufel tust du da?«, schreit der Koch, als er merkt, dass ich mit einem großen Kürbis in der Hand vor dem Wasserhahn meinen Gedanken nachhänge.

Ja, was tue ich hier eigentlich? Ich weiß nicht, was ich tue. Momentan weiß ich gar nichts mehr. Martina ist weg. Sie hat mir ihren Song vorgespielt und dann ist sie gegangen. Die Worte schwirren mir noch immer durch den Kopf und mein Hirn versucht krampfhaft, sich auf keinen Fall mit dem auseinanderzusetzen, was sie bedeuten, obwohl das eigentlich nur zu offensichtlich ist.

Inzwischen bin ich noch mal zur Universität gegangen. Man hat mir einen Termin gegeben. Vielleicht ist für meinen Aufnahmeantrag doch noch etwas zu machen. Warum ich nicht früher gekommen bin, hat man mich dort gefragt. Tja, keine Ahnung, warum ich nicht früher gekommen bin.

In dem Mäusespiel gibt es irgendwann einen Haufen Fragen, die man beantworten muss, und das arme Tier ist damit völlig überfordert. Schließlich ist es ja auch nur eine Maus.

Am Ende dieses schrecklichen Arbeitstages stehe ich dann wieder mit Dalila vor der Tür und fürchte, dass ich morgen wohl keinen Job mehr habe.

»Gehen wir zusammen nach Hause?«, fragt sie mich, und ihre Stimme klingt seltsam fügsam, als würde sie eine Abfuhr erwarten. Ich sehe mich um. Die anderen Kellner sind schon gegangen, und wieder geht mein Gedanke zu unserer ersten Begegnung zurück, zu dem Tag, an dem ich sie vor dem betrunkenen Kerl gerettet habe.

Wir machen uns auf den Heimweg. Es ist nach zwei Uhr nachts, aber heute Abend ist es nicht besonders kalt. Es weht ein lauer Wind, der nach Meer riecht, und der Vollmond scheint so hell, dass er wie eine kleine weiße Sonne wirkt.

»Warum willst du eigentlich Wirtschaft studieren?«, fragt Dalila und erwischt mich damit kalt.

»Das finden irgendwie alle merkwürdig«, antworte ich. »Ist das denn so abwegig?«

»Nein, ist es nicht. Das war nur eine Frage. Mir ist klar geworden, dass ich dich nie danach gefragt habe.«

»Ich möchte einen richtigen Job«, erkläre ich, aber dann finde ich nicht die richtigen Worte, um meine Überlegung fortzusetzen.

»Es gibt viele richtige Jobs, für die man nicht Wirtschaft studieren muss«, wendet sie ein.

»Ja, ich weiß, aber ich will Geld verdienen, ich will finanziell abgesichert sein, ich will etwas Sinnvolles tun ...«

»Oh Gott, jetzt jagst du mir Angst ein«, sagt sie und grinst.

»Ja, ich weiß, dass sich das nicht so toll anhört. Alle erzählen dir, du sollst deinen Träumen folgen, nicht wahr? Das sagt man immer so: Finde heraus, was du wirklich willst, folge deinen Träumen ... Ich habe viel darüber nachgedacht, und meiner Meinung nach sind Träume der pure Beschiss.«

Diesmal entgegnet Dalila nichts, aber sie schweigt mit gesenktem Kopf, die Hände in den Taschen vergraben.

»Hast du dich mit deiner Freundin versöhnt?«, fragt sie mich, als wir beinahe zu Hause sind.

»Nein, sie will nichts mehr von mir wissen. Sie ist überzeugt, dass ich mit dir im Bett war.«

»Das tut mir leid, Luca, ich hab dich ganz schön in Schwierigkeiten gebracht.«

»Es ist ja nicht deine Schuld. Na ja, irgendwie doch, aber wir sind beide schuld.«

Dalila lächelt und stupst mich mit der Schulter an, man könnte sagen, um mich etwas aufzumuntern.

»Wie ist sie denn so?«

»Wer?«

»Meine Oma! Na, wer schon: Wie ist Alice?«

»Ach, sie ist hübsch, und sie ist nett, aber auch nicht sooo hübsch und nicht sooo nett, sie ist eben, wie sie ist, und Schluss.«

»Na ja, das ist nicht gerade eine verlockende Beschreibung.«

»Ich mag sie so, wie sie ist.«

Dalila seufzt und verdreht die Augen. Das Mondlicht beleuchtet die Hälfte ihres Gesichts.

»Du bist wirklich verliebt«, sagt sie. »Das muss schön sein.«

»Na ja, bist du denn nie verliebt gewesen?«

»Nein, eigentlich nicht. Ich war mit vielen Typen zusammen, viele habe ich auch richtig gerngehabt, aber nie so sehr, dass ich mich verliebt hätte oder den Kopf verloren oder ...«

Dalila verstummt und fängt an zu lachen.

»Oder was?«, frage ich sie.

»Sagen wir mal, bisher hat es niemand geschafft, mich so runterzuziehen.«

»Ach so, okay, hab's kapiert. Ja, du hast recht, ich bin wirklich ein bisschen down.«

»Wer war deine erste Freundin?«, fragt Dalila mich dann.

»Alice.«

»Alice?«, wiederholt sie so schockiert, als hätte ich in der Christmette laut geflucht.

»Ja, Alice.«

»Also war sie deine einzige Freundin.«

»Ja, irgendwie schon.«

»Was heißt irgendwie?«

»Sie ist das einzige Mädchen, mit dem ich wirklich zusammen war.«

»Ach so, okay, und dann hattest du noch ein paar kleine Geschichten.«

»Nein, nicht wirklich, na ja, ich habe noch ein anderes Mädchen geküsst.«

»Oh mein Gott, wie süß, und wen hast du geküsst?«

»Martina, das Mädchen, das mich besucht hat. Aber das zählt nicht, weil Alice sie auch geküsst hat.«

Da verschlägt es Dalila kurz die Sprache, bevor sie in lautes Gelächter ausbricht, was schon beinahe beleidigend wirkt.

»Nein, entschuldige«, sagt sie und hält sich die Hand vor den Mund. »Die Geschichte ist einfach zu absurd. Hatten sie tatsächlich etwas miteinander?«

»Nein, nein, da war nur ein Kuss, nichts weiter. Weil Alice mit einem anderen zusammen war, den sie verlassen hat, um mit mir zusammen zu sein. Auch wenn wir, um ehrlich zu sein, schon vorher mal zusammen waren.«

»Wahnsinn«, kichert Dalila. Meine traurigen Abenteuer scheinen sie ungeheuer zu erheitern.

»Und jetzt kommt noch dazu, dass sich Martina, die auch Alices beste Freundin ist ... Na ja, also ich fürchte, sie hat sich in mich verliebt.«

»Woher weißt du das? Hat sie es dir gesagt?«

»Nein, sie hat mir einen Song vorgespielt, einen Song, den sie geschrieben hat.«

»In dem sie sagt, dass sie in dich verliebt ist?«

»Nein, okay, sie ist ja nicht verrückt. Aber man versteht es.«

»Hast du den Song hier?«

»Ja, auf dem iPod.«

»Spiel ihn mir vor. Ich kenne ja nur dich. Dann kann ich eine neutrale Meinung abgeben.«

Ich überlege kurz. Eigentlich ist nichts Schlimmes daran. Vielleicht erkennt sie ja in diesen Worten etwas ganz anderes. Ich reiche ihr einen Ohrstöpsel vom iPod und auf dem restlichen Heimweg hören wir uns Martinas Song an.

Als wir ihre Wohnung erreichen, ist er gerade zu Ende. Dalila sieht mich an und lächelt geheimnisvoll.

»Ich glaube nicht, dass du den Text richtig verstanden hast«, sagt sie zu mir.

»Na, hör mal, du weißt doch gar nicht, was zwischen uns passiert ist.«

»Ich glaube, dass sich ihr Text an ein Mädchen wendet und nicht an einen Jungen.«

»An ein Mädchen? Ach komm, wer sollte das denn sein?«

Dalila antwortet nicht, aber an ihrem Blick erkenne ich, an wen sie denkt.

»Das glaubst du wirklich?«

»›Die Liebe hat meine Grenzen erfahren, aber jenseits davon warst du‹«, zitiert sie einen Satz aus dem Song.

»›Das ist eine unmögliche Liebe‹«, halte ich dagegen. »›Wir waren immer zu dritt, aber ich wollte ihn‹.«

»Du hast recht«, gibt Dalila zu. »Aber irgendetwas passt da nicht zusammen ...«

Wir reden weiter über den Song, aber wir finden keine Erklärung, die uns wirklich überzeugt. Inzwischen hat sich der Nebel verzogen und einen blauen Nachthimmel voller Sterne freigegeben.

Da dreht sich Dalila zu mir um und sieht mich entschlossen an.

»Hast du je an dich selbst gedacht, nur an dich selbst?«, fragt sie mich.

»Nein«, antworte ich prompt, und Dalila lacht wieder. »Tja, ich hab nicht damit gerechnet, dass du das so klar sagst.«

»Also, ich weiß es nicht«, füge ich hinzu.

»Wie kannst du dir sicher sein, dass du den Rest deines Lebens mit einem Menschen verbringen willst, wenn du nie mit einem anderen zusammen warst?«

40 Alice

»Das muss schlimm für dich sein.«

»Ich weiß nicht, das ist es für alle, glaube ich.«

Inzwischen ist es Nacht geworden. Die Polizeiwagen sind weg. Genau wie die Arbeiter, bis auf meinen Vater und zwei seiner Kollegen. Jetzt sind sie unten, um sich zu besprechen, während Guido und ich auf das Dach der Fabrik gestiegen sind. Das Gebäude ist zwar nur zweistöckig, aber es wirkt, als wäre man auf dem Dach der Welt. In diesem Viertel außerhalb der Stadt stehen nur vereinzelt Häuser und es gibt nur wenig künstliche Beleuchtung, deshalb sieht man jede Menge Sterne.

»Jetzt hast du auch meine ganze Familie kennengelernt«, sage ich scherzhaft, aber ich bereue es sofort. Das ist nicht gerade die beste Bemerkung einem Jungen gegenüber, dem man gerade einen Korb gegeben hat.

»Jetzt musst du bloß noch meine kennenlernen«, erwidert er und spielt mit.

»Wie sind sie?«

»Ein bisschen anders als deine Eltern.«

»Wie anders?«

Er antwortet mir nicht, sondern zuckt nur mit den Schultern, als wäre dieses »anders« schon eine erschöpfende Antwort und ich nur eine unverbesserliche neugierige Kuh.

»Als ich dich zum ersten Mal gesehen habe, hab ich dich, bitte nimm das jetzt nicht persönlich, für oberflächlich gehalten. Ich dachte, du hättest nichts zu sagen.«

»Und jetzt?«, frage ich. »Ich nehme das übrigens sehr wohl persönlich.«

»Nein, komm«, sagt er, aber er hat begriffen, dass ich es nicht ernst meine. »Also, ich wollte sagen, ja, ich hätte mir niemals vorstellen können, dass eine wie du auf das Dach einer besetzten Fabrik steigt, einen mitreißenden Artikel schreibt, zu einem Journalisten in die Redaktion geht und dazu noch am Wochenende arbeitet. Also, ich will sagen ... Alice, du hast wirklich was drauf.«

»Danke, das hört sich gut an.«

»Es ist wirklich so, und das mag ich an dir. Du verlierst nie den Mut. Und dann lächelst du, du lächelst immer. Und man begreift trotzdem, dass du in Wirklichkeit jede Menge Stress hast, man begreift das auch so, jetzt mal ganz unabhängig davon, dass ich einen Teil davon ja kenne. Aber du lässt dich nicht unterkriegen.«

Ich muss lachen und bin sicher, dass ich jetzt rot werde.

»So viele Komplimente bin ich nicht gewöhnt.«

»Okay, ich kann dir noch mehr machen, wenn du willst«, sagt er im Spaß.

Ich sehe ihn an, sein zärtlicher Gesichtsausdruck steht im Widerspruch zu einer verfrühten Stirnfalte. Ich erinnere mich wieder daran, dass er gesagt hat, er habe sich verändert, dass er früher ein Egoist gewesen sei und dann ... Was dann wohl passiert ist?

»Darf ich dich etwas fragen?«

»Na klar.«

»Als wir letztens mit deinen Freunden weggegangen sind, hast du mir später im Auto erzählt, dass du dich verändert hättest, weil du jemandem wehgetan hast ...«

Guido nickt und seufzt.

»Entschuldige, vielleicht bin ich zu neugierig ...«

»Nein, du hast recht. Du bist hier bei mir, und du willst mehr wissen, das ist doch ganz klar. Ich habe den Menschen betrogen, den ich geliebt habe. Und das mit ihrer besten Freundin ...«

Nach diesem Geständnis sieht mir Guido in die Augen, als wollte er ergründen, wie ich reagiere.

»Hm, das ist wirklich nicht schön.«

»Das ist noch nicht alles«, fährt er fort. »Ich war so, so anders, es hat mir überhaupt nichts ausgemacht. Ich wusste, dass ich ihr wehtue, aber ich habe nur an mich gedacht, habe die Situation genossen und alles andere war mir egal. Ich habe mir gesagt, dass die Dinge eben so laufen, oder? Menschen betrügen einander doch ständig, was ist denn schon dabei? Aber sie hat mich erwischt. Und danach ging es ihr schlecht. Sie hat mich verlassen, klar, aber dann hat sie auch noch aufgehört zu essen. Sie ist ... na ja, magersüchtig geworden. Es ging ihr wirklich sehr schlecht, sie war in großer Gefahr. Und da ist mir etwas bewusst geworden ...«

Guido vollendet seinen Satz nicht, seine Worte lösen sich in einem erinnerungsschweren Seufzer auf. Man merkt, dass er nicht gern darüber spricht. Es scheint ihm immer noch nahezugehen.

»Alles, was man tut, hat Folgen«, fährt er fort. »Ich weiß, das ist nicht gerade originell, aber es stimmt einfach. Du kannst alles tun, was du willst, aber deine Taten ziehen Konsequenzen nach sich.«

»Und wie geht es ihr jetzt?«

»Es geht ihr gut. Jetzt geht es ihr gut. Sie hat einen Freund gefunden, einen besseren als mich, und all die Probleme sind vergessen.«

»Und du ... Triffst du dich mit ihr, rufst du sie an?«

»Nein, sie hat mich aus ihrem Leben gestrichen. Und das ist richtig so ... Okay, jetzt reicht es aber mit den traurigen Themen. Auf jeden Fall verstehe ich, dass sie mich nicht mehr sehen will.«

»Ach komm ...«, sage ich und muss beinahe lächeln, obwohl das jetzt extrem unpassend wäre. »Du hast begriffen, was für einen Fehler du begangen hast, und die Folgen, von denen du mir erzählt hast, sind schließlich nicht ganz so dramatisch gewesen. Es hat sich doch alles wieder eingerenkt, oder nicht?«

Meine Worte scheinen ihn zu beruhigen. Diesmal lächelt er und massiert sich mit beiden Händen die Schläfen.

»Danke«, meint er. »Du bist ausgesprochen klug.«

»Genau, machen wir mit den Komplimenten weiter, das Spiel hat mir gefallen«, erwidere ich in der Absicht, die etwas gedrückte Atmosphäre ein bisschen aufzulockern.

»Du bist nett«, geht er unverzüglich auf meinen Vorschlag ein.

»Danke.«

»Und du bist hübsch«, fügt er hinzu und schaut hinauf zum Himmel.

Diesmal sage ich nichts, aber ich bin sicher, dass meine Wangen dunkelrot geworden sind.

»Kann ich dir etwas über die Sterne erzählen, ohne dass du mich gleich für übertrieben romantisch hältst?«, fragt er mich.

»Hm, mal sehen.«

»Kannst du was mit Etymologie anfangen, interessiert es dich, wo Wörter herkommen?«

»Komplimente mag ich lieber, aber lass hören.«

»Nehmen wir *desiderare*, das italienische Wort für begehren. Es kommt vom Lateinischen *de sideris*, und es bedeutet, dass man am Himmel nicht die nötigen Sterne sehen kann, um Weissagungen zu machen. Wenn du sie nicht siehst, fehlt dir etwas und du fühlst eine Leere, und diese Leere nennt man *desiderio*, Verlangen.«

»Wow!«

»Ich liebe die Etymologie. Wörter sind immer so unzureichend, aber wenn du dich in ihre Geschichte vertiefst ... sind sie schon besser.«

Ein Quietschen bricht plötzlich in die Stille. Ich drehe mich um und sehe, dass jemand gerade die Tür geöffnet hat, die vom unteren Stockwerk aufs Dach führt. Ruckartig springe ich auf, aber dann merke ich, dass es nur mein Vater ist.

»He, alles in Ordnung bei euch?«, fragt er.

»Ja, ja, alles in Ordnung, du hast mich erschreckt«, antworte ich ihm.

»Ich habe euch ein wenig Brot und Wurst gebracht«, erklärt er und reicht uns eine weiße Tüte. »Und Wein, wenn ihr mögt.«

»Vielen Dank«, meint Guido und nimmt die Tüte. »Aber wir kommen jetzt sowieso runter.«

Mein Vater sieht Guido an und dann mich, und ich meine einen Augenblick lang in seinem misstrauischen und neugierigen Blick den gleichen Ausdruck wie bei Mary zu sehen, wenn sie wissen will, was los ist. Ich schüttele den Kopf, um das Bild von einer Mary mit Schnurrbart zu verjagen, das gerade in meinem Kopf entsteht, und mein Vater geht wieder.

Guido bricht ein Brötchen in der Mitte durch und gießt zwei Gläser Wein ein.

»Und was wünschst du dir?«, fragt er mich. »Was ist dein *desiderio*, deine Leere?«

Tja, was ist es? Ich denke nach. Ich weiß es nicht.

»Entschuldige, ich wollte dir keine indiskrete Frage stellen.«

»Aber nein, woher denn. Meine Leere ist augenblicklich sehr weit weg. Und ich weiß nicht mal mehr, ob er es noch ist. Aber wenn es so ist, wie du sagst, dass ich ihn begehre, wenn ich ihn nicht sehe, also, dann ist es bei ihm das Gegenteil. Kaum war er weg, hat er mich schon vergessen. Aus den Augen, aus dem Sinn ... Tut mir leid, aber ich habe es nicht so mit der Etymologie, sondern eher mit populären Redensarten ...«

Guido prustet laut los, aber dann ist er wieder ernst. »Er kann dich nicht vergessen haben, du bist unvergesslich.«

»Ja, genau, mach weiter mit den Komplimenten«, erwidere ich im Spaß und koste gleichzeitig diese merkwürdige Sicherheit aus, die ich empfinde, wenn ich mit ihm zusammen bin. Dieses Gefühl, unbefangen und gleichzeitig irgendwie amüsant zu sein. Und das alles, weil Luca nicht da ist.

»Und du hast keine Leere?«, frage ich ihn.

Guido lacht und wirft den Kopf in den Nacken.

»Doch, sie sitzt gerade vor mir.«

41 Luca

»Warte hier auf mich. Ich bin gleich wieder da.«

Mit diesen Worten verschwindet Dalila hinter der Badezimmertür und lässt mich allein auf der Bettkante zurück.

Was mache ich hier eigentlich, fragt mich eine Stimme in meinem Kopf (das muss die Maus aus dem Videospiel sein). Aber dieses Mal habe ich eine Antwort: Ich tue, was ich will, ich mache, was mir gefällt und denke nur an mich.

Kurz darauf kommt Dalila ins Zimmer zurück und nähert sich mir. Mit einer Hand schubst sie mich aufs Bett und setzt sich rittlings auf meinen Bauch.

»Ich weiß wirklich nicht, ob wir das tun sollten«, flüstere ich, allem Ich-mache-was-mir-gefällt zum Trotz.

»Aber ich«, erwidert Dalila und beugt sich zu mir herunter, um mich zu küssen.

Ich spüre ihren Atem ganz nah an meinem Gesicht. Rieche den Duft ihres Körpers. Ihre Knie drücken die Matratze neben meinen Schenkeln herunter. Ihre Lippen streifen meine für einen Augenblick, ziehen sich dann aber sofort wieder zurück. Sie zieht mir das T-Shirt über den Kopf. Ich lege meine Hände auf ihre Hüften, weiter traue ich mich nicht. Daher nimmt sie meine Hände und führt sie über die Taille und dann unter dem T-Shirt nach oben, bis sie auf ihren Brüsten zu liegen kommen. Nun zieht sie sich mit gekreuzten Armen ihr T-Shirt über den Kopf und öffnet dann den Verschluss ihres BHs. Mein Herz klopft heftig, ich spüre das laute Echo jedes einzelnen Schlages in meinem Brustkorb und in meinem Kopf. Ich rutsche auf dem Bett nach hinten, bis ich mit dem Kopf auf dem Kissen lande, und sie folgt mir, immer noch über mich gebeugt. Ich starre ihren Busen an, ihren nackten Körper, und es gelingt mir kaum, den Gedanken, diese innere Stimme zu unterdrücken, die mich daran erinnert, dass sie die erste Frau nach Alice ist und dass alles, was ich hier tue, keinen Zweifel zulässt: Ich betrüge gerade meine Freundin. Da brauche ich mir gar nichts vorzumachen, ich tue genau das, von dem sie mir unterstellt, ich hätte es schon getan, also ...

»Warte, warte mal«, sage ich und richte mich auf. »Dalila, warte ...«

Sie hält inne und setzt sich ebenfalls aufs Bett, als wäre sie auf diesen Moment schon vorbereitet gewesen und hätte die ganze Zeit gewusst, dass es nur eine Frage von Sekunden war, ehe ich aufhören würde.

»Wenigstens hast du mich Dalila genannt«, sagt sie lässig.

»Ja, und?«

»Männer nennen mich sonst nie beim Namen. Und du hast es auch noch nie getan.«

»Hör mal, Dalila, ich weiß nicht. Ja, stimmt, ich habe erst mit einem Mädchen geschlafen, aber was heißt das schon? Muss ich erst fünf oder sechs ausprobieren und sie dann benoten? Also, ich weiß auch, dass ... Na ja, ich würde schon gern, aber es geht nicht ... Ich habe das Gefühl, ich würde alles kaputtmachen, dann würde ich mich schuldig fühlen und ...«

»Und das beunruhigt dich? Dein Schuldgefühl?«

»Nein, na ja, doch, das auch. Wenn ich mit dir schlafe, ist es aus zwischen mir und Alice.«

»Hör mal, Luca, ich ... Ich bin ja für alles offen, aber ich werde jetzt sicher nicht hierbleiben und dich anflehen, dass du mit mir schläfst ...«

»Nein, entschuldige, du hast ja recht. Es ist nur ...«

Dalila steht auf, macht sich den BH zu und verlässt den Raum. Nach einer Weile kommt sie mit einer durchsichtigen Plastiktüte mit Gras und einer kleinen Schachtel zurück.

»Ich dreh mir jetzt eine Tüte. Magst du auch?«

»Nein, für mich nicht.«

»Ach, stimmt ja, keine Drogen und kein Sex mit Fremden«, sagt sie und nickt mit zusammengepressten Lippen. »Okay, entschuldige, ich lass dich nachdenken.«

Ich fürchte, sie hält mich jetzt für einen Idioten oder Loser, aber ich kann nun mal nicht anders. Ich wende mich dem Fenster zu und beim Hinausschauen bemerke ich zwischen zwei im Mondlicht glitzernden Parabolantennen einen kleinen funkelnden Stern.

Was soll ich machen? Ich weiß es nicht.

Dalila zündet sich den Joint an und bläst den Rauch in meine Richtung, sodass sich über dem Bett eine kleine weiße Wolke bildet. Ich schaue Dalila an und versuche, mich mit ihr zu sehen. Ich versuche, mir vorzustellen, mit ihr zusammen zu sein, mit ihr die gleichen Dinge zu machen wie sonst mit Alice. Händchen haltend spazieren zu gehen, abends gemeinsam auszugehen, auf gut Glück einen Zug nach irgendwo zu nehmen, Ausstellungen zu besuchen. Ich denke an die Vertrautheit, die ich mit Alice aufgebaut habe, und kann nicht glauben, dass ich so etwas mit einem anderen Menschen aufbauen könnte. Aber ... So läuft es doch, oder? Menschen verlieben sich, dann trennen sie sich und verlieben sich erneut. Eigentlich gibt es kein Rezept, keine Regel, die sagt, wie es zu laufen hat. Alice und ich waren mal zusammen, dann bloß gute Freunde und dann waren wir wieder zusammen. Und jetzt?

Meine Augen begegnen denen von Dalila.

Ich muss wieder an ihre Frage denken: »Hast du je an dich selbst gedacht, nur an dich selbst?«, und an meine spontane, aber aufrichtige Antwort: »Nein.« Und ich beschließe, dass ich jetzt wirklich an mich selbst denken werde und zwar nur an mich. Ich strecke eine Hand nach Dalila aus, nehme ihr den Joint aus der Hand und lege ihn in den Aschenbecher. Sie blickt mich lächelnd an. Vor mir liegt ein Loch, ein Abgrund, die absolute Leere, und ich beschließe, mich dort hineinzustürzen. Ich ziehe Dalila an mich und küsse sie.

42 Alice

Nächtliche Dunkelheit umgibt mich. Alles verschwindet und vor mir ist nur noch Guido zu sehen. Ich bin nicht mehr auf dem Dach einer besetzten Fabrik. Ich bin nicht mehr Alice. Ich schließe die Augen, dann verschwindet auch Guido, während ich mich auf einmal in mir selbst wiederfinde. In meinem Kopf ersteht eine Erinnerung.

Ein Sonntag im Winter, vor einem Jahr, Luca und ich.

Wir hatten beschlossen, uns in Lugano eine Paul-Signac-Ausstellung anzusehen.

An diesem Tag hatten wir über die Zukunft gesprochen, zum ersten Mal. Am Ende war dann klar, dass wir drei Kinder haben würden, Luca würde Schriftsteller werden und ich würde eine Bäckerei eröffnen. Mit Luca kann man einfach keine ernsten Gespräche führen.

»Die Zukunft ist eben so weit weg«, meinte er schließlich, während wir durch die Ausstellungsräume schlenderten. »Manchmal wünschte ich mir, ich wäre schon dreißig und hätte eine Arbeit, eine eigene Wohnung und mein eigenes Leben.«

»Na ja, das dauert noch etwas.«

»Werden wir die ganze Zeit zusammenbleiben?«

Seine Frage hatte zu einem kurzen Schweigen geführt, das er selbst brach: »Manchmal denke ich, es wäre besser gewesen, wenn wir uns nicht so früh kennengelernt hätten.«

»Und warum?«

»Weil das eine komische Zeit ist, irgendwie ist alles in der Schwebe, es kommt mir so vor, als warte ich auf etwas, während ich eigentlich etwas tun möchte, aber ich bin erst achtzehn, wir sind erst achtzehn.«

»Wir sind doch keine kleinen Kinder mehr. Und wenn wir uns erst später kennengelernt hätten, wären wir uns vielleicht nur schrecklich auf die Nerven gegangen.«

»Meinst du?«

»Du wirst nächstes Jahr ein freakiger intellektueller Literaturstudent sein und ich hab dann nur Stress mit meiner Bäckerei ...«

Ich erinnere mich, dass wir dann gelacht haben, vor einem Gemälde, das eine Wiese an einem Seeufer darstellte, mit Männern, Frauen und Kindern darauf. Wenn man es genauer betrachtete, konnte man sogar die friedliche Stille dieses Ortes wahrnehmen. Das erinnerte mich an diese Szene aus *Mary Poppins*, in der der Schornsteinfeger zusammen mit den beiden Kindern und Mary Poppins in das Bild springt, das er auf den Boden gemalt hat und sie auf einmal in einer Fantasiewelt sind, wo alles möglich ist und singende, tanzende Pinguine als Kellner bedienen.

Wir haben uns vor diesem Bild geküsst und als ich die Augen schloss, habe ich gehofft, wenn ich sie wieder aufmachen würde, wären wir in einer anderen Welt. Stattdessen standen da bloß zwei Kinder, die uns anstarrten.

Ich öffne die Augen und sehe direkt in Guidos Augen, sie sind nur wenige Zentimeter von meinen entfernt.

»Wo warst du gerade?«, fragt er mich leise, sein Gesicht ist immer noch ganz nah bei meinem.

»In einem Park.«

»In einem Park?«, wiederholt er lächelnd.

»Ja, dorthin gehe ich manchmal, wenn ich durcheinander bin.«

»Und, ist es schön dort?«

»Ja. Dort sind alle glücklich, Männer, Frauen und Kinder spielen und erholen sich, und nie passiert etwas Schlimmes.«

»Und warum bist du jetzt wieder hier?«

»Weil es diesen Ort nicht mehr gibt.«

Auf der Rückfahrt hatte Luca darauf bestanden, eine Station vor Mailand auszusteigen. Er wollte mir etwas zeigen.

»Das hier ist mein Geheimplatz«, hat er zu mir gesagt.

Vor dem Bahnhof verlief eine Asphaltstraße mit niedrigen zweistöckigen Häusern. Nach mehreren Querstraßen bog Luca mit mir in einen kleinen unbefestigten Weg ein, der zu einem Wäldchen führte.

»Das ist die Abkürzung durch den Wald. Na ja, eigentlich ist der Weg hier nicht kürzer, sondern weiter.«

»Dann ist es also gar keine Abkürzung.«

»Nein, eigentlich nicht. Es gibt bloß keinen Ausdruck dafür, wenn man mit seiner Freundin lieber einen schöneren Weg nehmen möchte als über Bürgersteige voller Schneematsch zu gehen. Außerdem, wieso heißt es überhaupt Abkürzung?«

»Weil man den Weg abkürzt.«

»Oh, das war ja mal eine ausgefeilte Erklärung.«

»Schön, dann erklär du mir doch, was es bedeutet.«

»Ich hab nicht die geringste Ahnung, aber auf jeden Fall wird unser Weg eine Verschönerung.«

»Du hast echt einen Knall.«

Wir betraten den Wald. Die Äste der Bäume waren alle weiß und von einer dünnen Eisschicht bedeckt. Unter unseren Füßen knirschte der Schnee. Der Weg war kaum zu erkennen. Allein hätte ich mich bestimmt verlaufen.

Nach einer Weile lichteten sich die Bäume und wir standen vor einem weiten Feld, das wie ein ausgebreitetes Laken aussah. Meine Stiefel versanken bis zu den Knöcheln im Schnee und ich war mir sicher, dass Lucas Clarks inzwischen total vollgelaufen waren, obwohl er das niemals zugegeben hätte.

Am Horizont konnte man die Bäume sehen, die die Lichtung wie ein natürlicher Rahmen umgaben.

»Würdest du mit mir von zu Hause weglaufen?«, fragte er.

»Wenn's sein muss, sofort.«

»Ich kann ja kellnern, wenn ich viel arbeite, reicht das Geld für uns, ich habe es nachgerechnet.«

»Und was ist mit mir?«

»Du machst erst die Schule zu Ende, was danach wird, werden wir sehen.«

»Ich bin dabei.«

Er sah mich an, legte mir die Hände auf die Schultern und lächelte, aber sein Lächeln wirkte traurig. Ich wollte ihn umarmen, aber als er näher kam, konnte ich meine Arme nicht schnell genug ausstrecken, und daher umarmte er mich und zog mich an sich. So entstand unsere Umarmung.

Ich öffne die Augen. Guido steht immer noch direkt vor mir. Diesen Ort gibt es nicht mehr, denke ich, der Park ist verschwunden.

Meine Lippen berühren seine. Sie sind trocken und kalt. Er gibt mir einen ersten Kuss, dann weicht er kurz zurück und küsst mich noch einmal. Ich nehme einen merkwürdigen, einen anderen Geschmack wahr. Er legt seine Arme um meine Schultern und beugt sich vor. Meine Arme sind durch seine Umarmung blockiert.

»Nein, warte«, stoppe ich ihn. Er zieht sich sofort zurück.

»Was ist los?«

»Nichts«, sage ich, während ich mich unter seinem erstaunten Blick aus der Umarmung befreie und ihm die Hände auf die Schultern lege.

43 Luca

Dalilas Lippen schmecken cremig, nach Lippenbalsam. Sie glänzen und sind glitschig. Ich küsse sie entschlossen. Sie lächelt und schmiegt sich an mich. Ich spüre ihren Busen an meiner Brust, die Wärme ihres Körpers an meinem. Wir sitzen nebeneinander am Kopfende des Bettes. Dalila stützt sich mit einer Hand ab und lässt sich langsam ins Kissen sinken. Ich folge ihren Bewegungen und wenige Sekunden später liege ich dicht neben ihr. Wir küssen uns weiter, während ich mit einer Hand zart über ihren Arm streiche, von der Schulter bis zur Hand. Ihr Körper ist so anders, er kommt mir vertraut vor und gleichzeitig fühle ich mich orientierungslos. Dieses Mal überlässt sie alles mir, lässt sich führen, folgt jedem Zögern von mir.

Als meine Hände ihren Rücken entlanggleiten, lächelt sie erschaudernd.

»Du kitzelst mich«, flüstert sie und klingt dabei völlig verändert, so unsicher.

Ich hake ihren BH auf und sie hilft mir dabei, ihn abzustreifen. Dann spüre ich wieder die Berührung ihrer Haut, aber diesmal fühlt es sich weniger fremd an, obwohl erst wenige Minuten vergangen sind.

Wieder überläuft sie ein Schauer.

»Ist dir kalt?«, frage ich sie.

»Los, unter die Decke.«

Wir rutschen auf eine Seite des Bettes. Mit einer Hand hebe ich das Federbett hoch und wir schlüpfen darunter. Im Dunkeln fühle ich mich sicherer, weniger verwundbar. Ich taste nach ihrer Jeans und mache langsam die Knöpfe auf. Sie lässt es zu, aber sie unternimmt nichts. Nach und nach entkleide ich sie, ziehe meine Jeans aus und wenige Minuten später sind wir beide nackt und pressen uns in einer engen Umarmung aneinander. Sie dreht sich auf den Rücken und ich folge ihr, sodass ich auf ihr zu liegen komme. Die Decke lässt ihr Gesicht frei, und auf einmal sehe ich ihre großen, glänzenden Augen, die mich mit einer ungekannten Zärtlichkeit betrachten. Sie bringt mich nach Hause, nach Mailand zurück, zu jener Vertrautheit, die ich so gut kenne und die ich gleich verraten werde. Ich schüttle den Kopf, um diesen Gedanken zu verjagen, und küsse sie wieder, während meine Lust immer stärker wird. Ich stütze mich über ihr ab, um sie nicht mit dem Gewicht meines ganzen Körpers zu belasten, während meine andere Hand auf ihren Busen gleitet. Jetzt ist ihr Kuss heiß und fest, ihre Zähne beißen kurz in meine Unterlippe, dann lässt sie los, während ihre Hände sich an meine Hüfte pressen. Jetzt ist es also so weit, denke ich.

»Schlafen wir miteinander«, sage ich und vergesse das Fragezeichen am Ende des Satzes.

Sie lächelt.

»Hast du ein Kondom?«, fragt sie mich.

Ich habe kein Kondom ...

»Nein, verflucht, ich hab keins ...«

»Lass nur, ich hab eins dabei«, sagt sie und setzt sich auf, wobei die Decke von ihrer Schulter rutscht. Sie beugt sich nach unten und nimmt ihre Handtasche hoch.

In diesem Moment sehe ich aus dem Augenwinkel das Bild, unser Bild. Ich kann nicht anders, ich muss mich umdrehen, es herausfordernd ansehen.

»Was ist los?«, fragt mich Dalila, als sie sieht, dass ich nicht bei der Sache bin.

»Nichts, gar nichts«, antworte ich, aber sie hat bemerkt, dass ich das Bild über dem Bett anstarre.

»Ich mag das Bild«, sagt sie, und ihr Seufzer lässt erkennen, dass sie alles begriffen hat. »Eins der wenigen Dinge, an die ich mich aus der Schule erinnere.«

»Mir gefällt es auch.«

»Die Zeiten der Anarchie«, flüstert sie mir zu und küsst mich.

»Der Harmonie«, korrigiere ich sie.

Sie lächelt.

»Was ist?«, frage ich sie.

»*Au temps de l'anarchie*, zur Zeit der Anarchie, so ist der eigentliche Titel. Auch wenn er ihn später geändert hat.«

»Warum hat er das getan?«

»Sonst hätte es nicht ausgestellt werden dürfen.«

44 Alice

»Marti, bitte, erzähl mir etwas mehr!«

»Ali, mehr ist nicht. Was soll ich dir also erzählen?«

Wir haben uns auf der Toilette des Hollywood getroffen, auf der Party der Plattenfirma, die im Februar Martinas erste Single herausbringen wird. Die Musik dringt gedämpft durch die Tür zur Toilette, wo ein paar Mädels auf dem Klodeckel Kokain schnupfen.

»Sag mir einfach ... Was weiß ich ... Mit wem er zusammen war, was er macht, wie es ihm geht«, bohre ich nach und wundere mich etwas über ihre Zurückhaltung.

»Ich hab dir doch schon gesagt, dass ich nur ihn getroffen habe«, sagt sie, aber es wirkt, als sei sie nicht ganz bei der Sache. »Es geht ihm gut und er hat dich nicht mit dem Mädchen betrogen, mit dem du ihn zusammen gesehen hast. Er hat sie nicht gevögelt.«

»Wie kannst du dir da so sicher sein? Er kann dich doch genauso angelogen haben.«

Mir wird klar, dass meine Fragen allmählich nach emotionaler Paranoia klingen, so was in der Art von »alle haben sich gegen mich verschworen und verschweigen mir etwas«. Aber ich krieg es einfach nicht auf die Reihe, warum Martina mir nicht haarklein ihre Eindrücke erzählt.

»Alice, er hat nicht mit ihr geschlafen«, wiederholt sie energisch. »Und außerdem verstehe ich nicht, was dich das überhaupt noch interessiert.«

»Wie?! Marti, was redest du denn da?«

»Ich sage bloß, dass ich den Eindruck habe, dass du inzwischen deine Wahl getroffen hast. Du bist doch mit Guido hier, oder nicht?«

»Marti, das hat doch damit nichts zu tun.«

»Und ob das was damit zu tun hat, wenn du mit ihm ins Bett steigst.«

Dem kann ich nichts entgegensetzen. Ich frage mich, wann Martina sich zu einer dieser »Freundinnen mit dem moralischen Zeigefinger« entwickelt hat. Sie war doch sonst nicht so, nein, eigentlich war ich doch immer diejenige, die sie wegen ihrer Eskapaden angemacht hat. Aber das ist nicht der Punkt.

»Wir haben uns nur einmal geküsst«, sage ich, weil ich das Gefühl habe, mich rechtfertigen zu müssen. »Sonst nichts.«

»Ja, schon, aber jetzt bist du mit ihm hier, oder nicht?«

»Hör mal, wessen Freundin bist du eigentlich?«

»Ich bin mit euch beiden befreundet und ich sage bloß, wenn du beschlossen hast, mit Guido zusammen zu sein, dann solltest du das Luca sagen und ihn freigeben ... Damit er tun und lassen kann, was er will.«

Martina sieht mich nicht an, während sie mir ihre Überlegungen an den Kopf wirft und mir deutlich zu verstehen gibt, warum sie sich weigert, mehr über ihren Aufenthalt in San Francisco zu berichten. Sie denkt, dass ich die Schlampe bin, weil ich einen anderen geküsst habe, ein einziges Mal, in einem schwachen Moment.

Martina zündet sich eine Zigarette an und ich verlasse türenknallend die Toilette. Ich stürme durch den Raum, wo jede Menge Menschen tanzen, und bin beinahe am Ausgang, als Guido mich aufhält.

»Hey, was ist denn los? Ist was passiert?«, fragt er mich und sucht meinen Blick.

»Martina ist eine blöde Kuh«, sage ich kurz angebunden und spüre, wie in mir allmählich der Zorn hochkocht.

»Was hat sie denn getan?«

»Das ist eine zu lange Geschichte und ich hab grad keinen Bock, sie zu erzählen.«

Guido schaut sich unbehaglich um. Ich war etwas zu direkt, aber ich habe nicht die Absicht, ihn in mein Gefühlschaos zu verwickeln.

»Hör mal, ich habe jede Menge Material für den Artikel über die Lebensgewohnheiten von Jugendlichen«, sagt er und stellt damit wieder mal sein Talent unter Beweis, im richtigen Moment das Passende zu sagen. Ich habe jetzt keine Lust, an Martina zu denken oder an Luca.

»Ja genau, da waren gerade wieder zwei auf dem Klo, die sich Koks reingezogen haben. Aber es soll auf jeden Fall um Mädchen gehen«, stelle ich noch mal klar. »Der Journalist hat gesagt, da soll allein der weibliche Aspekt abgedeckt werden.«

»Was meine Vermutung bestätigt, dass er ein alter Drecksack ist.«

Ich versuche zu lachen, aber mir ist überhaupt nicht danach. Guido sieht mich etwas besorgt an. In dem Moment kommt Mary auf uns zu, sie tanzt mit nach oben gestreckten Armen.

»Diese Party ist einfach zu geil!«, schreit sie. Ein paar Jungs tanzen um sie herum, wie immer. Wo Mary ist, schwirrt immer ein Schwarm Verehrer um sie herum, der ihr überallhin folgt.

»Ja, echt super hier«, nicke ich.

»Und warum guckst du dann wie auf einer Beerdigung?«

Guido und Mary wechseln einen Blick, den ich nur zu gut mitbekomme, auch wenn ich das eigentlich gar nicht sollte, und einen Moment später verzieht er sich. »Schön, dann besorg ich uns mal was zu trinken, ich komm gleich wieder.«

Ich bleibe mit Mary zurück, dem einzigen Menschen, den ich momentan um mich haben möchte. Sie und von mir aus auch noch die drei oder vier Typen, die um sie herumgockeln.

»Oh mein Gott, Mary, du schleppst aber auch immer die merkwürdigsten Aufreißertypen ab.«

»Komm schon, das stimmt doch gar nicht, zwei von denen sind ganz nett. Wenn man denen das Fitnessstudio und die Sonnenbank entziehen würde, wären die beiden fast normal. Außerdem steh ich nun mal auf Aufreißertypen.«

»Oh ja, ich weiß.«

»In Ordnung, verrätst du mir jetzt mal, was hier abgeht? Wo ist Martina?«

»Ich weiß es nicht, und es interessiert mich auch nicht. Die hat mich eben mit einem solchen Quatsch zugetextet! Und ...«

»Halt mal«, unterbricht mich Mary. »Das mit Martina kannst du mir gleich erzählen, aber sag mir erst was über Guido, bevor er zurückkommt! Also, dass er verknallt ist, ist mir klar, aber was läuft da eigentlich zwischen euch?«

»Was meinst du damit?«

»Küsst ihr euch? Schlaft ihr miteinander? Seid ihr zusammen?«

»Nein, Mary, so ein Unsinn! Schließlich bin ich immer noch mit Luca zusammen ... Also eigentlich ja nicht, aber irgendwie schon.«

Mary kichert und setzt ihr skeptisches Gesicht auf. »Na ja, einmal zumindest hast du ihn geküsst, das hast du mir selbst erzählt.«

»Das war ein schwacher Moment, komm, was zählt schon ein Kuss?«

»Hör mal, Süße, wenn das nur ein schwacher Moment war, okay, *no problem*, ein Kuss ist für mich kein Betrug. Aber bist du dir sicher, dass es nicht mehr war? Empfindest du nichts für ihn?«

Marys Worte treffen mich direkt ins Herz. Doch es sind die Worte einer Freundin, die mich gern hat und verhindern will, dass ich etwas tue, was ich später bereuen könnte. Worte, die ich eigentlich auch gern von Martina gehört hätte. Ich weiß nicht, was los ist und bin verwirrt. Ich verstehe nicht, warum Martina sich so verhalten hat. Mir kam es fast so vor, als wäre sie sauer auf mich.

»Mary, weißt du was, ich flieg zu ihm ...«

»Wie, du fliegst zu ihm? Bist du verrückt? Wie willst du das denn machen?«

»Ich muss jetzt einfach zu ihm! Mir ist alles egal, ich muss mit ihm sprechen! Ich muss herausfinden, ob unsere beschissene Beziehung jetzt vorbei ist oder nicht, ob endgültig Schluss ist ...«

Mary umarmt mich und drückt mit einer Hand meinen Kopf gegen ihre Schulter, und ich spüre, wie meine Augen sich mit Tränen füllen.

45 Luca

Ein Bassdrumwirbel reißt mich auch heute Morgen wieder aus dem Schlaf. Ich öffne die Augen und schaue zum Radiowecker auf dem Nachttisch. Zwölf Uhr mittags. Ich beuge mich über die Bettkante, und als ich mit einer Hand nach meinen Hausschuhen suche, bekomme ich eine Plastiktüte in die Finger. Ich hebe sie hoch. Dalilas Beutel mit ihrem Marihuana. Sie muss ihn hier vergessen haben. Blitzartig kehrt die Erinnerung an den Vorabend wieder und ich spüre einen Stich ins Herz, eine Mischung aus Scham und schlechtem Gewissen.

Ich habe es letzten Endes doch nicht geschafft, mich von allem frei zu machen, nur an mich zu denken und Alice wirklich zu betrügen. Jetzt fühle ich mich so, als hätte ich einen Stein gegen ein Fenster geworfen und zufällig nur den Rahmen getroffen, ohne Schaden anzurichten. So habe ich zwar nicht erreicht, was ich wollte, aber trotzdem etwas getan, was ich nicht hätte tun sollen.

Ich lege das Marihuana auf den Nachttisch und gehe zu den Klängen des Konzerts von unten erst mal duschen. Dann ziehe ich mich an, stecke den Beutel in die Innentasche meiner Jacke und gehe ein Stockwerk tiefer. Dalila wird dort sein. Ich habe keine Lust darauf, dass bei mir zu Hause ein Beutel Gras rumliegt.

Ich klopfe zwei, drei Mal an die Tür des Probenraums, ehe mir klar wird, wie schwachsinnig das ist. Ich versuche, die Tür zu öffnen. Sie geht auf.

In der Luft hängt ein leichter Nebel, und man kann die Wände unter dem Druck der Verstärker förmlich beben sehen.

Ich öffne die Tür zum nächsten Zimmer, aus dem die Musik kommt. Keiner beachtet mich. Also, »keiner« bedeutet: zwei schlafende Hunde und ein Typ, der gegen die Wand gelehnt auf dem Boden sitzt und den Kopf rhythmisch auf und ab bewegt. Und da sind natürlich noch die Mädels der Band.

Schließlich bemerkt mich Dalila und sieht mich fragend an. Ich ziehe den Beutel mit dem Marihuana aus der Jackentasche. Sie begreift, nickt und zeigt auf den Typen am Boden. Der hat alles beobachtet und bedeutet mir, ich solle mich neben ihn setzen. Und das mache ich. Er streckt mir die Hand hin, während er weiter mit dem Kopf wippt und grinst. Keiner von uns stellt sich vor, und so sitzen wir einfach da und beobachten das Konzert.

Ein paar Minuten später kommt das Schlagzeug völlig aus dem Takt oder vielleicht galoppiert auch die Gitarre davon, so genau kann man das nicht sagen. Jedenfalls dreht sich die Sängerin um, schreit etwas und plötzlich hören alle auf zu spielen.

Anscheinend hat Dalila sich vertan. Nach einem kurzen Wortgefecht kommt sie zu mir. Mit einer Hand zieht sie mich hoch und weiter in ein anderes Zimmer, eine kleine Küche, in der lauter dreckige Teller, Töpfe und überquellende Aschenbecher herumstehen.

»Du bist aus dem Takt gekommen«, sage ich zu ihr.

»Das ist deine Schuld, du hast mich abgelenkt.«

Dalila lehnt sich an das Fenster, durch das ein schwaches weißes Licht hereindringt, und verschränkt die Arme. Ich bleibe in der Mitte des kleinen Raums stehen.

»Warum spielst du Bass?«

»Weil jeder sein Instrument hat.«

Es ist mehr als offensichtlich, dass wir um das eigentliche Gesprächsthema herumreden, aber da uns beiden das vollkommen klar zu sein scheint, sehe ich nicht, was daran schlecht sein soll.

»Und dein Instrument ist der Bass?«

»Ja, denn der wird gern übersehen.«

»Ach so, das meinst du also damit, wenn du sagst, dass jeder sein eigenes Instrument hat?«

»Hmm, ja. Der Sologitarrist zum Beispiel ist immer einer, der sich gern in den Vordergrund schiebt, wenn er dann auch noch singt, ist das nicht zum Aushalten. Solche Menschen können großartig sein, aber auch sehr anstrengend.«

»Und was ist dann mein Instrument?«, frage ich sie.

Dalila betrachtet mich eine Weile, während sie offensichtlich darüber nachdenkt.

»Ich weiß nicht«, antwortet sie. »Ich dachte eigentlich, Bass, aber dann wurde mir klar, dass du auch einer von denen bist, die den Bass überhören.«

Sie dreht sich um und sieht mit verschränkten Armen aus dem Fenster. Ihre Schultern heben sich und ich kann mir denken, dass sie seufzt.

»Tschüs, Luca«, sagt sie dann mit ganz leiser Stimme, und einen Moment lang fürchte ich, ich hätte nicht richtig gehört.

»Tschüs?«

»Ja, tschüs. Es ist Zeit, dass wieder jeder seiner Wege geht. Diesen Moment erkennst du doch, oder?«

»Dalila, ich versteh das nicht, ich kann dir nicht folgen ...«

»Ja, ich weiß, und genau deswegen bist du kein Bassist. Wenn du ein Bassist wärst, dann würdest du das verstehen.«

»Dann hilf mir doch, es zu verstehen.«

Dalila wendet mir immer noch den Rücken zu, aber ich kann ihr Gesicht erkennen, das sich leicht in der Fensterscheibe spiegelt.

»Weißt du, bei unserer ersten Begegnung, als du mich vor diesem Besoffenen gerettet hast, habe ich gedacht, dass mich noch nie jemand gerettet hat. Also, ich meine, zum Glück war das ja auch noch nie nötig. Aber dann habe ich darüber nachgedacht. Na ja, und einen Moment lang habe ich geglaubt, du wärst gekommen, um mich wirklich zu retten.«

Ihre Stimme klingt unsicher. Dalila dreht sich um und ich sehe, dass ihre Augen sich mit Tränen gefüllt haben.

»Ach Mist, Dalila, was ist denn los?«

»Nichts, nur dass es vielleicht besser ist, wenn jeder jetzt wieder seinen eigenen Weg geht.«

In dem Moment vibriert etwas in meiner Tasche. Dann klingelt es auch schon. Ich ziehe das Handy heraus, wild entschlossen, es auf jeden Fall auszuschalten, doch als ich auf die Austaste drücken will, sehe ich, dass es Alice ist.

»Dalila, entschuldige, aber ich muss unbedingt drangehen. Warte, warte nur einen Moment ...«

Ich drücke die grüne Taste und antworte.

»Ja?«, sage ich möglichst neutral.

Dalila weicht einen kleinen Schritt zurück und lehnt sich wieder ans Fensterbrett.

»Hallo«, sagt eine Stimme am anderen Ende der Leitung. Sie ist es.

»Hallo.«

Es folgen einige lange Sekunden des Schweigens, die all die Stunden ausfüllen, in denen wir nichts voneinander gehört haben. Ich empfinde Liebe, Hass, Wut und Sehnsucht, alles durcheinander, und weiß nicht, was ich sagen soll. Ich kann mir nicht einmal vorstellen, warum sie mich angerufen hat, aber auf jeden Fall, keine Ahnung, warum, freue ich mich darüber.

»Hör mal, ich kann nicht lange telefonieren. Das kostet ein Vermögen«, sagt Alice. »Ich möchte zu dir rüberfliegen. Ich muss mit dir reden.«

Ich brauche ein paar Sekunden, um diese Information zu verarbeiten. Und als ich gerade etwas sagen will, kommt sie mir zuvor.

»Kann ich kommen?«, fragt sie mich.

Sie klingt kalt, wie eine Sekretärin, die einen Termin vereinbart.

»Ja, klar kannst du kommen, aber wie willst du das machen? Du hast Schule, und was das kostet ...«

»Ciao, Luca, ich schreibe dir, wann ich ankomme. Kannst du mich am Flughafen abholen?«

»Aber ja, klar doch.«

»Okay, dann ciao.«

Ich beende die Verbindung. Dann sehe ich hoch. Aber Dalila ist nicht mehr da.

46 Alice

»Du wirst schon sehen, bestimmt kommt er jetzt hierher nach Mailand!«, ruft Mary aus. »Wie im Film, er kommt hier an und du bist gerade in San Francisco gelandet. Wäre das nicht romantisch?«

»Das wäre total blödsinnig, wo ich ihn doch schon angerufen habe und er weiß, dass ich zu ihm fliege ...«

»Oh Mann, du bist so unromantisch«, mault sie und verzieht missbilligend ihr Gesicht.

Es sind nur noch drei Wochen bis Weihnachten, und wie jedes Jahr ist die Stadt festlich geschmückt. Überall Lichterketten, Weihnachtsbäume, Girlanden und Spruchbänder mit Glückwünschen, das meistersehnte Fest des Jahres scheint von der Wirtschaftskrise nicht betroffen zu sein. Auch in der Bar vor der Schule, wo Mary mir ihre hollywoodgeprägte Vorstellung von Romantik darlegt, gibt es selbstverständlich elektrische Kerzen auf der Theke und Kunstschnee an der Glastür.

»Hör mal, was hast du denn deinen Eltern erzählt?«, fragt mich Mary.

»Sie wissen es gar nicht«, gebe ich zu. »Ich habe gesagt, dass ich bei Martina übernachte.«

»Was? Ali, spinnst du? Was ist, wenn sie dir auf die Schliche kommen?«

»Was sollte ich denn tun? Meine Mutter würde mich niemals fliegen lassen! Wie auch immer, ich bin fest entschlossen. Morgen bekomme ich mein Visum, das Flugticket hab ich schon und meine Eltern werden es nie erfahren.«

Mary betrachtet mich besorgt und jetzt, wo ich meinen Entschluss laut ausspreche, wird mir erst klar, was ich da eigentlich vorhabe.

»Hast du mit Martina geredet?«, fragt Mary mich und stellt ihren Cappuccino auf dem Tisch ab.

»Nein, eigentlich nicht. Da gibt es wohl nichts zu sagen. Wir haben ja auch nicht gestritten. Ich bin bloß ... sauer. Und verwirrt. So verhält sich keine Freundin.«

»Was hätte sie dir denn sagen sollen?«

»Mary, sie ist nach San Francisco geflogen, hat Luca zwei Tage lang gesehen, da sollte sie mir doch eine Menge zu sagen haben! Stattdessen bekomme ich bloß zu hören: ›Alles in Ordnung, mach dir keine Sorgen.‹«

»Und Guido?«

»Guido, keine Ahnung, darüber will ich nicht nachdenken, auf jeden Fall kommt er gleich hierher.«

»Ich finde ja, er ist richtig süß ... Und er ist total verknallt in dich. Na gut, Ali, ich muss los, was machst du jetzt?«

Es ist elf Uhr. Eigentlich sollte der Tag mit einem harmlosen Ich-mach-die-erste-Stunde-blau beginnen, aber dann hat sich das Ganze wohl etwas verselbstständigt.

»Nichts, ich bleib noch etwas hier und mittags geh ich dann nach Hause.«

Plötzlich wird das Radio im Lokal lauter gedreht, als der Moderator einen neuen Song ankündigt: »... zum ersten Mal hier auf Radio 105 eine junge vielversprechende Sängerin, die schon das Internet erobert hat. Ihr Profil auf Myspace registriert täglich Hunderte von Klicks, sie hat schon mehrere Cover gesungen und heute hören wir hier zum ersten Mal ihren ersten eigenen, noch unveröffentlichten Song ...«

Mary und ich schauen einander ungläubig an.

»Sie ist hier bei uns im Studio und sie heißt ... Martina. Hallo Martina, willkommen bei uns.«

»Hallo und vielen Dank«, sagt Martina, und ihre Stimme verrät ein wenig, wie aufgeregt sie ist.

»Du bist noch ziemlich jung, man hat mir gesagt, du bist ...

neunzehn, na ja gut, also bist du doch nicht mehr ganz blutjung. Und du bist volljährig, also ...«

»Also kannst du ja mal probieren, ob du bei ihr landen kannst, ganz genau«, fährt ein anderer Moderator fort. »Aber das kommt nicht gut im Radio, mach das lieber, wenn wir nicht auf Sendung sind.«

»Du denkst immer nur an das Schlechte im Menschen ... Wie auch immer, Martina, du bist nicht nur ein neues, vielversprechendes Talent, sondern auch eine attraktive junge Frau. Du hast zunächst nur ein paar Videos von dir aufgenommen und diese dann auf Myspace ins Internet gestellt, stimmt das so?«

»Ja, ganz genau«, meint Martina lakonisch.

»Bist du aufgeregt?«, fragt der Moderator weiter.

»Nein«, antwortet sie, aber in einem Ton, den ich von ihr überhaupt nicht kenne. Oder besser gesagt: Martina *ist* aufgeregt. Plötzlich erscheint es mir idiotisch, dass ich mit ihr gestritten habe, wegen etwas, das bestimmt nichts zu bedeuten hat. Jetzt bin ich bloß noch glücklich, ich freue mich für sie, über diesen Song, wegen dem, was sie erreicht hat. Ich freue mich und bin verflucht neugierig auf das Lied, das sie noch niemandem vorgespielt hat.

Die beiden Moderatoren fragen sie noch einiges, geben spöttische Kommentare über von Zuhörern geschickte SMS ab und einer tut so, als würde er Martinas Handynummer über den Sender bekannt geben. Und während sie noch reden, beginnt die Musik.

Als der Song verklingt, sind Mary und ich sprachlos. Sie starrt in ihre Cappuccinotasse und ich kann mich nicht bewegen, das Lächeln in meinem Gesicht ist wie festgefroren. Der Text des Songs könnte eine mögliche Erklärung für ihr merkwürdiges Verhalten der letzten Tage liefern. Und ich weiß wirklich nicht mehr, was ich davon halten soll.

»Mary, denkst du das, was ich denke?«

»Martina spinnt«, sagt sie. »Das kann nicht sein, dass ... Ach komm, so etwas würde sie dir doch nie antun.«

»Mary, überleg doch mal, sie ist nach San Francisco geflogen, obwohl dazu gar keine Notwendigkeit bestand. Wenn hier jemand hätte fliegen sollen, dann ja wohl ich. Dann kommt sie zurück und sagt mir, wenn ich mit Guido zusammen sein möchte, soll ich Luca freigeben, und außerdem verhält sie sich so unmöglich, wie ich es dir eben erzählt habe. Und jetzt dieses Lied.«

»Das kann nicht sein«, wiederholt Mary knapp.

»Entschuldige, und warum durften wir den Song nicht vorher hören, warum müssen wir den zufällig im Radio mitbekommen?«

»Was heißt das schon? Du weißt doch, wie Martina ist!«

»Ich habe auch geglaubt, zu wissen, wie Luca ist, aber anscheinend hab ich mich in beiden geirrt.«

Na toll, sage ich mir, das soll also die schönste Zeit meines Lebens sein? Diese einzigartigen Jahre, in denen ich nichts anderes im Kopf haben sollte, als mich zu amüsieren, und die niemals zurückkehren?

Jetzt habe ich nicht nur einen arbeitslosen Vater, einen Freund, der mich betrügt, sondern auch noch eine beste Freundin, die ... die vergessen hat, dass sie meine beste Freundin ist. Ich denke an die Geschichte, die mir Guido erzählt hat, und ich wundere mich, wie genau sie mit dem übereinstimmt, was mir gerade passiert. Daher frage ich mich, ob ich jetzt auch depressiv werde, ob ich zu essen aufhören und Luca für immer verlieren werde. Ich frage mich, ob ich einen neuen Freund finden werde und dann alles wieder von vorne beginnt. Vielleicht läuft es einfach so. Es ist wie ein Karussell. Man muss eine Karte lösen, und die gilt nur für begrenzte Zeit. Du steigst ein, hast deinen Spaß, und dann musst du wieder aussteigen. Und das Karussell wechseln.

In dem Moment geht die Tür der Bar auf und ein kalter Windzug erreicht unseren Tisch. Ich blicke auf und sehe, wie Guido lächelnd auf uns zukommt.

»Hallo, Alice. Wie geht es dir?«

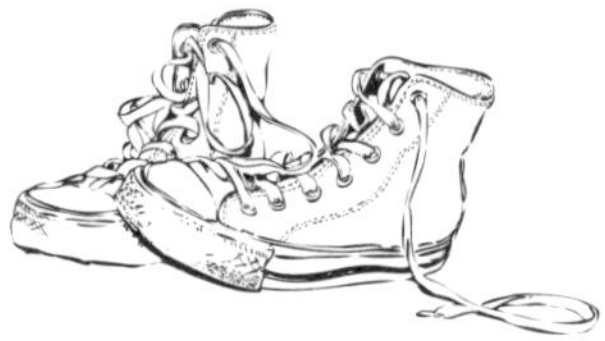

47 Luca

Und? Hat dir der Song gefallen? Heute wird er im Radio gespielt und alle werden ihn hören!

Martinas SMS erreicht mich, als ich gerade das Zimmer aufräume und versuche, alle Spuren zu beseitigen, die auf meine Geschichte mit Dalila hinweisen könnten. Natürlich gibt es da gar nichts zu beseitigen, das Einzige, was helfen könnte, wäre ein Einlauf für mein schlechtes Gewissen.

Der Song wird also im Radio gespielt. Na toll. Also wird ihn auch Alice hören, vielleicht hat sie das ja schon längst. Vielleicht kommt sie ja genau deswegen her. Aber natürlich, wie dumm von mir! Warum denn sonst?

Plötzlich wäre es mir lieber, ich hätte ihren Anruf nicht angenommen. Widerstrebende Gefühle toben in mir. Tatsache ist, dass ich einfach keinen Ausweg aus dieser Lage sehe.

Ich höre mir zum x-ten Mal den Song an und versuche mir einzureden, dass all diese schönen Sätze ihrem Freund Daniele gewidmet sind und nicht mir oder Alice oder sonst wem. Aber in meinem Kopf machen sich immer mehr Zweifel breit und ich stelle eine Vermutung nach der anderen auf.

Die einzig gute Nachricht in all dem Chaos ist, dass man mein Einschreibungsgesuch an der Berkeley University doch noch akzeptiert hat. Damit hätte ich eigentlich einen Grund zum Feiern. Ich weiß, dass man sich normalerweise freut, wenn man angenommen wird, aber angesichts der Umstände bin ich nur froh, dass ich es überhaupt geschafft habe, mein Gesuch anzubringen.

Eigentlich bin ich ja bloß deswegen hier.

Es ist fünf Uhr nachmittags. Als ich die Haustür zuziehen will, um ins Restaurant zu gehen, fällt mir auf, dass in Dalilas Wohnung Licht brennt. Wir haben uns nicht mehr gesehen, seit unsere Unterhaltung durch Alices Anruf unterbrochen wurde, und ehrlich gesagt weiß ich nicht, ob ich das Gespräch fortsetzen oder ihr »tschüs« einfach als endgültiges Lebewohl hinnehmen sollte. Alice kommt her, sage ich mir. Alles andere zählt nicht.

Aber als ich an ihrer Haustür vorbeikomme, denke ich, dass es im Grunde sinnlos ist, sich vor dem Gespräch zu drücken und wir das besser gleich klären sollten, da wir uns ja bestimmt, ob wir wollen oder nicht, jeden Tag bei der Arbeit begegnen werden.

Ich nutze die Gelegenheit, dass gerade jemand aus ihrem Haus kommt, halte die Tür auf, bevor sie ins Schloss fallen kann, und schlüpfe schnell hinein. Ich gehe hinauf und klingele an ihrer Wohnungstür. Ich warte ein paar Sekunden, doch niemand macht auf. Daher klingele ich noch einmal, aber es rührt sich wieder nichts.

Um jeden Zweifel auszuschalten versuche ich, die Tür zu öffnen. Ich dreh am Knopf und sie geht auf. Ich schließe die Tür gleich wieder, weil ich Dalila nicht erschrecken möchte, und klingele erneut. Nichts.

Daher versuche ich es mit Rufen.

»Dalila, bist du da? Ich bin's, Luca. Dalila?«

Keine Antwort. Dieses Mal gehe ich hinein.

Ein merkwürdiger Geruch liegt in der Wohnung, nicht der übliche von Räucherstäbchen oder Marihuana, es riecht irgendwie strenger, als wäre hier schon länger nicht mehr gelüftet worden. In dem Moment fällt mir wieder ein, dass ich ja noch ihren Beutel Marihuana in der Tasche habe. Ich nehme ihn und lege ihn auf den Wohnzimmertisch. Die Tüte muss wohl an einer Stelle geplatzt sein, denn es fallen ein paar Krümel auf den Boden. Ich hebe sie auf und stecke sie hastig zurück in die Tüte.

Ich versuche erneut, Dalila zu rufen, aber wieder rührt sich nichts. Ich gehe in ihr Schlafzimmer, aber da ist sie auch nicht. Jetzt kann sie bloß noch im Bad sein, oder, und das ist eigentlich am wahrscheinlichsten, sie hatte es eilig, als sie das Haus verlassen hat, und hat daher vergessen, das Licht auszumachen und die Wohnungstür abzuschließen.

Ich versuche, sie auf dem Handy anzurufen. Ich wähle ihre Nummer und warte. Ihr Handy klingelt, aber hier im Wohnzimmer. Kurz darauf halte ich ihr Mobiltelefon in der Hand. Es war auf dem kleinen Tisch vor dem Sofa. Kann sie das auch vergessen haben?

Meine Befürchtungen verwandeln sich jetzt in eine ganz präzise Angst. Es ist etwas passiert, sage ich mir, während ich Richtung Bad renne.

Ich öffne die Tür, und da ist sie, sie liegt in der Badewanne, ihr Kopf ist zur Seite gesackt und sie ist bewusstlos.

Ein merkwürdiges Kribbeln steigt mir einen Arm entlang hoch zum Kopf, während Panik jede Faser meines Körpers erfasst.

48 Alice

»Also, es ist ja wohl sonnenklar, dass er dich ins Bett kriegen will«, sagt Guido überzeugt.

»Quatsch, meinst du wirklich?«

»Aber sicher, Alice, hör auf mich, das ist so.«

Mein Flugzeug geht in zwei Stunden und Guido hat mich zum Flughafen begleitet. Ich habe ihm erzählt, dass ich nach San Francisco fliege und zu wem. Daraufhin hat er gesagt, dass das bestimmt gut für mich ist, und dann hat er noch vorgeschlagen, mich zum Flughafen zu bringen, was mir ehrlich gesagt etwas übertrieben vorkam.

Martina habe ich nicht mehr gesehen. Ich habe nicht mehr mit ihr gesprochen, seit ihr Song herausgekommen ist. Und vielleicht bekräftigt das noch meinen Verdacht. Warum hat sie mich nicht angerufen? Warum hat sie mir nicht gesagt: »Alice, weißt du, mein Song ist jetzt erschienen, gefällt er dir?« Okay, das würde nicht zu Martina passen, aber auf jeden Fall muss ich ständig darüber nachdenken, dass mir irgendetwas entgeht. Ob Luca ihr Lied schon gehört hat? Was ist zwischen ihnen in San Francisco vorgefallen?

Fast komme ich mir dumm vor, weil ich hinfliege, nur um etwas herauszufinden, das ich eigentlich schon weiß: nämlich dass unsere Beziehung zu Ende ist. Luca ist nicht mehr mein Freund. Aber zumindest möchte ich wissen, ob Martina immer noch meine beste Freundin ist.

»Ein Journalist, der dich zu sich nach Hause einlädt, um über einen Zeitungsartikel zu reden«, fährt Guido fort, »will garantiert nur das eine.«

»Er hat mich nicht zu sich nach Hause eingeladen, wir wollten uns erst in der Redaktion treffen, aber ...«

»Aber?«

»Okay, ja und? Ich gehe schon nicht mit ihm ins Bett.«

»Dann wird er deinen schönen Artikel über die Jugendlichen auch nicht veröffentlichen. Hast du ihm den schon geschickt?«

»Ja, er hat gesagt, er würde ihn lesen, und sobald ich aus San Francisco zurück bin, würden wir darüber reden.«

»Bei ihm zu Hause«, meint Guido wieder. »Schön, wenn du bei ihm also einfach das Wort ›reden‹ durch ›Sex haben‹ ersetzt, dann weißt du, was er eigentlich meint.«

»Meinst du nicht, ihm könnte einfach nur gefallen, was ich geschrieben habe?«

»Natürlich gefällt ihm das. Aber darum geht es doch hier nicht! Du kannst dich einfach nicht in einen Mann hineinversetzen. Da ist bei jedem Gedanken Sex im Spiel. Was ja an und für sich nichts Schlimmes ist, solange man ihn nicht als Druckmittel zur Erpressung einsetzt.«

Guidos Worte stimmen mich nachdenklich. Ich bin ja nicht völlig naiv und habe natürlich schon von solchen Dingen gehört, aber ich hatte immer gedacht, wenn ich mal in so eine Lage käme, würde die Situation wesentlich unmissverständlicher sein. Also, in etwa so: Ein alter Fettsack lässt in seinem Büro vor mir die Hosen runter, und ich kapiere natürlich sofort, was da läuft. Giovanni ist aber noch ziemlich jung, sieht ganz gut aus und kommt mir gar nicht schmierig vor.

»Also schön, Alice, hat er dich mit Komplimenten überschüttet?«, fragt mich Guido, der auf seiner Theorie beharrt.

»Ja, schon«, gebe ich zu.

»Hat er dir gesagt, dass du ziemlich begabt bist und etwas ganz Besonderes?«

Ich überlege kurz. »Ja, mehr oder weniger.«

»Hat er dir gesagt, dass du viel mehr erreichen könntest?«

»Ja, also, dass ich für eine richtige Zeitung schreiben sollte.«

»Und er hat dich zu sich nach Hause eingeladen.«

»Zwei Mal. Oh Mist, du hast recht.«

»Ich hab es dir gesagt.«

Der Zug hält im Flughafen. Guido nimmt meinen Koffer und wir steigen aus. Ich bin etwas geknickt, wie ein Kind, dem man den Lutscher weggenommen hat.

Guido bietet mir an, mich noch zum Einchecken zu begleiten. Auf dem Weg dahin schweigen wir beide. Zu viele Gedanken schwirren mir im Kopf herum, und vor allem sage ich mir immer wieder, dass ich Luca bald wiedersehen werde. Es gibt so viel, was wir klären müssen, zu viel. Allerdings ist mein Kopf im Moment gespalten: Einerseits sind da Luca und das ganze Chaos inklusive Martina, andererseits etwas, das ich noch nicht so genau benennen kann. Die Schülerzeitung, der Artikel, die Arbeit im Restaurant. Alles Dinge, die allein mich betreffen und die von den aktuellen Problemen nicht berührt werden. Als wäre mein Leben eine Stadt, in der einige Häuser aus Stein und andere aus Holz gebaut sind. Wenn ein Tornado kommt, werden die Holzhäuser sofort hinweggefegt, auch wenn man sie hinterher wieder aufbauen kann, während die aus Ziegelsteinen etwas länger standhalten.

Jetzt muss ich nur noch herausfinden, ob das, was da gerade auf mein Leben einstürmt, ein ausgewachsener Tornado ist oder bloß ein heftiges Gewitter.

»Ciao, Guido«, sage ich zu ihm, als ich schließlich in der Schlange vor der Sicherheitskontrolle stehe.

»Ciao«, meint er leise und sieht mir in die Augen.

Ich küsse ihn leicht auf den Mund und weiche sofort wieder zurück.

»Danke«, sagt er lächelnd. »Ich werde ihn bis zu deiner Rückkehr hüten.«

49 Luca

In dem Videospiel mit der Maus stirbt man irgendwann. Da geht es dann einfach nicht weiter zum nächsten Level, es gibt keine noch vertrackteren Labyrinthe mehr oder noch schwierigere Aufgaben zu bewältigen. In dem Videospiel mit der Maus ist man irgendwann tot, und das war's.

Ich frage mich, wie Dalila so etwas tun konnte ... Wie kann man sich einfach vergessen, sich selbst, das eigene Leben, die Menschen, die einem nahestehen, und mal eben beschließen, sich umzubringen?

Das geht mir unentwegt durch den Kopf, während ich in der Notaufnahme warte. Ich denke an den Moment zurück, als ich Licht in ihrer Wohnung gesehen habe. Was wäre passiert, wenn ich in diesem Augenblick zum Beispiel in eine Pfütze getreten wäre und es gar nicht bemerkt hätte? Ich denke an unsere erste Begegnung: Was wäre passiert, wenn ich nicht auf diese Schreie geachtet hätte und einfach weitergegangen wäre? Ich hätte Dalila nie kennengelernt, stimmt, aber dann wären auch andere Dinge nie geschehen, und vielleicht säße ich jetzt mit Alice zusammen in einem Café in der Market Street und würde ihr erzählen, wie mein Englischkurs läuft. Ich denke an jenen Morgen zurück, als mich der Schlagzeugwirbel geweckt hat, an die Tüte mit Marihuana, die ich unter dem Bett gefunden habe. Was wäre passiert, wenn ich nicht runtergegangen wäre, um sie ihr zurückzubringen?

Ich versuche, den Kopf zu heben, aber es kommt mir so vor, als hinge ein schwerer Felsbrocken an meinem Hals. Um mich herum sind etwa zwanzig andere Unglückliche. Jugendliche,

Männer, Frauen, Kinder, die auf ihre Angehörigen warten oder darauf, dass sie an die Reihe kommen.

Plötzlich öffnet sich eine Tür und ein Arzt kommt heraus. Er schaut sich im Wartesaal um, und sofort ist eine aufgeregte Frau bei ihm, die ihn mit Fragen überschüttet. Eine Krankenschwester nimmt die Frau am Arm und führt sie wieder zu einem Stuhl zurück, während der Mann sich weiter suchend umsieht.

Im Flur tauchen zwei Polizisten in Uniform auf. Der Arzt geht ihnen entgegen und sie unterhalten sich kurz. Dann zeigt der Arzt auf mich und die drei kommen auf mich zu.

Der Polizist stellt mir eine Frage und schaut mir dabei drohend in die Augen. Ich kann nicht verstehen, was er mich gefragt hat, zum einen wegen seines Akzents, zum anderen aber auch, weil die Gedanken in meinem Kopf alles übertönen.

»Hast du das Mädchen gefunden?«, fragt er mich noch einmal, jetzt spricht er langsam und betont jedes Wort einzeln.

»Ja«, antworte ich.

»Bist du ein Freund von ihr?«

»Ja, so was in der Art.«

»Also bist du ihr Freund?«

»Nein, nur ein Freund.«

»Was hattest du in ihrer Wohnung zu suchen?«

»Ich war auf dem Weg zur Arbeit, da habe ich dort Licht brennen gesehen, aber ... Entschuldigung, wie geht es ihr?«

Der Arzt sagt kein Wort, sondern nickt nicht gerade zuversichtlich.

»Geht es ihr gut?«

»Junger Mann, beantworte die Fragen – als du in ihre Wohnung gekommen bist, war sie da wach?«

»Nein, sie lag bewusstlos in der Badewanne.«

»Wie bist du überhaupt in ihre Wohnung gekommen? Hattest du die Schlüssel?«

»Nein, ich hatte keine Schlüssel, die Tür war unverschlossen, ich habe mir Sorgen gemacht und bin hineingegangen.«

»Hast du sofort den Krankenwagen gerufen?«

»Selbstverständlich habe ich sofort angerufen!«

Hier unterbricht mich der Arzt und erklärt den beiden Polizisten, dass ich zwar bei der Frau war, als der Krankenwagen eintraf, sie aber nicht mehr in der Badewanne lag.

Der Polizist macht ihm ein Zeichen zu schweigen. Ich soll antworten.

»Wir arbeiten zusammen, also ich und Dalila, die junge Frau«, sage ich. »Wenn sie sich erholt hat, kann sie euch alles bestätigen, wir hatten uns gestritten und da bin ich hin, um noch einmal mit ihr zu reden, und deswegen habe ich sie gefunden.«

»Okay, okay«, sagt der Polizist und nickt.

Jetzt legt der Kollege des Polizisten, der mir die ganzen Fragen stellt, ihm eine Hand auf die Brust und sagt ihm, er solle kurz warten. Dann hebt er ein wenig den Kopf und saugt die Luft ein, als hätte er etwas gerochen. Der Kollege sieht ihn fragend an.

»Was ist?«, fragt er ihn.

Der Polizist antwortet nicht, sondern starrt mich an.

»Hast du was geraucht?«, fragt er mich.

»Nein, nein, ich rauche nicht.«

Der Mann betrachtet mich misstrauisch. Er mustert mich von Kopf bis Fuß und dann bleibt sein Blick an meiner Jacke hängen, auf Höhe der Innentasche.

»Was hast du da drin?«

Ich bin verwirrt und antworte nicht sofort. Daher streckt er eine Hand aus und öffnet langsam den Reißverschluss meiner Jacke.

In dem Moment kommt eine Krankenschwester und flüstert dem Arzt etwas zu. Er lächelt, sieht die Polizisten an und sagt ihnen leise etwas wegen der »Frau«.

»Wie bitte? Geht es Dalila gut?«, frage ich. »Ich muss mit ihr reden! Lasst mich mit ihr reden, nur eine Minute!«

Ohne zu bemerken, was ich da tue, wende ich mich der Tür zu, aus der die Krankenschwester gekommen ist. Ich habe nicht die Absicht, die beiden Polizisten zu übergehen, aber meine instinktive Bewegung wird missverstanden. Einer der beiden packt mich heftig am Arm und hält mich fest. Er fährt mit einer Hand in meine Jackeninnentasche und holt ein paar Krümel Marihuana heraus.

»Du gehst nirgendwohin!«, sagt er knapp.

»Nein, okay, okay, ich will ja bloß wissen, wie es Dalila geht.«

»Hast du nicht gerade gesagt, dass du nicht rauchst?«, fragt der andere Polizist provozierend.

»Ich rauche nicht!«, wiederhole ich, aber gleichzeitig fühle ich mich ertappt. »Das Zeug gehört mir nicht.«

»Schön, und wem gehört es dann?«

»Es gehört ... äh ... nicht mir.«

»Was hast du mit der Frau gemacht? Ihr habt zusammen gekifft, stimmt's?«

Mir fällt nichts mehr ein. Nun zieht der Polizist die Handschellen aus der Tasche und ich denke, dass das doch alles nicht wahr sein kann. Aber es ist wahr. Die Handschellen schließen sich um meine Handgelenke, während ich durch die halb geöffnete Tür Dalilas Gesicht zu erkennen meine.

Mit auf den Rücken gefesselten Händen werde ich den Krankenhausflur entlanggeführt, über den ich vor wenigen Stunden schon in die andere Richtung neben Dalilas Trage hergelaufen bin.

Als ich in den Streifenwagen steige, schießt mir noch ein Gedanke durch den Kopf: In knapp zwölf Stunden landet Alice in San Francisco!

50 Alice

Er ist nicht da. Das glaub ich jetzt nicht. Das Flugzeug ist vor etwas über einer Stunde gelandet und Luca lässt sich nicht blicken. Ich habe hundert Mal versucht, ihn anzurufen, aber sein Handy ist ausgeschaltet.

Es ist sechs Uhr abends, ich stehe allein in San Francisco und weiß nicht, wo ich schlafen soll. Ich habe nichts als einen Zettel mit Lucas Adresse.

Ich schaue mich um. Der Flughafen kommt mir riesig vor. Der Lärm von all den Leuten, die miteinander reden, sich verabschieden, weinen oder glücklich lachen, die Lautsprecheransagen, das alles verschmilzt in meinem Kopf zu einem einzigen Klangbrei, in dem ich keine einzelnen Worte unterscheiden kann.

Ich bin mutterseelenallein in Amerika. Meine Eltern haben keine Ahnung, dass ich hier bin, und der Mensch, bei dem ich übernachten soll (der rein zufällig auch mein Freund oder Exfreund ist), hat mich nicht abgeholt. Plötzlich wird mir klar, auf was für einen Wahnsinn ich mich eingelassen habe. Ich würde am liebsten in das nächste Flugzeug springen und nach Hause fliegen und Luca aus meinem Gedächtnis löschen, mit allem, was dazugehört. Das würde ich jetzt gern, aber es geht nicht.

Mein Herz klopft immer heftiger. Ich atme tief durch, jetzt keine Panik. Ein Typ rempelt mich mit seinem Koffer an, ich fahre ruckartig herum, er sagt etwas zu mir, das ich nicht verstehe, und verschwindet.

Ich kriege gleich die Krise.

Okay, sage ich mir, jetzt muss ich Vernunft bewahren. Ich

habe mich in diesen Schlamassel gebracht, also hol ich mich da auch wieder raus.

Zunächst werde ich es bei ihm zu Hause versuchen. Wenn ich ihn dort auch nicht antreffe, suche ich mir eben eine Übernachtungsmöglichkeit. Geld habe ich ja, obwohl ich eigentlich nicht vorhatte, alles auszugeben, was ich im Restaurant verdient habe.

Ich verlasse den Flughafen und frage das erste junge Paar, das mir über den Weg läuft, wie ich ins Zentrum komme. Sie merken, dass ich nicht gut Englisch spreche, aber vor allem erkennen sie (all meinen Bemühungen zum Trotz), dass ich ziemlich aufgelöst bin, und bringen mich bis zu einer Bushaltestelle. Nach zwanzig Minuten auf einer Art Autobahn nimmt der Bus die Ausfahrt und taucht in die Stadt ein.

San Francisco zieht draußen vor dem Fenster vorbei, aber ich kann es nicht genießen wie unter anderen Umständen. Im Moment sehe ich nur Häuser, Obdachlose, Autos und Straßenbahnen. Nicht mehr und nicht weniger.

Ich steige an einer breiten vierspurigen Straße aus, an der es lauter hohe Häuser und Designershops gibt.

Von dort nehme ich einen anderen Bus, und mit Hilfe des Fahrers schaffe ich es sogar, an der richtigen Haltestelle auszusteigen. Dann muss ich noch zehn Minuten eine steile Straße aufwärtslaufen, bis ich vor Lucas Haus stehe.

Es ist ein bescheidenes dreistöckiges Wohnhaus, das zugegebenermaßen überhaupt nicht meinen ursprünglichen Vorstellungen entspricht. Also denen von dem Loft mit den roten freiliegenden Ziegelsteinmauern und der Fensterfront mit Panoramablick.

Am Klingelbrett stehen natürlich keine Namen. Daher bleibt mir nichts anderes übrig, als zu warten, dass jemand zur Haustür hineingeht oder herauskommt. Ersteres ist nach gut zehn Minuten der Fall. Drei Mädchen, die ziemlich fertig aussehen, kommen an mir vorbei. Sie sind ungefähr in meinem Alter und tragen alle drei auffällige bunte Strumpfhosen und zerrissene

T-Shirts. Ich tue so, als wäre ich gerade gekommen und folge ihnen ins Haus. Dann krame ich in meiner Handtasche, als würde ich etwas suchen, und lasse sie vorbei. Sie beachten meine Vorstellung gar nicht und gehen die Treppen hoch.

Das Haus hat nur drei Stockwerke und pro Etage ein oder zwei Türen. Und ich erinnere mich, dass es weder das Erdgeschoss noch der erste Stock sein kann, weil Luca mir den Blick aus dem Fenster gezeigt hat.

Deshalb gehe ich sofort hoch in den zweiten Stock und versuche mein Glück dort.

Wenige Sekunden später öffnet mir eines der mitgenommen wirkenden Mädchen von vorhin.

»Was willst du?«, fragt sie mich.

»Entschuldige, hier bin ich wohl falsch. Ich suche ...«

»Suchst du Dalila?«, fragt sie mich, warum, weiß ich nicht.

Ich zögere etwas, ehe ich antworte, und versuche, mir einen sinnvollen Satz auszudenken.

»Bist du eine Freundin von Dalila?«, fragt sie weiter. Dalila, das ist doch der Name dieses Mädchens. Das darf doch wohl nicht wahr sein. Ich komme hierher, um Luca zu sehen, und treffe prompt die Freundinnen von der Schlampe, mit der er schläft.

»Ja«, antworte ich selbstsicher, obwohl ich fürchte, dass meine Stimme dabei zittrig klingt. »Ist sie da?«

»Nein, ich hab keine Ahnung, wo sie ist, das wollte ich dich gerade fragen. Bist du mit ihr verabredet?«

»Nein, eigentlich nicht ... Das sollte ... eine Art Überraschung sein.«

Wir bleiben in der Tür stehen und sehen einander an. Beziehungsweise ich bleibe wie angewurzelt stehen, weil ich keine Ahnung habe, was ich jetzt machen soll.

Tausend Gedanken schießen mir durch den Kopf, und einen Moment lang fürchte ich, dass er platzt. Luca lässt sich nicht blicken, Dalilas Freundinnen wissen auch nicht, wo sie steckt. Angesichts dieser Tatsachen muss ich mich geschlagen geben.

»Hey, alles in Ordnung mit dir?«, fragt mich das Mädchen.

»Ja, ja, ich bin okay.«

Kurz darauf bin ich wieder unterwegs. Ich weiß nicht, was ich tun soll, ich weiß gar nichts mehr. Ich laufe auf gut Glück und ohne festes Ziel eine Straße entlang, schaue mich um, und dieses Mal sehe ich die Häuser und Menschen aus der Nähe. Hier wimmelt es von jungen Alternativen, streckenweise kommt man sich vor wie in einem Jugendtreff oder mitten in einer Demo. Erst betteln mich zwei Jungs an, dann fragt mich ein alter Mann nach einer Zigarette. Ich nehme allmählich eine angespannte Atmosphäre wahr und beschleunige daher meinen Schritt. So langsam wird es dunkel, und dichter Nebel hat sich über die Stadt gelegt wie ein graues Laken.

Ich muss zurück ins Stadtzentrum, sage ich mir. Mir dort ein Hotel suchen. Und so meine ganzen mageren Verdienste aus dem Restaurant verpulvern.

Plötzlich komme ich mir vor wie die letzte Idiotin, dass ich all mein Geld, alles, was ich mühsam im Restaurant verdient habe, ausgegeben habe, um herzukommen und die Situation mit meinem Freund zu »klären«, der sich dann nicht einmal blicken lässt.

Heiße Tränen rinnen mir die Wangen hinab, aber ich versuche, wenigstens nicht die Fassung zu verlieren, dem jetzt nicht nachzugeben, nicht hier. Ich schließe die Augen und denke über die Ereignisse der letzten Wochen nach, an das ständige Hin und Her, all die Worte, die jeden Tag gefüllt haben. In meinem Kopf wirbeln Gedankenfetzen aus der letzten Zeit wild durcheinander: Luca, wo bist du, die Schule geht vor, Martina, was bedeutet dieser Song, Martina, was ist in San Francisco passiert, Mary, meinst du, ich soll morgen zur Schule gehen, was soll das mit der Zeitung, du hast mich nicht zitiert, warum steht nirgendwo mein Name, ich möchte dir einen Vorschlag machen, schreib doch einen Artikel über Jugendliche, die Fabrik ist und bleibt besetzt, Mama, was machst du denn, willst du dich etwa betrinken, Alice, ich mag dich, Guido, ich mag Komplimente, was bedeutet *desiderare* …

»Schluss jetzt!«

Der Schrei kommt aus meinem Mund, ohne dass ich ihn zurückhalten kann. Ich öffne die Augen. Die Stadt verschwimmt unscharf hinter einem Tränenschleier. In meinem Kopf wirbelt immer noch alles wild durcheinander und ich habe Angst, dass ich jeden Moment umkippe. Zwei Mädchen gehen lächelnd an mir vorbei. Ein Mann betrachtet mich ernst, doch er bleibt nicht stehen. Plötzlich steht eine kleine, magere ältere Frau vor mir, die ihre langen weißen Haare zu zwei dicken Zöpfen geflochten hat. Sie schaut mich wortlos an, dann streicht sie mir sanft über die Wange. Diese Geste reicht aus, um mir wieder etwas klaren Verstand zu schenken. Ich verziehe meine Lippen zu einem kleinen Lächeln, das sie prompt erwidert, und dann tut sie so, als würde sie aus einer Tasse trinken, während sie gleichzeitig mit dem Kopf in Richtung des Gebäudes hinter ihr zeigt.

Ich schaue auf.

Es ist ein alter viktorianischer Prachtbau ganz in Rot, mit drei großen Glasfenstern im Erdgeschoss, über dem ein altes Metallschild hängt: THE RED VICTORIAN.

51 Luca

Ich bin in der Schule. Alice ist auch da. Herr Partis sagt gerade, dass sie gut daran getan hat, mich zu verlassen, weil unsere Wege sich getrennt haben. Dann kommt Alice zu mir und sagt, dass sie ein Flugzeug nehmen und Martina besuchen wird, mit der sie jetzt zusammen ist. Ich frage sie: »Wie kann das sein?« Aber in diesem Moment beginnt der Partis, die Namen aufzurufen.

»Luca Ciardi! Luca Ciardi!«

Ich öffne die Augen. Anscheinend bin ich kurz eingenickt. Vor mir, auf der anderen Seite der Gitterstäbe, steht ein Polizist und sieht mich gereizt an.

Eine Hand berührt meinen Arm. Instinktiv schüttele ich sie ab und drehe mich ruckartig um. Da steht ein Mann um die vierzig mit rasiertem Schädel, sein Blick wirkt genauso mutlos wie meiner.

»Heißt du Luca?«, fragt er mich. Ich nicke.

»Dann wirst du gerade aufgerufen«, sagt er mir, bevor er geht und sich ein paar Meter entfernt auf eine Bank setzt.

Der Polizist bedeutet mir, ich solle ihm folgen, und während ich durch die Gitterstäbe der Zelle seine Uniform betrachte, frage ich mich, ob das möglicherweise nur ein schrecklicher Albtraum sein könnte. Ein besonders realistischer Albtraum voller plastischer Details, aber eben nur ein Albtraum. Das ist jetzt wirklich das Ende, denke ich. Ich werde verurteilt und lande tatsächlich im Gefängnis. Man wird meine Mutter benachrichtigen, die daraufhin in Tränen ausbrechen wird. Mein Vater wird das erste Flugzeug nehmen und mir durch die Glasscheibe im Sprechzimmer für die Gefangenen erklären, dass ich der letzte Idiot bin. Wie bin ich nur in diese Situation geraten? Ich habe Angst, eine beschissene Angst, wie noch nie in meinem Leben. Angst, dass ich mich diesmal wirklich verrannt habe. Dass ich von meinem Weg abgekommen bin und ihn nicht mehr wiederfinden werde. Wen interessiert schon die Zukunft, denke ich, mir ist völlig egal, was ich tun werde, was ich studieren werde, mit wem ich ins Bett gehen und Kinder kriegen werde. Auf einmal erscheint mir das alles so bedeutungslos. Nicht davon wird mein Lebensweg bestimmt, sondern von anderen, wichtigeren Dingen, unter anderem davon, dass ich nicht in Amerika im Gefängnis lande.

»Los, beweg dich«, knurrt der Polizeibeamte barsch und macht mir ein Zeichen mit dem Kopf, ihm zu folgen.

Wir durchqueren einen langen Flur, an dem zu beiden Seiten weitere Zellen liegen, bis wir an eine gepanzerte Tür gelangen, hinter der die Büros sind. Einen Augenblick denke ich, dass jemand gekommen ist, um mich abzuholen, der die Kaution bezahlen und damit diesen Albtraum beenden wird. Stattdessen setzt mich der Polizeibeamte vor einer fetten Sekretärin mit roten Locken und Brille ab, die mir sagt, ich könnte jetzt jemanden anrufen. »Aber nur ein Anruf«, sagt sie und hebt zur Betonung ihrer Aussage den Zeigefinger.

Als sie »Anruf« sagt, fällt die Betäubung plötzlich von mir ab. Ich muss Alice anrufen, und zwar sofort! Wer weiß, wo sie jetzt ist. Wo hat sie bloß die Nacht verbracht? Sie ist tough. Ganz bestimmt hat sie ein Hotel gefunden und nicht irgendwo draußen übernachtet. Und wenn ihr doch was passiert ist? Ich weiß ja, was sie momentan von mir denkt und dass unsere Beziehung vielleicht für immer vorbei ist, aber jetzt interessiert mich nur eins, und zwar, ob es ihr gut geht.

Ich wähle ihre Handynummer.

Es klingelt. Ein Mal, zwei, drei Mal. Ich warte bis zum zehnten Klingeln.

»Hallo?«, sagt jemand. Das ist sie. Sie lebt. Es geht ihr gut.

»Alice, ich bin's, Luca, du ahnst nicht, was mir passiert ist, aber sag mir erst einmal, geht es dir gut, geht es dir wirklich gut?«

»Luca, wo bist du? Ich fass es ja nicht, gestern Abend bin ich am Flughafen angekommen, allein, habe die Nacht in einem Hotel verbracht, war sogar bei dir zu Hause und habe die Freundinnen von deiner Dalila kennengelernt, ich, ich ...«

»Was? Du hast Dalilas Freundinnen kennengelernt? Wann? Und warum?«

»Das interessiert dich jetzt? Ich möchte endlich wissen, wo du steckst, verdammt!«

»Alice, das kann ich dir jetzt nicht erklären, das ist viel zu kompliziert, sag mir, wie dein Hotel heißt, dann sehe ich zu, dass ich es hier rausschaffe und komme zu dir.«

»Das Hotel heißt Red Victorian, aber von wo rufst du überhaupt an?«

»Sag mir nur, ob du okay bist, hast du genug Geld?«

»Luca, ich werd jetzt richtig sauer. Es geht mir ausgezeichnet, aber ich bin stinksauer. Beantworte mir wenigstens diese Frage: Bist du mit Dalila zusammen?«

»Was weißt du über Dalila? Geht es ihr gut? Hast du sie gesehen?«

Plötzlich ist das Gespräch unterbrochen. Ich fürchte, Alice hat aufgelegt.

Aber es geht ihr gut. Und Dalila wohl auch, sonst hätten ihre Freundinnen sicher etwas gesagt. Ich spüre, wie plötzlich ein Lächeln meine Lippen kräuselt, bevor mir wieder einfällt, wo ich bin. Die fette Sekretärin mit der Brille sieht mich mit einem fragenden Lächeln an.

»Und jetzt?«

»Nichts«, antworte ich.

»Dann bleibst du hier«, meint der Polizeibeamte.

»Nein, Augenblick, kann ich noch einen Anruf machen? Bitte, nur einen.«

»He Junge, du hast vielleicht noch nicht begriffen, wo du

hier bist«, fügt der Beamte hinzu. »Wenn man dir sagt, ein Anruf, dann heißt das auch ein Anruf.«

»Hast du jemanden benachrichtigt?«, fragt die Frau. »Gibt es jemanden, der die Kaution für dich stellen kann?«

»Die Kaution? Ich weiß nicht ...«, stammele ich und bringe nichts mehr heraus. Mir kommt es vor, als sei ich in einer Sache gelandet, die eine Nummer zu groß für mich ist. Polizeibeamte, Gefängnisse, Kautionen, das ist nicht meine Welt und ich weiß nicht, wie man damit umgehen muss.

Während ich in meine Zelle zurückgebracht werde, fällt mir ein, dass ich zu Hause hätte anrufen können. Aber das geht nicht, ich kann meinen Eltern diese Geschichte nicht erzählen. Ich muss eine Möglichkeit finden, allein damit fertig zu werden.

Der Beamte schließt die Zellentür. Mit wiedererwachendem Selbstvertrauen sehe ich mich um, obwohl die Leute, die diese wenigen Quadratmeter mit mir teilen, alles andere als vertrauenerweckend auf mich wirken. Mit Ausnahme des Mannes, der mich geweckt hat, als der Polizist mich aufgerufen hat. Ich sehe ihn in einer Ecke sitzen, die Beine an die Brust gezogen und den Kopf zwischen den Knien vergraben, eine Stellung, die nicht gerade zu einem vierzigjährigen Mann passt. Ich gehe zu ihm, um mit ihm zu reden, und da höre ich leise Schluchzer. Er weint.

»He, alles okay mit dir?«, frage ich und lege ihm eine Hand auf die Schulter. Er weicht ruckartig zurück, was mich daran erinnert, wie ich vorhin auf ihn reagiert habe.

Der Mann hebt den Kopf, sieht mich an, und auf einmal fühle ich eine unerklärliche Verbundenheit mit diesem Fremden. Vielleicht kann er mir helfen. Vielleicht kann er mir sagen, wie man hier rauskommt. Wie das hier in Amerika funktioniert. Wie ...

»Was tun wir eigentlich hier?«, fragt er mich.

52 Alice

Ein Maunzen weckt mich und einen Moment lang weiß ich nicht, wo ich bin.

Ich schalte die Lampe ein und sehe auf der gegenüberliegenden, rosafarbenen Wand des Zimmers eine Schrift: PINK ROOM. Die Wände sind alle rosa gestrichen, das Himmelbett ist rosa, der Boden ist rosa. Die restlichen Möbel sind zwar weiß, aber es sieht aus, als wären sie auch rosa. Von einem weiß angemalten Baumstumpf am Fenster sieht mich ein kleines graues Kätzchen neugierig an.

Sein Maunzen klingt ein wenig wie »Guten Morgen«. Und fast hätte ich mit einem »Miau« zurückgegrüßt.

Ich fühle mich benommen, ich bin müde und gleichzeitig hungrig, möchte schlafen, aber auch aufstehen. Es ist acht Uhr morgens, aber die Uhr in meinem Kopf geht offensichtlich falsch. Das muss dieser berühmte Jetlag sein, von dem alle reden ...

Als Erstes nehme ich mein Handy. Keine Anrufe.

Ich versuche es bei Luca. Sein Handy ist aus. Jetzt fange ich doch noch an, mir Sorgen zu machen. Hoffentlich ist ihm nichts zugestoßen. Dabei habe ich überhaupt keine Lust, mich zu sorgen. Ich möchte einfach bloß wütend auf ihn sein. Das Gefühl von Frieden, das mich beim Aufwachen an diesem Ort überkommen hat, droht innerhalb kürzester Zeit zu verfliegen.

Aber als mich gerade wieder der Mut verlassen will, bemerke ich eine Schrift über dem Kopfende des Bettes: MACH DAS, WAS DU KANNST, MIT DEM, WAS DU HAST, WO IMMER DU BIST.

Oh Gott, denke ich, ich muss wirklich in einer Art Freakkommune gelandet sein.

Im gleichen Augenblick klingelt mein Handy.

Ich gehe dran.

Er.

Durch das folgende Gespräch erfahre ich zumindest so viel, dass ich nun nicht mehr besorgt, sondern nur noch wütend bin.

Luca lebt und es geht ihm gut.

Und das ist leider schon alles. Jetzt weiß ich wirklich nicht, was ich tun soll. Soll ich Dalila suchen oder darauf warten, dass Luca herkommt? Oder soll ich mein Abflugticket auf einen früheren Zeitpunkt umbuchen und sofort nach Hause zurückkehren?

Mach das, was du kannst, mit dem, was du hast, wo immer du bist.

Ich lese die Schrift auf der Wand noch einmal und beschließe, dass dies für den Augenblick meine Antwort sein soll.

Dann stehe ich auf und gehe ins Bad, welches, ich brauche es wohl kaum zu erwähnen, ebenfalls ganz in Rosa gehalten ist. Eine Duschkabine mit Mattglasscheiben, sodass man nicht hineinsehen kann. Sobald ich das warme Wasser anstelle, geht die Musik los. Ich bin ein wenig verblüfft. Deshalb schließe ich den Wasserhahn wieder, und tatsächlich, auch die Musik verstummt.

Okay, ich habe mich also nicht getäuscht.

Ich öffne den Hahn wieder, und während ich mir das warme Wasser den Rücken herunterlaufen lasse, lausche ich einem Song, der mir bekannt vorkommt. Tatsächlich, kurz darauf erkenne ich den Refrain wieder: *Please, Please, Please, Let Me Get What I Want …*

Das ist der Song, den Martina im Studio aufgenommen hat.

Den Gedanken an meine beste Freundin hatte ich vollständig verdrängt, aber plötzlich drängelt er sich mit Macht nach vorn, vorbei an der langen Schlange der anderen Probleme.

Aber hier und jetzt kann ich nichts tun. Im Geiste wiederhole ich mein neues Motto: Mach das, was du kannst, mit dem, was du hast, wo immer du bist. Und ich beschließe, auch das Problem Martina für den Augenblick beiseitezulegen.

Ich gehe ins Erdgeschoss. Dort ist eine Art altenglisches Café mit großen Sofas, niedrigen Tischchen – und vier Computern.

Ich bestelle einen Kaffee und sage, dass ich ins Internet gehen möchte.

Dann gehe ich gleich auf meine Facebookseite. Mary ist online.

»*Mary!*«, tippe ich in das Chatfenster ein. Sie antwortet gleich darauf.

»*Süüüüüüüüüüüüüße!*«

Gott sei Dank! Mach das, was du kannst, mit dem, was du hast, wo immer du bist ... Und wenn es geht, rede sobald wie möglich mit Mary über alles.

»*Was machst du denn am Computer? Was ist mit Luca?*«

»*Möchtest du mal kurz lachen? Oder nein, möchtest du mal eben weinen?*«

»*Nein, was ist denn passiert?*«

»*Er hat mich nicht vom Flughafen abgeholt. Er war einfach verschwunden. Also bin ich zu seiner Wohnung gefahren. Dort habe ich mit ein paar Mädchen gesprochen, Freundinnen von der, die ich nackt in seinem Zimmer gesehen habe. Danach bin ich ziellos durch die Stadt gelaufen, bis mich eine freakige Alte auf der Straße aufgegabelt und mich in eine Art Pension für Blumenkinder gebracht hat. Ich habe in einem Zimmer geschlafen, das ›Pink room‹ heißt, und wurde von einer Katze geweckt. Ach ja, und wenn man hier den Wasserhahn in der Dusche aufdreht, spielt Musik.*«

Mary braucht etwas länger für ihre Antwort. Ich nehme an, es hat ihr die Sprache verschlagen.

»*›Pink room‹?! Ali, ist das etwa ein Bordell?*«

»*Aber nein, Mary! So ein Quatsch! Hier ist nur alles ein wenig hippiemäßig ...*«

Ich wiederhole ihr das komplette Gespräch mit Luca, und sie beschränkt sich darauf, mit Frage- und Ausrufezeichen zu antworten, da es noch keine Smileys gibt, die zeigen, dass man total geplättet ist.

»Ali, ich muss dir etwas sagen«, schreibt Mary.

»Nein, nicht du auch noch.«

»Es geht um Martina und den Song. Wir haben uns getroffen, bei ihr zu Hause, und ich hab ihr gesagt, dass ihr Song super ist, und dass du ihn auch gehört hast, und …«

»Und weiter?«

»Weißt du noch, der Satz: ›Ich bin da, wenn du da bist, aber das wirst du nie erfahren, weil Liebe einfach unmöglich ist, oder vielleicht nur meine‹?«

»Ja, ich erinnere mich genau.«

»Da geht es nicht um Luca. Der Satz ist nicht für Luca bestimmt. Martina hat mir von San Francisco erzählt und dass du wütend warst an dem Abend auf der Party der Schallplattenfirma. Also, das hat jedenfalls rein gar nichts mit Luca zu tun.«

Ich zögere kurz, bevor ich antworte.

Was ist, wenn Mary mich anlügt? Sicher, warum eigentlich nicht? Mary weiß alles und jetzt will sie mich überzeugen, dass wir uns alles nur eingebildet haben. Und in Wirklichkeit deckt sie Martina. Mein Gott, was reime ich mir da bloß zusammen?

Plötzlich fühle ich mich beobachtet. Ich drehe mich um. Hinter mir steht die freakige Alte und sieht mich mit einem strahlenden Lächeln an.

»Guten Morgen, Liebes.«

Ich lächele zurück, aber dann wende ich mich wieder dem Computer zu und tippe weiter.

»Mary, für wen ist dieses Lied bestimmt, wenn nicht für Luca?«

»Süße, Martina hat mir nichts gesagt, du weißt doch, wie sie ist. Aber diese Zeilen könnten genauso für Luca sein wie für dich. Überleg mal, Alice, alles wäre logisch: ›Ich habe mich zurückgezogen, du wartest auf die Liebe, aber warte nicht zu lang‹ und der ganze Quatsch.«

»*›Wir waren zu dritt‹*«, schreibe ich und zitiere weiter: »*›vielleicht sind wir das auch noch. Vielleicht waren wir das schon immer. Aber wie soll man das beschreiben …‹*«

Plötzlich wird der Chat bei Facebook unterbrochen und eine Schrift erscheint: »Es ist ein Fehler aufgetreten. Wir werden versuchen, das Problem so bald wie möglich zu beheben.«

Ich warte ein wenig, um zu sehen, ob es wieder funktioniert, aber schließlich gebe ich auf, gehe aus dem Netz und starre den Bildschirm an.

Die Althippiefrau steht wieder hinter mir.

»Gib dir eine Chance«, flüstert sie mir ins Ohr. »Schalt mal kurz dein Gehirn aus.«

Während sie das sagt, tut sie so, als würde sie an der Schläfe einen Knopf drehen. Dann nimmt sie mich bei der Hand und führt mich zu einem kleinen Sofa. Sie bietet mir einen Platz an und setzt sich neben mich.

»Deine Gedanken müssen dringend mal durchlüften«, meint sie jetzt. »Verlass kurz deinen Kopf und sieh dich ein wenig um.«

Oh, mein Gott!

Ich tue ihr den Gefallen und sehe mich um, in der Hoffnung, dass sie mich dann in Ruhe lässt.

Dabei stelle ich fest, dass hier ziemlich viele junge Leute sind, aber auch Männer mit Vollbärten und Frauen mit langen, bunten Gewändern und Zöpfen. Sie wirken alle ein bisschen, na ja, alternativ. Man fühlt sich glatt in die Sechzigerjahre zurückversetzt.

Mein Blick wandert hinaus aus dem Fenster und weiter zu einem Lager, das die Leute aufgeschlagen haben, die ich zunächst für Penner gehalten habe. Jetzt bemerke ich, dass es Jugendliche in meinem Alter sind, und obwohl sie große Militärrucksäcke mit sich herumschleppen und ihre Kleidung nicht gerade sauber wirkt, haben sie nichts mit den Obdachlosen gemein, die man in Mailand so sieht.

Ich schaue mir die Wände an und entdecke dort zahlreiche Poster und einige ziemlich alte Plakate. Auf einem sehe ich das Peace-Zeichen. Auf einem anderen eine Kanone, aus der Blumen kommen. Und ein Poster von Che Guevara.

Erst jetzt höre ich, dass die Musik im Hintergrund *Don't Worry About a Thing* von Bob Marley ist, ein Song, der mich automatisch zwei Jahre zurück ins Salento versetzt, in diesen Sommer, den Sommer von mir und Luca.

»Wo bin ich?«, frage ich mich leise.

Die alte Frau sieht mich lächelnd an.

Sie strahlt.

»Das ist eine wundervolle Frage«, sagt sie glücklich. »Befass dich mit ihr.«

53 Luca

Er heißt Paolo. Und er kommt aus einer kleinen Ortschaft in der Nähe von Padua. Übrigens ist er wirklich vierzig Jahre alt. Er ist schwul und im vergangenen Jahr aus Italien abgehauen.

»Jetzt weiß ich aber immer noch nicht, warum du fortgegangen bist«, sage ich ihm, als wir uns schließlich darauf verständigt haben, dass wir zwei keine Verbrecher sind, sondern ganz normale Menschen, die einander in dieser beschissenen Lage Gesellschaft leisten. Ich komme mir ein bisschen vor wie bei *Big Brother*, wenn die Konkurrenten nach Verbündeten suchen. Ehrlich gesagt hatte ich nicht viel Auswahl, außer uns ist nur noch ein Junge da, der ständig singt und der mir anfangs sympathisch war, bis er sich den Finger mit Speichel befeuchtet und ein Hakenkreuz an die Wand gemalt hat.

»Ein Freund von mir, schwul wie ich, den ich in Padua kennengelernt habe, wurde eines Abends auf dem Heimweg von ein paar Typen mit rasiertem Schädel angehalten. Die haben angefangen, sich über ihn lustig zu machen. Dieser Freund von mir wirkt schon ziemlich feminin, so wie er sich bewegt und spricht. Sie haben ihn weiter hochgenommen und dann haben sie ihn zusammengeschlagen. Anderen Freunden von mir ist es genauso ergangen und es passiert immer öfter in Italien, überall, in Rom, in Bologna ... Du hast es sicher in den Nachrichten gesehen, ab und zu greifen sie ja einen besonders brutalen Fall auf ...«

»Klar, so was habe ich gesehen.«

»Na, mehr gibt es nicht zu erzählen. Ich war es satt, in einem Land mit einer scheinheiligen Doppelmoral zu leben, das Gewalt auch noch Vorschub leistet, während es so tut, als würde es für die Gerechtigkeit kämpfen. Ich hatte keine Lust mehr, auf Schritt und Tritt auf der Hut sein zu müssen, wenn ich unterwegs war. Und so bin ich nach San Francisco gekommen.«

»Und warum gerade San Francisco?«

Paolo zieht spöttisch die Mundwinkel nach oben, und ich kann mir vorstellen, dass er unter anderen Umständen laut losgelacht hätte.

»Warum ich nach San Francisco gekommen bin?«, fragt er mich, als wolle er sichergehen, dass ich keinen Witz gemacht habe. Ich nicke.

»San Francisco ist die Hauptstadt der Schwulen«, sagt er in einem Ton, als würde er die größte Selbstverständlichkeit der Welt erklären. »Das war zumindest so, denn jetzt ändern sich die Dinge auch hier ein wenig. Aber du hast doch bestimmt diesen Film *Milk* gesehen. Wenn du den kennst, hast du die Antwort auf deine Frage.«

»Also, den habe ich eigentlich noch nicht gesehen«, gebe ich zu und bestätige ihm so meine Unkenntnis über das Thema »San Francisco und Homosexualität«.

»Er zeigt die Geschichte der Schwulenbewegung und den Kampf für ihre Rechte, der hier früher als anderswo begonnen hat ... Na gut, sieh ihn dir an, wenn du hier rauskommst. Und was ist mit dir? Was machst du hier?«

Stimmt, denke ich, das würde ich auch gern wissen.

»Ich wollte in Berkeley studieren, aber dann ...«, sage ich und verstumme sofort, während ich versuche, meine Vergangenheit so weit auf die Reihe zu bekommen, dass sich erklären ließe, was eigentlich geschehen ist. »Dann ist eine Menge passiert«, kürze ich das Ganze ab. »Ich habe in einem Tabledance-Lokal Arbeit gefunden, habe ein Mädchen kennengelernt, das in einer Rockband spielt, habe ihr das Leben gerettet, meine Freundin hat mich verlassen und dann ... dann bin ich hier gelandet.«

»Verdammt, nicht schlecht. Also bist du auch abgehauen?«

»Na ja, nicht wirklich ... Ich wollte einfach hierher, aber

nicht unbedingt, weil mich Italien ankotzt, na ja, vielleicht doch ein bisschen. Obwohl ich im Augenblick nicht behaupten kann, dass es hier viel besser ist.«

Als ich das sage, bewegt Paolo den Kopf auf und ab und lächelt dabei wissend.

»Glaub mir, es ist besser hier«, sagt er leise, als würde er mir ein Geheimnis anvertrauen.

»Nein, ich glaube nicht, dass es in Amerika viel besser ist als in Italien«, beharre ich.

Paolo lächelt wieder und sieht mich an. »Hier sind wir nicht in Amerika. Hier sind wir in San Francisco. Das ist ein ganz besonderer Ort. Hier kann man vieles tun, was in anderen Bundesstaaten verboten ist.«

Dabei saugt Paolo heftig die Luft durch die zusammengelegten Hände ein wie jemand, der einen Joint raucht.

»Das hatte ich eigentlich auch gedacht, aber dann ...«

»Aber was?«

»Genau deswegen bin ich hier«, sage ich und spreche leiser.

»Okay, wie viel hattest du denn dabei?«

»Nur ein paar Krümel. Und die gehörten nicht mal mir. Aber ... Na gut, das ist eine zu lange Geschichte.«

Wir schweigen ein paar Sekunden.

»Und du, was hast du getan?«, frage ich ihn in der Annahme, dass das Tabu, nicht über das Warum-wir-hier-sind zu reden, jetzt nicht mehr gilt.

Paolo antwortet jedoch nicht. Er presst die Lippen zusammen und schüttelt langsam den Kopf.

»Schlimme Dinge«, flüstert er.

54 Alice

Nachdem die Althippiefrau mir gesagt hat, ich solle mich mit meiner wundervollen Frage befassen (nebenbei bemerkt, ich finde nicht, dass Fragen für sich allein genommen schön sind, oder sagen wir lieber, für mich gehört zumindest eine vernünftige Antwort dazu), hat sie mich auf dem Sofa allein gelassen und mir bedeutet, ich solle dort sitzen bleiben.

Und das tue ich auch, eine halbe Stunde lang schaue ich mich um und versuche zu begreifen, was es heißt, sich mit einer Frage zu befassen. Aber irgendwann muss ich dann ganz dringend auf die Toilette und stehe auf, wobei ich hoffe, dass die alte Frau nichts dagegen hat. Sie begegnet meinem Blick und lächelt.

Als ich kurz darauf in den Raum zurückkehre, ist das Sofa, auf dem ich gesessen habe, von drei Mädchen besetzt, die mir bekannt vorkommen. Ich bleibe kurz stehen, um sie zu beobachten und mich zu erinnern, wer sie sind, als eine der drei auf mich aufmerksam wird. Sie hat einen auffälligen schwarzen Pony, der ihr das halbe Gesicht verdeckt, trägt grobe schwarze Stiefel und lila Strumpfhosen, die ihre Figur nicht gerade optimal zur Geltung bringen.

Da wird mir klar, dass es die drei Mädchen sind, die ich in Lucas Haus getroffen habe.

»Hallo«, sagt Schwarzer Pony zu mir und lächelt mich einigermaßen freundlich an, aus ihrem Blick spricht allerdings noch ein gewisses Misstrauen.

Ich nähere mich vorsichtig und grüße zurück.

»Entschuldigung, aber ich hab eben hier gesessen«, erkläre ich schüchtern.

»Bitte«, sagt eines der Mädchen und bedeutet mir, ich solle mich zu ihnen setzen.

Ich drehe mich kurz um, um sicherzugehen, dass diese Aufforderung wirklich mir gilt, und begegne den lächelnden Augen der alten Frau, die mir entschieden, ja geradezu begeistert zunickt.

»Hast du Dalila schon sehen können?«, fragt mich eins der Mädchen.

»Nein, noch nicht.«

»Eine böse Geschichte«, sagt eine andere. »Und dieser Italiener, Luca, ist ein richtiger Scheißkerl. Kennst du den etwa?«

»Nein«, antworte ich hastig. »Ich glaube nicht. Was hat er denn getan?«

»Es geht ja wohl eher darum, was er nicht getan hat«, sagt eine andere, und mir wird immer klarer, dass die anderen über ein bestimmtes Ereignis sprechen und davon ausgehen, dass ich darüber Bescheid weiß.

»Er hat sich seit dieser Sache nicht mehr blicken und nichts von sich hören lassen. Dalila ist heute Morgen aus dem Krankenhaus gekommen, sie hat ihm eine SMS geschickt, aber er ... nichts. So verhält sich doch nur ein echter Scheißkerl, oder?«

»Aber es ist schon hirnrissig, in der Badewanne einen Joint zu rauchen«, erklärt eine andere.

»Wenn sie es mal nicht absichtlich getan hat.«

»Aber nein, das glaube ich nicht. Sie wollte sich nicht umbringen. Sie hat daran gedacht, sicher, aber wer tut das nicht?«

»Und heute Abend geht sie schon wieder zur Arbeit!«, mischt sich die Dritte ins Gespräch. »Sofern man das im Lilly Restaurant als Arbeit bezeichnen kann ... Der Name ist genauso beschissen wie das Lokal!«

»Okay, aber sie verdient dort einen Haufen Kohle. Wenn ich dreißig Kilos weniger auf den Rippen hätte, würde ich es auch machen!«

»Ich mein ja nur, das hat sie nicht nötig, unser nächstes Konzert wird ein Erfolg, ihr werdet schon sehen ...«

Ich mische mich nicht in das Gespräch der drei Mädchen ein, denn sie fügen nach und nach kleine Teile zu dem Mosaik hinzu, das sich allmählich immer deutlicher in meinem Kopf zusammensetzt.

»Wo ist denn dieses Restaurant?«, frage ich schließlich.

Nachdem es mir mit dieser beiläufigen Frage gelungen ist, die Adresse zu erfahren, ziehe ich mich unter einem Vorwand in meinen »Pink room« zurück. Kaum öffne ich die Tür, schießt ein Schatten an mir vorbei. Erschreckt schreie ich auf und weiche zurück, doch dann merke ich, dass es nur die Katze von heute Morgen ist.

Sie sitzt auf dem Bett und starrt mich an.

»Musst du dir ausgerechnet mein Zimmer aussuchen?«

Die Katze miaut, und auch diesmal scheint es so etwas wie eine Antwort zu sein. Es klingt nicht wie das »Guten Morgen« von heute früh, sondern mehr wie ein »Ich habe meine Gründe«. Und sie bleibt unbeirrt dort sitzen.

Ich denke an das Gespräch mit den drei Mädchen zurück und versuche, daraus eine logische Geschichte zu rekonstruieren, die vielleicht erklärt, warum Luca verschwunden ist. Dann nehme ich mein Handy und versuche zum tausendsten Mal, ihn anzurufen, aber seines ist immer noch ausgeschaltet. Da fällt mir ein, dass ich auf der Liste der eingegangenen Anrufe die Nummer haben müsste, von der er mich heute Morgen angerufen hat. Ich sehe nach, und da ist sie tatsächlich.

Ich zögere kurz, bevor ich mich entschließe, diese Nummer zu wählen, aus Angst vor dem, was ich herausfinden könnte. Aber dann rufe ich doch an.

Das Telefon klingelt: einmal, zweimal. Dann nimmt jemand ab.

»*Police station*«, meldet sich eine Frauenstimme.

Ich sage nichts.

»*Police station*«, wiederholt sie.

Ich lege auf.

Wie gelähmt bleibe ich sitzen und starre mein Handy an, während ich schon eine Entscheidung getroffen habe. Ich muss sofort Dalila treffen, und dazu muss ich in dieses verdammte Lilly Restaurant.

55 Luca

Es ist acht Uhr abends und wir sind gerade mit dem Essen fertig. Paolo hat ebenfalls seinen Anruf machen dürfen und er meint, wenn alles gut geht, holt ihn heute Abend noch jemand hier raus. Er hat mir von seinem Leben in Italien erzählt, von dem Zeitpunkt, als er gemerkt hat, dass er schwul ist, und von all den Problemen, die er gehabt hat, weil er in einem kleinen Ort im Veneto mit vielen Vorurteilen und Ängsten aufgewachsen ist. Das Thema Der-Grund-aus-dem-wir-hier-sind hat er jedoch geschickt umgangen. Irgendwie haben seine Erzählungen, all diese Geschichten mich abgelenkt und ich habe nicht mehr an meine aktuelle Lage gedacht.

»Weißt du«, erklärt er mir, »ich bin zwar schwul, aber ich bin auch katholisch. Und wie du weißt, geht das nicht gut zusammen. Ratzinger und Co. sagen zwar, Gott liebt alle Menschen, aber wir Schwulen werden trotzdem in der Hölle landen. Ich weiß ja nicht, wie du das siehst, ob du katholisch bist oder was ...«

»Nein, ich bin gar nichts, erzähl ruhig weiter.«

»Okay, also ich glaube jedenfalls an Gott und an die Familie. Darf ich das etwa nicht, nur weil ich schwul bin? Ich frage mich ...«

Paolo zögert einen Moment, man könnte denken, er wollte meine Meinung dazu ergründen.

»Na ja, ich glaube schon, aber das ist bestimmt schrecklich kompliziert.«

»Das kannst du laut sagen. Ich bin mit meinem festen Freund nach San Francisco gekommen in der Hoffnung, wir könnten hier heiraten, so richtig auf dem Standesamt. Und auch, weil man hier, wie gesagt, als Hetero fast mehr auffällt als als Schwuler. Doch sobald wir hier waren, hat mein Freund begonnen sich zu verändern. Er hat sich umgesehen, wollte seinen Spaß haben und hat eine Welt entdeckt, in der alles viel einfacher für uns Schwule ist. Ich habe von Heirat gesprochen und er hat gemeint, damit sollten wir besser noch warten. Ich wollte mit ihm essen gehen und er wollte in die Disco, andere Männer kennenlernen ...«

Paolo verstummt. Man sieht ihm an, dass es ihm schwerfällt, diese Geschichte zu erzählen. Und ich frage mich langsam, worauf er hinauswill.

»Was denkst du über jemanden, der sich so verhält?«, fragt er mich ganz plötzlich.

»Keine Ahnung, vielleicht dass er unsicher ist, dass er seine Meinung geändert hat. Wie alt ist er denn?«

Paolo lacht und schüttelt den Kopf.

»Komisch«, sagt er zu mir. »Das fragt mich jeder, wenn ich es erzähle. So verhält sich nur ein unreifer Junge, stimmt's? Aber er ist neununddreißig, ein Jahr jünger als ich ...«

»Und was meinst du damit, wenn du sagst, du glaubst an die Familie ...?«

»Nein, ich will keine Kinder. Oder besser gesagt, sicher, ich hätte gern welche, aber dafür ist unsere Gesellschaft noch nicht bereit. Was genau genommen schon seltsam ist. Sie ist reif genug für eine Familie, in der die Partner sich getrennt haben, während zwei gleichgeschlechtliche Elternteile, die sich lieben, immer noch eine Gotteslästerung darstellen. Wie auch immer, mein Freund hat also angefangen, wild durch die Gegend zu vögeln, das ist die Geschichte, und ich hab ihm das eines Tages auf den Kopf zu gesagt. Wir hatten einen furchtbaren Streit. Er hat sich entschuldigt, hat geantwortet, er brauche Zeit und die habe ich ihm auch gegeben. Nur dass ich ihn dann eines Abends mit einem anderen Mann auf der Straße erwischt habe. Und da habe ich den Kopf verloren.«

An dieser Stelle schweigt Paolo. Sein Blick wird hart, er starrt vor sich hin. Er hat glänzende Augen bekommen und presst die Lippen zusammen. Ich unterbreche sein Schweigen nicht und lasse ihm Zeit, sich zu erinnern, denn man sieht ganz klar, dass er den Moment noch einmal an sich vorüberziehen lässt, in dem er nach eigener Aussage den Kopf verloren hat.

Dann nimmt er lächelnd die Erzählung wieder auf. »Ich bin zu ihnen gegangen und habe sie begrüßt, als ob nichts wäre. Er wusste, dass ich ihn ertappt hatte, aber zunächst habe ich so getan, als wäre nichts. Und dann ...«

Plötzlich bin ich nicht mehr so sicher, ob ich wirklich wissen will, was dann passiert ist. Ich spüre eine merkwürdige Angst in mir aufsteigen. Paolos Gesicht hat sich vollkommen verändert. Jetzt erkenne ich in ihm nicht mehr den sympathischen gesprächigen Mann wieder, der mir vom Aufstand der Schwulen in San Francisco erzählt hat, sondern ich sehe einen potenziellen Mörder vor mir.

»Was hast du getan?«, frage ich ihn und werde unbewusst leiser.

Er sieht mich ernst an, bevor er laut loslacht. »Hey, jetzt nimm mal nicht gleich das Schlimmste an! Ich habe ihn doch nicht umgebracht. Na ja, einen Moment lang war ich versucht, aber du kannst doch niemanden umbringen, nur weil er dich betrogen hat ...«

»Ja ... Und was dann?«

»Ich hab ihm einen Schlag versetzt und ihm die Nase gebrochen. Sein neuer Freund hat versucht, ihn zu beschützen, und da hab ich auch auf ihn eingeschlagen. Es kam zu einer richtigen Prügelei. Und es wäre gar nichts weiter passiert, wenn nicht in dem Moment ein Streifenwagen vorbeigefahren wäre. Die kommen ja immer nur dann, wenn man sie nicht braucht.«

Paolo schlägt die Hände gegeneinander, wie ein Bäcker, der gerade mit dem Teigkneten fertig ist, und zeigt mit dieser Geste seine Befriedigung über das, was er getan hat.

»Und was hat deine Freundin mit dem Ganzen zu tun?«,

fragt er mich, denn für ihn steht fest, dass sie der Grund für all meine Probleme ist.

»Warum?«, antworte ich und versuche, aus seinem neugierigen Blick schlau zu werden.

»Wenn man sich in Schwierigkeiten bringt, ist doch immer ein Mädchen im Spiel, oder?«

Ich denke an Alice, an Martina und unsere gemeinsamen Tage hier in San Francisco, und dann an Dalila und an das, was passiert oder nicht passiert ist.

»In meinem Fall sind es drei.«

56 Alice

»Ich hab ein paar Fragen an dich. Du bist doch Dalila?«

»Ja, aber ich weiß nicht, wer du bist.«

»Wenn du Zeit hast, erkläre ich es dir.«

»Ich hab Zeit.«

»Und kannst du dir auch was überziehen oder musst du hier halb nackt herumstehen?«

»Du bist Alice, stimmt's?«

Beim Betreten des Lilly Restaurant habe ich sofort begriffen, dass es kein normales Restaurant ist. Zuerst habe ich überlegt, ob ich sofort kehrtmachen und gehen soll. Genauer gesagt, ich hatte spontane Fluchtgedanken, weil es mir ein bisschen so vorkam wie das Lokal einer Geheimsekte. Aber dann habe ich den Tresen von Lucas Foto wiedererkannt, auf dem er mit zwei schwulen Tänzern tanzt, und schließlich ist mir klar geworden, dass es doch bloß ein stinknormales Lokal ist, ein bisschen hip, wahrscheinlich teuer, aber nichts weiter.

Als ich den Mann hinter der Bar gefragt habe, ob er eine gewisse Dalila kennt, hat er nur gegrinst und gesagt, wenn ich mich fünf Minuten gedulden wollte, hätte ich sie gleich hier auf dem Tresen vor mir. Und tatsächlich, kaum fünf Minuten später haben Dalilas Tanga und ich Bekanntschaft geschlossen.

Wir setzen uns an einen Tisch in einer dunklen Ecke, in größtmöglicher Entfernung zum Tresen.

»Willst du was trinken?«, fragt sie mich.

»Ja, einen Gin Tonic.«

Dalila steht auf, wobei sie mindestens ein Dutzend Augen

auf sich zieht, und geht zum Tresen, um kurz darauf mit zwei Gläsern Wein zurückzukommen.

»Ich hab Wein genommen«, teilt sie mir mit. »Cocktails sind schädlich.«

»Bitte?«

»Ich höre.«

Ich bin verwirrt. Dalila entspricht überhaupt nicht dem Bild eines Pornostars, das ich mir in meinem Kopf zurechtgelegt hatte. Stimmt, sie ist angezogen wie eine Nutte, aber das könnte auch nur an ihrem Job hier liegen.

»Ich will die Wahrheit hören«, sage ich kurz angebunden.

»Ich glaube, die hat dir dein Freund schon erzählt.«

»Das glaube ich nicht.«

Schweigend sehen wir einander an. Ich nehme das Glas und nippe am Wein. Sie ebenfalls.

»Wie hast du mich gefunden?«

»Ich hab deine Freundinnen kennengelernt, die Mädchen aus deiner Band. Sie glauben, ich sei mit dir befreundet.«

»Ach, dann bist du das italienische Mädchen, das nach mir gefragt hat ... Ich zerbreche mir schon seit gestern den Kopf ... Aber, entschuldige, ich weiß wirklich nicht, wie ich dir helfen kann. Es tut mir sehr leid für dich, aber ich weiß nicht mal, wo sich dein Freund jetzt aufhält.«

»Weshalb warst du im Krankenhaus?«

»Was weißt du denn darüber?«

»Das haben mir deine Freundinnen erzählt.«

»Das ist eine zu lange Geschichte.«

»Ich habe Zeit.«

»Aber ich nicht. Und außerdem hab ich keine Ahnung, was du von mir willst ...«

»Ich bin seit zwei Tagen hier in San Francisco, ich bin gekommen, um Luca zu sehen und habe es gerade mal geschafft, mit ihm zu telefonieren. Ich habe versucht, ihn zurückzurufen, unter der Nummer, von der aus er mich angerufen hat, und da hat sich eine Polizeiwache gemeldet.«

In diesem Moment verändert sich Dalilas Gesichtsausdruck radikal. In ihre kalte, ausdruckslose Miene schleichen sich Zweifel.

»Ich glaube, Luca ist verhaftet worden. Inzwischen ist es mir egal, was ihr beide miteinander gemacht habt, das interessiert mich nicht mehr. Ich muss morgen ins Flugzeug steigen und möchte nicht mit dem Gedanken abfliegen, dass der Mensch, mit dem ich zwei Jahre zusammen war, allein in San Francisco im Gefängnis sitzt.«

Nun trinkt Dalila ihr Glas Wein in einem Zug aus. Danach geht sie zum Tresen und kommt gleich darauf mit zwei Gin Tonic wieder.

»Sind die jetzt nicht mehr schädlich?«

»Wir beide müssen reden.«

Dalila erzählt mir die ganze Geschichte von Anfang an. Von dem Abend, als Luca sie auf der Straße gerettet hat, wie er mit dem Sweatshirt ins Lokal gekommen ist, wie er Arbeit gefunden hat, bis zu dem Abend, als sie mit ihm in die Wohnung hochgekommen ist.

»Die Einzelheiten kannst du jetzt überspringen.«

»Ich habe nicht mit ihm geschlafen.«

»Ach so, dann duschst du immer in der Wohnung von Leuten, die du kaum kennst und bei denen du übernachtet hast, ohne mit ihnen zu schlafen?«

»Hör mal, warum sollte ich dich jetzt anlügen? Ich sage dir, ich hab ihn angemacht, und an einem anderen Abend, ein paar Tage danach, hätten wir beinahe ... Ach, was soll's, ich erzähl dir alles: Wir haben uns geküsst und hätten tatsächlich fast miteinander geschlafen, aber er hat nicht gewollt. Er hat gesagt, er liebt dich. Dieser Idiot liebt dich.«

Ich merke, wie mein Herz schneller schlägt. Gleich platzt es in meinem Brustkorb. Luca hat eine andere geküsst. Es stimmt also. Und sie hätten fast miteinander geschlafen. Wie schläft man »fast« miteinander? Sitzt man einander an einem Tisch gegenüber und irgendwann haben beide das Gefühl, dass man, ach ja, gleich miteinander schlafen könnte? So ist es doch, oder?

»Hör mal, Alice, ich weiß, dass du jetzt sauer bist, aber du regst dich aus dem falschen Grund auf ...«

»Sag mir nur, warum er im Gefängnis sitzt«, füge ich kühl hinzu. »Ich möchte verstehen, in was für Schwierigkeiten er sich gebracht hat. Alles andere interessiert mich nicht ...«

»Das weiß ich auch nicht.«

»Warum warst du im Krankenhaus?«, frage ich sie noch einmal.

Dalila weicht meinem Blick aus und rührt nervös mit dem Strohhalm das Eis in ihrem Glas um.

»Eine hässliche Geschichte, ein Irrtum, ich bin in der Badewanne ohnmächtig geworden ...«

Ich sage nichts, sondern schaue auch in mein Glas.

»Er ist am gleichen Tag verschwunden. Ich habe ihm noch eine SMS geschickt und ihm erzählt, was passiert ist, aber er hat mir nicht mal geantwortet.«

»Unmöglich. Das passt nicht zu ihm. Kann sein, dass er echt ein Arsch ist, aber das passt nicht zu ihm. Er hätte dich höchstpersönlich ins Krankenhaus geschleppt ...«

»Aber so war es nicht.«

»Vielleicht fehlt dir ja ein Teil der Geschichte ... Wann hast du ihn zum letzten Mal gesehen?«

57 Luca

»Hör auf mich: Schlag sie dir aus dem Kopf, in deinem Alter geht jede Liebe früher oder später zu Ende.«

»Ich kann mir mein Leben ohne sie nicht vorstellen. Ich kann überhaupt nicht an die Zukunft denken, ja, ich weiß, das klingt absurd, schließlich bin ich erst neunzehn, aber ich sehe mich mit ihr, mit Kindern und dem ganzen Rest, ich denke zwar nicht immer daran, aber ich sehe mich zusammen mit ihr.«

Paolo schüttelt den Kopf. »Dich hat's ziemlich erwischt«, sagt er lächelnd.

Im gleichen Augenblick öffnet sich langsam die Glastür hinter den Gitterstäben. Ein stocksteifer Beamter, dessen Bauch beinahe aus seinem blauen Hemd platzt, betritt mit gesetzten Schritten den Flur, an dem die Zellen liegen.

Er bleibt vor unserer stehen, sieht uns an, überprüft etwas in der Akte, die er in der Hand hält, und schaut wieder hoch.

»Luca Ciardi«, verkündet er und deutet auf mich. Dann gibt er mir ein Zeichen, ich solle ihm folgen.

»Ciao, Paolo«, sage ich schnell, da keine Zeit für eine feierlichere Verabschiedung bleibt.

»Viel Glück für alles«, sagt er.

»Danke. Dir auch viel Glück.«

Der Polizeibeamte bedeutet mir, ich solle den Flur vor ihm herlaufen, während er mir dicht auf den Fersen folgt. Als wir die Glastür erreichen, stellt er sich neben mich, öffnet sie und lässt mich vorgehen, als wollte er mir doch tatsächlich höflicherweise den Vortritt lassen.

Ich bin wieder in dem Büro, aus dem ich Alice angerufen

habe. Die fette Sekretärin mit der Brille tippt etwas in den Computer.

Vor ihr stehen zwei Menschen, von denen ich mir nie hätte träumen lassen, sie einmal gemeinsam zu sehen: Alice und Dalila. Dalila ist blass und dünner als bei unserer letzten Begegnung. Alice hat einen kleinen Trolley dabei.

»Du bist frei«, sagt Alice frostig.

»Hallo«, begrüße ich sie, während ich spüre, wie mein Verstand aussetzt. Ich hätte den beiden eine Menge zu erzählen, aber natürlich geht das jetzt nicht.

»Sie hat die Kaution bezahlt«, erklärt Alice. Sie klingt erschöpft, als fiele es ihr schwer zu reden.

»Danke«, sage ich. Und noch einmal: »Danke.«

»Das war das Mindeste, was ich tun konnte«, erwidert Dalila. »Ich habe dich in diese Schwierigkeiten gebracht, und dabei hast du mir das Leben gerettet.«

»Ach was ...«

»Aber es ist so. Wenn du nicht vorbeigekommen wärst ...«

Alice hört unserem kurzen Gespräch schweigend zu. Dann dreht sie sich um und will gehen.

»Alice, warte«, sage ich und packe sie am Arm, um sie aufzuhalten. Sie schüttelt meine Hand ab.

»Ich bin hier fertig«, sagt sie, und ihre Stimme klingt eher enttäuscht als wütend. »Daher verabschiede ich mich. Unterhaltet euch ruhig weiter ...«

»Nein, ich gehe«, mischt sich Dalila ein. »Entschuldigt bitte.«

»Nein, ich gehe«, beharrt Alice. »Ich bin hier eindeutig überflüssig.«

»Keiner geht von hier weg!«, rufe ich aus. Alice und Dalila sehen mich vernichtend an, sodass ich einen Moment lang befürchte, dass ich der bin, der gehen soll. Aber dann dreht sich Dalila um und verschwindet hastig.

Nun sind Alice und ich allein. Aber es gibt zu viele Löcher und Brüche in unserer jüngsten Vergangenheit. Durch sie ist ein dichtes, undurchdringliches Spinnennetz aus Missverständnissen, Unausgesprochenem und Betrug entstanden. Ich möchte gern zu ihr gehen, mit ihr reden, aber dieses Spinnennetz steht zu deutlich sichtbar zwischen uns. Wir können nichts anderes tun, als nebeneinander herzulaufen wie zwei Fremde.

»Ich muss zum Flughafen«, sagt sie.

»Ich begleite dich.«

»Das ist nicht nötig.«

Wir laufen weiter, bis wir an die Bushaltestelle kommen. Dort bleibt Alice stehen und ich neben ihr.

»Können wir nicht reden?«, frage ich.

Sie sieht mich an, und in ihrem Blick erkenne ich Spuren von wütender Verletztheit. So etwas habe ich noch nie in ihren Augen gesehen.

»Es gibt zu viel zu sagen und mein Flugzeug geht in vier Stunden. Ich bin extra hergekommen, um mit dir zu reden ... Aber nun ist es eben so gelaufen.«

»Ali, ich kann nichts dafür, ich habe Dalila ins Krankenhaus gebracht und ...«

»Ja, ich weiß, das weiß ich doch. Wir haben es uns zusammengereimt.«

»Aha.«

»Sie hat mir alles erzählt ...«

Ich frage mich, ob Dalila ihr wirklich alles erzählt hat. Aber ich wüsste nicht, warum sie das hätte tun sollen, vielleicht hat sie ja einige Einzelheiten ausgelassen.

»Alles, wirklich alles«, wiederholt Alice. »Du Mistkerl.«

Okay, offensichtlich hat sie kein Detail ausgelassen.

»Ali, ich hab nichts getan, ich hab es nicht durchgezogen, das hat sie doch sicher erzählt, ich bin immer noch in dich verliebt.«

»Aber ich nicht in dich«, sagt sie trocken.

Wir steigen in den Bus, bezahlen beim Fahrer und setzen uns in die letzte Reihe, als wäre das ein Schulausflug.

»Ich habe jemanden kennengelernt«, fährt Alice fort.

»Wie, jemanden kennengelernt? Und wer ist das?«

»Das geht dich nichts mehr an ...«

»Ali, bitte, sei doch vernünftig. Ich bin ohne meine Schuld durch die Hölle gegangen, ich irre in dieser Stadt umher und begreife gar nichts mehr und ... Alice, komm schon, ich bin immer noch derselbe. Ich bin immer noch Luca. Wen zum Teufel hast du kennengelernt?«

»Ich werde immer ich selbst bleiben, ganz egal, was ich tue«, sagt Alice, keine Ahnung, warum sie das jetzt sagt.

»Was meinst du damit?«

»Das sind deine Worte. Das hast du mir vor deinem Abflug gesagt ...«

»Ach so, stimmt.«

»Ich glaube dir nicht. Du kannst dich nicht mal daran erinnern, dass du das gesagt hast.«

»Alice, bitte, gib mir eine Chance, dir alles zu erklären.«

»Da gibt es nichts zu erklären. Es ist vorbei. Und ich bin jetzt mit jemand anderem zusammen.«

58 Alice

Die Wohnung des Journalisten liegt direkt an den Navigli, in dem angesagten Viertel an den Kanälen, wo auch das Restaurant ist, in dem ich arbeite. Ein winziges Apartment mit der Wohnungstür auf einem umlaufenden Balkon, typisch für Mailand, das nur aus einem Wohnzimmer mit Küchenzeile, einem Bad und einem Schlafzimmer besteht. Aber es liegt im obersten Stockwerk, und von dort aus hat man einen beneidenswerten Blick über die Dächer der Stadt.

»War es schwer, das Haus zu finden?«, fragt er mich.

»Nein, ich kenn mich hier in der Gegend aus.«

»Gut. Was hättest du gern? Einen Kaffee? Ein Glas Wein?«

»Ein Kaffee ist okay.«

»Wie war es in San Francisco?«

»Gut, danke, sehr gut. Diese Stadt ist unglaublich.«

Während er den Kaffee aufsetzt, lasse ich mich auf einem schmalen zweisitzigen Sofa nieder und sehe mich um. Die Wände sind mit Büchern zugepflastert, auf dem Boden und den Tischen liegen ebenfalls welche, außerdem Zeitungen und Zeitschriften.

Giovanni setzt sich neben mich, er hat zwei Blatt Papier in der Hand. Mein ausgedruckter Artikel.

»Also, der Artikel ist gut«, fängt er an. »Das freut dich sicher, oder?«

»Na, ich glaube schon. Er ist also okay?«

»Ja, er ist informativ, enthält gute Beschreibungen und er hat diesen persönlichen Touch, der nie schaden kann. Mir hat der Teil über die jungen Leute, die sich ins Ausland davonmachen und über die, die auf der Suche nach Ruhm sind, dieses *Superstar*-Syndrom, sehr gut gefallen. Sicher, es muss noch ein wenig daran gearbeitet werden, ein paar redaktionelle Änderungen, aber der Artikel ist gebongt und wird veröffentlicht, und diesmal wird dein Name groß darunter stehen.«

Die Espressokanne blubbert im Hintergrund. Giovanni steht auf und stellt das Gas ab. Dann holt er zwei angeschlagene Tässchen aus der Geschirrspülmaschine und gießt den Kaffee ein.

»Du musst dich mit denen hier begnügen, ich bin gerade erst umgezogen.«

»Kein Problem, das ist völlig okay.«

»Dann stoßen wir also mit Kaffee an! Das ist zwar nicht ganz das Wahre, aber das muss ja wohl gefeiert werden, oder?«

»Äh, ja«, sage ich und hebe meine Tasse, als wollte ich ihm zuprosten.

»Freust du dich?«, fragt er mich wieder und legt mir eine Hand auf die Schulter. »Denn wir können noch viel gemeinsam machen. Ich glaube, wir würden uns gut verstehen.«

»Ja, ich freue mich. Und wenn sich noch was ergibt, warum nicht?«

Ich trinke meinen Kaffee aus und suche irgendeinen Platz, um die Tasse abzustellen, aber ich finde keinen.

»Stell sie einfach auf den Boden. Und jetzt lass uns ein bisschen reden.«

Wir beginnen eine zwanglose Unterhaltung und während er mir erzählt, wie er Journalist geworden ist, merke ich, dass er mich unentwegt anstarrt.

Ich fühle mich ein wenig unbehaglich und muss an das denken, was Guido gesagt hat, an seine Theorie, dass für einen Mann »reden« gleichbedeutend ist mit »Sex haben«.

»Gibt's hier eine Toilette?«, frage ich.

»Ja, sicher, direkt vor dem Schlafzimmer.«

Ich stehe auf und gehe ins Bad. Nachdem ich die Tür sorgfältig abgeschlossen habe, betrachte ich mich im Spiegel. Ich frage mich, ob ich mir das Ganze nur einbilde. Was hat er bis jetzt denn groß getan? Die Wahrheit ist, dass ich mir tausend Gedanken um gar nichts mache, weil mein Kopf einfach zu voll ist.

Als ich ins Wohnzimmer zurückkomme, merke ich sofort, dass sich dort etwas verändert hat. Das Licht ist ein wenig gedämpft. Ich sehe mich um und merke, dass die Vorhänge zugezogen sind.

»Ach so«, sagt er und errät, was ich denke. »Ich hab die Vorhänge zugezogen. Weißt du, hier in diesen Häusern mit den umlaufenden Balkonen kann dir jeder in die Wohnung gucken.«

Das klingt logisch, aber ich frage mich, warum er erst jetzt die Vorhänge zugezogen hat und nicht schon früher, während wir uns unterhalten haben. Ich spüre, wie mir ein seltsames Kribbeln den Rücken herunterläuft und plötzlich bekomme ich Angst. Ich fühle mich wie in einer Falle.

»Ich muss gehen«, sage ich unvermittelt.

»Schon?«

»Ja.«

»Ich dachte, wir könnten uns noch ein bisschen unterhalten, zum Beispiel über den nächsten Artikel.«

»Ja, ich weiß, tut mir leid, aber ich bin mit meinem Freund verabredet.«

»Na, okay«, sagt er. Dann sieht er mich eindeutig skeptisch an. »Alles in Ordnung?«

»Sicher, aber es ist spät geworden«, sage ich und nehme meine Tasche vom Sofa.

In dem Augenblick steht er auf und kommt mir nach in Richtung Tür. Ich lege eine Hand auf die Klinke und lasse ihn nicht aus den Augen. Ich kann nicht einfach weglaufen, sage ich mir, aber trotzdem öffne ich die Tür. Er starrt mich wortlos an und ich denke, dass das unter diesen Umständen nicht normal ist.

»Also, bis dann, und danke für alles«, sage ich hastig und verschwinde.

Sobald ich das Haus verlassen habe, laufe ich schnell los,

ohne darauf zu achten, wohin ich gehe. In mir steigen Tränen hoch, aber ich unterdrücke sie. Kann man so viel Pech auf einmal haben? Warum läuft bei mir nie etwas glatt?

Zuerst betrügt mich Luca und wird verhaftet, dann baggert mich dieser Journalist an, im Job habe ich diese nervigen Gäste und mein Vater ist immer noch arbeitslos. Was ist eigentlich los? Ich möchte so gern mit jemandem reden, der mich versteht, der mir wirklich zuhört, mit jemandem, bei dem ich mich wohlfühle. Und in dem Moment vibriert mein Handy in der Tasche. Ich hole es raus. Eine SMS.

Hey! Bist du zurück? Uns fehlt unsere Lieblingsjournalistin! Ruf mich an, wenn du einen Kaffee mit mir trinken willst.

59 Luca

Als ich die Wohnung betrete, kommt mir sofort die Katze maunzend entgegen. Sie ist sauer. Und sie hat ja recht. Ich habe ihr in den letzten drei Tagen nichts zu fressen gegeben. Keine Ahnung, wie sie klargekommen ist. Die Wohnung ist in einem entsetzlichen Zustand. Die Küche stinkt nach Schimmel, da waren noch schmutzige Teller im Spülbecken. Auf dem Boden im Bad liegen zwei benutzte Handtücher, die eine Botschaft bilden, einen Satz aus sechs Worten: Mit wem, verdammt, ist Alice zusammen?

Okay, das stimmt nicht. Da ist gar keine Botschaft auf dem Boden, aber diese Frage hat sich so in meinen Kopf eingebrannt, dass ich jetzt an nichts anderes denken kann. Wer ist es? Wo ist sie ihm begegnet? Was hat er mit ihr gemacht? Vielleicht hat sie ja übertrieben: Es gibt da jemanden, der etwas von ihr will, und sie wollte mich wütend machen und hat deshalb gesagt, dass sie mit ihm zusammen ist. Aber selbst wenn das im Moment so ist, was wird sie tun, wenn sie wieder in Mailand ist?

Ich trete auf den Minibalkon und sehe mir die Blumentöpfe an, die ich gießen sollte. Die Erde ist ein bisschen ausgetrocknet und in den Rissen des Erdreichs erscheint deutlich ein Wort: IDIOT.

Ich bin wirklich ein Idiot. Und ich frage mich, wann ich eigentlich die Kontrolle über mein Leben verloren habe, wann mir das Steuer aus der Hand geglitten ist und seit wann ich so ziellos umhertreibe.

Ich nehme eine Wasserflasche, gieße die Erde in den Blumentöpfen und versuche, dort irgendwelche Lebenszeichen zu finden. Trotz allem, was mir dieser Durchgeknallte, der mir die Wohnung vermietet hat, erzählt hat, ist noch kein Keim gesprossen.

Ich setze mich auf den Boden, auf die Fliesen des Balkons, starte meinen Computer und gehe ins Internet. Jetzt brauche ich etwas zum Ablenken, damit ich nicht mehr das Bild von Alice vor Augen habe, wie sie mir sagt, dass sie einen anderen hat.

Ich öffne meinen E-Mail-Account.

Und da ist tatsächlich etwas, das mich ablenkt.

Eine Mail von meinem Vater. Mein Vater hat mir noch nie eine Mail geschrieben. Er schreibt keine Mails. Ich wusste nicht mal, dass er eine E-Mail-Adresse hat.

Lieber Luca,

wie du siehst, schreibe ich dir eine Mail, und diesmal werde ich versuchen, so wenig wie möglich zu sagen, nur das, was wirklich zählt. Ich habe mich geirrt. Ich habe im Leben meine eigenen Entscheidungen getroffen, das stimmt, und habe oft dafür bezahlt. Ich habe viel vom Leben bekommen, und dafür bezahlt man eben auch viel. Deshalb muss ich auch deine zornigen Worte akzeptieren, als du mir gesagt hast, dass du nicht so leben willst wie ich, und jetzt sage ich dir, such dir dein eigenes Leben. Ich werde dich auf jeden Fall unterstützen. Ich möchte wieder mit dir ins Gespräch kommen und deshalb möchte ich ganz im Ernst wissen, warum du dich entschieden hast, Wirtschaft zu studieren und wie du dir deine Zukunft vorstellst. Ich hoffe, dass du mir antwortest.

Papa

Ich lese die Mail zwei Mal, bevor ich vom Computer aufschaue. Die Katze sitzt auf dem Fensterbrett zwischen den beiden Blumentöpfen und sieht mich an, als wollte sie sagen: »Da kannst du mal sehen, was? Jetzt antworte ihm schon, du Idiot!« Ich frage mich, was diesen Schalter im Hirn meines Vaters umgelegt hat, denn ich weiß, wie schwer es ihm gefallen sein muss, so etwas zu schreiben, noch dazu in einer Mail. Wo er doch davon überzeugt ist, dass die Technologie der Fluch des einundzwanzigsten Jahrhunderts ist.

Bei der Arbeit, als ich gerade das Fett von zwei großen Filetstücken abmache, die nebenbei bemerkt schrecklich an gehäutete Dackel erinnern, fühle ich mich ganz wie mein Vater. Ich werde ihm auf seine Mail antworten, werde versuchen, ihm zu erklären, was los ist. Nein, ich werde ihm einen Brief schreiben, wie er es getan hätte, wenn er nicht beschlossen hätte, mir ernsthaft entgegenzukommen. Vielleicht schicke ich auch gleich eine Mail an Alice. Mehr kann ich nicht tun. Und während ich darüber nachdenke, was ich schreiben soll, empfinde ich plötzlich das Bedürfnis, alles zu klären, und zwar mit allen: Ich möchte Alice erklären, wie das alles gelaufen ist und was ich für sie empfinde. Ich möchte meinem Vater erklären, warum ich in San Francisco bin. Und ich möchte, dass Martina mir erklärt, was ihr Song wirklich bedeutet.

Auf dem Metalltisch neben mir ziehen der Koch und ein paar Mitarbeiter ihr übliches Ritual durch. Nachdem sie drei lange Linien mit weißem Pulver ausgebreitet haben, saugen sie das Zeug mit zusammengerollten Geldscheinen ein. Da höre ich, wie die Musik anfängt, ein Zeichen dafür, dass die Show beginnt. Ich erinnere mich, wie ich Dalila dort das erste Mal auf dem Tresen gesehen habe, erinnere mich an die lüsternen Blicke der Gäste, und ich frage mich, ob wir je dieses unterbrochene Gespräch zu Ende führen können, das beinahe für immer unbeendet geblieben wäre.

Am nächsten Morgen verlasse ich in aller Frühe das Haus, um nach Berkeley zu fahren. Ich laufe durch die Straßen von Castro, die mir inzwischen vertraut vorkommen, ich beobachte die Obdachlosen auf den Bürgersteigen, einer grüßt mich sogar. Ich laufe an den mit allerlei Schnickschnack und bunten Klamotten gefüllten Schaufenstern vorbei und versuche mir mein Leben hier vorzustellen, ohne Alice. Plötzlich spüre ich ein unbändiges Verlangen, alles hinzuschmeißen und mich mitten unter die Obdachlosen zu setzen, die hier auf der Straße leben. Ich bin das Leben dieser Maus aus dem Videospiel leid. Außerdem ist inzwischen sowieso klar, dass ich das Hauptziel des Spiels nie erreichen werde, das darin besteht, ein Mäuseweibchen zu finden. Und zwar, weil das betreffende Mäuseweibchen beschlossen hat, mit einer dritten Maus zu spielen.

Ich bleibe stehen.

Ich laufe einfach nicht weiter, denke ich.

Ich rühre mich keinen Meter von hier. Scheiß doch auf alles!

Ja, ich bleibe tatsächlich so ruckartig stehen, dass ein Typ hinter mir gegen mich prallt und mich daraufhin natürlich heftig verflucht. Aber das ist mir egal. Ich hebe den Kopf und sehe mich um. Ich sehe die Wipfel der Bäume, wie sie sich leicht im Wind bewegen, den ernsten Blick eines Jungen, der mich anstarrt, während er auf einem Skateboard an mir vorüberflitzt, eine Kellnerin hinter einer Fensterscheibe, die eine Tasse Tee auf einen Tisch stellt.

Und schließlich ein Schild, ein großes, grünes Schild an einem knallroten Haus mit einem Namen, der mir sofort bekannt vorkommt: RED VICTORIAN.

Ich überlege kurz, und dann fällt mir ein, dass mir Alice diesen Namen am Telefon genannt hat, das ist die Pension, in der sie übernachtet hat, obwohl das Haus von außen nur wie ein Café aussieht. Aber hier muss Alice übernachtet haben, während sie verzweifelt nach mir gesucht hat.

Neugierig öffne ich die Glastür, trete ein und finde mich sofort in einem Raum mit kleinen Sofas und niedrigen Tischchen wieder, von dem drei große Fenster zur Straße gehen. Eine alte weißhaarige Frau steht hinter dem Tresen und sieht mich breit lächelnd an.

»Guten Tag«, sage ich und erwidere so gut es geht das Lächeln.

»Die Katze hat mir gesagt, dass du kommst. Los, setz dich.«

60 Alice

»Guten Tag, was darf ich Ihnen bringen?«

»Ich will Pizza«, sagt das mürrische Mädchen.

»Tut mir leid, wir machen keine Pizza.«

»Dann will ich gar nichts.«

Wie ist so was möglich? Die ist doch keine zwei mehr, sondern eher dreizehn oder gar fünfzehn. Wie kann sie so derart realitätsfern sein, dass sie sich wie eine Schwachsinnige benimmt?

Die Stammkunden-Familie ist auch diesen Samstag wiedergekommen. Inzwischen ist mit klar geworden, dass die Eltern zwei ganz normale Erwachsene sind (sie wissen, dass es bei uns keine Pizza gibt, haben aber beschlossen, dies und wer weiß was noch vor ihren Kindern geheim zu halten).

»Warum macht ihr keine Pizza?«, fragt der Junge. Heute hat er seinen Gameboy nicht dabei.

»Warum hast du deinen Gameboy nicht dabei?«, frage ich ihn und dann wende ich mich an das Mädchen: »Warum ziehst du immer so ein Gesicht? Und wieso habt ihr immer noch nicht gerafft, dass wir keine Pizza auf der Speisekarte haben? Langsam reicht's mir!«

Alle vier Mitglieder unserer Lieblingsfamilie starren mich mit offenem Mund an.

»Tut mir leid, tut mir wirklich leid«, stottere ich, als ich mich gleich danach wieder gefangen habe. »Ich weiß nicht, was in mich gefahren ist, ich weiß nicht, was ich mir dabei gedacht habe ...«

In dem Moment kommt Fabio, der Chefkellner, an den Tisch. Er hat gemerkt, dass etwas nicht stimmt.

»Alles in Ordnung?«, fragt er mich und die Familie.

Niemand sagt ein Wort. Die Mutter sieht das Mädchen an, der Vater seine Frau und der Junge alle drei.

»Ist irgendetwas nicht in Ordnung?«, fragt Fabio erneut.

»Also hören Sie, ich möchte ja niemanden in Schwierigkeiten bringen, aber ...«, fängt die Mutter an, doch das Mädchen unterbricht sie sofort.

»Hier ist alles in Ordnung, alles bestens.«

»Ganz bestimmt?«, hakt Fabio nach.

»Ja, ganz bestimmt«, erwidert das Mädchen und zwinkert mir hinter ihrem mürrischen Gesichtsausdruck zu.

Drei Stunden später verlasse ich das Restaurant, die Hände in die Jackentaschen versenkt, die Schultern hochgezogen, wegen der Kälte und auch, weil ich stinkig bin. In meinem Kopf geht alles drunter und drüber: meine Reise nach San Francisco, das Ende meiner Liebe, die Fragezeichen in meinem Verhältnis zu Martina, die Zweifel und nicht zuletzt die ersten Anzeichen eines Nervenzusammenbruchs ...

Ich laufe gerade am Naviglio entlang, dessen Ufer weihnachtlich beleuchtet sind, als ich einige Meter vor mir Lucas Vater entdecke, der sich dort an ein Begrenzungsmäuerchen zwischen Kanal und Straße lehnt.

»Guten Tag«, grüße ich ihn.

»Oh, hallo, Alice«, erwidert er. Er wirkt traurig, ausgesprochen traurig. Und er sieht mich an, als müsse er mir etwas sagen.

»Alles okay?«, frage ich.

»Gilt dein Angebot zu reden noch?«, antwortet er und im ersten Moment weiß ich nicht genau, was er meint.

»Wie meinst du das?«

»Über Luca. Ich würde gern mit dir über Luca reden. Wenn es dir recht ist ...«

»Damals hätte es mehr Sinn gemacht«, gebe ich zu. »Aber okay.«

Kurz darauf laufen wir Seite an Seite am Naviglio entlang

wie zwei alte Freunde. In den Straßen wimmelt es von Menschen. Viele machen schon Weihnachtseinkäufe und ich muss wohl nicht groß betonen, dass ich mit der allgemeinen Festtagsstimmung wenig anfangen kann.

»Seit er abgereist ist, haben wir nicht mehr miteinander geredet«, erzählt mir Lucas Vater. »Ich weiß nicht, was ich falsch gemacht habe. Ich dachte eigentlich, ich hätte ihn immer ermutigt, ihm immer die Möglichkeit gegeben, die beste Wahl für sich zu treffen. Als er mir gesagt hat, dass er Wirtschaft studieren will, keine Ahnung, was er damit später mal werden will, habe ich gedacht, was für ein Unsinn, er kann mehr aus sich machen, er muss etwas Besonderes tun.«

Seine Worte sind eine kleine Offenbarung für mich. Luca hatte mir zwar erzählt, dass sein Vater so denkt, aber es von ihm selbst zu hören ist noch mal ganz etwas anderes. Ich denke an die letzten Gespräche über das Thema Universität und Arbeit bei uns zu Hause und bin überzeugt, dass meine Eltern mich tun und lassen werden, was ich möchte, sofern meine Ideen nicht allzu exzentrisch sind. Und auch wenn sie vielleicht versuchen werden, mich sanft in eine bestimmte Richtung zu schubsen, wird keiner von beiden sich darauf versteifen, dass ich etwas ganz Bestimmtes werden muss. Vielleicht ist gerade das sein Problem: Lucas Vater erinnert mich an diese verbissenen Eltern, die selbst das Zeug zu tollen Fußballern oder Basketballern gehabt hätten und dann aufgrund einer Verletzung ihren Ehrgeiz auf ihre Kinder übertragen mussten. Und jetzt schauen sie ihnen bei den Spielen zu, schreien wie die Irren am Spielfeldrand und legen sich mit den anderen Eltern an.

»Warum?«, frage ich.

Lucas Vater sieht mich fragend an. Ich hätte mir ja denken können, dass er keinen meiner Gedanken gehört hat.

»Warum bist du so sicher, was sein Weg sein sollte?«

»Das bin ich ja gar nicht. Ich glaube, er hat seine Möglichkeiten, aber er will stattdessen mit der Masse treiben und irgendeinen durchschnittlichen Job annehmen.«

»Hast du ihn denn je gefragt, warum er Wirtschaft studieren will?«, frage ich und merke, dass ich jetzt die Beweggründe meines Exfreundes verteidige.

Er zögert kurz, das bedeutet nein.

»Es geht ja nicht nur um das Studienfach, sondern auch darum, dass er weggehen wollte.«

»Ja, aber er ist mit einem klaren Ziel gegangen, und selbst wenn wir glauben, dass er eine Dummheit begeht und wir seine Entscheidung nicht teilen, müssen wir ihn nach den Gründen fragen.«

»Hast du ihn denn gefragt, warum er Wirtschaft studieren will?«, möchte Lucas Vater jetzt wissen.

»Nein ...«, gebe ich zu, während ich an die Althippiefrau aus San Francisco denken muss, die über die wundervolle Frage begeistert war und mir gesagt hat, ich solle mich damit befassen. Auch diese Frage ist es wert, dass man sich mit ihr befasst. Schade nur, dass Luca und ich uns getrennt haben.

»Luca und ich sind nicht mehr zusammen«, sage ich plötzlich, denn auf einmal wird mir klar, wie absurd die Situation ist.

»Oh, verdammt ...«

»Genau, und das macht unser Gespräch noch sinnloser. Ich weiß nicht, warum Luca diese Entscheidung getroffen hat. Eines weiß ich allerdings genau, dass er vor dir flieht. Aber leider geht mich das nichts mehr an.«

61 Luca

»Die Katze erzählt mir eine ganze Menge«, erklärt mir die alte Frau, nachdem sich mein Gesicht wohl in ein einziges Fragezeichen verwandelt hat.

»Diese Katze kann sprechen?«, frage ich sie und versuche, nicht zu zeigen, was ich denke.

Sie antwortet mir nicht, sondern lächelt nur. Dann kommt sie um die Theke herum, nimmt meine Hand und führt mich zu einer Sitzgruppe in einer Ecke, die aus zwei kleinen Sofas und einem Beistelltisch besteht. An den Wänden hängen einige Poster. Ich sehe auf einem das Peace-Zeichen, auf einem anderen eine Kanone, aus der Blumen kommen.

Die alte Frau bedeutet mir, Platz zu nehmen. Ich folge ihr und setze mich neben sie. Wir schweigen ein wenig vor uns hin, bis die Katze kommt. Meine Katze.

»Was machst du denn hier?«, frage ich verblüfft.

Die alte Frau sieht mich an und nickt, während das Tier auf das Sofa springt und sich zwischen uns legt.

»Das ist meine Katze«, sage ich, während ich allmählich immer mehr den Eindruck habe, dass hier jemand ein merkwürdiges Spiel mit mir treibt.

Ein Mädchen mit Dreadlocks, die von einem gelben Band zusammengehalten werden, kommt zu unserem Tisch und stellt eine Teekanne und zwei Tassen vor uns hin. Die alte Frau dankt ihr und schenkt uns ein, offenbar ist es Tee.

Nach dem ersten Schluck nimmt sie das Gespräch auf.

»Hast du eine Frage?«, wendet sie sich immer noch lächelnd an mich.

»Ich? Nein.«

Die alte Frau nickt, als ob sie meine Antwort vorhergesehen hätte, und streichelt kurz die Katze, die wie jede ihrer Artgenossinnen nur zufrieden den Kopf hebt und schnurrt.

»Schau dich um«, sagt sie zu mir und breitet theatralisch die Arme aus. »Siehst du etwas?«

»Wie meinen Sie das?«

»Sag mir, was du um dich herum siehst.«

»Menschen«, beginne ich zögernd, doch ihr Lächeln ermutigt mich, unverzüglich fortzufahren. »Tische, Stühle, die Straße draußen und die Obdachlosen ... richtig?«

»Richtig, richtig. Das ist, was du siehst, aber das ist nicht alles. Es gibt auch noch das, was dazwischen verläuft ...«

Ich weiß nicht so recht, ob ich verstehe, was die Frau meint. Deshalb nicke ich bloß.

»Diese Menschen sind durch Beziehungen miteinander verbunden, viele haben einander mal geliebt, andere kennen sich kaum, manche sind sich, vielleicht ohne es zu merken, irgendwo in Athen schon mal über den Weg gelaufen. Selbst die Möbel haben eine Geschichte, die uns oft mehr betrifft, als wir glauben. Diese Menschen, die du draußen auf der Straße siehst, erzählen mehr über dich, als das, was in deinem Kopf steckt, hier drinnen ...«

Die Frau verstummt kurz und beschreibt mit der Hand einen Kreis in der Luft.

»... hier dazwischen verläuft das Leben, wie ein Fluss. Unser Leben ist ein Fluss. Es entsteht hoch oben in den Bergen, anfangs ist es nicht mehr als ein eiskalter Bach, Wasser, das unter der Erde oder zwischen Kieseln verläuft. Dann schwillt er an, bricht sich in einem kleinen Wasserfall und findet dann seinen Weg in einen Kanal, durch den das Wasser stürmisch, aber in festen Bahnen tost. Im oberen Teil seines Laufs nimmt der Kanal viele Nebenflüsse in sich auf – oder sollte ich sagen Einflüsse? –, bevor aus ihm ein richtiger Fluss wird. Oft rast er am Anfang stürmisch und ungehemmt durch die Felsen und Bäume der Gebirgslandschaft, ehe er sein endgültiges Bett findet, in dem er sich ausbreiten und dann langsam Richtung Meer fließen kann, wo er sich mit den anderen Flüssen vereint und alle Geschichten aufeinandertreffen.«

Die Frau verstummt erneut. Nun lächelt sie nicht mehr, sondern wirkt ernst und hochkonzentriert.

»Du bist ein Fluss«, fährt sie fort, »und die Frage ist: An welcher Stelle des Laufes stehst du? Wenn du dich mit dieser Frage befasst, wirst du die Antworten finden, nach denen du suchst.«

Nach diesen Worten nimmt die Frau ihre Tasse und trinkt einen Schluck Tee. Die Katze miaut eindeutig zustimmend und ich befürchte, dass mein Mund jetzt vor Überraschung sperrangelweit offen steht.

In dem Augenblick betreten drei Mädchen das Café, die mir bekannt vorkommen. Bei näherem Hinsehen erkenne ich, dass es die aus Dalilas Band sind.

Die alte Frau sieht mich an, deutet mit der offenen Handfläche auf sie, nimmt ihre Teetasse und geht.

Die drei haben mich gar nicht bemerkt. Sie gehen zur Theke und reden kurz mit der Kellnerin mit den Dreads. Sie nickt lächelnd und die drei hängen ein Plakat an die Tür des Lokals. Danach verschwinden sie wieder.

Ich stehe auf, um nachzusehen, was das ist. Ein Schwarz-Weiß-Poster. Es zeigt vier Frauen auf einer Bühne. Ganz oben steht ein Datum und darunter der Name der Band: Nirvana's Sisters.

An diesem Nachmittag komme ich mir auf dem Nachhauseweg zum ersten Mal wie ein normaler Student vor. Ich bin zwar in Berkeley noch nicht genommen worden, aber ich trage jede Menge Infobroschüren über den Campus unter dem Arm, habe zwei Bücher gekauft, und zum ersten Mal seit meiner Ankunft in San Francisco habe ich den Eindruck, dass die Uni wichtiger ist als alles andere. Ich fühle mich innerlich gespalten: Auf der einen Seite sind die Dinge, über die ich keine Kontrolle habe, das ganze Beziehungschaos, Alice und Dalila, während auf der anderen mein Job als Hilfskoch, meine Studienpläne, meine kleine Einzimmerwohnung mit Katze in Castro ihren Platz haben. Und mir wird bewusst, dass das zwar keine weltbewegenden Dinge sind, aber dafür sind sie sicher. Die kann mir keiner nehmen.

Sobald ich zu Hause bin, gehe ich auf den Balkon, um die Erde in den Blumentöpfen zu begießen, und da begegnet mir die Katze, die mich, man könnte sagen, spöttisch ansieht. Sie miaut, aber das heißt ganz eindeutig: »Ich weiß, ich hätte es dir früher sagen sollen, aber die Alte hat mich schwören lassen, dass ich nichts verrate.«

Ich versuche, nicht an die freakige Alte und ihren Vortrag über Flüsse, die Wirklichkeit und Energie zu denken. Heute will ich bloß Student sein. Daher schalte ich den Computer ein und kontrolliere mit rein wissenschaftlichem Interesse meine Mails.

Ich habe nur eine. Von Martina. Im Betreff steht: »Bitte einmal lesen und lachen«.

Ich bin erstaunt. Martina gehört nicht zu den Leuten, die Spaßmails verschicken mit Witzen, einem peinlichen Video oder so was. Die Mail selbst besteht bloß aus einem Link. Als ich darauf klicke, öffnet sich eine Seite mit einem Zeitungsartikel. Die Überschrift lautet: *Was denkt unsere Jugend?*

Mit einem erwartungsvollen Lächeln auf den Lippen beginne ich den Artikel zu lesen, so als würde ich einen Witz hören und mich schon auf die Pointe vorbereiten. Aber der Artikel ist überhaupt nicht witzig. Ganz im Gegenteil. Hier wird im Stil einer reißerischen Fernsehreportage über Jugendliche berichtet, sie werden als orientierungslos hingestellt, als unentschlossen, drogensüchtig und nur von dem Wunsch besessen, berühmt zu werden. »Viele verlassen Italien, ohne überhaupt zu wissen, warum«, schreibt der Journalist. »Party machen ist der eigentliche Beweggrund hinter einer Entscheidung für ein Erasmusjahr oder ein volles Auslandsstudium.«

Dann geht es um Drogen: »Drogenkonsum ist allgemein verbreitet und wird als ›normal‹ angesehen, als ein Muss, um akzeptiert zu werden, sowohl als Einzelner wie auch als Teil einer Gruppe. Das Phänomen hat so überhandgenommen, dass niemand mehr wahrnimmt, dass Drogenkonsum illegal ist.«

Schließlich regt sich der Journalist noch über das *Superstar*-Syndrom auf. »Alle wollen berühmt werden. Alle sind sicher, dass sie irgendwann ganz groß rauskommen werden. Die einen nehmen an Hunderten von Castings für Realityshows teil, andere versuchen sich als Sänger und veröffentlichen auf Myspace softpornomäßig gestaltete Videos mit Coverversionen von Songs, an denen man sich längst sattgehört hat.«

Ehrlich gesagt finde ich an dem Artikel überhaupt nichts komisch. Hat Martina ihn mir geschickt, weil sich der Teil mit dem *Superstar*-Syndrom auf sie beziehen könnte?

Eigentlich wundere ich mich gar nicht so sehr über den Inhalt des Artikels. In einigen Punkten denke ich ja genauso, also Realityshows finde ich genauso zum Kotzen, aber ich sehe nicht ein, wie man deswegen denken kann, dass die Jugend von heute praktisch nur aus orientierungslosen Drogensüchtigen besteht, die mit Webcams Pornos drehen. Mich verblüfft mehr der verbitterte und vorwurfsvolle Ton, der aus jedem einzelnen Wort spricht, als ob der Verfasser sich für irgendein erlittenes Unrecht rächen wollte.

Ich überfliege den Artikel rasch bis zum Ende, bis ich den Namen des Journalisten finde. Und da ist die Überraschung verborgen. Entweder handelt es sich um eine merkwürdige, höchst unwahrscheinliche Namensgleichheit oder diesen Artikel hat Alice verfasst.

Ich lese ihn zwei, drei, vier Mal, weil ich es einfach nicht glauben kann. Jedes einzelne Wort bekommt jetzt eine präzise Bedeutung. All die Sätze über die, die davonlaufen, das mit den Drogen oder über den Versuch, via Myspace Berühmtheit zu erlangen.

Alice. Ich glaub es nicht.

Ich kann nicht fassen, wie sehr wir auseinandergedriftet sind.

Ich lehne den Kopf an die Wand und lasse meine Gedanken zurück in die Vergangenheit wandern, zu dem, was bis vor Kurzem mein Leben war. Mein Leben mit einem Mädchen, das ich jetzt nicht mehr wiedererkenne.

Ein leichtes Beben erschüttert kaum wahrnehmbar meinen Kopf. Eine Melodie, die in der Wand erklingt, nur ein paar lange, aber genau getroffene Töne. Jemand übt im Probenraum unter mir, und ich glaube, ich weiß, wer das ist.

62 Alice

»Ich fass es nicht.«

»Glaub's mir, Mary, es ist so.«

»Der spinnt ja.«

»Das weiß ich nicht. Ich weiß nur, dass das nicht der Luca ist, den ich kenne.«

»Oh mein Gott, Alice, das tut mir leid, so ein Schlamassel.«

»Ich habe keine Ahnung, was ich von all dem halten soll. Und dann diese Sache mit Martina, dieser verdammte Song, den ich überall höre.«

Ich laufe mit dem Handy am Ohr die Straße entlang und bringe Mary auf den neuesten Stand. Inzwischen steht Weihnachten vor der Tür. Morgen beginnt das verlängerte Wochenende um den achten Dezember, in Italien der Feiertag der Unbefleckten Empfängnis. Mary fährt zu Freunden nach Madonna di Campiglio, während ich wegen meines Jobs im Restaurant in Mailand bleibe.

»Ich muss jetzt Schluss machen«, sage ich, als ich an meinem Ziel angekommen bin. Die Adresse scheint zu stimmen. Ein prachtvoller Altbau am Foro Bonaparte, nur ein paar Hundert Meter vom Sempione-Park entfernt.

»Okay, Ali, aber wir müssen uns bald sehen.«

Ich klingele. Die Stimme, die mir antwortet, hat einen starken ausländischen Akzent. Einen Moment lang befürchte ich, dass ich beim falschen Namen gedrückt habe.

»Ich bin's ... Alice«, sage ich etwas zögerlich.

»Fünfter Stock, rechter Fahrstuhl«, sagt die Stimme.

Ich betrete das Gebäude und gelange in einen langen Flur

mit rotem Teppichboden, einem Kristalllüster an der Decke und einem überdimensionierten, designermäßig geschmückten Weihnachtsbaum.

Als ich den Aufzug verlasse, erwartet er mich schon in der Tür.

»Hallo, Alice.«

»Hallo, Guido.«

Wir begrüßen uns mit zwei Wangenküssen und gehen in die Wohnung. Er trägt dunkelblaue Jeans und ein braunes T-Shirt von Ralph Lauren.

»Soll ich einen Tee machen?«, fragt ein Mann und ich erkenne sofort die Stimme aus der Sprechanlage.

»Ja, danke, Sanjay«, antwortet Guido.

»Du hast einen Butler?«, frage ich ihn, als der Mann wieder weg ist.

»Nein, komm, er ist kein Butler«, antwortet Guido mit einem angedeuteten Lächeln. »Er geht uns etwas zur Hand in der Wohnung.«

Ach ja, die Wohnung. Nach einem kleinen Eingangsbereich gelangt man direkt in ein großes Wohnzimmer, das von einem Bogen in zwei Bereiche geteilt wird. Der Boden besteht aus teurem Parkett, keine Billigware von Ikea, wie sie mein Vater bei uns zu Hause selbst verlegt hat. Die Sofas scheinen Antiquitäten zu sein, die Wände sind mit einer exquisiten Blumentapete überzogen, was man allerdings kaum sieht, da so viele Bilder davorhängen. Zeichnungen, Gemälde, Drucke – eine Pinakothek könnte nicht besser ausgestattet sein.

»Komm, wir gehen da rüber«, sagt Guido und beobachtet mich genau, denn ganz sicher ist mir mein Staunen anzumerken.

Im Flur sehe ich ein Bild, das ich nur zu gut kenne.

»Aber das ist ... von Signac, oder?«

»Kennst du es?«

»Ja, das habe ich auch ... Also, ich habe das Poster aus dem Museumsshop. Aber das hier ist wohl ...«

»Es ist ein Original, ja, aber es gibt mehrere Kopien, das ist bloß eine Lithografie.«

Ach ja, sicher, er hat nur eine von »mehreren Kopien«. Der Ärmste ...

Wir durchqueren den ganzen Flur, einen Gang mit vielen, zu vielen Türen, bis wir endlich zu seinem Zimmer gelangen. Es ist nicht wesentlich kleiner als das Wohnzimmer und in einen Schlaf- und Arbeitsbereich aufgeteilt. Der Computer ist eingeschaltet, ein großer Mac mit Flachbildschirm.

»Ich bin gleich durch mit dem Artikel über die Fabrikbesetzung«, sagt Guido und setzt sich an den Tisch. »Er ist bemerkenswert. Ich wollte dir bloß noch zwei Dinge zeigen, ich habe nämlich Fotos gemacht, die ich gut finde und auf die du nicht eingegangen bist.«

Den Rest des Nachmittags verbringen wir damit, den Artikel zu redigieren. Er zeigt mir Fotos, die er in der Fabrik aufgenommen hat, und wir überlegen uns andere gemeinsame Artikel für zukünftige Ausgaben der Schülerzeitung und träumen von der Möglichkeit, sie einer richtigen Zeitung anzubieten. Dabei erzähle ich ihm auch von meinem Treffen mit dem Journalisten und meine Befürchtungen, dass er eigentlich etwas ganz anderes vorhat. Guido hört mir aufmerksam zu und am Ende rät er mir, auf die Hilfe dieses Typen zu pfeifen, von so jemandem bräuchten wir keine Unterstützung.

»Wie meinst du das?«, frage ich ihn.

»Mein Vater kennt ein paar Leute, bei denen wir auch mal nachfragen können. Ich habe schon mit ihm darüber geredet. Wenn es dir also recht ist ...«

»Ach so, na klar«, antworte ich zweifelnd, während mir langsam ein paar Details über Guidos Leben klar werden, die mir bislang eindeutig entgangen waren.

»Sind deine Eltern nicht da?«, frage ich ihn.

»Doch, doch, sie sind schon da«, erwidert er und runzelt leicht die Stirn. »Ich glaube, sie arbeiten noch, ich stelle euch später vor.«

Irgendwann klopft Sanjay an der Tür und gibt uns Bescheid, dass er kurz den Hund ausführt. Von wegen »geht uns etwas zur Hand«, denke ich.

Ich sehe auf die Uhr. Es ist fast sieben und ich denke, ich sollte mich jetzt besser auf den Heimweg machen, aber irgendetwas hält mich zurück. Was genau, kann ich gar nicht sagen. Es ist so ein Gefühl von Luxus, Bequemlichkeit, Unbeschwertheit, wie ich es noch nie erlebt habe.

In dem Augenblick klopft es wieder.

»Herein«, sagt Guido.

Die Tür geht auf und zwei sympathisch wirkende Mittvierziger kommen herein. Er hat dichte, grau melierte Haare, ist hochgewachsen und hager und auf seiner Hakennase sitzt eine Brille mit schmalem Rand; sie ist eine schöne Frau, trägt einen Minirock zu schwarzen Strümpfen und einen Pulli mit breitem Kragen, der bis auf ihre Schultern fällt.

»Meine Eltern«, stellt Guido vor. »Und das ist Alice.«

Die beiden sympathischen Mittvierziger (ich kann einfach nicht glauben, dass es seine Eltern sind) stellen sich nur kurz vor und dann verschwinden sie auch schon wieder, weil sie, wie sie sagen, in die Scala gehen, was ja an sich nicht so besonders ist. Ich war auch schon in der Scala. Aber es trägt nur noch zu meinem Gesamteindruck bei und ich werde das Gefühl nicht los, in einem Film gelandet zu sein.

Als wir wieder allein sind, ist Guido auf einmal merkwürdig still. Ich betrachte die roten Ziegel auf den Dächern draußen vor dem Fenster, während am Horizont der erste Stern aufgetaucht ist, und denke noch einmal über die etymologische Herkunft des Wortes *desiderare* nach. Als ich meinen Blick wieder ins Zimmer wende, bemerke ich, dass er mich beobachtet.

»Und, hast du deinen Stern gefunden?«, fragt er mich, und für einen Moment denke ich, er kann meine Gedanken lesen.

»Ja, aber er war nicht mehr an seinem Platz.«

»Das tut mir leid.«

»Mir auch.«

Die Stimmung im Zimmer wechselt rasch und ich meine, wieder auf dem Dach der besetzten Fabrik zu sein, wo wir uns das erste Mal darüber unterhalten haben. Mein Stern ist nicht mehr an seinem Platz. Und vielleicht habe ich genau deswegen das Gefühl, dass etwas in meinem Inneren brennt. Ein Verlangen, das nicht vergeht, aber mich auch nicht glücklich macht, sondern Wut und Verbitterung in mir auslöst. Ich betrachte Guido vor mir, sehe in seine Augen, die mich voller Verlangen betrachten. Sterne sind keine Glühbirnen, sage ich mir. Man kann sie nicht auswechseln, wenn sie verlöschen. Oder habe ich vielleicht bloß ein falsches Bild gewählt?

63 Luca

Inmitten der Instrumente sitzt Dalila auf einem Hocker und spielt Bass. Ihr Kopf ist über die Saiten gebeugt, die Haare fallen ihr ins Gesicht. Als sie meine Anwesenheit bemerkt, hört sie unvermittelt auf.

»Was willst du hier?«, fragt sie mich.

»Ich hab die Musik gehört. Was ist das?«

»Ach, nichts. Einfach nur ein paar Töne.«

»Wie geht es dir?«

»So lala.«

Dalila spielt weiter, als ob ich nicht da wäre. Das geht ein paar Minuten so, während ich sie still betrachte. Dann hört sie auf und starrt mich an.

»Ich dachte, du wärst abgehauen«, sagt sie.

»Dabei war ich im Gefängnis.«

»Tut mir leid, das ist alles meine Schuld.«

»Na ja, zum Teil schon. Aber das ist jetzt nicht mehr wichtig.«

»Habt ihr euch getrennt?«

»Sie hat sich von mir getrennt, ja. Das war schließlich unvermeidlich ...«

Dalila betrachtet mich schweigend, und ich frage mich, ob es wirklich nichts zu sagen gibt.

»Warum hast du das getan?«

»Das weiß ich selber nicht«, erwidert sie. »Ich mag dieses Leben nicht mehr, nicht mal jetzt, wo es eigentlich ganz gut läuft. Ich schaffe es bloß nicht, es zu ändern ... Ständig passiert etwas und ab und zu glaube ich, eine Richtung zu sehen, ich habe das Gefühl, alles läuft auf ein Ziel, auf irgendetwas hinaus. Dann wird mir klar, dass das nur eine Illusion ist, dass ich einem Fluss folge, der dann irgendwo verschwindet.«

Ihre Worte erinnern mich an den Vortrag der alten Frau vom Red Vic.

»Selbst wenn er verschwindet, heißt das nicht, dass er nicht existiert«, sage ich ihr.

Meine Worte entlocken ihr nur ein skeptisches Lächeln.

»Manchmal verschwinden Flüsse eben«, fahre ich fort, »und verlaufen kilometerlang unter der Erde. Und dann kommen sie irgendwo wieder nach oben.«

»Wie kannst du dir so sicher sein, dass sie wieder zum Vorschein kommen? Woher weißt du, dass sie nicht für immer unter der Erde verschwinden?«

»Ich ... weiß es nicht. Aber ich finde, man sollte zumindest danach suchen.«

Dalila senkt den Kopf wieder über den Bass und zupft ein paar zufällige Töne. Mein letzter Satz scheint sie nicht überzeugt zu haben.

»Diese Geschichte vom Fluss gefällt dir nicht, oder?«, frage ich sie und bringe sie so zum Lächeln.

»Metaphern sind nichts für mich. Irgendwo ist da immer ein Haken.«

»Aber die war doch gar nicht so schlecht«, beharre ich und versuche, unser Gespräch nicht zu tiefsinnig werden zu lassen. »Denk doch nur an die Zuflüsse.«

»Und was soll das sein?«

»Leute, die du zufällig auf der Straße triffst, die dich eine Zeit lang begleiten, dir etwas geben oder vielleicht beschließen, dass sie den gesamten Weg mit dir gehen wollen.«

»Nicht zu vergessen die toten Nebenarme, wenn der Fluss irgendwo ins Stocken gerät und versumpft.«

»Hmm ... Ich glaube, jetzt hast du mich erwischt«, gebe ich zu und sie lächelt wieder. »Halt, nein, Sümpfe sind total wichtig, in ihnen haben viele Lebensformen ihren Ursprung, es heißt, sie sind unbedingt notwendig für das Ökosystem ...«

»Dann ist es also ein Segen, wenn jemand im Sumpf versinkt?«

»Okay, ich geb auf.«

Dalila steht auf und lehnt den Bass an die Wand. Dann kommt sie auf mich zu und bleibt einen Meter vor mir stehen.

»Du bist der erste Junge, bei dem ich mich geborgen fühle«, sagt sie und schaut mir in die Augen. »Du bist der erste, der den Bass in mir hören kann. Und auch der erste ...«

Dalila macht eine Pause und lässt den Kopf sinken, man könnte meinen, sie ist verlegen. »Der erste, der sich weigert, mit mir zu schlafen, weil er in eine andere verliebt ist.«

Ich sage nichts. Mir geht jetzt zu viel durch den Kopf. War das etwa eine Liebeserklärung?

»Durch dich ist es mir gelungen, die Zeit zurückzudrehen, dahin, bevor mein Leben vor die Hunde ging und ich auf einmal hier allein in San Francisco war.«

»Aber so verkorkst ist dein Leben doch gar nicht, du bist erst vierundzwanzig, warum siehst du alles so schwarz?«

»Ich hab einfach keine Lust mehr. Ich bin müde. Ich möchte ... Ich möchte so gern, dass da endlich ein Ende in Sicht ist. Es erscheint mir unvorstellbar, dass ich dieses ganze Leben leben soll. Das ist wie bei einem Spiel, bei dem man einen schlechten Start hatte. Ich möchte noch einmal von vorne beginnen, aber das geht nicht, daher ...«

Wir wissen beide, wie dieser Satz weitergehen sollte. Aber keiner von uns sagt ein Wort. Instinktiv nehme ich ihre Hand. Sie ist kalt. Ich komme näher. Ihre Augen glänzen.

»Ich möchte am liebsten alles anhalten«, sagt sie kaum hörbar, »aber das geht eben nicht.«

»Warum hast du es dann getan?«

»Was?«

»Warum hast du versucht ... Ach, du weißt schon, was.«

»Ich habe nicht versucht, mich umzubringen, wenn du das meinst«, sagt sie in einem ganz ruhigen Tonfall, der so gar nicht zu dieser Erklärung passt.

»Ich wollte einfach mal kurz alles anhalten«, fährt sie fort, »ich wollte eine Pause, ich wollte einen Moment lang aus meinem Leben aussteigen und ja, vielleicht habe ich sogar daran gedacht, als ich die Augen zumachte, dass ich vielleicht am liebsten gar nicht wieder aufwachen und Schluss machen möchte.«

Ihr steigen Tränen in die Augen. Sie schlägt sich eine Hand vors Gesicht und lächelt.

»Ich bin wirklich eine Loserin«, sagt sie noch und kaschiert ihre Tränen mit einem traurigen Lächeln.

»Nein, das bist du nicht«, sage ich und drücke ihre Hand ganz fest, ich habe den starken Wunsch, sie zu beschützen. »Und solange ich noch in der Stadt bin und dich rette, kann dir nichts passieren.«

Dalila sieht mich dankbar an und jetzt scheint sie nicht mehr so traurig zu sein. Da habe ich eine Idee.

»Ich fliege bald nach Mailand zurück. Warum kommst du nicht mit?«

64 Alice

»Alice, was für eine Überraschung! Und, was sagst du, freust du dich?«

Giovanni sitzt an seinem Schreibtisch und schaut mich mit einem Lächeln an, das jeder für aufrichtig halten würde. Jeder, der nicht das weiß, was ich weiß. Aber ein leichtes Flackern in den Augen verrät ihn, und ich bemerke, dass zwei Frauen, ganz offensichtlich seine Kolleginnen, uns anstarren.

»Natürlich freue ich mich, oh ja, und wie ich mich freue, dass du alles, was ich geschrieben habe, total verdreht hast und daraus einen reißerischen Artikel für dein Feature gemacht hast.«

»Nein, warte, ich hatte dir gesagt, dass man daran noch etwas feilen müsste«, entgegnet er so ruhig wie jemand, der nichts zu befürchten hat. »Das hast du doch genau gewusst, das kannst du jetzt nicht abstreiten.«

Nun beobachten uns seine Kolleginnen ganz unverhohlen.

»Wollen wir das, was ich geschrieben habe, und den Artikel, den du veröffentlicht hast, mal vergleichen?«

»Ich verstehe gerade nicht, worauf du hinauswillst. Ich habe dir eine Chance gegeben, und so dankst du es mir? Also wirklich.«

»Welche Chance hast du mir denn gegeben? Erst hast du einen Artikel von mir unter deinem Namen veröffentlicht und beim nächsten Mal erwähnst du zwar meinen Namen, aber schreibst den Artikel so um, dass alle Jugendlichen wie eine Horde perverser, ruhmgeiler Drogensüchtiger rüberkommen. Du weißt ganz genau, was für ein Scheißspiel du mit mir getrieben hast, also verarsch mich jetzt nicht noch!«

Giovanni sieht sich um, als suchte er die Unterstützung seiner Kollegen. Doch alles, was er erntet, ist der verblüffte Blick seiner Schreibtischnachbarin.

»Alles in Ordnung, Giovanni?«, fragt sie ihn.

»Ja, ja«, antwortet er unwirsch.

»Nichts ist in Ordnung«, sage ich. »Du bist bloß ein frustrierter Wichser. Und ich war so blöd und habe dir geglaubt und bin noch zu dir nach Hause gegangen.«

Da nimmt seine Kollegin die Brille ab und starrt ihn ungläubig an. »Habe ich gerade richtig gehört?«, fragt sie ihn.

»Wir haben uns wegen dieses verfluchten Artikels getroffen«, erwidert er immer noch gereizt, was ihn wohl seiner Meinung nach unschuldig erscheinen lässt.

»Ich fass es nicht«, sagt die Frau.

Ich glaube, das reicht jetzt. Daher werfe ich ihm die Zeitung an den Kopf und gehe.

Im Moment habe ich ganz andere Probleme. Was werden die Leute bloß sagen, wenn sie meinen Artikel lesen?

Draußen auf der Straße atme ich erst einmal tief durch. Ich habe das Gefühl, dass mir eine gewaltige Last von den Schultern genommen wurde, ich fühle mich stark. Jetzt muss ich nur noch zum Schülerzeitungstreffen rennen und dort erklären, was passiert ist.

Als ich die Schule fast erreicht habe, klingelt mein Handy. Es ist Mary.

»Alice, was hast du denn da geschrieben?«, fragt sie mich und klingt eher enttäuscht als verwundert.

»Mary, warte, das hab ich doch alles gar nicht geschrieben!«

»Martina hat mich schon angerufen, sie ist stinksauer.«

»Ich hab dir doch schon gesagt, das waren nicht meine Worte, der Artikel wurde verändert!«

»Wie soll das denn gehen? Was heißt das? Ali, ich stehe doch wirklich immer auf deiner Seite, aber, verdammt ...«

»Mary, bitte, glaub mir. Ich kann jetzt nicht reden, aber ich erklär dir alles später.«

Als ich an der Schule ankomme, hat das Treffen der Schülerzeitung schon seit einer halben Stunde begonnen. Als ich den Klassenraum betrete, in dem die Redaktion sich trifft, herrscht sofort Stille. Roberta steht vorn am Pult und hält die Zeitung in der Hand. Ich habe den Eindruck, dass ich mitten ins Vorlesen des Artikels hineingeplatzt bin.

»Ach, da ist sie ja«, sagt sie dann auch.

»Ich kann alles erklären«, versichere ich und bleibe in der Tür stehen.

»Kannst du mir wirklich erklären«, fragt Roberta und betont langsam jedes einzelne Wort, »warum in diesem Artikel von Alice, der ›Leiterin der Schülerzeitung am Parini-Gymnasium‹ die Rede ist?«

»Das habe ich nicht geschrieben, der Artikel wurde überarbeitet.«

»Ach ja, und diese Überarbeitung betraf ausgerechnet die Definition deiner Position bei der Schülerzeitung.«

»Nein, alles wurde verändert, völlig verzerrt, sodass daraus ... eine Art Sensationsreportage wurde. Ich wurde über den Tisch gezogen.«

»Nein, Alice, ganz bestimmt nicht«, unterbricht mich Roberta, und aus dem Schweigen im Raum muss ich schließen, dass die anderen genauso denken. Ich schaue mich nach Guido um in der Hoffnung, dass wenigstens er mir glaubt, aber ausgerechnet heute ist er nicht da.

»Um im Namen der Schülerzeitung zu schreiben hättest du mit uns reden sollen, aber du musstest ja dein eigenes Ding durchziehen.«

»Aber ich wollte doch gar nicht im Namen der Schülerzeitung schreiben, das wäre unsinnig gewesen, das war nur meine Angelegenheit.«

»Ach, na dann ist ja alles klar«, meint Roberta eindeutig ironisch.

Ich weiß nicht, was ich noch sagen soll, ich fühle mich geschlagen, betrogen, verarscht. Und mir kommen die Tränen bei dem Gedanken, dass ich wirklich niemanden verraten wollte. Ich wollte einfach nur losziehen und Interviews machen, diese dämlichen Artikel schreiben und ... mit Guido zusammen sein. Oh mein Gott, wer weiß, was der jetzt denkt.

Ich renne aus dem Raum. Es würde doch nichts bringen, mich weiter zu rechtfertigen.

Als ich vor der Schule stehe, versuche ich sofort, Guido zu erreichen, aber er meldet sich nicht. Stattdessen erhalte ich eine SMS von Martina. Nur drei Worte: »Wir müssen reden.«

65 Luca

»Also zunächst lassen wir mal ein richtiges Plakat drucken, das hier geht gar nicht.«

»Was ist denn an unserem Plakat nicht in Ordnung?«

»Das ist bloß eine Fotokopie, darauf erkennt man gar nichts.«

Das Gothic-Girl schnaubt laut und sieht mich sichtlich beunruhigt an. Die anderen beiden hören schweigend zu.

»Außerdem veranstalten wir nach dem Konzert noch eine Art After-Show-Party und zwar hier, mit geladenen Gästen, wo ihr noch ein paar ruhige Nummern spielen werdet, einfach *unplugged* ...«

Jetzt lächeln die zwei anderen Mädchen, man könnte fast schon sagen, zustimmend.

»Der Probenraum muss ordentlich geputzt werden und wir müssen mindestens zwei Tage lang lüften, damit der Marihuanageruch verfliegt.«

»Okay, und dann?«, fragt das Gothic-Girl skeptisch. Von den dreien scheint sie sich am wenigsten damit anfreunden zu können. »Für so was haben wir doch gar kein Geld.«

»Dafür braucht man auch kein Geld, also jedenfalls nicht sehr viel. Und außerdem: Soll ich jetzt euer Manager sein oder nicht? Dann werden wir Einladungen drucken und kostenlose Getränke anbieten. Die Eintrittskarte ist dann gleich der Gutschein für ein Freigetränk.«

»Und der Vermieter ist damit einverstanden?«, fragt eins der zwei Mädchen.

»Mit dem werde ich sprechen, macht euch deswegen keine Sorgen.«

»Und wen laden wir ein?«, fragt das Gothic-Girl.

»Wir müssen sie in den Kneipen hier im Viertel verteilen, den Leuten direkt in die Hand drücken. Aber auch in normalen Geschäften, überall, wir müssen einfach alle einladen.«

Die Nirvana's Sisters schauen mich mit einer Mischung aus Zweifel und Begeisterung an, man sieht ihnen an, was sie denken: dass das alles zwar ganz toll klingt, aber so nicht funktionieren wird.

»Und was fällt für dich dabei ab?«, fragt mich das Gothic-Girl genau in dem Augenblick, als – mit perfektem Timing – Dalila zur Tür hereinkommt.

»Ich kann dir schon verraten, was für ihn dabei abfällt!«, sagt eine der anderen beiden laut, und alle drei prusten los.

»Was geht denn hier ab?«, fragt Dalila.

»Wir haben dir eine wichtige Mitteilung zu machen«, antwortet das Gothic-Girl feierlich. »Luca wird jetzt wirklich unser neuer Manager.«

Dalila lächelt und schüttelt den Kopf. »Dann sind wir geliefert!«

Die drei lachen wieder los. Dann informieren sie Dalila über meine Pläne für das Konzert. Sie hört aufmerksam, aber sichtbar misstrauisch zu.

»Und dann?«, fragt sie schließlich.

»Dann was?«

»Wozu der ganze Aufwand?«, fragt sie erneut, während ihr Lächeln unvermittelt erlischt.

»Was soll das denn heißen?«, fragen die anderen Mädels beinahe im Chor.

»Wir werden also berühmt, wir geben auf der ganzen Welt Konzerte, ein großer Produzent wird auf uns aufmerksam und beschließt, eine Platte mit uns herauszubringen und wir verdienen einen Haufen Kohle?«

»Ja und, was gefällt dir denn nicht an der Idee?«, fragt das Gothic-Girl, während ich den anderen beiden von der Band die Enttäuschung deutlich ansehe.

»Ach, das ist es nicht. Aber ihr wisst selbst genau, dass das völlig unmöglich ist. Wir schmieden hier Pläne für Plakate und Einladungszettel, die man auf der Straße verteilen könnte, aber glaubt ihr wirklich daran? Glaubt ihr tatsächlich, dass uns das irgendwie weiterbringt?«

Ihre Fragen treffen ins Leere. Im Probenraum breitet sich ein mit Wut und Enttäuschung aufgeladenes Schweigen aus. Ich betrachte die Bühne, an der die Instrumente lehnen, sehe nacheinander die Mädchen aus der Band an und fühle plötzlich eine seltsame Verbundenheit zwischen ihnen und mir. Als wäre mein Leben jetzt irgendwie untrennbar mit ihrem Schicksal verknüpft. Ich muss an die Worte der alten Frau aus dem Red Vic zurückdenken, als sie mir gesagt hat, wir wären alle miteinander verbunden, und dass die Leute in unserer Umgebung viel mehr über uns aussagen als das, was in unseren Köpfen steckt.

Was sagen die Nirvana's Sisters über mich aus?

Und was Dalila?

Ich bin mir noch nicht ganz sicher, wie die Antworten darauf aussehen, aber wenn ich den Worten der Alten vom Red Vic glauben will, ist es auch gar nicht so wichtig, eine Antwort zu finden, sondern sich mit den Fragen zu befassen.

Dalila dreht sich ruckartig um und geht in die Küche, die drei Mädels und ich bleiben zurück und schauen uns einen Moment an.

»Oh Mann!«, schnaubt das Gothic-Girl.

»Ich rede mit ihr«, sage ich und stehe vom Sofa auf.

Ich gehe zur Küche und klopfe an die Tür.

»Komm rein!«, sagt Dalila ganz leise.

Sie steht wieder vor dem Fenster und kehrt mir den Rücken zu, so wie an dem Tag, als Alices Anruf unsere Aussprache unterbrochen hat.

»Das kommt mir wie ein Déjà-vu vor«, bemerke ich und bereue diesen Satz sofort.

Sie dreht sich kaum wahrnehmbar nach mir um, dann sieht sie wieder aus dem Fenster.

»Ich mag solche zufälligen Zusammentreffen«, fahre ich fort, »dabei kommt es mir vor, als wäre alles perfekt, als wäre das Leben eine Art Puzzle, auch wenn das natürlich nicht zutrifft.«

Dalila sagt nichts, aber diesmal erkenne ich an der Art, wie ihre Schultern zucken, dass sie schluchzt.

»Und außerdem ist das so, als bekäme ich eine zweite Chance«, fahre ich fort, während aus dem Probenraum ein schräger Akkord zu uns herüberschallt, »um etwas anders zu machen, um es noch mal zu versuchen.«

An dieser Stelle dreht sie sich um, lehnt sich mit dem Po an die Fensterbank, hebt den Kopf und wischt sich dabei mit dem Handrücken eine Träne ab.

»Entschuldige«, sagt sie zu mir.

»Warum denn?«

»Na wegen der Schwierigkeiten, in die ich dich gebracht habe.«

»Es ist eben so gelaufen.«

»Denkst du das wirklich?«

Ich überlege kurz, ehe ich antworte. Dalila lächelt, weil sie überzeugt ist, dass ich jetzt ganz sicher Nein sagen werde.

»Ich denke bloß, dass die Dinge eben so gelaufen sind, aber wir sind immer noch hier und leben. Und dann habt ihr doch ein Konzert geplant, und deshalb sollten wir es auch durchziehen, und wo wir schon mal dabei sind, können wir es auch gut machen.«

Dalila lächelt und schüttelt den Kopf.

»Ist das die Antwort?«, fragt sie mich. »Ist das Leben so? Wo wir schon mal dabei sind ...«

»Ja, vielleicht, kann schon sein, dass es so ist«, erwidere ich. »Wir sind hier, und darauf haben wir keinen Einfluss. Wir können die Zeit nicht zurückdrehen und unsere Eltern bitten, doch gefälligst besser zu verhüten, wir sind nun mal hier. Und wo wir schon mal auf der Welt sind, können wir aus unserem Leben auch etwas machen.«

»Was für eine bescheuerte Antwort«, sagt Dalila, aber dabei

zittert ihre Stimme und ich weiß nicht, ob sie eher losheulen oder losprusten will. Doch dann fängt sie wirklich zu lachen an, während ihr gleichzeitig Tränen in den Augen stehen.

»Ich würde aber lieber die Zeit zurückdrehen«, sagt sie und lächelt unter Tränen.

Nun muss auch ich lachen. Ich gehe auf sie zu, nehme sie an den Schultern und sehe ihr in die Augen.

»Außerdem bin ich jetzt euer Manager ...«

»Du hast deinen Weg gefunden«, lächelt sie, aber ich weiß nicht, ob sie mich damit aufzieht oder ob sie das ernst meint.

»Nein, ich habe meinen Weg noch nicht gefunden. Ich habe nur bemerkt, dass auf dem, den ich gehe, jede Menge Leute sind.«

66 Alice

Es ist fünf Uhr nachmittags. Martina ist schon eine halbe Stunde überfällig. Auf der Uferstraße am Naviglio liegt Schnee und die Weihnachtsbeleuchtung spiegelt sich im langsam dahinfließenden Wasser.

Dort sehe ich einen Fisch. Er ist ganz ruhig, nur sein Schwanz bewegt sich fast unmerklich, um die Strömung auszugleichen. Hin und wieder lässt er sich ein paar Meter treiben, um dann mit ein paar raschen Flossenschlägen wieder zu seinem Ausgangspunkt zurückzukehren.

Ich muss an die Lachse denken, die unter irrsinnigen Anstrengungen Flüsse stromaufwärts schwimmen, sie werden regelmäßig als Beispiel für die Kraft des Willens herangezogen. Der Fisch hier rührt keine Flosse. Er bewegt sich nicht von der Stelle. Vielleicht ist das ja typisch für die Fische im Naviglio. Plötzlich erscheint jedoch ein etwas kleinerer Fisch, der sich von der Strömung treiben lässt und kurz darauf auch schon aus meinem Blickfeld verschwunden ist. Das genaue Gegenteil von den Lachsen.

Wie würde ich mich wohl verhalten, wenn ich ein Fisch wäre?

Wäre ich einer von denen, die sich treiben lassen, würde ich gegen den Strom schwimmen oder mich nur so viel bewegen, dass ich immer an derselben Stelle bleibe?

Ich bin ganz in diese Gedanken versunken, als sich jemand neben mir an die Brüstung lehnt. Ich drehe mich um. Es ist Martina.

Schweigend bleiben wir eine Weile nebeneinander stehen.

»Wer fängt an?«, fragt sie mit so auffällig ruhiger Stimme, dass es nicht sehr glaubwürdig rüberkommt.

»Das ist egal.«

»Dann du. Ich glaube, du hast mehr zu sagen.«

»Nimmst du das Ganze nicht etwas zu gelassen?«

»Ich habe nichts getan. Ich habe keinen Grund, aufgeregt zu sein.«

»Dein Song. Luca. San Francisco. Ist das etwa nichts?«

Martina sieht mich mit gespielter Überraschung an, die ich ihr nicht einmal ansatzweise abnehme.

»Was ist in San Francisco passiert?«, frage ich sie direkt.

»Was soll denn passiert sein?«

»Was ist zwischen dir und Luca gelaufen?«

»Ali, drehst du jetzt völlig durch? Ich hoffe, das meinst du nicht im Ernst. Bist du deswegen so sauer?«

»Ich meine das sehr ernst.«

»Hör mal, ich weiß ja nicht, was Luca so anstellt und was da zwischen euch abgeht, aber lass mich außen vor, denn ich hab nichts damit zu tun.«

»Und was ist mit deinem Song?«

»Was hat mein Song damit zu tun?«

»Das ganze Gerede über unmögliche Liebe, darüber, dass wir zu dritt waren, dass er jenseits der Grenzen war ... Komm schon, Martina, verkauf mich nicht für blöd!«

Da schüttelt sie den Kopf, schnaubt kurz und grinst schief. Wir lehnen immer noch nebeneinander an der Brüstung, nur einen Meter von der Wasseroberfläche des Naviglio entfernt. Der Fisch von vorhin hat sich immer noch keinen Zentimeter bewegt.

»Also?«, hake ich nach.

Martina rückt etwas von mir ab und sieht mich an. »Das ist also der Stand der Dinge?«, fragt sie.

»Ja, genau. Seit du aus San Francisco zurück bist, seit du mir gesagt hast: ›Wenn du mit Guido zusammen bist, gib den armen Luca frei.‹ Natürlich, was glaubst du denn? Und ich habe noch gedacht, komm, jetzt geht Martina zu ihm und redet mit ihm, was für ein Glück, dass ich so eine Freundin habe.«

Martina sieht mich an und nickt dazu mehrmals, wie jemand, der glaubt, alles verstanden zu haben.

»Dann kommt eines schönes Tages dein Song heraus, aber das erfahre ich nicht etwa von dir, sondern rein zufällig, während ich mit Mary in unserer Bar sitze. Sie hat es genauso getroffen, denn die Botschaft ist ganz klar. Und wir sagen uns alle beide, nein, das kann überhaupt nicht sein. Doch dann lässt du nichts mehr von dir hören. Und ich fliege nach San Francisco, wo sich dieser Idiot Luca von der Polizei hat verhaften lassen ...«

Martina sagt nichts. Sie hört mir zu und nickt nur. Dann zieht sie sich den Mantelkragen fester zu.

»Mir ist kalt, gehen wir irgendwohin, um zu reden«, sagt sie sehr leise. Ihre Selbstsicherheit, ihr forsches Auftreten sind plötzlich wie weggeblasen.

Wenige Minuten später sitzen wir in einer Bar vor einem heißen Tee. Wir sehen einander nicht an. Martina studiert die Rückseite des Zuckertütchens, während ich verlegen mit dem Löffel in der Tasse rühre.

»Weißt du«, sagt sie schließlich, »als ich den Text zu dem Song geschrieben hab, ging mir ständig die Frage durch den Kopf: ›Was werden sie wohl sagen, wenn sie ihn hören?‹ Und dabei habe ich an euch alle gedacht, an dich, an Luca, an Mary. Und auch an diesen Idioten Daniele, nicht, weil wir zusammen sind, sondern weil ihr alle, na ja, meine Familie seid. Ich habe mich so gefreut, euch damit zu überraschen, umso mehr, weil es eine ganz neue und merkwürdige Erfahrung für mich war. Zunächst habe ich noch gedacht: ›Jetzt schreib mal irgendeinen trivialen Mist, der gut ankommt‹, doch dann habe ich Blut geleckt, die Worte haben auf einmal eine tiefere Bedeutung bekommen, und als ich mir den Text noch mal durchgelesen habe, wurde mir klar, dass es um euch geht, um meine Freunde, meine besten Freunde.«

Martina trinkt einen Schluck von ihrem Tee, zieht ihr Handy

aus der Tasche und legt es auf den Tisch, nachdem sie es ausgeschaltet hat.

»Jetzt begreife ich, wie naiv ich gewesen bin. Man kann sich nicht von einem Tag auf den anderen ändern, denn niemand nimmt dir das ab. Ganz egal, was du sagst, du bleibst dieselbe. Oh Mann, was für eine tolle Entdeckung! Ich habe ein Lied über die Freundschaft geschrieben – und meine Freunde brechen in Panik aus, weil sie es für eine Atombombe halten.«

»Ich komm da nicht mit«, gestehe ich.

»Auf die Gefahr hin, dass dies das Ende unserer Freundschaft ist ...«, sagt Martina, und es ist ihr anzuhören, dass sie mit den Tränen kämpft. »Hör jetzt mal richtig zu.«

Mit diesen Worten holt sie ihren iPod aus der Handtasche, schaltet ihn an und reicht mir einen Ohrstöpsel.

»Hör dir den ganzen Song an«, sagt sie, »und versuch diesmal dabei zu denken, dass jedes Wort für dich bestimmt ist, für Luca, für Mary, für Daniele, für die einzigen Menschen, die mir in meinem Leben etwas bedeutet haben.«

Martina drückt die Play-Taste. Nach ein paar Akkorden beginnt der Text. Und in mir keimt ein schrecklicher Verdacht auf.

Das Lied ist noch nicht zu Ende, als Martina ihren Ohrstöpsel herausnimmt, aufsteht, sich Handtasche und Mantel schnappt und mich ansieht.

»Mach's gut, Alice.«

67 Luca

Nachdem ich den ganzen Tag herumgelaufen bin und überall Flyer verteilt und Plakate aufgehängt habe, komme ich um sechs Uhr mit der festen Überzeugung nach Hause, dass ich einen guten Job gemacht habe. Und das verschafft mir eine neue Befriedigung. Ein ganz anderes Gefühl als bei einer guten Note oder wenn man nach getaner Arbeit bezahlt wird. Hier bezahlt mich keiner, und ob ich eine gute Bewertung bekomme, ist völlig unklar. Warum bin ich dann nur so verflucht zufrieden?

Ich gehe diesen neuen Weg, den mir die alte Frau im Red Vic gezeigt hat und beschließe, dass ich nicht nach Antworten suchen, sondern mich mit meinen Fragen befassen werde. Warum bin ich so zufrieden? Wie wird das Konzert heute Abend laufen? Was werden die Nirvana's Sisters sagen, wenn die Leute zu Hunderten herbeiströmen? Und werden die wirklich zu Hunderten herbeiströmen?

In dem Moment klingelt es. Allerdings hört sich das gar nicht wie die typische Türglocke an. Eher wie der Schrei einer Möwe, aber es kommt eindeutig von der anderen Seite meiner Wohnungstür.

Daher öffne ich, um zu sehen, wer da ist.

Auf dem Treppenabsatz steht der Typ, der mir die Wohnung vermietet hat, mit einem dümmlichen Grinsen im Gesicht. Seine Haare stehen nach allen Seiten ab, und er hält ein weißes Kästchen mit einem roten Knopf in der Hand, das er mir fröhlich entgegenstreckt. Dann drückt er wieder darauf und erneut ertönt dieses Gekreisch, das offenkundig den Schrei einer Möwe imitieren soll.

Er deutet auf die Klingel und schüttelt stumm den Kopf, während er ein finsteres Gesicht zieht.

»Ja, stimmt«, gebe ich ihm recht, »die Klingel ist grauenhaft.«

Er nickt und drückt noch einmal seine Klingel *to go*. Dann betritt er die Wohnung. Die Katze bleibt starr auf dem Bett liegen und sieht ihn von oben herab an.

Nach einem schnellen Rundblick durch die Wohnung, ohne echtes Interesse für ihren Zustand zu zeigen (ich habe keine Ahnung, was seine Augen sehen, aber bestimmt hat es nur sehr wenig mit der Realität zu tun), geht der Typ auf den Balkon. Er sieht sich die Blumentöpfe an und grinst zufrieden.

»Was ist? Ich habe sie immer gegossen«, versichere ich und strecke beschwichtigend die Hände vor, obwohl er im Moment ganz friedlich wirkt. Er kniet sich sogar noch hin und sieht sich die Töpfe aus der Nähe an, keine Ahnung, warum. Als ich daraufhin näher komme, sehe ich junge Sprösslinge aus der Erde hervorragen. Einige sind kaum zu erkennen, andere haben schon zwei oder drei kleine Blättchen. Davon hatte ich überhaupt nichts mitbekommen.

»Was für Pflanzen sind das denn?«, frage ich, ehe sich mir ein übler Verdacht aufdrängt.

Er sieht mich an und nickt, dümmlich grinsend wie immer, als wollte er sagen »Ja, genau«.

»Ich muss weg«, sage ich unvermittelt. In drei Tagen geht mein Flugzeug, für die nächsten Nächte werde ich schon irgendeinen Schlafplatz finden und wenn (falls ...) ich zurückkomme, werde ich mir eine andere Wohnung suchen.

Ich hole meinen Koffer unterm Bett hervor und werfe wahllos meine Klamotten hinein. Normalerweise hätte ich vielleicht nicht so hart reagiert, aber meine jüngsten Erfahrungen zwingen mich zu einem rigorosen Vorgehen, was Drogen angeht (das Absurde ist ja, dass ich selbst überhaupt keine nehme).

Der Typ sieht mich verständnislos an und verfolgt jede meiner Bewegungen. Nach fünf Minuten hole ich, schon in der Tür, mein Portemonnaie hervor, zahle für die letzte Woche und gehe.

Um sieben Uhr treffe ich im Lilly Restaurant ein. Das Konzert beginnt zwar erst in zwei Stunden, aber die Mädels von der Band sind schon da und machen einen Soundcheck. Als ich ihnen gesagt habe, ich hätte eine neue Location für das Konzert gefunden, haben sie mich zunächst fürchterlich beschimpft, vor allem Dalila. Aber schließlich konnte ich sie überzeugen.

»Na, wie läuft's? Seid ihr bereit?«

»Was machst du denn mit dem Koffer?«

»Das ist eine lange Geschichte.«

»Also?«, fragt mich das Gothic-Girl, während sie sich bemüht, einen Stecker in die Steckdose hinter einer Box hineinzubekommen.

»Ich bin aus meiner Wohnung ausgezogen. Der Typ, der sie mir vermietet hat, ist zurückgekommen, und ich habe entdeckt, dass er auf dem Balkon Marihuana züchtet. Ehrlich gesagt möchte ich Weihnachten nicht im Gefängnis verbringen.«

»Und das soll eine lange Geschichte gewesen sein?«, fragt das Gothic-Girl wieder. »Hilf mir mal bitte.«

Sie drückt mir den Stecker in die Hand.

»Jedenfalls ist das hier ein mieser Schuppen«, sagt sie, als ich endlich den Stecker in die richtige Buchse gefriemelt habe. »Ich weiß echt nicht, wie du uns dazu überreden konntest.«

Später, so gegen neun, kommen die ersten Gäste. Um halb zehn sind ungefähr fünfzig Leute da. Das sind zwar nicht die Fanmassen, die ich mir vorgestellt hatte, aber es ist immerhin ein Publikum. Junge und weniger junge Leute. An einem Tisch erkenne ich sogar die freakige Alte aus dem Red Vic, die mir ein strahlendes Lächeln zuwirft, als unsere Blicke sich begegnen. Am Tresen sitzt mein ehemaliger Vermieter, der dem Barmann seine Klingel *to go* vorführt, und der schaut ihn an, als wäre er nicht ganz bei Trost.

Wir beschließen, jetzt mit dem Konzert zu beginnen. Als erstes Stück spielen sie einen Klassiker aus ihrem Repertoire: *About a Girl*.

Die Akustik ist nicht gerade überwältigend und leider kann

man den Bass diesmal wirklich nicht hören. Die Gäste stehen mit einem Glas in der Hand vor dem Tresen und lauschen der Musik.

Beim zweiten Stück, *Smells Like Teen Spirit*, klatscht das Publikum schon lauter. Inzwischen sind noch mehr Leute gekommen, und vor der Bühne hat sich eine kleine Menschentraube angesammelt.

Das Lilly Restaurant ist nicht wiederzuerkennen. Es sind Leute aller Altersklassen gekommen, in der Mehrzahl allerdings nostalgische Fans um die vierzig, die sämtliche Songs von Nirvana auswendig kennen.

Gegen elf ist klar, dass der Abend ein Erfolg ist. Die beiden Barmänner haben alle Hände voll zu tun und der Besitzer des Lokals ist schon bei mir gewesen, um mich zu beglückwünschen, und hat mich gefragt, ob ich nicht noch mehr Veranstaltungen organisieren möchte.

Das Gothic-Girl kündigt das letzte Stück des Abends an, aber ehe sie zu spielen anfangen, ist Dalila bei ihr und flüstert ihr etwas ins Ohr. Daraufhin überlässt die andere ihr das Mikrofon.

»Hallo«, sagt sie und bringt das Mikrofon zum Pfeifen.

Plötzlich ist es still im Saal. Dalila zögert ein wenig, durch das Mikro hört man ihren keuchenden Atem.

»Dieses letzte Stück ist für jemand ganz Bestimmtes«, sagt sie und erntet ein wenig Applaus und ein paar aufmunternde Schreie. »Es ist dem Menschen gewidmet, der diesen Abend erst möglich gemacht hat, ohne den wir, vor allem ich, niemals hier wären.«

Im Saal wird getuschelt, während die Mädels von der Band sich vielsagend anschauen.

»Jemand, von dem ich glaubte, ich hätte mich in ihn verliebt«, fährt Dalila fort.

»Zeigen! Zeigen!«, ruft einer im Saal.

Dalila lächelt und holt tief Luft.

»Bevor ich herausfand, dass sein Herz schon vergeben ist.«

»So ein Arschloch!«, schreit wieder jemand vor der Bühne und erntet Gelächter im Publikum.

»Ja, das ist er schon auch«, meint Dalila weiter, »aber er hat mir viele Dinge klargemacht. Und obwohl seine Metaphern grottenschlecht sind und sein Lieblingsphilosoph ein italienischer Liedermacher ... möchte ich ihm danken, und zwar von ganzem Herzen.«

Nach diesen Worten tritt Dalila vom Mikrofon zurück. Das Publikum ist sichtbar neugierig, aber der erste Akkord des letzten Stückes erstickt das aufkommende Getuschel.

Da begreife ich, dass es jetzt Zeit ist, mich zurückzuziehen. Ich dränge mich durch die Menge nach draußen, bis zu der Gasse, in der ich Dalila zum ersten Mal begegnet bin. Wo alles angefangen hat. Ich lehne mich gegen die Mauer, lasse mich zu Boden sinken und sitze schließlich mit angezogenen Knien auf dem Pflaster. Ich denke an Dalilas Worte und spüre, wie ein Gefühl der Wärme sich in meiner Brust ausbreitet und sich dort etwas löst, während sich in meinem Kopf ein neuer Satz meines Pop-Philosophen breitmacht. Vielleicht hat er recht, man muss die eigene Liebe geschehen lassen, wie eine neue Erfahrung, wie man es tut, wenn man überhaupt nichts erwartet und sich einfach sagt: Mal sehen.

68 Alice

»Worum geht es denn in dem Film?«

»Um eine Dreiecksbeziehung.«

»Nein, bitte nicht. Das ist jetzt nicht der richtige Moment. Wie geht er aus?«

»Das kann ich dir nicht sagen. Aber deswegen will ich ihn dir gar nicht zeigen.«

»Und warum dann?«

»Vertraust du mir jetzt oder nicht?«

Guido hat beschlossen, dass ich mir unbedingt einen Film ansehen muss. Er sagt, der wäre die Antwort auf alle meine Probleme. Was mir sehr merkwürdig vorkommt. Ich frage mich, warum er immer noch nicht genug von mir hat, nachdem ich ihn in den letzten Wochen mit meinen Problemen nun wirklich genug vollgejammert habe. Wie auch immer, wenn durch diesen Film mein Vater eine neue Stelle findet, ich mich wieder mit Martina aussöhne und der Journalist ums Leben kommt, der meinen Artikel so umgeschrieben hat, dass ich wie eine absolute Vollidiotin dastand, kann ich ihn mir ja mal ansehen.

»Aber der ist ja in Schwarz-Weiß!«, rufe ich zugegebenermaßen etwas zu verwundert, als die erste Einstellung erscheint.

»Und das ... schockiert dich?«, fragt Guido mich amüsiert.

»Nein, nein, ist schon okay.«

Guido dreht den Computermonitor auf dem Tisch so, dass wir den Film bequem vom Bett aus sehen können. Der Bildschirm ist ohnehin so riesig und seine Wohnung so ruhig, dass ich mir wirklich wie im Kino vorkomme.

Im Film geht es um einen jungen Mann, der mit einer jungen

Frau zusammen ist und außerdem noch einen Freund hat, der sich mit demselben Mädchen zu gut versteht, und dann beginnen die Verwicklungen, einschließlich des Ersten Weltkriegs.

Na ja, denke ich, wenigstens das habe ich mir erspart, aber sonst nervt mich dieser Film inzwischen ziemlich.

»Schau, das ist die Stelle!«, ruft Guido plötzlich. Er steht auf und stellt den Ton lauter.

Auf dem Bildschirm sieht man jetzt die drei Protagonisten des Films, aber nur einer von ihnen spricht, er klingt etwas niedergeschlagen.

»Das bist du«, sagt Guido zu mir. »Hör gut zu. Er erzählt, was ihm ein Lehrer gesagt hat, als er jünger war. Stell dir vor, der Partis würde das zu dir sagen.«

»Das bisschen, was ich weiß, habe ich von meinem Lehrer Sorel.

›Was wollen Sie werden?‹, hat er mich gefragt. ›Diplomat? Haben Sie ein großes Vermögen?‹

›Nein.‹

›Können Sie mit einer gewissen Glaubwürdigkeit ein Adelsprädikat vor Ihren Familiennamen setzen?‹

›Nein.‹

›Dann verzichten Sie auf die Diplomatie.‹

›Und was soll dann aus mir werden?‹

›Ein Neugieriger. Das ist zwar kein Beruf, aber es wird bald einer sein. Machen Sie Reisen, schreiben Sie, übersetzen Sie. Sie müssen lernen, überall zu leben. Beginnen Sie sofort damit. Dem Neugierigen von Beruf gehört die Zukunft. Die Franzosen haben zu lange innerhalb ihrer Grenzen vegetiert. Darum werden Sie immer Zeitungen finden, die Ihre Eskapaden bezahlen.‹«

Als der Darsteller fertig ist, steht Guido auf und drückt auf »Pause«.

»Du musst natürlich ›Franzosen‹ durch ›Italiener‹ ersetzen, aber sonst passt es doch genau, oder?«, fragt er mich mit einem jungenhaften Grinsen im Gesicht.

»Ja, irgendwie schon.«

»Du bist genauso, du bist neugierig, intelligent, deshalb darfst du das nicht aufgeben.«

»Ach, Guido, ich weiß nicht, ich bin mir nicht mehr sicher, ob das der richtige Weg für mich ist ... Außerdem fehlt mir genauso ein klingender Nachname zum Angeben.«

»Ich kann dir ja meinen geben«, sagt er, ohne sich bewusst zu sein, wie missverständlich das klingt.

»Ist das etwa ein Heiratsantrag?«, frage ich, um ihn aufzuziehen.

»Ja, Alice, willst du mich heiraten?«, fragt er mich und lacht laut los.

»Na, auf jeden Fall vielen Dank«, antworte ich und führe die Unterhaltung wieder in unverfänglichere Bahnen. »Du bist sehr nett zu mir.«

»Ich bemühe mich«, sagt er verlegen. Dann hebt er plötzlich den Kopf und sieht mich an. »Ich bemühe mich *um dich*, Alice. Inzwischen hast du das wohl mitbekommen, oder nicht?«, fragt er mich.

»Hmm, ja.«

»Ich mag dich gern, Alice, obwohl ich fürchte, dass dein Herz noch nicht frei ist. Ich weiß nicht, was du denkst, ich weiß nicht, was du willst, ich weiß nicht, was zwischen dir und ... ihm noch ist. Aber jetzt habe ich es klar und deutlich ausgesprochen. Denk darüber nach.«

Ich bin ganz geplättet von seiner unvermittelten Liebeserklärung.

»Ja, also, es ist ...«, stottere ich.

»Ich will jetzt keine Antwort von dir«, unterbricht er mich. »Na ja, irgendwann schon, aber ...«

Wir sehen den Film zu Ende, den ich in meiner geistigen Videothek klar abspeichere unter der Rubrik »auf keinen Fall anschauen, wenn man gerade eine Beziehungskrise durchmacht und dabei zwei Jungs im Spiel sind, zu denen man sich auf unterschiedliche Weise hingezogen fühlt«.

Später, als wir uns an der Wohnungstür voneinander verabschieden, geht mir seine Liebeserklärung immer noch nicht aus dem Kopf. Ich frage mich, ob ich ihm jetzt schon eine Antwort geben könnte. Tatsache ist, dass in mir zwei Antworten miteinander kämpfen, die beide richtig sind, aber einander widersprechen.

»Ich hätte dir *Jules und Jim* besser nicht gezeigt, oder?«, fragt er mich, als er bemerkt, wie abwesend ich bin.

Ich lächle, obwohl ich ihm wegen des Filmendes am liebsten »Da hast du völlig recht, du bescheuerter Trottel!« ins Gesicht schleudern würde.

»Habt ihr denn gar keinen Weihnachtsbaum?«, frage ich stattdessen. Wenn mich eine Sache zu sehr beschäftigt, stelle ich manchmal die unmöglichsten Fragen. Und tatsächlich lacht er laut.

»Nein, warum?«

»Eure Wohnung ist kein bisschen weihnachtlich geschmückt.«

»Wir feiern Weihnachten nicht.«

»Was?«

»Wir glauben nicht an Gott und deshalb feiern wir kein Weihnachten.«

»Aber Weihnachten ... ist doch ein Fest für alle, oder?«

»Es ist der Geburtstag von Jesus, noch dazu wurde der nach hinten verschoben. Inzwischen steht fest, dass er nicht am fünfundzwanzigsten Dezember zur Welt kam. Und wenn du nicht mal an ihn glaubst, wäre es doch absurd, den Tag zu feiern, oder?«

»Und was macht ihr dann?«

»Meine Eltern gehen normalerweise ins Kino und ich ... Das kommt darauf an, manchmal komme ich mit, ansonsten bleibe ich zu Hause.«

»Wow.«

69 Luca

Sobald das Flugzeug vom Boden abhebt, spüre ich, wie sich eine plötzliche Ruhe in meinem ganzen Körper ausbreitet. Mir steht eine ungefähr achtzehnstündige Reise bevor, einschließlich einer Zwischenlandung in Amsterdam. Das heißt, ich weiß zur Abwechslung mal ganz genau, was mich in den nächsten Stunden erwartet. Ich kann mir einen Film aussuchen, in regelmäßigen Abständen wird mir etwas zu essen serviert, ich werde mehrere Stunden im Flughafen von Amsterdam verbringen, während ich auf den Anschluss nach Mailand warte, dann werde ich ein Flugzeug besteigen, das mich nach Malpensa bringt, dort nehme ich den Zug nach Cadorna und dann steige ich in die U-Bahn, die mich bis vor die Haustür fährt. Und dort beginnen dann die Probleme ...

Und genau das ist der Punkt. Ich hätte gerne, dass mein Leben so wie diese Reise verliefe. Eine Strecke von festgelegter Dauer mit ein paar fixen Variablen, die man je nach Bedarf wählen kann. Das wäre herrlich! Vorausgesetzt, einem wird beim Fliegen nicht schlecht und man hat keine Angst davor, ins Meer zu stürzen. Aber das Leben, zumindest meines, hat so gar nichts von einem Langstreckenflug. Es gibt keine lächelnden Stewardessen, kein klares Ziel, der Pilot ist höchstwahrscheinlich besoffen oder hat seinen Flugschein im Internet gekauft, und auf den Flughäfen wimmelt es von den unmöglichsten Leuten, die keine Ahnung haben, wohin die Reise gehen soll.

»Wann kommen wir in Amsterdam an?«, fragt mich das Mädchen neben mir.

»Um sechs Uhr dreißig Ortszeit«, antworte ich fest überzeugt, aber dazu muss ich kein Genie sein, das steht auf dem Ticket. Es ist alles so einfach. Ja, ich möchte wirklich, dass mein Leben so verliefe wie eine Flugreise.

Das Mädchen neben mir heißt übrigens Dalila. Ich habe sie in San Francisco kennengelernt, als ich sie eines Abends vor den Übergriffen eines Betrunkenen gerettet habe. Sie arbeitet als Tänzerin in einem Lokal, aber ihre wahre Leidenschaft gilt der Musik. Ich hab ihr und ihrer Band geholfen, ein Konzert zu organisieren, und jetzt kommt sie mit mir nach Mailand, wo sie, so unglaublich das auch klingen mag, noch nie gewesen ist.

Das ist die Version, die ich einem Fremden erzählen würde oder einem entfernten Bekannten.

Eigentlich liegen die Dinge deutlich komplizierter.

Als wir in die dicke Wolkendecke über San Francisco eintauchen, wird das Flugzeug etwas durchgerüttelt. Dalila packt meine Hand und drückt sie fest.

»Hey, alles in Ordnung?«, frage ich sie.

»Ich habe Flugangst.«

»Das brauchst du nicht. Es ist völlig normal, wenn es beim Start ein paar Turbulenzen gibt.«

Das Flugzeug sackt etwas ab und eine Klappe über uns öffnet sich, ein Trolley fällt heraus und landet auf dem Kopf eines Passagiers. Ein kleines Mädchen weiter vorne fängt an zu weinen, während Dalila immer noch krampfhaft meine Hand drückt.

Im Gegensatz zu ihr bin ich die Ruhe selbst. Und das nicht nur, weil es sich um normale Turbulenzen handelt, sondern auch, weil ich weiß, wenn jetzt etwas schiefgehen sollte und wir ins Meer stürzen, würde das keiner von uns überleben. Mit anderen Worten (ich stelle mir immer noch mein Leben wie einen Flug vor), wir haben keine Kontrolle über die Situation, und deswegen gibt es auch überhaupt keinen Grund, sich aufzuregen.

Doch die Frage lautet jetzt: Wer steuert das Flugzeug?

Die alte Frau vom Red Vic hat recht. Man sollte sich auf die Fragen beschränken. Wenn ich jetzt versuchen würde, zu benennen, wer am Steuer des Flugzeugs sitzt, würde ich bloß ein paar schreckliche Banalitäten von mir geben (das Schicksal? Gott? Ach, hör auf …).

Das Flugzeug liegt jetzt wieder ruhig in der Luft, und auf dem kleinen Monitor über unseren Köpfen erscheint das Zeichen, dass man die Sicherheitsgurte öffnen darf. Noch so etwas, das es blöderweise im Leben nicht gibt (hey, was ist denn mit dir los? Ach, nichts, ich wollte gerade meine Freundin betrügen, aber zum Glück ist nichts passiert, ich hatte ja den Sicherheitsgurt um).

»Woran denkst du gerade?«, fragt mich Dalila und lässt meine Hand los.

»An dummes Zeug. Dass ich es toll fände, wenn das Leben wie eine Flugreise verlaufen würde.«

»Du meinst, den ganzen Tag nur dumm rumsitzen und widerlichen Fraß zu essen bekommen?«

»Na ja, das kommt darauf an, wie man es betrachtet. Es gibt auch ein paar schöne Filme, die man sich angucken kann.«

»Ach so, ja dann …«, erwidert Dalila, dreht sich weg und schaut aus dem Fenster.

Wir überfliegen einen kleinen weißen Wolkenteppich, in den eine orangefarbene Sonne am Horizont versinken will.

»Bist du sicher, dass ich bei dir wohnen kann?«, fragt mich Dalila.

»Klar, ich hab dir doch schon gesagt, dass das kein Problem ist. Aber du musst dich mit der Ausziehcouch zufriedengeben.«

»Was hast du in Mailand vor?«

»Nichts Besonderes. Ich werde Weihnachten feiern, meine Freunde treffen und dann wieder nach San Francisco zurückfliegen.«

»Wann erfährst du denn, ob man dich in Berkeley genommen hat?«

»Frühestens im Februar, bis dahin ist noch Zeit.«

Da dreht sich Dalila zu mir um und betrachtet mich verwundert.

»Wie kannst du nur so ruhig sein?«

»Ich weiß es nicht. Vielleicht habe ich mich einfach mit dem Chaos abgefunden. Erinnerst du dich noch an dieses Bild, *Au temps de l'harmonie*, das eigentlich zunächst *Au temps de l'anarchie* hieß? Ich habe mir überlegt, dass es eigentlich gar nicht so verkehrt ist. Harmonie und Anarchie liegen nicht allzu weit auseinander.«

Dalila erwidert nichts. Sie lächelt mich an, wie man einem Kind zulächelt, das glaubt, etwas unglaublich Kluges gesagt zu haben. Dann sieht sie wieder aus dem Fenster.

Nach dem Essen beschließen wir, uns einen Film anzugucken. Die Auswahl ist nicht üppig und am Ende entscheiden wir uns für einen Zeichentrickfilm. Die Geschichte von einem jungen, pummeligen Panda, der davon träumt, ein großer Kung-Fu-Kämpfer zu werden; aber dessen Vater, im Übrigen ein Ganter, hätte gerne, dass er seine Nachfolge antritt und Koch wird. Als der Abspann läuft, bemerke ich, dass Dalila ihre Augen geschlossen hat, aber in meinem Kopf hat sich ein Gedanke festgefressen, der dieses Gefühl friedlicher Gelassenheit empfindlich stört, das mich beim Abflug so angenehm erfüllt hat.

Ich kehre nach Mailand zurück, sage ich mir. Natürlich werde ich Alice wiedersehen müssen, und ich weiß nicht, was wir uns sagen sollen. Ich werde mit Martina reden müssen, um herauszufinden, warum verflucht noch mal sie dieses Lied geschrieben hat, und schließlich muss ich mich wohl oder übel auch mit meinem Ganter-Vater auseinandersetzen, der inzwischen bestimmt meinen Brief bekommen hat, und dann versuchen, unsere Beziehung wieder zu kitten.

70 Alice

Wieder so ein ganz normaler Tag. Es ist zwanzig vor acht und ich bin unterwegs zur Schule. Wie jeden Morgen sitze ich in der U-Bahn und habe die Kopfhörer meines iPods in den Ohren.

Aber irgendetwas ist heute anders.

Genauer gesagt: Heute sind alle verliebt.

Ich bin von Pärchen umzingelt. Pärchen, die sich küssen, einander umarmen oder Händchen halten. Ich ziehe die Ohrstöpsel raus und beobachte dieses merkwürdige Treiben um mich herum. Ja, alle haben einen Partner, alle lächeln, sind fröhlich, umarmen einander, tauschen Zärtlichkeiten aus, verabreden sich für den Nachmittag.

Und ich bin allein.

Ich fühle einen Stich ins Herz, als ich an die gemeinsamen Momente mit Luca zurückdenke. An all die Male, die wir morgens zusammen in der U-Bahn saßen. Als auch ich noch Teil eines Pärchens war. Ein Junge und ein Mädchen neben mir knutschen wild, es klingt wie kämpfende Nacktschnecken. Während das Geräusch ihrer Lippen laut in meinen Ohren widerhallt, steigt in mir das unwiderstehliche Verlangen auf, sie auseinanderzuzerren.

Erst als ich an meiner Haltestelle ankomme, bemerke ich, dass doch nicht alles Pärchen sind, es gibt höchstens noch zwei oder drei. Aber beim Aussteigen ist dieses unbekannte Gefühl immer noch da, ein Schmerz, eine Sehnsucht, die die Wut zunächst erdrückt hat. In Wahrheit habe ich die Kontrolle über meine Gefühle verloren. Vor zwei Tagen zum Beispiel hat mich eine Aspirinwerbung zu Tränen gerührt. Der Anblick des Mädchens mit der roten Triefnase, das endlich wieder frei durchatmen konnte, war einfach zu viel für mich und ich habe Rotz und Wasser geheult ... Und gestern bin ich bei einer Griechischübersetzung richtiggehend ausgeflippt. Es ging um den Neid der Götter. Anscheinend werden die Götter nämlich eifersüchtig, wenn sie jemanden sehen, der zu glücklich ist, und dann setzen sie alles daran, sein Glück zu zerstören.

Aus all diesen Gründen fehlt mir, als ich an meiner Schule ankomme, die Kraft, sie zu betreten, ich bringe es einfach nicht über mich, nach all den Malen diese Schwelle zu überschreiten, einfach so zu tun, als ob nichts wäre, zu lernen und zu versuchen, an nichts anderes zu denken. Am liebsten würde ich nur noch weinen, und das möchte ich nicht in der Öffentlichkeit tun.

Eine halbe Stunde später sitze ich im Sempione-Park auf einer kleinen Bank an dem Teich mit den Enten. Ich sehe ihnen zu, wie sie hin und her schwimmen, einfach so, ohne einen erkennbaren Grund, ohne ein Ziel, was wohl auch daran liegt, dass ihre Welt sich auf diesen Ententeich beschränkt, wo man nichts anderes tun kann als hin und her zu schwimmen. Ich überlege, wie sehr mein jetziges Leben diesem Teich ähnelt, in dem man nicht sehr viel Spielraum hat und nur darauf warten kann, dass einem jemand ein paar Brosamen zuwirft. Ich erinnere mich, wie unendlich oft Luca auf dieser Parkbank neben mir gesessen hat, und eine unstillbare Sehnsucht überkommt mich. Ich spüre, wie meine Augen sich mit Tränen füllen und kann gerade noch ein Schluchzen zurückhalten.

Als ich aufblicke, bemerke ich auf einer anderen Bank nur wenige Meter neben mir einen Jungen, der genauso aussieht wie mein Bruder. Er ist allein, hat die Hände in den Taschen vergraben und die Schultern hochgezogen, wie um sich vor der Kälte zu schützen.

Als ich näher komme, erkenne ich, dass es wirklich mein Bruder ist.

»Fede!«, rufe ich verblüfft aus. »Was machst du denn hier?«

Er schaut mich schuldbewusst an, als hätte ich ihn bei etwas Verbotenem ertappt.

»Ich hatte keinen Bock auf Schule«, gesteht er. »Aber du anscheinend auch nicht.«

»Nein, stimmt.«

»Unterschreibst du mir morgen die Entschuldigung?«

»Was denn, kannst du die nicht selber fälschen? Also, Mamas Unterschrift geht doch ganz leicht.«

»Ich mach zum ersten Mal blau«, gibt er zu und klingt dabei kleinlaut und traurig.

»He, was ist denn los?«, frage ich ihn besorgt. »Ist was mit Clara?«

»Nein, nein, mit Clara ist alles in Ordnung ...«

»Was dann?«

»Kann ich dich was fragen?«

»Klar, aber jetzt mach ich mir allmählich wirklich Sorgen.«

Er lächelt und wickelt sich noch enger in seine Jacke. Zum ersten Mal seit ich ihn kenne, und so etwas über seinen Bruder zu sagen klingt schon etwas merkwürdig, kommt es mir vor, als hätte ich einen Mann vor mir. Zum ersten Mal zeigt sein Gesicht etwas anderes als diese klaren, beruhigenden Gefühle, die man nur bei Kindern sieht: Glück, Trauer, Wut, Müdigkeit. Ich habe den Eindruck, gerade eine Verwandlung mitzuerleben, und ich frage mich, ob das bedeutet, dass man erwachsen wird. Dass sich unsere Gefühle und Gedanken nicht mehr klar abgrenzen lassen, dass sie plötzlich vielschichtiger sind und alles immer komplizierter wird.

»Meinst du, es ist falsch, dass Papa die Fabrik besetzt?«

»Nein, ganz bestimmt nicht. Aber warum fragst du?«

»Ich hab mich mit einem geprügelt«, sagt er und ich höre, wie seine Stimme zittert.

»Warum hast du dich geprügelt und wann?«

»Heute Morgen. Zwei Jungs haben mich aufgezogen, sie haben gesagt, dass Papa wohl gern Campen geht, weil er sein Zelt in der Fabrik aufgeschlagen hat.«

»Na, die kamen sich wohl besonders witzig vor.«

»Und ich hab ihnen dann die Fresse poliert.«

Erst in diesem Moment fällt mir auf, dass seine Jacke dreckig und an mehreren Stellen zerrissen ist.

»Oh mein Gott, Fede, hast du dir wehgetan?«, frage ich ihn und schaue ihn mir näher an, ganz wie eine besorgte Mutter.

»Nein, ich hab mir nichts getan«, antwortet er und rückt etwas ab.

»Hast du es ihnen wenigstens gegeben?«

Er antwortet nicht, aber dann grinst er mit unverhohlenem Stolz.

»Was waren das denn für zwei Jungs?«

»Zwei Nazis, wir haben da jetzt eine kleine Clique in der Schule. Die gehen allen auf die Nerven. Sie laufen mit Hakenkreuzen auf den Rucksäcken rum, und einmal haben sie Riccardo verprügelt, weil der schwul ist.«

»Ach was, dein Freund Riccardo? Der ist schwul?«

»Ja, ich glaub schon ... Also, eigentlich wissen es alle außer ihm.«

Okay, es ist idiotisch, aber ich hätte nie gedacht, dass mein kleiner Bruder Federico schwule Freunde hat.

»Jedenfalls haben sie sich über Papa lustig gemacht und deshalb hab ich heute Morgen am Schultor auf sie gewartet ...«

»Weil du mit ihnen reden wolltest, weil du ...«

»Nein, ich wollte nicht reden. Einem von denen habe ich sofort eins mit dem Kopf verpasst, ich glaub, dem hab ich die Nase gebrochen. Wir haben uns geprügelt und dann bin ich abgehauen.«

Ich bin sprachlos und kann nicht glauben, was ich gerade gehört habe. Das Ganze kommt mir so absurd vor, und außerdem drängt sich mir der zugegebenermaßen genauso bescheuerte Gedanke auf, dass Fede doch schließlich nicht auf irgendeine Brennpunktschule in einem problematischen Vorort geht, sondern auf ein stinknormales Gymnasium im Zentrum.

»Oh Mann, die werden mich umbringen«, meint er und

knabbert an seiner Lippe, als würde er mit den Tränen kämpfen.

Ich nehme ihn in den Arm, weil ich sonst nichts tun kann. Er rührt sich nicht, lässt mich aber gewähren, und in diesem kurzen Augenblick erinnere ich mich daran, was Luca mir vor dem Abflug gesagt hat. Er meinte, er hätte genug von den bauernschlauen Bonzen und den verkappten Nazis und Faschisten und dass er angefangen hätte, die Leute zu hassen. Damals waren das nur leere Worte für mich, nichts als eine Ausrede für seine Flucht. Jetzt muss ich mich wohl korrigieren. Es gibt Dinge, von denen man immer annimmt, sie würden einem nicht passieren. Man glaubt einfach nicht, dass der eigene Vater seine Arbeit verlieren könnte, dass die eigene Mutter depressiv oder der Bruder von einer Horde Nazis verprügelt werden könnte. Und dann passiert es eben doch. Und wenn es passiert, kann es schon zu spät sein.

Plötzlich fehlt mir Luca so sehr, ich vermisse die Sicherheit, die er mir vermitteln konnte, unsere Gespräche, unsere Gedanken, die Zeit, die wir gemeinsam verbracht haben, als ob die ganze Welt um uns herum nicht existierte. Und auf einmal möchte ich von hier weg, raus aus diesem Land.

Ich schluchze laut, und instinktiv verstärke ich meinen Griff.

»He, was ist denn los?«, fragt mich Fede.

»Ach, nichts«, sage ich schnell, aber meine Stimme verrät mich.

»Was hast du denn angestellt?«

Ich ziehe den Arm zurück, lehne mich mit dem Rücken an die Bank und starre auf den Teich, wo eine Gruppe Enten jetzt auf uns zuschwimmt.

»Ich baue gerade ziemlichen Mist«, gestehe ich.

»Kannst du darüber reden?«

»Nur wenn du versprichst, es gleich wieder aus deinem Gedächtnis zu löschen.«

»Okay, versprochen«, sagt er grinsend.

Dann stehen wir auf und gehen etwas spazieren, und ich erzähle ihm, was in den letzten Wochen passiert ist. Ein paar Einzelheiten übergehe ich, aber ich gebe mir Mühe, alles zumindest in groben Zügen zu schildern. Und zum ersten Mal versuche ich, mir noch einmal sämtliche Puzzleteilchen dieses gerade erst vergangenen Herbstes zu vergegenwärtigen und sie zu einem Bild zusammenzusetzen.

Auf dem Nachhauseweg beende ich meine Erzählung mit den klassischen Worten: »Und jetzt weiß ich nicht, was ich tun soll.« Fede schaut mich an, als wäre ich total behämmert.

»Ich hab das Gefühl, du hörst dir selbst nicht zu, wenn du redest«, erklärt er und starrt mich beinahe entrüstet an.

»Warum? Was hab ich denn gesagt?«

»Du quatschst jetzt schon eine halbe Stunde und hast mindestens zehn Mal wiederholt, wie dumm du bist und dass du, wenn du schon deinen Freund verloren hast, nicht auch noch deine beste Freundin verlieren möchtest, die im Übrigen, wenn ich es richtig verstanden habe, gar nichts gemacht hat und du nur Scheiße kapiert hast.«

»Ja und?«

»Dann sag ihr das doch endlich!«

71 Luca

»Was soll das heißen, ›sie verbringt Weihnachten mit uns‹?«

»Das, was ich gesagt habe: Sie verbringt Weihnachten mit uns. Die stille Zeit macht uns doch alle zu besseren Menschen, oder?«

»Luca, hör auf mit deinen Scherzen. Wir kennen sie doch nicht einmal.«

»Ich kenne sie. Und sie hat niemanden, bei dem sie bleiben kann.«

»Was ist mit ihren Eltern? Hat sie keine Familie?«

»Das ist eine ziemlich verfahrene Situation.«

In der Tür zur Küche erklärt mir meine Mutter ohne Umschweife, was sie davon hält, Weihnachten-im-Kreise-seiner-Lieben nicht ganz so eng zu sehen. Mein Vater ist schon im Restaurant und Dalila und Gloria spielen mit Barbiepuppen.

Doch dann findet meine Mutter sich mit den Tatsachen ab. »Frag sie, was sie isst«, sagt sie resigniert.

»Vogelfutter, Mama. Was soll sie schon essen? Das, was es gibt.«

Meine Mutter stützt die Hände in die Hüften und seufzt.

»Dass du mit so was immer in letzter Minute kommen musst ...«

Nach diesen Worten kehrt sie an den Herd zurück, wo sie das Mittagessen kocht. Ich weiß, sie wird sich gleich beruhigen. Man muss ihr nur Zeit geben, das Ganze zu verdauen.

Ich gehe ins Wohnzimmer, wo es Dalila gelungen ist, mit den Barbiepuppen meiner Schwester ein Gothic-Grunge-Konzert zu inszenieren. Das Dach von Barbies Haus ist zur Bühne geworden und die Zimmer darunter scheinen zu Garderoben umfunktioniert worden zu sein. Außerdem drängt sich mir der Eindruck auf, dass Ken in der Backstage-Küche einen Joint raucht.

»Was hat Ken da im Mund?«, frage ich meine Schwester, die ganz begeistert mitspielt.

»Einen Lutscher. Den hat Dalila gemacht.«

»Super Idee«, sage ich sarkastisch.

»Wenn du zwischen zwei Songs etwas runterkommen willst«, erklärt Dalila, »gehst du einfach hinter die Bühne und ziehst dir einen Lutscher rein.«

Meine Schwester nickt glücklich, während sie hochkonzentriert eine dunkelhäutige Barbiepuppe kämmt.

»Gloria, Dalila und ich müssen weg«, sage ich zu meiner Schwester.

»Geht ihr wieder nach Amerika?«

»Ja, genau, woher weißt du das?«

»Dalila hat mir gesagt, dass ihr nach Amerika zurückgeht.«

»Ja, aber erst nach Weihnachten.«

»Ah, verstehe«, erklärt meine Schwester und klingt dabei wie eine alte Frau.

Ich habe den Eindruck, dass sie während meiner Abwesenheit zu viel Zeit mit den Großeltern verbracht hat.

»Zieht euch warm an«, sagt sie jetzt ganz ernst und bestätigt damit meinen Verdacht.

»Mama, deine Tochter hat eben zu uns gesagt, wir sollen uns warm anziehen«, sage ich zu meiner Mutter, als sie sich an der Tür von uns verabschiedet. »Was für ein Spiel wird hier gespielt?«

»Sie hat doch recht, es ist kalt draußen«, antwortet sie und geht nicht weiter auf meine Frage ein.

»Ja, aber *du* musst mir sagen, ich soll mich warm anziehen, nicht meine sechs Jahre alte Schwester!«

»Los, raus jetzt!«, sagt sie und tut so, als würde sie uns verjagen.

Eine halbe Stunde später stehen wir vor dem Restaurant, in dem mein Vater arbeitet. Es sind nur noch wenige Tage bis Weihnachten, und in Mailand wimmelt es von Menschen, die ihre letzten Weihnachtseinkäufe machen und große Tüten mit sich herumschleppen.

»Wenn du willst, kannst du hier auf mich warten«, sage ich ihr.

»Ich geh ein wenig spazieren, wie lange wirst du brauchen?«

»Hmm, wohl nicht sehr lange.«

Dalila schlendert den Naviglio entlang, während ich das Restaurant durch die Vordertür betrete. Fabio, der Chefkellner, der mich schon lange kennt, begrüßt mich lächelnd.

»Da ist ja der Auswanderer! Wie läuft's in San Francisco?«

»Gut, gut, danke, ich bin gerade erst zurückgekommen und wollte meinen Vater begrüßen.«

»Geh schon, los, er ist in der Küche.«

Ich durchquere das Lokal, wo zwei Kellner gerade die Tische eindecken, und öffne die Tür zur Küche.

Mein Vater steht am Herd, genauso wie ich ihn am Tag vor meiner Abreise verlassen habe. Diesmal empfängt er mich nicht mit einem Lächeln, sondern sieht mich fragend und besorgt an.

»Hallo, Papa«, begrüße ich ihn und gehe zu ihm.

Auf dem Feuer steht ein großer Aluminiumtopf mit Brühe, auf dessen brodelnder Oberfläche sich größere Fettaugen gebildet haben, die er eilig mit einem Schaumlöffel herausfischt.

»Hallo, Luca«, sagt er, ohne seine Tätigkeit zu unterbrechen.

Ich sage kein Wort und beobachte ihn stumm bei seiner Arbeit.

»Du hast nicht auf meine Mail geantwortet«, sagt er und meidet meinen Blick.

»Ich habe dir einen Brief geschickt.«

»Der ist nicht angekommen«, antwortet er. Ein wenig heiße Brühe spritzt ihm auf die Hand, und er verzieht vor Schmerz das Gesicht.

»Seit wann schreibst du Briefe?«, fragt er mich, legt den

Schaumlöffel auf den Tisch und hält seine Hand unter kaltes Wasser.

»Und seit wann schreibst du Mails?«, frage ich zurück.

Beide Fragen bleiben jedoch unbeantwortet.

»Ich habe begriffen, dass ich bei dir viele Dinge falsch gemacht habe«, fährt er fort.

»Komm, nicht viele. Ein paar ... Du willst wissen, warum ich Wirtschaft studiere?«

»Ich habe gemerkt, dass ich dich nie danach gefragt habe.«

Seine Stimme klingt kalt und formell, aber man merkt, dass er seine Worte mit Bedacht wählt. Man merkt genau, dass er jetzt die Absicht hat, mir wirklich aufmerksam zuzuhören. Und während ich diese neue Entwicklung an ihm wahrnehme, begreife ich, dass ich gar keine Lust mehr habe, mit ihm zu reden, auch weil ich ehrlich gesagt nicht genau weiß, was ich ihm antworten soll. Und weil es vielleicht auch diesmal nicht so sehr um die Antwort, sondern um die Frage geht.

Deshalb nehme ich den Schaumlöffel und fische die Fettaugen von der Brühe, die im Topf köchelt. Er beobachtet mich überrascht.

»Du weißt, dass ich in den letzten Monaten als Hilfskoch gearbeitet habe?«

»Deine Mutter hat es mir erzählt.«

»Aber ich weiß nicht, ob ich es wieder mache«, füge ich hinzu. »Im Februar bekomme ich Bescheid, ob ich in Berkeley angenommen werde.«

»Gut«, sagt er. Dann dreht er den Wasserhahn zu und trocknet sich die Hände an der Schürze ab. »Also bleibst du dort?«

»Ja, ich glaube schon.«

»Und sonst?«, fragt er mich fast unhörbar, als wollte er mir diese Frage eigentlich nicht stellen.

»Ich bin jetzt Manager einer Gruppe.«

»Was für einer Gruppe?«

»Einer Musikgruppe, einer Band, sie heißt Nirvana's Sisters. Sie sind gut.«

Wir schweigen kurz. Er schaltet die Flamme unter dem Topf aus und stellt ihn auf die Arbeitsfläche neben dem Spülbecken. Als ich ihn durch den Dampf, der vom Topf aufsteigt, von der Seite beobachte, kann ich erkennen, dass er kaum wahrnehmbar lächelt.

»Hast du Alice gesehen?«, fragt er mich.

»Nein, warum?«

»Sie ist vorn im Lokal, also, sie müsste eigentlich schon da sein.«

»Was macht sie denn hier?«

72 Alice

»Was machst du denn hier?«

»Ich arbeite hier.«

Luca steht mit weit aufgerissenen Augen vor mir. Er mustert mich von Kopf bis Fuß, um zu begreifen, ob ich gerade tatsächlich die Wahrheit gesagt habe. Doch die schwarze Schürze, die weiße Bluse und der kleine Bestellcomputer sprechen für sich.

»Seit wann?«

»So ungefähr, seit du mich betrogen hast.«

Er steht regungslos da und sieht mich an. Dann dreht er sich um und macht ein paar Schritte auf die Küche zu. Aber er bleibt sofort wieder stehen, keine Ahnung, warum, kehrt zurück und sieht mich an, während er die Worte zurückhält, die ihm eigentlich über die Lippen wollen. Der Chefkellner Fabio beobachtet die Szene verblüfft aus einigen Metern Entfernung.

»Ich schulde dir keine Erklärung«, sage ich trocken zu ihm. »Du hast dich für deinen Weg entschieden, ich für meinen.«

»Komm mal einen Augenblick mit raus«, sagt er zu mir und verlässt schnell das Lokal.

Draußen sieht er mich an, setzt zu reden an, aber dann bleibt er stumm. Man sieht ihm an, dass er kurz vor einem Ausbruch steht, während ich spüre, wie in mir die ganze Wut hochkommt, die ich in den letzten Wochen unterdrückt habe.

»Ich schulde dir wirklich keine Erklärung«, platze ich heraus. »Ich war hier und habe auf dich gewartet, war die ganze Zeit für dich da. Ich habe nie aufgehört, an dich zu denken, du warst es, der sich von Anfang an immer nur mit sich selbst befasst hat. Als ich nach San Francisco gekommen bin, dachte ich, es gäbe für alles eine Lösung. Kannst du dir ansatzweise vorstellen, wie ich mich gefühlt habe, als du nicht am Flughafen warst, als ich herausgefunden habe, dass du im Gefängnis bist, als ich diese kleine Schlampe suchen musste? Du tust immer so brav, so vernünftig, als würdest du nie einen Fehler machen, mit Worten bist du ganz groß, aber im Grunde hat das, was du denkst, und das, was du sagst, leider rein gar nichts mit dem zu tun, was du tust. Du bist nur ein Blender, du kannst dir und den anderen hervorragend etwas vormachen. Ich habe es satt! Ich will einen Freund, der an mich denkt, bei dem ich an erster Stelle stehe ... Und eigentlich hab ich mir gewünscht, dass du dieser Junge wärst!«

Luca sieht mich ausdruckslos an, als hätte mein Ausbruch ihn nicht im Geringsten berührt. Das heizt meine Wut nur noch an. Ich komme mir so ohnmächtig vor. Schon viel zu lange habe ich das Gefühl, dass ich keine Kontrolle mehr über mein Leben habe. Ich balle die Hände zu Fäusten, presse mir die Nägel so fest ins Fleisch, dass es wehtut. Und bevor ich es selbst merke, hebt sich meine rechte Faust.

Seine Augen flackern kurz beunruhigt auf, aber da ist es schon zu spät. Mein Arm ist losgeschnellt und mein Schlag trifft ihn genau im Bauch. Ich spüre einen heftigen Schmerz an den Fingerknöcheln und plötzlich brennt mir die ganze Hand. Ich beiße die Zähne zusammen, um den Schmerz nicht zu spüren, während Luca regungslos dasteht. Offenbar hat er gar nichts abbekommen!

»Und jetzt habe ich mir auch noch wehgetan!«, sage ich und massiere meine Hand.

Wir stehen uns gegenüber, starren uns in die Augen, bis er schließlich seine Lippen zu einem unterdrückten Lächeln verzieht.

»Was zum Teufel gibt's denn da zu grinsen, du Idiot!«

Er schüttelt den Kopf, und auf seinem Gesicht liegt dieser Ausdruck von Zärtlichkeit, der mir so vertraut ist und von dem ich gefürchtet hatte, ich würde ihn nie mehr sehen. Da löst sich etwas in meinem Herzen, und für einen Moment muss ich auch lachen.

»Hast du dir wehgetan?«, fragt er mich und kommt näher, aber ich weiche zurück.

»Ja, und dir nicht.«

»Alice, lassen wir das doch«, sagt er und sieht mich mit dem Blick an, der daran schuld ist, dass ich mich in ihn verliebt habe. »Ich möchte nicht mehr streiten. Ich glaube, dass wir uns alles zurückholen können, was wir verloren haben. Ja, stimmt, ich hab ein Riesenchaos angerichtet. Aber ich habe nie aufgehört, an dich zu denken ...«

»Ich doch auch nicht ...«

Diese Worte kommen mir schneller über die Lippen, als ich denken kann. In mir kämpfen zwei gegensätzliche Gefühle. Einerseits möchte ich ihn umarmen, alles vergessen, von vorn anfangen. Aber dann wiederum kommt mir das so schwierig vor, es erscheint mir unmöglich, das wiederzufinden, was wir verloren haben.

»He, Luca, können wir gehen?«, fragt jemand hinter ihm. Eine Frauenstimme, die ich sofort wiedererkannt habe. Dalila taucht hinter ihm auf.

»Äh ... Oh, verdammt. Ich gehe wohl besser«, sagt sie, als sie mich bemerkt.

»Bleib nur, bleib. Diesmal gehe ich.«

Bei diesen Worten binde ich mir die Schürze ab und schleudere sie Luca ins Gesicht.

»Dann arbeite du doch jetzt bei deinem Vater, wenn ich das nicht soll!«

Ich laufe weg. Im wahrsten Sinne des Wortes. Ohne darauf zu achten, wo ich hinlaufe, ohne die Kälte zu spüren, ohne auf die Leute zu achten, die ich unterwegs anrempele. Und ich schwöre, schwöre mir selbst mit all meiner Kraft, dass ich mich nicht mehr verarschen lasse. Das mit Luca ist Vergangenheit, für immer. Selbst Sterne verlöschen, und auch das Verlangen verschwindet irgendwann. Außerdem möchte ich nicht mehr auf mein Verlangen, meine Wünsche hören, die verleiten mich nur dazu, dummes Zeug zu machen. Ich möchte bloß noch mit Menschen zusammen sein, bei denen ich mich wohlfühle, die wirklich an mich denken. Und ich weiß auch, wo ich so jemanden finde. Einer von denen wartet nur auf meine Antwort, und bei der anderen muss ich mich beeilen, wenn ich sie nicht verlieren will.

Eine halbe Stunde später stehe ich vor Martinas Wohnung und drücke mit dem Zeigefinger fest und lange auf die Klingel.

»Wer ist da?«

»Martina, ich bin's, Alice.«

»Und was willst du?«

»Ich will mit dir reden, ich will mich entschuldigen, glaube ich.«

»Glaubst du?«

»Nein, nein, ich bin mir sicher.«

Die Sprechanlage bleibt für kurze Zeit stumm und halb und halb bin ich darauf gefasst, dass ich gleich höre, wie der Hörer aufgelegt wird.

»Komm rauf, blöde Kuh«, sagt sie stattdessen.

Zehn Minuten später saßen Martina und ich auf dem Sofa vor dem kalten Kamin. Wir haben uns ausgesprochen. Wir haben uns alles gesagt. Dann haben wir uns wieder gestritten, als sie mir erzählt hat, dass sie mit Luca in New York in der Sauna war, und uns wieder versöhnt. Sie ist wütend geworden, als ich ihr erzählt habe, dass Mary auch dachte, ihr Lied sei eine Liebeserklärung an Luca, aber dann ist ihre Wut verraucht.

Jetzt sitzt Martina mir gegenüber und betrachtet mich lächelnd. So in der Art Wir-sind-doch-wirklich-zu-blöd, und ich denke, dass Liebe Freundschaft nicht das Wasser reichen kann. Da gewinnt die Freundschaft haushoch!

»Ich habe dir aber nicht die ganze Wahrheit erzählt«, fügt sie jetzt hinzu.

»Was gibt es denn noch?«

»Keine Sorge, nicht Schlimmes. Oder besser gesagt, das

kommt darauf an … Aber diesmal hat es nichts mit Jungs zu tun.«

»Und womit dann?«

Sie zieht ein Knie zu sich hoch aufs Sofa und umfängt es mit den Armen, stützt das Kinn darauf.

»Mein Song war für dich.«

Zunächst glaube ich, dass ich sie falsch verstanden habe.

»Wie meinst du das, für mich? Also für mich, für deine Freunde, das hattest du doch gesagt, oder?«

»Ja, ja, das auch, beides.«

»Also, wart mal, Martina, jetzt komm ich nicht mehr mit.«

»Du weißt doch, ich war mit vielen Jungs zusammen und hab mich nie in einen verliebt. Mit Daniele geht es mir genauso, ich fühle mich wohl mit ihm, ich mag ihn gern, aber es ist anders …«

Martina verstummt kurz und seufzt.

»Mit dir war es immer anders«, fährt sie fort. »In deiner Gegenwart habe ich mich immer gut gefühlt. Du hast mir nie recht gegeben wie die Jungs. Sie haben Angst vor mir, du nicht. Du bist die Einzige, die mich zum Schweigen bringen kann, die Einzige, die wirklich wütend auf mich werden kann, die Einzige, bei der es mir richtig gut geht. Aber du warst mit Luca zusammen. Deshalb habe ich meine Gefühle tief in meinem Herzen vergraben und beschlossen, sie für immer dort ruhen zu lassen. Das hat mir nichts ausgemacht, ich bin nie glücklich gewesen und es war mir auch nie wichtig. Ihr habt eure Zukunft geplant, ich meine. Und in dem Moment habe ich mich hingesetzt und den Song geschrieben. Anfangs war er ein bisschen anders, etwas … eindeutiger. Aber dann habe ich Angst bekommen, habe an die Probleme gedacht, die ich damit herbeiführen würde. Und deshalb habe ich ihn umgeschrieben. Aus allen ›sie‹ wurde ein ›er‹, Liebe habe ich in Freundschaft geändert. Und als ich fertig war, habe ich gemerkt, dass der Song mir eigentlich auch so gefiel. Ich wusste, dass ich dich nie bekommen konnte, aber ich wusste auch, dass ich dich nicht als Freundin verlieren wollte …«

Martina verstummt und steht auf. Sie streicht sich die Bluse mit den Händen über den Hüften glatt und wirkt dabei so erschöpft wie jemand, der gerade ein hartes Stück Arbeit hinter sich gebracht hat.

»Okay, jetzt weißt du es.«

»Marti, ich hätte nie gedacht ... Ich habe nichts gemerkt.«

»Das weiß ich doch.«

»Aber heißt das ...«

»Dass ich lesbisch bin? Keine Ahnung. Ich weiß es wirklich nicht. Andere Mädchen mag ich eigentlich nicht ... Ich mag nur dich ...«

»Und was machen wir jetzt?«, frage ich und merke sofort, wie blöd meine Frage ist.

»Gar nichts, Ali. Ich möchte dich nicht verlieren. Und da du nicht ... mit mir zusammen sein kannst, möchte ich wenigstens sicher sein, dass du weiter meine beste Freundin bist.«

73 Luca

Da das Videospiel mit der Maus ein so irrer Erfolg war, habe ich beschlossen, eine neue Version zu erarbeiten.

In dem »neuen« Spiel wird es viel mehr Fallen geben, viel mehr Levels und neue supergefährliche Feinde. Also im ersten Level zum Beispiel kehrt die Maus mit dem Mäuseweibchen, das sie dort kennengelernt hat, aus San Francisco zurück, und kaum ist sie in Mailand (die Handlung spielt zwischen San Francisco und Mailand), entdeckt sie, dass ihre Ex im gleichen Lokal wie ihr Vater arbeitet. Die Maus will sich gerade mit ihr versöhnen, aber dann erscheint mit perfektem Timing das andere Weibchen. Da ist die Maus verwirrt und steht schließlich in einem Labyrinth vor zwei Türen (im Spiel muss man immer wieder ganz klassisch eine Entscheidung zwischen mehreren Wegen treffen und manchmal auch mit komplexeren psychischen Problemen fertig werden). Hinter einer Tür wartet ihr altes Leben, aber es ist nicht gesagt, dass es genauso sein wird wie früher, so wie sie es verlassen hat. Hinter der anderen liegt ein neues Leben, das sehr reizvoll erscheint und die Maus sehr lockt. Was soll sie tun?

»Kinder, Essen ist fertig, alle an den Tisch!«, ruft meine Mutter aus der Küche.

Es ist Heiligabend. Dalila, meine Schwester und ich hocken auf dem Sofa und sehen uns einen von den vielen Weihnachtsfilmen an, die in dieser Zeit die Fernsehprogramme füllen. Dieser hier ist die Geschichte eines grünen haarigen Monsters, das Weihnachten hasst und auf einem Berg oberhalb vom Dorf des Weihnachtsmanns haust. Die Story ist total unglaubwürdig und die Figuren benehmen sich zwar genau wie Menschen, haben aber lächerliche Mäusenasen.

»Warum hasst er Weihnachten?«, fragt meine Schwester.

»Weil es ein heuchlerisches Fest des Kommerzes und des Konsums ist, ein Ausdruck kleinbürgerlicher Ideologien, mit dem die Menschen ihr Gewissen reinwaschen.«

»Mama, Luca redet kompliziertes Zeug!«, schreit meine Schwester.

»Drück dich nicht so unverständlich aus, Luca«, schimpft mich meine Mutter aus.

»Du hast recht, Gloria. Der hasst Weihnachten nur, weil er hässlich ist und ein grünes Fell hat ...«

»Ah ja, verstehe«, sagt meine Schwester zufrieden, aber immer noch in diesem Großmutterton, den sie seit Neuestem draufhat.

Wir, also Dalila, meine Schwester, meine Eltern und ich, setzen uns an den Tisch.

Als Vorspeise gibt es ganz klassisch Räucherlachs in Scheiben auf gebuttertem Toast. Mein Vater öffnet eine Flasche Prosecco und wir stoßen gleich zu Beginn des Essens damit an, worauf allerdings ein peinliches Schweigen folgt.

»Bist du aus Mailand?«, fragt mein Vater Dalila, um ein Gespräch in Gang zu bringen.

»Nein, mein Vater ist in Mailand geboren, aber ich war noch nie hier«, antwortet sie.

»Ach was, und woher kommt deine Mutter?«

Inzwischen hat Dalila in einen Lachstoast gebissen, und meine Schwester nutzt die Gelegenheit, um dazwischenzuquatschen. »Warum feierst du Weihnachten nicht mit deinem Papa und deiner Mama?«

Sie hat eigentlich recht. Das macht den Unterschied zwischen einem Kind und einem Erwachsenen. Das Kind sagt die Dinge, so wie sie sind, der Erwachsene redet darum herum.

»Weil sie hässlich sind und ein grünes Fell haben«, flüstert Dalila ihr zu.

»Ah, verstehe«, erklärt meine Schwester befriedigt.

»Gloria, jetzt hör endlich auf mit deinem ›ah, verstehe‹«, ermahne ich sie aus Spaß. »Sag lieber so was wie ›ach, dann sind sie aber voll krass uncool‹.«

»Und was bedeutet das?«, fragt sie mich.

»Luca, bring deiner Schwester nicht solche Dinge bei«, ermahnt mich meine Mutter, während die Stimmung am Tisch allmählich lockerer wird.

Nach der kalten Vorspeise bringt meine Mutter eine Auflaufform Lasagne mit Artischocken, eine Spezialität von ihr, und außerdem unser klassisches Essen für den 24. Dezember.

Dalila langt beherzt zu und versucht, höflich zu meiner Mutter zu sein, die ihr die üblichen Fragen stellt, über die Schule, wo sie in den Ferien schon überall gewesen ist, wie ihre Band heißt, wie es ihr in San Francisco gefällt und so weiter.

Als wir mit dem ersten Gang fertig sind, steht meine Mutter auf, um die Teller einzusammeln, und Dalila setzt sich über ihren Protest »Nein, meine Liebe, das ist doch nicht nötig« hinweg und hilft ihr dabei.

Nun sieht mein Vater mich verwirrt an.

»Ist sie deine neue Freundin?«, fragt er mich ungewohnt direkt und anscheinend völlig wertfrei, ganz anders als früher. Es ist, als hätte die lange Trennung unseren Umgang miteinander entspannt und die Schärfe aus unseren Wortgefechten genommen.

»Mal sehen, ich denke darüber nach.«

»Meinst du das ernst?«

»Aber nein, ich weiß nicht, sehen wir mal, wie sie mit Mama auskommt, und dann können wir ja alle gemeinsam darüber abstimmen.«

»Du bist doch wirklich albern ... Und Alice?«

Nach der letzten Frage meines Vaters kann ich allerdings nicht mehr mit diesem leichten unbekümmerten Ton weitermachen. Genau, was ist mit Alice? Zum Glück klingelt in dem Moment mein Handy. Ich frage mich, wer mich um diese Zeit an Heiligabend anruft.

Es ist Mary.

»Mary!«, rufe ich ein bisschen verblüfft. »Frohe Weihnachten.«

»Luca ...« Sie klingt weinerlich.

Ich stehe auf und gehe aus dem Zimmer, während meine Mutter und Dalila gerade den zweiten Gang bringen.

»Was gibt es? Was ist passiert?«, frage ich.

»Ganz einfach: Ich hänge in Mailand auf dem Bahnhof fest, total allein wie der allerletzte Idiot, und das an Heiligabend, das ist los. Wegen des Schnees ist mein Flug gecancelt worden.«

»Verdammt, Mary, das tut mir leid.«

»Was machst du nach dem Abendessen? Ich habe Alice angerufen, aber sie geht nicht dran.«

»Ich ... nach dem Essen? Ich weiß noch nicht. Was machst du denn jetzt?«

»Keine Ahnung. Ich gehe nach Hause.«

»Kommt nicht infrage, komm doch zu uns, wir erwarten dich.«

Als ich ins Wohnzimmer zurückkehre, hat meine Mutter gerade den zweiten Gang aufgetan. Stockfisch mit Topinambur, eine Art Kartoffeln, die mein Vater besonders gern mag.

»Wer war das?«, fragt er mich.

»Mary. Sie kommt her.«

74 Alice

Als ich die Wohnungstür öffne, empfängt mich eine seltsame Stille. Im Flur ist es dunkel, nur unter der Tür von Federicos Zimmer sehe ich einen Lichtstreif. Es riecht nicht nach Essen, und man hört nicht einmal das beruhigende Plärren des Fernsehers im Hintergrund.

Ich gehe gleich auf das Zimmer meines Bruders zu und öffne die Tür. Er sitzt vor dem Computer.

»He, was ist denn hier los?«, frage ich.

»Mama hat Kopfschmerzen und liegt im Bett.«

»Aber Oma und Opa stehen doch gleich vor der Tür. Und was ist mit Papa? Ist er schon zurück?«

»Oma und Opa kommen wegen des Wetters nicht durch, ihr Auto steckt im Schnee fest. Und Papa bleibt in der Fabrik.«

Die knappe Zusammenfassung meines Bruders macht deutlich, wie besorgniserregend die Lage ist.

»Und was machst du?«, frage ich ihn. »Sitzt nur da und spielst am Computer?«

»Was soll ich sonst machen?«

Ich verlasse das Zimmer meines Bruders und gehe direkt in die Küche, wo alles auf ein nicht zu Ende gebrachtes Feiertagsmenü schließen lässt. Ein Topf mit einer Soße, ein Braten, der in einer Form im ausgeschalteten Ofen steht. Eier und Zucker auf dem Tisch und zwei Rollen Blätterteig auf dem Kühlschrank.

Ich nehme das Handy und rufe meinen Vater an.

»Hallo, Alice«, sagt er schuldbewusst, als er nach ein paarmal Klingeln drangeht.

»Warum kommst du nicht nach Hause?«, frage ich ihn ohne Umschweife.

»Das kann ich nicht, Alice. Wir können hier nicht einmal Weihnachten weg. Es tut mir leid, aber bitte versucht doch, es zu verstehen. Wie geht es Mama?«

»Sie sagt, sie hat Kopfschmerzen und ist ins Bett gegangen, hat alles in der Küche stehen und liegen gelassen.«

Meine Worte sind eigentlich nur eine Beschreibung der Sachlage, aber mein Vater hat den Vorwurf wohl bemerkt.

»Es tut mir leid«, sagt er leise, während im Hintergrund seine Kollegen lebhaft diskutieren.

Ich beende das Gespräch und gehe zu meiner Mutter ins Schlafzimmer.

»Mama, bist du wach?«, frage ich und öffne die Tür einen Spalt.

»Oh, Alice, du bist es ... Ich habe schreckliches Kopfweh, deshalb hab ich das Essen nicht fertig gekocht.«

»Mach dir deswegen mal keine Sorgen, aber wollen wir Heiligabend denn gar nicht begehen?«

»Alice, es tut mir leid, du weißt doch, dass die Großeltern nicht kommen, oder?«

»Ich weiß, aber wir sind immerhin da.«

Plötzlich erfüllt mich die Vorstellung, Weihnachten mit meiner Mutter und meinem Bruder, nur zu dritt, zu verbringen, mit unendlicher Traurigkeit. Und da kommt mir eine Idee. Ich nehme mein Handy und sehe, dass mich jemand angerufen hat. Mary. Wie seltsam, dass sie mich um diese Zeit anruft. Trotzdem rufe ich sie zurück.

»Süße!«, flötet sie. »Ich hab es vorhin bei dir versucht, aber du bist nicht drangegangen.«

»Ich hatte ein bisschen Stress zu Hause. Was ist los? Warum hast du mich angerufen?«

»Der Flug ist gestrichen, wegen des Schnees.«

»Und wo bist du jetzt?«

»In Mailand.«

»Dann komm doch her! Mary, das ist perfekt, komm her, wir feiern zusammen Weihnachten.«

Mary zögert kurz, bevor sie antwortet.

»Du feierst doch sicher mit deinen Eltern zusammen«, sagt sie ein wenig zögernd.

»Nein, weißt du, mein Vater ist in der Fabrik geblieben, meiner Mutter geht es nicht gut, aber wir können ja trotzdem feiern.«

»Ali, tut mir leid, aber ich bin auf dem Weg zu Luca. Du hast dich vorhin nicht gemeldet und da habe ich ihn angerufen.«

»Ach so, okay ...«

»Tut mir leid, aber ich konnte ja nicht wissen ...«

»Kein Problem, Mary, schließlich bist du auch mit ihm befreundet.«

Ich beende das Gespräch und beschließe, sämtliche Spekulationen zum Thema Wer-ist-mit-wem-befreundet bis nach Weihnachten zu verschieben. Jetzt muss ich mich um einen Notfall kümmern. Wenn ich Heiligabend nur mit meinem Bruder und meiner deprimierten Mutter verbringen muss, erschieße ich mich, nein, dann erschießen wir uns alle gegenseitig.

Ich nehme noch einmal mein Handy und wähle eine Nummer.

»Ali, hallo.«

»Marti, zum Glück bist du drangegangen.«

»Warum? Was ist los?«

»Wo bist du? Was machst du gerade?«

»Ich hab mich gerade mit dem neuen Freund meiner Mutter angelegt.«

Im Hintergrund höre ich aufgeregte Stimmen, jemand ruft: »Du kannst mich auch mal!«

»Ist der etwa noch da?«

»Ja, aber dafür haue ich jetzt ab.«

»Und wo willst du hin?«

»Keine Ahnung, warum? Hast du irgendwelche Vorschläge?«

»Na klar hab ich welche!«

Jetzt muss ich mich nur noch ums Abendessen kümmern. Ich eile geschwind in die Küche und versuche, aus den in der ganzen Küche verteilten Zutaten und Töpfen zu erraten, was meine Mutter geplant hatte. Dann schalte ich den Ofen an, schichte die Füllung aus Ricottakäse und Spinat mit dem Blätterteig in eine Form und schiebe sie gemeinsam mit dem Braten hinein, in der Hoffnung, dass sie zur selben Zeit gar werden. Dann zünde ich die Gasflamme unter der Soße an und schaue schließlich im Kühlschrank nach, wo ich tatsächlich Räucherlachs und Toastbrot finde. Geritzt.

»He, seit wann kannst du kochen?«, fragt Fede, der in der Küchentür steht.

»Ich möchte ein Weihnachtsessen machen.«

»Und für wen? Nur für uns zwei?«

»Martina kommt auch. Lad einen Freund ein, wenn du willst.«

»Ich nehme an, meine Freunde sind bei ihren Familien«, sagt Fede, bevor er ins Wohnzimmer geht und den Fernseher einschaltet.

Und durch das unveränderliche Plärren des Fernsehers, die Stimmen der Moderatoren, die irgendwelche Banalitäten über Weihnachten von sich geben, wird mir klar, dass meine Idee funktionieren kann.

Aber genau in diesem Moment erscheint meine Mutter in der Küche, mit abstehenden Haaren und auch sonst ein bisschen durcheinander, und sieht so aus, als suche sie nach Worten, um eine spontane Idee loszuwerden.

»Mama, was ist los?«, frage ich sie besorgt.

»Dein Vater kommt also nicht zu uns? Na, dann gehen wir eben zu ihm«, verkündet sie und ist auch schon wieder verschwunden, während mein Handy klingelt. Weil ich schmutzige Hände habe, fische ich es vorsichtig mit zwei Fingern aus der Tasche und lege es auf den Tisch. Ich sehe auf das beleuchtete Display: Guido. Und melde mich.

»Guido!«

»Entschuldige, störe ich dich gerade?«

»Nein, hier herrscht das totale Chaos, aber du störst absolut nicht …«

»Ich wollte dir etwas sagen, mit dir reden. Ich weiß, das ist jetzt nicht der richtige Augenblick, aber vielleicht nach dem Essen …«

»Nein, nein, das passt ausgezeichnet. Wir treffen uns in einer Stunde in der Fabrik, wo mein Vater ist.«

Ich beende das Gespräch und schreibe eine SMS an Martina, in der ich ihr erkläre, dass es eine Programmänderung gibt, aber als ich sie abschicken will, ändere ich meine Meinung und klicke auf »Senden an alle Kontakte«.

75 Luca

»Luca, was machst du denn hier?«, fragt mich Martina sichtlich verblüfft.

»Alice hat eine SMS an alle geschickt, in der stand, wir sollen herkommen«, mischt sich Mary ein.

Martina nickt ein wenig skeptisch, während ich mich umsehe und – ja, genau! – Alice suche.

»Sie ist noch nicht da«, sagt Martina, die errät, warum ich mich umschaue.

»Sie wird schon kommen«, meint Mary achselzuckend. »Los, was ist hier zu tun?«

In diesem Moment bemerkt Alices Vater meine Eltern.

»Ihr seid auch gekommen«, sagt er erstaunt und froh zugleich. »Da hat Alice mir wirklich eine tolle Überraschung bereitet.«

Unsere Väter geben einander die Hand, während Mary sich bei meiner Mutter unterhakt. »Los, gehen wir helfen«, sagt sie und steuert mit Martina im Schlepptau auf einen langen Tisch zu, auf dem zwei Frauen eine Art Büfett aufbauen.

Gloria und Dalila haben sich inzwischen ein wenig abgesondert und in die Nähe eines Heizkörpers gestellt. Dalila flicht meiner Schwester einen Zopf und die plappert wie ein Wasserfall.

Während die Familienoberhäupter ein Grüppchen Arbeiter ansteuern, die gerade eine Flasche Prosecco entkorkt haben, die Frauen das Essen vorbereiten und die mitgekommenen Kinder sich unterhalten, stehe ich plötzlich allein da.

Ich sehe mich um.

In der großen Eingangshalle der Fabrik gibt es nur wenig, das darauf hindeutet, dass Weihnachten ist, abgesehen mal von den Lichterketten um die Stechuhr. Zwei lange Tische an der Wand sind mit Brot, Wurst, Käse, Chips, ein paar Quiches und Weinflaschen gefüllt. Jeder hat wohl seinen Teil dazu beigetragen. Im ganzen Raum sind höchstens dreißig Personen, aber die Stimmung ist gut.

»Braucht ihr Hilfe?«, frage ich Mary, die gerade einen völlig eingestaubten Tisch mit einem Schwamm abwischt.

»Nein, mein Lieber, überleg dir lieber ein paar passende Worte«, sagt sie zu mir und breitet eine Papiertischdecke aus.

»Ein paar passende Worte? Wofür denn?«

»Komm schon, wach auf, Goldstück!«, ruft sie aus. »Was meinst du, warum Alice die SMS auch an dich geschickt hat?«

»Weil sie die falsche Taste auf dem Handy gedrückt hat?«, erwidere ich, obwohl ich genau weiß, was sie meint.

»Weil sie sich versöhnen will, du Trottel.«

»Ich fürchte, du irrst dich. Nach unserer letzten Begegnung glaube ich wirklich nicht, dass sie die Absicht hat, sich mit mir zu versöhnen.«

»Aber du willst es, oder?«, fragt Mary mich, bleibt einen Augenblick stehen und sieht mir in die Augen. Doch dann kommt eine Frau mit einer großen Schüssel in der Hand, und ich nutze die Gelegenheit, um mich abzuseilen.

Ich steuere auf eine Gruppe Männer zu, als mir ein Junge in meinem Alter auffällt, der auch allein dasteht. Vielleicht ist er ja der Sohn eines der Arbeiter, die die Fabrik besetzen. Unsere Blicke begegnen sich und automatisch nicke ich ihm zu.

»Hallo«, sagt er.

»Bist du auch ... Arbeitet dein Vater hier?«, frage ich ihn.

»Nein, eigentlich nicht, ich bin ein Freund von ... Arbeitet dein Vater hier?«

»Nein, der auch nicht.«

Wir müssen beide grinsen. Die nächste Frage müsste logischerweise lauten: »Was tun wir dann eigentlich hier?«

»Der Vater eines Mädchens, das ich kenne, arbeitet hier«, erklärt er mir jetzt. »Deshalb bin ich gekommen.«

»Na, mal eine andere Art, Weihnachten zu verbringen«, sage ich. »Sag mal, kennen wir uns vielleicht?«

»Ich weiß nicht, kann sein, auf welche Schule gehst du?«

»Ich bin schon fertig mit der Schule, aber vorher bin ich aufs Parini gegangen, und du?«

»Ja, da gehe ich auch hin.«

Diese Nachricht verblüfft mich tatsächlich. Wenn er aufs Parini geht, könnten wir uns in der Schule begegnet sein.

»Und wie heißt das Mädchen, das du kennst?«, frage ich ihn.

Im gleichen Moment erreicht mich ein kalter Luftzug, das Eingangstor hat sich geöffnet und ein paar fröstelnde Leute kommen hinein, die sich den Schnee von den Kleidern abklopfen. Ich erkenne sofort Alice, ihre Mutter und Fede.

»Ach, da ist sie ja«, sagt der Junge neben mir.

Ich sehe erst Alice an, dann den Jungen, dann wieder Alice, die uns noch nicht bemerkt hat, und bei diesem Hin- und Hergegucke begegne ich Marys besorgtem Blick, die sofort alles stehen und liegen lässt und zu mir kommt.

»Mary, was ist hier los?«, frage ich sie.

»Komm mit!«, sagt sie und zieht mich am Ellenbogen fort.

»Mary, ich habe mich gerade mit jemandem unterhalten ... Aber mit wem habe ich da eigentlich geredet?«

»Mit dem Feind«, klärt sie mich auf, im Flüsterton eines internationalen Verschwörers.

»Willst du mir damit sagen, dass er der Mistkerl ist, den Alice kennengelernt hat?«

Mary muss mir nicht mehr antworten, denn der Junge ist schon auf Alice zugegangen und hat sie gerade mit zwei Wangenküssen begrüßt. Ich versuche an den Reaktionen der Umstehenden abzulesen, in welchem Verhältnis sie zu ihm stehen und zum Glück sehe ich, dass Martina ihn zwar ganz normal begrüßt hat, aber Fede ihm einen wütenden Blick zugeworfen hat. Alices Mutter umarmt ihren Mann und wirkt selig.

»Mach keinen Unsinn, Luca«, warnt mich Mary ungewohnt ernst.

»Was sollte ich denn anstellen?«

»Nein, du hast recht, du hast ja eh schon jeden Blödsinn gemacht, den man sich nur vorstellen kann, wozu unter anderem gehört, dass du Dalila mit nach Mailand und sogar hierhergebracht hast.«

»Und was macht das jetzt noch aus?«

»Schatz, du hast dich selbst in diese Situation gebracht. Aber schau dir mal unsere Alice an, die ist offensichtlich beschickert und deshalb wirst du heute Abend wohl noch mal so davonkommen.«

»Beschickert? Ach komm ...«, sage ich und sehe Alice ein bisschen genauer an.

Mir fällt auf, dass sie tatsächlich ein wenig beschwipst wirkt mit ihren geröteten Wangen und den Haaren, die ihr an der Stirn kleben. Sie begrüßt alle, redet ein wenig zu laut und verteilt Küsse und Umarmungen an jeden, der ihr unterkommt.

Martina sieht Alice, geht zu ihr und dann kommen sie beide auf uns zu. Ich erkenne an Alices Gesichtsausdruck, dass sie keineswegs überrascht ist, mich hier zu sehen.

»Hallo, Luca«, begrüßt sie mich gelassen, als wir einander gegenüberstehen.

Martina und Mary verschwinden.

»Hallo«, sage ich und mustere sie genauer.

Sie wirkt nicht betrunken, aber in ihren Augen liegt ein seltsames Leuchten.

Ausgerechnet in diesem Moment bemerkt Gloria, die nur ein paar Meter von uns entfernt ist, Alice, lässt Dalilas Hand los und läuft auf sie zu.

»Hallo, Alice!«, schreit sie.

»Hallo, meine Schöne«, sagt Alice, küsst sie auf die Wange und umarmt sie.

Dalila bleibt in sicherem Abstand stehen, während Alices Blick über Gloria hinweg auf sie fällt. In ihrer Miene steht weder

Verärgerung noch Hass. Auch dann nicht, als sie sich aus Glorias Umarmung gelöst hat, auf Dalila zugeht und sie ebenfalls umarmt.

Jetzt begreife ich gar nichts mehr.

76 Alice

»So feierst du dieses Jahr also doch mal Weihnachten ...«

»Ja, unglaublich, was wohl meine Eltern dazu sagen ...«

Guido sieht mich mit einem gezwungenen Lächeln an und es wirkt, als fühlte er sich nicht ganz wohl. Der perfekte Junge, der immer die passende Bemerkung zur Hand hat, scheint ausnahmsweise einmal nicht zu wissen, wie er sich verhalten soll. Zu seiner Verteidigung muss man allerdings zugeben, dass die Situation tatsächlich absurd ist.

Aber das ist mir egal. Irgendetwas hat sich in den letzten Stunden verändert. Etwas in mir. In meinem Denken.

»Du bist schon merkwürdig«, stellt er fest.

»Ich weiß«, antworte ich lächelnd.

Er mustert mich, um zu begreifen, was dieses Geständnis bedeutet, aber ich fürchte, dass ich immer noch nicht genau in Worte fassen kann, was mit mir passiert ist.

»Ich wollte mit dir reden«, fährt Guido fort, »obwohl ich mir nicht mehr sicher bin, ob das überhaupt noch etwas bringt.«

»Warum?«

»Na ja, soweit ich begriffen habe, ist Luca hier, dein Ex ...«

»Ja, und er hat ein Mädchen mitgebracht.«

Während Guido die Leute mustert, die sich vor dem improvisierten Büfett drängen, bemerke ich, dass Luca uns beobachtet. Er starrt unentwegt in unsere Richtung. Was er sich wohl zusammenreimt?

»Komm, gehen wir irgendwohin und reden«, sage ich zu Guido und nehme ihn an der Hand. Er lässt sich fortziehen wie ein kleiner Junge, und ich bereue sofort ein wenig diese vertrauliche Geste. Ehrlich gesagt habe ich im Moment meinen Körper nicht so ganz unter Kontrolle.

Ich öffne die Tür, die über eine Treppe zum Dach der Fabrik führt. Als ich die Tür hinter mir schließe, sehe ich gerade noch Lucas entgeisterten Blick. Neben ihm steht jedoch Dalila, in deren Gesicht sich eine Mischung aus Enttäuschung und Belustigung widerspiegelt.

Wir öffnen eine Eisentür, die auf das breite Dach führt. Prickelnd kalte Luft schlägt mir ins Gesicht, und sofort fühle ich mich irgendwie erleichtert. Ich atme tief durch und muss lächeln. Vielleicht bin ich ja verrückt, sage ich mir, oder ich habe genau das gefunden, was ich gesucht habe. Oder besser noch, das, was ich nicht gesucht, aber gebraucht habe.

Wir setzen uns auf die Dachkante. Unten im Hof stehen einige Leute, die rauchen und trinken. Der blaue Nachthimmel oben über unseren Köpfen ist mit Sternen übersät.

»Da wären wir also wieder«, meint Guido.

»Stimmt«, sage ich und denke an jene Nacht zurück, an unseren Kuss. Nur dass es diesmal anders ist, diesmal ist Luca nicht in Amerika, sondern nur ein paar Meter entfernt, direkt unter uns. Und vermutlich fragt er sich jetzt gerade, was zum Teufel wir hier machen.

»Du bist etwas ganz Besonderes«, fährt Guido fort.

»Deine Komplimente haben mir gefehlt.«

»Gut, ich mache gern damit weiter, das hängt nur von dir ab ...«

Seine Worte enthalten eine klare, unausgesprochene Botschaft. Und ich frage mich, wie ich ihm jetzt antworten soll. Wie soll ich ihm erklären, was ich denke, wie ich jetzt alles sehe? Denn im Moment bin ich mir nicht sicher, was ich sagen soll, Worte haben nichts damit zu tun, wie ich mich gerade fühle. Das ist ein Gefühl, das man nicht beschreiben kann.

Guido kommt auf mich zu, er schaut mich ganz aus der Nähe an. Seine Augen glänzen, auf seinen leicht geöffneten Lippen liegen unausgesprochene Worte und Wünsche.

»Ich mag es, so nah bei dir zu sein«, sagt er leise.
»Warum?«
»Weil in dieser Nähe Worte zu Küssen werden.«
»Dann küssen wir uns also gerade?«

77 Luca

Da wären wir also auf dem letzten Level des Videospiels. Ich glaube allerdings nicht, dass ich es bis zum Ende schaffe. Vermutlich werde ich im entscheidenden Moment nach einem Passwort gefragt, das ich nicht habe, oder es gibt irgendeinen Trick, den ich nicht kenne. Nein, das letzte Level übersteigt eindeutig meine Fähigkeiten.

Aber beschreiben wir erst mal die Ausgangssituation: Die Maus ist nach Mailand zurückgekehrt und befindet sich jetzt in einer besetzten Fabrik, wo es jede Menge Türen gibt.

Eine Tür führt zu Dalila, dem Mäuseweibchen aus San Francisco.

Eine andere zu Alice, dem Mäuseweibchen aus Mailand.

Und dann gibt es noch eine Tür mit dem Joker Martina, auch »Atombombe« genannt.

Obwohl die Maus es gut verbergen kann, ist sie total panisch. Und ihre Angewohnheit, ihre Gefühle mit Geblödel zu überspielen, wird ihr im weiteren Verlauf des Spiels ein schweres psychosomatisches Trauma einbringen.

»Ich habe mich immer noch nicht daran gewöhnt, dich hier in deinem normalen Umfeld zu sehen«, sagt Dalila zu mir, was mich stutzig macht. Ob sie wohl auch das Videospiel mit der Maus kennt?

Sie hat zwei Gläser Wein in der Hand, ihr Gesicht wirkt jetzt seltsam gelassen.

»Möchtest du?«, fragt sie mich und hält mir ein Glas hin.

»Ja, danke.«

»In San Francisco warst du viel entspannter, du hast einfach getan, was du wolltest, auch wenn es Probleme gab, aber hier verhältst du dich komisch, du bist so aufgeregt.«

»Na ja, es ist ja auch eine ausgefallene Situation«, werfe ich ein.

»Ja, aber den Stress gab es doch schon vorher«, beharrt sie. »Hier kommt es mir so vor, als hättest du deine Superkräfte verloren.«

»Habe ich denn Superkräfte?«, frage ich ein wenig erstaunt über diese Bemerkung.

»Natürlich hast du die, auch wenn dir das nicht bewusst ist. Aber trotzdem eilst du herbei und rettest Mädchen, wenn sie in Schwierigkeiten sind, beschützt sie vor nächtlichen Angreifern und vor ... häuslichen Unfällen.«

Als sie das sagt, verstummt Dalila einen Moment und wirft den Kopf in den Nacken. So merke ich, dass ein Dutzend Meter von uns entfernt Alice mit diesem Jungen spricht, dem, »den sie kennengelernt hat«. Er wirkt ziemlich ernst, während in ihrem Gesicht ein seltsames Lächeln steht. Dieses seltsame Lächeln von vorhin, das in mir ernsthafte Zweifel erregt hatte, ob sie klar bei Verstand ist.

»Ja, ja, ich habe sie auch gesehen«, sagt Dalila. »Und irgendwo hier ist auch Martina.«

Ihre Augen suchen den Raum ab, schweifen über Arbeiter, die miteinander anstoßen und sich unterhalten, bis sie Martina entdecken, die an einem Tisch mit Mary und Daniele sitzt.

Ich winke ihnen zu. Daniele lächelt und winkt zurück.

»Und, was willst du?«, fragt Dalila jetzt.

»Ich weiß es nicht.«

»Aber du musst es wissen«, antwortet sie knapp und entschieden. »Du weißt, dass jetzt der Moment da ist, du weißt, dass du eine Entscheidung treffen musst. Warum willst du das nicht? Warum tust du so, als könntest du nicht über dein Leben entscheiden?«

»Darum geht es nicht. Ich entscheide über mein Leben, aber es gibt einfach zu viele Wege und ich weiß nicht, welchen ich wählen soll. Da ist Alice und meine ganze Vergangenheit, da ist Martina, wir haben noch gar nicht miteinander geredet, und ich weiß nicht, was sie denkt. Außerdem ...«

Die Worte bleiben mir im Mund stecken, weil ich in mir zu viele gegensätzliche Gefühle spüre. Sie kämpfen miteinander, versuchen, sich gegenseitig zu ersticken. Ab und zu gewinnt eines die Oberhand, um dann gleich wieder zu unterliegen.

»Außerdem?«, bohrt Dalila nach.

»Außerdem gibt es dich.«

Dalila sieht mich an, ihre Augen glänzen feucht. Sie schließt sie, öffnet sie wieder, dann lächelt sie leicht. »Was ist zwischen uns passiert?«, fragt sie.

»Wie meinst du das?«

»Was war zwischen uns? Was waren wir?«, fragt sie mich wieder und sieht mich ein wenig ungeduldig an. Ich weiß nicht, was ich antworten soll.

»Los, Luca, das zumindest schuldest du mir ...«

Mit diesen Worten kommt sie näher, und einen Moment lang spüre ich das gleiche Verlangen wie in San Francisco, in jener Nacht in meiner Wohnung. Meine Gefühle melden sich zu Wort und ich versuche, auf sie zu hören.

»Ich mag dich«, sage ich jetzt. »Du hast mir gleich gefallen, vom ersten Tag an. Du warst ein bisschen so, wie ich gern sein wollte. Ich wollte weg aus Italien, weg von meiner Familie, wollte ein anderes Leben führen, mir einen anderen Weg ausdenken ...«

»Aber jetzt führt dich dein Weg hierher.«

»Ich weiß nicht, ob er hier ist. Ich bin hier. Das ist etwas anderes.«

Ein kurzer Knall erregt unsere Aufmerksamkeit. Jemand hat eine Flasche Sekt entkorkt. Wir drehen uns beide um. Mein Vater gießt meiner Mutter und Mary etwas zu trinken ein.

In dem Moment kommt es mir vor, als hätte ich etwas begriffen.

»Weißt du, als ich mit dir zusammen war, musste ich nicht

an die Zukunft denken. Also, die war mir egal. Alles geschah nur in dem Augenblick, in dem wir zusammen waren und ich weiß nicht, wie ich das ausdrücken soll, irgendwie genügte das, es war schön, aufregend. Außerdem ...«

»Was außerdem?«

»Außerdem fand ich dich hübsch, sogar sehr hübsch ... Als ich dich im Lilly Restaurant in diesem Aufzug gesehen habe ... Na gut, da hast du mir den Kopf verdreht, das ist doch ganz klar.«

Dalila senkt die Augen und lächelt.

»Du gibst mir ein Gefühl, das ich mag«, fahre ich fort und suche im Chaos meiner Gedanken die richtigen Worte. »Das Gefühl, weit weg von hier zu sein, durch dich fühle ich mich frei. Dann stelle ich mir vor, nach San Francisco zurückzukehren, zusammen mit dir, stelle mir vor, dort zu leben, weit weg von meinem Leben und allem, was hier ist.«

Dalila hört mir schweigend zu. Doch das verlegene Lächeln auf ihrem Gesicht ist verschwunden.

»Das wäre sehr schön«, sagt sie kaum hörbar. »Es wäre sehr schön, wenn es wirklich so wäre. Und ich bin froh, dass du es trotz allem in Erwägung gezogen hast.«

»Was meinst du damit?«

»Ich meine, dass ich deine Bilder vor mir sehe, das Leben, von dem du sprichst, ich sehe deine Sehnsucht, weit weg von allem und jedem zu sein ... Ich sehe ...«

Dalila verstummt plötzlich, als hätte sie keine Luft mehr. Sie dreht sich um und sucht nach einem Ausweg, aber wir sind ja in dem Videospiel der Maus. Da findet man schwer einen Weg hinaus.

»Was siehst du noch?«

»Ich sehe auch, dass du verliebt bist, und wenn du mehr auf deine Gefühle hören würdest, würdest du merken, dass da gar nicht so viele Türen vor dir sind. Eigentlich ist da nur eine einzige, und die führt nicht zu mir.«

»Woher willst du wissen, dass da nur eine einzige ist? Und

dass sie nicht zu dir führt? Was ist der Unterschied zwischen dir und Alice? Also, versteh mich nicht falsch, ich bin wirklich gern mit dir zusammen, und wenn wir uns besser kennen würden, wenn wir längere Zeit zusammen wären, würde ich ... Vielleicht hattest du ja recht. Wie kann man sich dafür entscheiden, den Rest seines Lebens mit einem Menschen zu verbringen, wenn man noch nie mit jemand anderem zusammen war?«

»Oder vielleicht hattest du recht: Die Welt ist zu groß, als dass man alle Erfahrungen ausleben kann, bevor man eine Wahl trifft. Du musst dich entscheiden, dir selbst vertrauen.«

In dem Moment sieht Dalila über meine Schulter, und automatisch drehe auch ich mich plötzlich um. Ich sehe Alice Hand in Hand mit diesem Jungen. Sie geht ihm voran und zieht ihn hinter sich her wie ein kleines Kind. Dann öffnet sie eine Tür und verschwindet mit ihm.

Als ich wieder Dalila ansehe, merke ich, dass sie mich mit einem seltsamen Gesichtsausdruck betrachtet, einer Mischung aus Enttäuschung und Belustigung. Ich umarme sie, drücke sie an mich und spüre in ihrem Körper meiner Zeit in San Francisco nach.

»Vielleicht bleiben wir ja Freunde«, sagt sie und versucht jetzt, ihre Rührung zu verbergen. Ich lächele, aber ich finde nicht die passenden Worte, um ihr alles zu vergelten, was sie für mich tut.

»Dalila ... Ich ...«, stottere ich.

»Hol dir deine Freundin zurück, du Idiot.«

78 Alice

Es ist passiert, bevor wir das Haus verlassen haben. Fede und ich luden gerade die ganzen Tüten mit dem Essen in den Fahrstuhl, während meine Mutter die Wohnungstür abschloss. In dem Moment hat Fede so laut gerülpst, dass es durch das Treppenhaus hallte, und wir haben laut gelacht.

Ja, ich bin mir sicher, dass anständigen Leuten die Erleuchtung in ganz anderen Situationen kommt, vielleicht auf dem Gipfel eines Berges, in der Kirche oder nachdem sie ein bedeutsames Buch gelesen haben.

Leuten wie mir kommt die Erleuchtung in einem Fahrstuhl.

Plötzlich haben sich alle Fragen in meinem Kopf in Luft aufgelöst, wie eine Seifenblase.

Was ist Liebe?

Was ist Glück?

Ist das wirklich die schönste Zeit meines Lebens?

Liebt Luca mich noch?

Ich habe mich an das erinnert, was mir die Althippiefrau in San Francisco gesagt hat. Fragen sind wichtiger als Antworten, und man muss sich mit ihnen befassen. Ich habe begriffen, dass sie mir das aus einem bestimmten Grund gesagt hat. Wahrscheinlich wusste sie, was irgendwann passieren würde. Sie wusste schon, was ihre Worte in mir auslösen würden.

In einem einzigen Moment, im Fahrstuhl meines Wohnhauses, ist mir klar geworden, dass es mir gar nicht wichtig war, die Antworten zu kennen und dass alle Antworten sowieso immer falsch sind.

Was, wenn man es sich recht überlegt, komisch ist. Oder

auch einfach nur absurd, das hängt ganz davon ab, wie man es betrachtet.

Mein Glück heute ist nicht das gleiche wie vor fünf Jahren, und es wird auch anders sein als mein Glück, wenn ich, was weiß ich, dreißig oder vierzig Jahre alt sein werde.

Und genauso ist es mit der Liebe. Auch sie wird sich ändern und ich kann mich weiter ständig fragen, was sie ist, aber jede Antwort wird unweigerlich dazu bestimmt sein, sich zu ändern.

Denn alles verändert sich ständig. Du kannst lieben, glücklich sein, traurig sein. Und das ist jetzt für mich vielleicht das Leben. Und ich bin nicht zufriedener über mein Glück als über meine Traurigkeit. Und es ist mir ganz egal, ob das die glücklichste Zeit meines Lebens ist oder nicht. Alles verändert sich, ständig.

Es gibt nur eine Frage, die trotz allem unaufhörlich in meinem Kopf nach einer Antwort sucht.

Aber es gibt Fragen, die wir einfach nicht selbst beantworten können.

»Hallo«, sagt jemand hinter mir. Ich erkenne die Stimme nicht sofort. Guido steht immer noch vor mir, sein Gesicht ist nur ein paar Zentimeter von meinem entfernt, doch sein Gesichtsausdruck hat sich seit unserem »Kuss mit Worten« verändert.

Die Eisentür, die zum unteren Stockwerk führt, schließt sich quietschend, geführt von der Person, die mich begrüßt hat.

Luca.

Er kommt näher, nur ein paar Schritte, dann bleibt er stehen. Er sieht uns an.

»Ich muss mit dir reden«, sagt er ganz normal. Er will seine wahren Gefühle nicht zeigen.

Ich sage nichts.

»Ich muss mit dir reden«, wiederholt er.

Guido sieht mich an, dann wieder Luca, und versucht zu begreifen, was er jetzt tun soll.

»Bist du sicher, dass wir ausgerechnet jetzt reden müssen?«, frage ich ihn. Das bringt ihn sichtlich aus dem Konzept. Meine Gelassenheit ist er nicht gewöhnt. An eine solche Reaktion ist er nicht gewöhnt.

Inzwischen steht Luca nur noch ein paar Meter von mir entfernt, eine gefährlich kurze Distanz, angesichts unserer jetzigen Situation. Er starrt auf einen Punkt zwischen Guido und mir.

Erst in dem Moment merke ich, dass wir uns an den Händen halten. Guido lässt los und steht auf. Er sieht mich an und dreht dabei Luca den Rücken zu. Er lächelt mich an und beißt sich auf die Lippe. Dann dreht er sich zu Luca um, aber ich kann sein Gesicht nicht sehen, sondern nur Lucas, es wirkt unglaublich ernst, beinahe drohend. Guido geht auf ihn zu und bleibt einen Schritt vor ihm stehen. Einen Moment lang fürchte ich, dass die Situation aus dem Ruder laufen könnte und sie sich gleich schlagen werden. Aber dann geht Guido in Richtung Tür und verschwindet, ohne sich noch einmal umzudrehen.

Als die Tür sich hinter ihm schließt, spüre ich, wie etwas in mir zerbricht und wie sich in meinem ganzen Körper eine Sehnsucht ausbreitet wie ein süßes Gift. Ein Schauer läuft mir den Rücken hinunter, und ich spüre, dass ich unter meinem Pullover Gänsehaut habe.

»Du hast dich also entschieden«, sagt Luca und bleibt vor mir stehen.

Ich sage nichts. Ich bin nicht die, die hier etwas sagen muss.

»Ist das ... Ist er das?«, fragt er mich. »Der, den du kennengelernt hast?«

Er bezieht sich auf das, was ich ihm in San Francisco gesagt habe, dass ich »jemanden« kennengelernt habe.

»Ja, das ist er«, sage ich nur.

»Okay«, meint er. Dann dreht er sich um und entfernt sich eilig.

»Warte!«

Er dreht sich um und sieht mich an.

»Wolltest du mir nicht etwas sagen?«, frage ich ihn.

»Das ist jetzt nicht mehr nötig.«

»Ach nein?«, frage ich und kann ein Lächeln nicht unterdrücken.

»Du hast ja wirklich die Ruhe weg«, sagt er. Er provoziert mich, ich spüre seine Verärgerung, seine Wut.

»Und das ist falsch? Sollte ich lieber schreien und mir die Haare ausreißen?«

»Okay, ich gehe«, sagt er und dreht sich wieder um. Ich lasse ihn ein paar Schritte gehen, um zu sehen, was er vorhat, bevor ich ihn aufhalte.

»Mich interessiert aber, was du zu sagen hast«, rufe ich laut.

Er bleibt wieder stehen. Man sieht ihm an, dass er unschlüssig ist.

»Bist du mit ihm zusammen?«, fragt er mich, ohne sich umzudrehen.

»Wolltest du mich das fragen?«

»Auch das. Vor allem das. Dann hätte ich dir noch etwas gesagt, aber das hängt von deiner Antwort ab.«

»Und wenn die Ja wäre?«

Er ballt die Hände zu Fäusten. Ich sehe, wie sich sein Körper unter dem Mantel verkrampft.

»Dann hätten wir uns nichts mehr zu sagen.«

»Und wenn sie Nein wäre?«

»Was für ein blödes Spiel ist das denn?«

»Wenn sie Nein wäre, hättest du mir dann etwas zu sagen?«

»Ja, ich glaube schon.«

»Also hängt alles von mir ab? Versuchst du mir das zu sagen?«

»Natürlich hängt es von dir ab, wenn du mit jemandem zusammen bist.«

»Und was ist mit Dalila? Zählt sie gar nicht in diesem ... Spiel? Ich bin ganz ruhig, das stimmt, weil sich in meinem Kopf ein paar Dinge verändert haben, aber es kam ein bisschen überraschend. Du bist mit Dalila hierhergekommen, dem Mädchen, mit dem ich dich erwischt habe ...«

»Sie hat nichts damit zu tun ...«, sagt er.

Ich sehe ihn fragend an und gebe ihm klar zu verstehen, dass ich seinen Worten nicht glaube.

»Das ist eine ganz andere Geschichte«, beharrt er. »Also, ich weiß, dass du recht hast, du willst Erklärungen, aber die kann ich nicht einmal mir selber geben. Ich habe nichts mit Dalila angestellt, sie gehörte einfach ... Sie gehört zu der anderen Welt, in der ich gelebt habe, aber eigentlich habe ich gar nicht nach ihr gesucht, es war nur, weil ich davonlaufen wollte, das weiß ich jetzt und das will ich immer noch, vielleicht ist genau das das Problem, ich weiß nicht, wo und wie ich leben will ...«

»Luca, liebst du mich noch?«

Diese Worte sind mir einfach so herausgerutscht. Das ist die Frage, die fehlte, die Frage, die hartnäckig nach einer Antwort suchte. Eine Antwort, die ich nicht geben konnte.

Er sieht mich an, sichtlich verlegen durch meine direkte Frage.

Plötzlich hört man ein Pfeifen und einen Knall. Der Himmel erhellt sich kurz. Ich stelle mich an die Brüstung und sehe zwei Männer, die Feuerwerkskörper anzünden. Dann hört man weitere Pfiffe und Explosionen, als wäre Silvester.

Luca schweigt kurz.

»Was hat sich denn verändert?«, fragt er mich dann, anstatt meine Frage zu beantworten.

»Vieles hat sich verändert. Du, ich. Ich glaube, das ist ganz normal. Auch unsere Gefühle haben sich verändert. Aber eigentlich hatte ich dich etwas gefragt.«

»Ali, ich begreife gar nichts mehr«, fährt Luca laut fort, um die knallenden Feuerwerkskörper zu übertönen. »Ich weiß nicht mehr, was ich will, ich ... will dich, aber wenn ich jetzt an uns beide denke, sehe ich nur Hindernisse, Labyrinthe, Löcher, ich komme mir vor wie in irgendeinem albernen Videospiel und hab das Gefühl, dass alles, was ich tue, vollkommen falsch ist.«

Es ist wieder still. Und dunkel. Die Sterne erobern sich ihren Platz am Nachthimmel zurück.

»Weißt du, wann ich begriffen habe, dass ich dich liebe?«, frage ich ihn.

Luca antwortet nicht, er schüttelt nur leicht den Kopf.

»*Ich mag dich wie du bist.* Wegen dieser Worte habe ich mich verliebt. Als mir klar geworden ist, dass du mich wolltest, einfach nur wegen dem, was ich in dem Moment war. Und als ich begriffen habe, dass ich dich auch so wollte, mit all deinen Verrücktheiten, deinen Launen. Ich wollte niemand anderen als dich.«

»Ja, aber ich habe mich verändert, genau wie du. Es ist zu viel passiert.«

»Das stimmt, aber das ist nicht alles: Wir werden uns weiter verändern, es wird noch mehr passieren, das ist doch normal, oder? Wir werden nicht immer wir sein. Du weißt ja nicht einmal, was du mit deiner Zukunft anfangen willst. Ich habe immer geglaubt, ich hätte einen Weg gefunden, aber jetzt möchte ich nur noch in ein anderes Land verschwinden, und ich verstehe dich besser als je zuvor.«

Luca seufzt und verdreht die Augen. Dann setzt er sich neben mich auf den Rand des Daches. Durch seine Augen sehe ich die Gedanken in seinem Kopf herumschwirren. Ich frage mich, was gerade passiert, ich frage mich, wieder einmal, was Liebe ist. Was es heißt, jemanden zu lieben. Und ich merke, dass ich heute vielleicht eine Antwort darauf habe, selbst wenn sie für meine Ohren so banal klingt, dass ich Angst habe, sie laut auszusprechen.

Da sehe ich plötzlich ein kleines Lächeln auf seinen Lippen erscheinen. Er dreht sich zu mir um, seine Augen glänzen, aber ganz offensichtlich nicht, weil die Gefühle ihn überwältigen.

»Lachst du etwa?«, frage ich ihn.

»Mir ist gerade etwas Dummes eingefallen«, sagt er mir und seine Stimme klingt jetzt ganz anders. Als wäre sein Ausbruch nur eine kurze Episode gewesen, als wären seine Gedanken spurlos verschwunden.

»Mir ist auch etwas Dummes eingefallen«, gebe ich zu. »Also, so dumm ist es gar nicht. Aber es klingt so.«

»Das ist deine Schuld, du hast es mir in den Kopf gesetzt.«

»Vielleicht denken wir das Gleiche.«

»Das wäre schön«, sagt er ganz leise. Dann hebt er den Kopf, als würde er sich plötzlich an etwas erinnern. »Aber eins musst du mir sagen: Bist du mit dem Typen zusammen?«

»Luca!«, schimpfe ich, aber ich bin nicht wirklich wütend, weil ich glaube, dass ich den eigentlichen Sinn der Frage erraten habe.

»Du musst es mir sagen«, beharrt er.

»Natürlich nicht. Ich bin nicht mit ihm zusammen, bin es nie gewesen. Also nicht wirklich.«

»Was heißt ›nicht wirklich‹?«, fragt er mich beunruhigt.

»Nicht mehr als du mit Dalila, denke ich.«

Schuldbewusst senkt Luca den Kopf, sein Lächeln wirkt diesmal etwas gezwungen.

»Wir sollten uns alles sagen, denke ich«, fahre ich fort.

»Was heißt ›wir sollten‹?«

»Wir sollten, wenn wir uns entschließen ...«

»Und das ist es, was gerade passiert?«, fragt er mich.

»Was war das Dumme, das dir durch den Kopf gegangen ist?«

Luca seufzt, und diesmal steht er auf. Er streckt mir eine Hand hin. Ich nehme sie kurz an und stehe auf. Jetzt stehen wir einander gegenüber. Sein Gesicht ist ganz nah bei meinem.

»Ich mag dich wie du bist«, sagt er, wenige Zentimeter von meinem Mund entfernt.

Ich spüre seinen Atem auf meiner Haut, den Duft seines Körpers, der mich in die Zukunft und in die Vergangenheit führt. Zu all den gemeinsam verbrachten Tagen, durch alle anderen Erinnerungen zurück zu dem Tag, an dem er diese Worte zu mir gesagt hat.

»Das hast du mir schon mal gesagt«, erwidere ich. Nur wenige Zentimeter trennen uns noch, mein Blick ruht auf seinen Lippen. Unsere Hände suchen sich, aber sie finden sich nicht.

»Sind das nicht die Worte, wegen der du dich in mich verliebt hast?«, fragt er mich, während eine seiner Hände meinen Jackensaum zu fassen bekommt. Inzwischen hat sich das Fabrikdach in den Gipfel eines Berges verwandelt, in den Rand einer Schlucht, und ich stehe dort am Rand des Abgrunds.

»Es ist nicht fair, sie noch mal zu verwenden«, flüstere ich. Eine weiße Atemwolke kommt aus meinem Mund. Seine Lippen streifen meine leicht.

»Ich mag dich immer noch wie du bist«, sagt er, und dabei kann er ein kleines Lachen kaum unterdrücken.

»Aber ich bin nicht mehr so wie früher.«

»Das weiß ich, aber du bist immer noch die, die ich will. Und ich will gar nichts anderes von dir.«

»Und wenn ich mich morgen wieder verändere?«

»Dann werde ich mich erneut in dich verlieben«, sagt er, während seine Lippen meine berühren. Ich spüre den Druck seines Kusses, und meine Gedanken wandern zurück zu unserem letzten Kuss auf dem Flughafen vor seiner Abreise, als ich seinen Geschmack so lange wie möglich zurückbehalten wollte. Natürlich konnte ich mir damals nicht vorstellen, dass so viel Zeit bis zum nächsten vergehen würde.

»Wir werden uns jeden Tag neu verlieben«, flüstere ich, ohne mich von seinen Lippen zu lösen.

»Das klingt ziemlich anstrengend«, erwidert er, und in dieser Bemerkung finde ich den Menschen wieder, den ich liebe, und das beweist, dass sich doch nicht alles ändert.

»Na gut, dann wechseln wir uns eben ab«, sage ich und spiele sein Spiel mit.

»Außer an Feiertagen.«

»Du hast dich überhaupt nicht verändert.«

»Nein?«

»Du bist immer noch ein Idiot.«

Er lächelt glücklich. Sein Lächeln ist der strahlende Fixstern meiner Wünsche, meines Verlangens. Auf einmal komme ich mir vor, als wäre ich aus einem Labyrinth entkommen. Als wären die vergangenen Monate nur ein schlechter Scherz des

Schicksals gewesen, oder von irgendeinem Gott, der auf unser Glück eifersüchtig war.

»Was war dein dummer Gedanke?«, fragt Luca mich, während seine Hände mein Gesicht umschließen.

»Ich weiß nicht mehr«, lüge ich.

»Das glaub ich nicht, komm, was war es?«

»Ich schwöre dir, ich weiß es nicht mehr. Aber was macht das schon? Das heißt doch bloß, dass es nicht wichtig war.«

Luca sieht mich an. Seine Hände schließen sich fester um mein Gesicht. Mit den Daumen zieht er meine Mundwinkel hoch, damit sich mein Gesichtsausdruck in ein Lächeln verwandelt.

»Vielleicht wolltest du mir sagen, dass du mich liebst und nicht ohne mich leben kannst?«

Ich lächele, diesmal ohne seine Unterstützung, aber ich antworte nicht.

Manchmal braucht man einfach keine Antworten.

»Erzähl mir ein Geheimnis, dann erzähle ich dir auch eins ...«

Holly Cupala
ERZÄHL MIR EIN GEHEIMNIS
Aus dem amerikanischen Englisch von Christina Pfeiffer
ISBN 978-3-8339-0054-9

Diese Worte sind Miranda im Gedächtnis geblieben. Seit ihre rebellische Schwester Xanda vor fünf Jahren starb, quälen die 17-Jährige immer wieder die gleichen Fragen: Welches Geheimnis hat die Schwester mit ins Grab genommen? Und was geschah wirklich in der Nacht, als sie starb?
Als Miranda dann in Delaney eine beste Freundin findet, die ihr eine neue Art zu leben zeigt, und in Kamran einen Freund, der ihr Seelenverwandter zu sein scheint, beginnt sie daran zu glauben, dass vielleicht doch noch alles gut wird. Doch dann steht sie plötzlich mit ihrem eigenen Geheimnis da, das Konsequenzen hat, die sie sich kaum vorstellen kann ...

Vielleicht ist es Liebe.
Vielleicht ist es Leidenschaft.
Vielleicht ist es Schicksal.

Kirsten Miller
NICHTS IST ENDLICH
Aus dem amerikanischen
Englisch von
Sandra Knuffinke,
Jessika Komina
464 Seiten
ISBN 978-3-8339-0040-2

Stell dir vor, du glaubst, dass du schon mal gelebt hast. Stell dir vor, du hast Visionen von einem Jungen, der in einem früheren Leben deine große Liebe war. Stell dir vor, du denkst, dass dieser Junge jetzt wieder lebt. Was würdest du tun?
Für die 17-jährige Haven ist die Antwort klar: Sie muss diesen Jungen unbedingt finden! Hin- und hergerissen zwischen Leidenschaft und Zweifeln lässt Haven sich auf eine schicksalhafte und sehr gefährliche Affäre ein …

Baumhaus Verlag